pi 文庫
32〉

〈グレアム・グリーン・セレクション〉

ブライトン・ロック

グレアム・グリーン
丸谷才一訳

epi

早川書房

5736

BRIGHTON ROCK

by

Graham Greene

Translated by
Saiichi Maruya
Published 2006 in Japan by
HAYAKAWA PUBLISHING, INC.
This book is published in Japan by
arrangement with
VERDANT S. A.
c/o DAVID HIGHAM ASSOCIATES LTD.
through TUTTLE-MORI AGENCY, INC., TOKYO.

悪を働いて　しかも　その噂を耳にすることがない――
そんなみごとな支配ぶりだったらすばらしいのに。
――エドモントンの魔女[註1]

ブライトン・ロック

I

1

おれは殺されようとしている——そのことをヘイルは、ブライトン[註2]に来て三時間と経たないうちに知った。インクの染《し》みのついた指や噛んだ爪、それにシニカルで神経質なそぶりから推して、初夏の日光とか、聖霊降臨節の日の涼しい海風とか、休日を楽しむ大衆とか——そうしたものがこの男とぜんぜん別の世界にあることはすぐわかるだろう。人々はヴィクトリアから電車で五分ごとにやって来ては、ちっぽけな郊外電車の終点であるクイーンズ・ロードで下車し、一度にどっともみあいながら、新鮮でまぶしい空気のなかへはいって行く。塗りたての銀いろのペンキが桟橋にきらきら光っていたし、クリームいろの家並はヴィクトリア時代の淡彩画のように西へ連なっている。豆自動車の競走。演奏しているバンド。海岸通りの下の花壇は草花が咲きみだれ、空のかなたでは一台の飛行機が、消えかけて薄くなった飛行文字で、何か健康に関することを宣伝していた。

　ブライトンの街へまぎれこむのはしごく簡単だ、とヘイルは思った。彼のほかにも、もう五万人がこの日下車したわけであった。彼もしばらくのあいだは、この楽しい日に現《うつつ》をぬかして、予定表《プログラム》にさしさわりのないかぎり、いたるところでトニック入りのジンを飲んだ。というのは、彼は予定表にきちんと従わねばならないのだから。十時から十一時までクイーンズ・ロードとカッスル広場、十一時から十二時までは水族館とパレス桟橋、十二時から一時まではオールド・シップ・ホテルと西桟橋とのあいだの海岸通り、一時と二時のあいだにカッスル広場あたりの適当なレストランへ昼食に戻り、それから今度は遊歩道を西桟橋へくだって、ホーヴ・ストリートそばの停車場へ行かねばならぬ。これが彼の、大げさに宣伝されている愚劣な散歩の範囲であった。

　新聞《メッセンジャー》のどんなポスターにも広告してあった。――『コリー・キバー、本日ブライトンに出現』。彼のポケットには、道々こっそりと隠して行くカードが一包はいっていた。そのカードを見つけた者は、《メッセンジャー》社から十シリングもらえるのだ。しかも、『あなたはコリー・キバー氏です。《日刊メッセンジャー》賞を要求します』という規定の文句をヘイルの前でとなえた者（ただし《メッセンジャー》を一部たずさえて）には特賞が出るのだ。

　これがヘイルの仕事であった。[註3] だれかがその文句を彼に向って述べ、解放してくれるまで、街のなかを歩きつづけること。海岸町を一つずつ順次に、昨日はサウセンド、今日はブライトン、明日は……。

彼は時計が十一打つのを耳にしながらトニック入りのジンを急いで飲みほし、カッスル広場を出た。コリー・キバーは、いつだってフェア・プレイをおこなうのである。いつだって《メッセンジャー》に載っている写真と同じ帽子をかぶり、しかも常に時間を守って。昨日サウセンドではだれからも当てられなかった。新聞社は賞金を節約できるのを喜ぶのだが、あまりしょっちゅうでも困る。今日は見つからねばならぬことになっている——もっとも彼としてもそれを望んでいた。二、三の理由から、彼は聖ブライトンでは身の安全を感じていなかった。そう、聖霊降臨節の雑沓《ざっとう》のなかでさえも。

彼はパレス桟橋の近くで、てすりによりかかりながら人ごみに顔を向けた。群衆は二人ずつ並んで、まるでねじれた針金がほどけるように次々と通りすぎて行く。だれも彼も一種まじめくさった、そのくせ今日一日は遊びくらそうと覚悟をきめたみたいな陽気であった。彼らは混雑した車に立ちづめでヴィクトリアからやって来たのだ。昼食をとるには列を作って待たねばならぬだろうし、夜ふけにはうとうとしながら汽車に揺られて、狭くるしい町へと、あるいは閉店した酒場へと、あるいは退屈きわまる家庭へと、帰るわけだ。この日光。この音楽。豆自動車の喧騒。歯をむいて笑う骸骨の林のなかへ幽霊列車が消えうせるという、水族館の遊歩道下にかかっている見世物。ブライトン糖菓《ロック》[註4]の棒。そしてまた紙で作ったセーラー帽——そうしたほんの僅かの楽しみを長い一日のなかから拾いだすのにさえ、たいへんな忍耐力と労働とがいるのだった。

だれもヘイルを気にかけなかったし、だれも《メッセンジャー》を持っていないようだった。彼はインクの染《し》みのついた指と噛んだ爪とでカードを一枚つまみ、小さなバスケットの上にのせてから、ただ一人でそろそろと歩みだした。三杯目のジンを飲んでしまってからは、ただ孤独感だけが迫って来た。さっきまでは大衆を軽蔑していたはずなのに、今はもう血族のような親しさを感じている。彼らと同様市井に生れた庶民のくせに高給に縛られて、別のものをほしいみたいな顔をしなければならないのだ。しかし桟橋や覗き眼鏡《ピープ・ショー》は、彼の心をしょっちゅう魅惑するのだった。彼は引返したかった。しかし彼にできることは、ただあの孤独のしるし――冷やかな笑いを顔に浮べて海岸通りを歩むことだけだった。どこか見えないところで女の声が歌っている。「汽車に乗って、ブライトンへ来て見たら……」。黒ビールの匂いをぷんぷんさせる声。大衆酒場から聞えてくる声。ヘイルは高級室へとはいって行き、二つのバーとガラス仕切りごしに、その女の大輪の花のような色っぽさを眺めた。

　彼女は老けてはいなかった。四十前か、でなければすこし越したくらい。すこし飲んでいるせいか、いかにもきさくな感じ。彼女を一目見た人は、子供はいるだろうかと、きっと考えるのだが、たとえ子供を産んだことがあるとしても、そのせいで容色を衰えさせたりはしない女だった。美容にはひどく気をつかっていた。大柄な体に自信たっぷりなことは、口紅の塗り方ひとつ見てもわかった。表面、そうでないみたいに見せてはいたが、そのじつなかなか如才ないいたちであった。唄の好きな人のために、持ち唄を用意しているくらいなのだ。

ヘイルも唄が好きだった。この小柄な男は酒場の使用人ふたりの肩のあいだから、鉛の水槽にひっくり返っている空《から》のグラスごしに、それからまたビール樽ごしに、むさぼるような羨望のまなざしを彼女へと投げかけた。

「別のをやってくれ、リリー」とだれかが言うと、彼女はまたはじめるのだ。「ロスチャイルド様にくどかれた、裏街の夜のこと……」。最初の数行しか歌わなかった。途中で笑いこけてしまうので、かんじんの唄のほうはお留守になってしまう。彼女の覚えているバラッドは無尽蔵といってもいいくらいで、ヘイルが聞いたことのあるものは一つもない。

彼はグラスを唇にあてたまま、郷愁めいたものを感じながら女を眺めていた。今度はたしかオーストラリアのゴールド・ラッシュ当時の唄を、とぎれがちに歌っている。

「フレッド」と呼びかける声が彼の背後にあった。「フレッド」

ヘイルのグラスからジンがこぼれた。十七歳ぐらいの少年が扉のところから彼を見ているのだ。——体にぴったりあった安背広、着古してすりきれそうになった布地、なにか飢えの状態を思わせる激しい顔つき、一種不自然ないやらしい傲慢さ《プライド》。

「だれだい？　フレッドなんて呼ぶのは」とヘイルは言った。「おれはフレッドじゃないぜ」

「そんなこと、かまうもんかい」と少年は言った。

戸口のところへ戻って行き、小さな肩ごしにヘイルをみつめている。

「どこへ行くんだい？」

「お前の仲間に知らせなきゃならねえ」と少年は言った。パイント・グラスでビールを飲みながら、うとうとしている守衛の爺さんをのぞけば、高級室には彼ら二人しかいない。

「おい」とヘイルは言った。「一杯やれよ。とにかくここへ坐って一杯」

「いや、行かなきゃならねえ」と少年は言った。「おれが飲まねえことは知ってるじゃないか、フレッド。忘れっぽい野郎だ」

「一杯ぐらい何でもないさ、アルコール気のないやつを一杯」

「早いとこ頼むぜ」と少年は言った。彼はヘイルをたえず監視していた。厳重に、そして不思議そうに。そこには、まだら模様のライオンとか矮小な象とかいう、なかば伝説的な野獣をジャングルに探し求めたあげく、殺戮の直前そんな目つきで眺めている狩人のことを連想させるものがあった。「グレープフルーツ・スカッシュをもらおう」と彼は言った。

「つづけてやれよ、リリー」と大衆酒場でせがんでいる声が聞える。「別のをやってくれ、リリー」。そこで少年は、はじめてヘイルから目をそらし、女の盛上った乳房と成熟しきった魅惑とをガラスの仕切りごしに眺めた。

「ダブル・ウィスキーにグレープフルーツ・スカッシュ一杯ずつ」とヘイルは注文した。彼がそれをテーブルへ運んで行っても、少年はついて来なかった。少年は激しい嫌悪の表情で、その女を眺めている。ヘイルは、じぶんに対する少年の憎悪が、ほんのちょっとのあいだ薄れたような気がした。まるで、手錠がじぶんの手首からはずれて、他人の手首をしめつけて行くのを見ているよう。彼は冗談を言おうとした、「陽気な女《チアリー・ソウル》だ」

「魂《ソウル》だって？」と少年は言いとがめた、「お前になんぞ魂のことをとやかくいわれる筋合はねえぞ」。彼は憎しみを、もう一度ヘイルへと向けて、グレープフルーツ・スカッシュを一気に飲みほした。

ヘイルは言った、「おれは仕事の都合でこの街にいるだけなんだ。今日いちんちだけさ。おれはコリー・キバーなんだぜ」

「お前はフレッドさ」と少年は言った。

「勝手にしろ」とヘイルは言った。「おれはフレッドさ。だけど何だぜ、おれのポケットにはカードがはいってる。こいつは十シリングの値打があるんだぜ」

「カードのことはぜんぶ知ってる」と少年は言った。彼の皮膚はすべすべして、きれいだったし、ほのかな生毛《うぶげ》がはえていたけれども、灰いろの瞳に光っている或る種の冷酷さは、人間らしい感情が死に絶えてしまった老人を思わせた。「おれたちはみんなお前のことを、今朝の新聞で読んで知ってるよ」と彼は言った。そしてとつぜん、まるで猥本のなかの猛烈なくだりを読んだみたいにくすくす笑いだした。

「じゃあ、お前に一枚やろう」とヘイルは言った。「さあ、この《メッセンジャー》を持てよ。そうしてここに書いてある文句を読みあげるんだ。お前に賞金ぜんぶくれてやる。十ギニーなんだぞ。この請求用紙を《メッセンジャー》に送りさえすりゃいいんだ」

「ほう、現ナマをあずかるほどの信用は、お前にはねえってわけだな」と少年は言った。そしてもう一つの酒場ではリリーが歌いはじめる、「二人が逢ったのは人ごみのなかだった……あの方はわたしを嫌ってると思った」。「ちぇっ」と少年は言った、「あのうるさい淫売女を黙らせようって奴はいないのかい？」

「お前に五ポンドやろう」とヘイルは言った。「有り金ぜんぶさ。それに切符も添えよう」

「どうやら、お前には帰りの切符はいらないらしいぜ」と少年は言った。

「おれにはやましい所はないんだ。後ろ暗い覚えはこれっぽっちもないんだ」

少年があらあらしく立ちあがった。しかも毒々しい憎しみのほとばしるのを自制することができず（唄に対する憎悪だろうか？　それともヘイルに対する？）、空《から》のグラスを床に落してしまった。「あの方が払ってくれるとさ」。少年はバーテンダーにこう言って、高級室の扉から出て行った。奴らはおれを殺そうとしているのだ、とヘイルがさとったのはこの時だった。

「二度目にあの子と逢ったとき
　髪にさしてたオレンジの花
　あの子の顔も花のよう
　優しく匂っておりました」

　守衛はあいかわらず眠っていた。ヘイルは人気《ひとけ》のない気どった部屋から、女を見やった。彼女の乳房の豊かな盛上りが、薄くて下品なサマー・ドレスを通してうかがわれた。彼はまるでその大衆酒場のなかに生命をみつめているみたいに、悲哀と絶望をまじえた目で彼女を眺め、そして考えていた——なんとかしてここから逃れねばならぬ、逃れねば——と。だが、彼にはできなかった。仕事が控えているのだし、《メッセンジャー》社は、仕事にかけてはうるさいのだ。それはかなりよい新聞だったし、しかも、じぶんが今までたどってきた経歴を思い浮べると、彼の心には誇り《プライド》の念が小さな焰《ほのお》のようにきらめくのだった。街角での新聞売り。発行部数一万の小地方紙の記者、週給三十シリング。シェフィールドでの五年間。彼はウィスキーをもう一杯飲んで、から元気をつけ、愚連隊におどかされて勤めをしくじる羽目にでもなったら忌々しい話だぞ、とじぶんに言い聞かせた。おれのまわりに人がいるとき、彼らに何ができる？　まさか、真昼間みんなの見ている前で、おれを殺す度胸はあるまい。おれは五万人の遊覧客に守られて、安全なのだ。

「こっちへおいでよ、一人ぽっちのお兄さん」。ヘイルは、大衆酒場のみんなの顔がじぶんを見て笑っているのを眺め、彼女がじぶんに呼びかけたのだ、とようやく気づいた。そして彼は、とつぜん、いっしょにいるのが居眠りしている守衛だけでは、愚連隊がやすやすと襲えるし、連れても行ける、と考えたのであった。もう一つの酒場へ行くのに、わざわざ街路へ出る必要はなかった。三つの扉を通りぬけて、高級室と〈婦人専用〉室をつっきり、ぐるりと廻ればよかった。彼は九死に一生の思いで近づきながら、「何を飲む？」と大柄な女に言った。この女にくっついているかぎり命は大丈夫だ、と彼は考えた。

「ポート[註5]がいいわ」

「ポートを一杯」と彼は言った。

「あんたは飲まないの？」

「うん、もうたくさん飲んでるんだ。ねむくなると困る」

「休日だっていうのに、どうしてなのさ？　あたしにビールを一杯ちょうだい」

「おれはビールは嫌いなんだ」と言って、彼は時計を見た。一時である。予定表が彼の心をいらだたせた。カードを街中に残しておかねばならぬ——新聞社はそれで彼の仕事を監視し、怠けたかどうかいつも目が光っているという仕掛であった。「ねえ、何か食べに行こうよ」と彼は頼むようにして女に言った。

「まあ、この人の言うことったら」と彼女は仲間の女に言った。彼女の、ポートの匂いのする暖い笑い声が、酒場じゅうをみたした。「御機嫌なのね。あたし、あなたには自信ないわ」

「行っちゃだめだよ、リリー」とみんなが言った。「あの大将、どうも手が早そうだよ」

「あたし、自信ないわ」と彼女はくり返して、やわらかで人なつこい、牛のような片眼でウィンクした。

彼女を招く方法が一つあることはわかっていた。以前にはちゃんと心得ていた。昔だったら、一週三十シリングの給料で世帯を持ったろう。彼女を男友だちから引きはなしたり、大衆食堂でなれなれしくなったりするときの口説《くぜつ》や酒落も知っていたのだ。しかし今ではさっぱり疎くなっている。彼には何も言うことがなかった。できるのはただ、こうくり返すことだけであった、「ねえ、何か食べに行こうよ」

「ねえホレイス様、一体どこへ行こうっていうの？　オールド・シップ・ホテルかい？」

「そうだよ」とヘイルは言った。「お好みだったらね。オールド・シップ・ホテル、結構さ」

「あれをお聞きよ」と彼女は、婦人室にいる二人の黒いボネットの女、高級室に一人きりで居眠りしている守衛、六人ばかりの彼女のとりまき――つまり酒場のなかのみんなに言った。「あの紳士がわたしをオールド・シップへ御招待なんだよ」と彼女はふざけた声で言った。「明日だったら嬉しいんだけど、今日はあいにく《ダーティ・ドッグ》におともする先約があるの」

ヘイルはがっかりして扉のほうに向いた。あの少年はまだほかの連中に知らせていないだろう。昼食は無事にすますことができるだろう。だが、彼がいちばん恐れていたのは、昼食のあとですごさねばならぬ時間のことであった。

女が言った、「あんた、病気か何かなの？」

彼の視線は、盛上がった乳房へと転じた。彼にとって、彼女は一つの暗黒なるもの、避難の場所、知恵、分別として感じられた。彼の心はそれを眺めて痛むのだったが、しかしインクの染《し》みのついた小さな体のなかで、もういちど誇り《プライド》の念が首をもたげ、「子宮へ帰れ……じぶんの母親になれ……じぶんの脚で立っているのをよせ」と毒づくのだった。

「いや」とヘイルは言った。「おれは病気じゃない、大丈夫だ」

「でも様子が変よ」と彼女は親しげに、そして心配そうに言った。

「何でもないんだ。腹がすいてるだけさ」

「ここで何か食べたらいいのに」と女は言った。「ねえベル、お前さんこの人にハム・サンドイッチを作ってあげてくれない？」。するとバーテンダーは、ああできるよ、と答えた。

「いや」とヘイルは言った。「おれは仕事をつづけなくちゃならないんだ」

仕事をつづけること。海岸通りを歩いて、できるだけ早く群衆の流れといりまじり、前後左右にすばやく目をくばること。知っている顔はどこにも見えなかったが、彼は安心しなかった。人ごみのなかにまぎれこんでいれば安全だろう、と考えたのだったが、今となっては、じぶんを包んでいる群衆とはつまり土人が毒罠《どくわな》をしかけておいた密林のようなものだと思われてきた。すぐ前にいるフランネルの服の男の背後が見えなかったり、顔を別のほうに向けると、今度は燃えるように赤いブラウスで視野をふさがれたりした。老婦人が三人、オープンの馬車に乗っていた。かすかな蹄《ひづめ》の音が、平安そのもののように薄れて行く。それは、今でもそうした安らかさで生きている人々があることを告げていた。

ヘイルは海岸通りをよこぎった。そのあたりは大した混雑ぶりでもなかったため、どんどん行けた。グランド・ホテルのテラスで、人々がカクテルを飲んでいたし、ヴィクトリア時代ふうの日蔽《おお》いの精巧な模造品は、リボンと花の模様に日を浴びている。粉を吹いたような肌と銀髪、それに旧式の鼻眼鏡という引退政治家ふうの男が、威厳たっぷり落ちつきはらってシェリーを飲んでいた。コスモポリタン・ホテルの玄関から広い階段を降りてくる二人づれのユダヤ婦人は、どちらも白貂《てん》の外套に明るい真鍮いろの髪というお揃いだったが、二羽の鸚鵡《おうむ》みたいに顔を近づけ、きんきんした声で内証事を交換しあっていた。『ねえあなた』って、とてもそっけなく言ってやりましたの。『もし、デル・レイ式のパーマを御存じないのでしたら、あたしとしては……』」。彼女らは、赤く染めたとがった爪を光らせあいながらぺちゃくちゃ喋っていた。コリー・キバーが予定表に遅れるなんて、この五年間に一度もなかったことだ。彼はコスモポリタン・ホテルの入口の階段の前、そのいっぷう変った大建築が投げる影のなかで思い出した、愚連隊は新聞を買ったのだということを。そうだ。おれをつかまえるため大衆酒場を探す必要はないわけだ。奴らは待ち伏せる場所を知っているのだから。

騎馬巡査がその道へやって来た。手入れの行きとどいたかわいらしい栗いろの獣は、熱した舗道の上を、百万長者が子供に買ってやる贅沢《ぜいたく》な玩具のように、優雅に歩んだ。非の打ちどころのないその見事さ、磨きこんだマホガニーのテーブルみたいに底光りする革具、きらきら輝く銀いろの徽章《きしょう》、それらを人々は感嘆して眺めた。この玩具がいま実用に供せられているなどとは、考えられないくらいだった。しかしヘイルの目は、巡査の通りすぎるのを機械的にしか見ていなかった。それは彼の注意すら引かなかったのだ。男が一人、歩道の縁石のそばに立って、盆にのせたものを売っていた。その男には体の片側が、脚も腕も肩もなかった。そのそばを美しい馬はゆっくりと通りすぎながら、御後室様のような上品なこなしで首を横にむける。「靴紐はいかが？」とその男がヘイルに力なく呼びかけた、「マッチは？」。ヘイルは聞いていなかった。「剃刀の刃……」。ヘイルは無言のままそこを通りすぎたのだが、しかしすでにその言葉は、そして薄くえぐられた傷と鋭い苦痛についての想念は、彼の脳のなかに定着されていた。カイトの奴はあれで殺《ばら》されたのだ。

　その道を二十ヤードばかり行ったところで、彼はカビットを見つけた。カビットは赤毛の髪をブラシで調えた大男で、顔にはそばかすがいっぱいある。ヘイルを見ても気がつかないふりをして、のんびりとポストにもたれたまま、彼を見張っている。郵便配達が手紙を集めにやって来たので、カビットは体をよけた。彼が郵便配達と冗談を言いあい、郵便配達が笑いながら袋を一杯にする間も、カビットは視線を街路に投げて、ヘイルの行くのを待っている。彼がどう出るのか、ヘイルにははっきりとわかっていた。愚連隊はみな顔なじみだったが、カビットはのろまな奴で、わりに親しいほうだった。あいつはさりげなく、おれと腕を組み、連れて行きたいところへ引き立てようとするだろう……。

　しかしあの向うみずな誇り《プライド》の念、知恵の傲《おご》りは消え失せていなかった。彼はひどく怯えてはいたけれども、「おれは死なないぞ」とじぶんに言い聞かせたり、「三面記事のネタじゃないぞ」と空景気をつけたりした。そして現実の世界はこうだった——二人のユダヤ婦人はタクシーに乗りこむところ、パレス桟橋ではバンドが演奏し、色の淡い澄んだ空には、「タブレット」と書かれた飛行文字が薄れて白い煙になっている……。と、ポストのそばに赤毛のカビットの奴が見えなくなっていた。ヘイルはもういちど向きを変えて道をよこぎり、西桟橋のほうへ足早に、ただし駈けだしたりなどはしないで引返した。彼には一つ、計略があったのだ。

　女の子をひとり見つければよい、と彼は考えた。聖霊降臨節の休日なのだ。きっと何百人といることだろう、男と知合いになって酒をおごってもらい、《シェリー》で踊ったあげく、通廊つきの客車に乗って、ほろ酔いかげんで情緒たっぷりと家へ送ってもらう……といった寸法を待ち構えている女の子が。証人を連れて歩く——それが最上の策だ。今すぐ駅へ行くのは、だいいち自尊心がゆるさないし、それに得策でもあるまい。彼らはきっと張り番しているだろうし、一人ぽっちの男を停車場で殺すのは簡単なことだ。車室の扉をぐるりととりまくか、でなければ改札口の雑沓でやっつければそれですむ。コリオニの一味がカイトの奴を殺したのも停車場だった……。女の子たちはみな道路ぞいに、二ペンス払って借りるデッキチェアに腰かけて、男に誘われるのを待っていた。男の子といっしょに来なかった娘たちばかり。事務員、ショップ・ガール、美容師（パーマをかけたばかりの大胆な髪《ヘアスタイル》型やきれいにマニキュアした爪で、一目でわかる）。美容師たちは前の晩、勤めさきの美容店でおそくまで待ったすえに、夜なかまでかかって、おたがいに準備しあったのだ。だからいま日向《ひなた》にいると、肌はすべすべしているけれども、ねむそうだった。

椅子の並びの前のあたりを、今年はじめての夏服にプレスのきいた銀灰色のズボン、しゃれたシャツという服装の男たちが、二人づれか三人づれでぶらぶらしていた。彼らはみな、女の子を手に入れようが入れまいがどうでもいいみたいな顔つきであった。そして、ヘイルは彼らのなかにはいって行った——むさくるしい背広と、よれよれのネクタイ、縞のシャツと十年以上前のインクの染《し》みに身を包んだまま、女の子をひとり誘いだそうと血眼になって。だが、彼に煙草をすすめられても、娘たちはまるで公爵夫人きどりの冷たい目つきで睨み、「せっかくですが、いただきませんの」と答える。しかも彼には、後方三十ヤードのところをカビットがぶらぶらしているのが、振返らずともわかるのだった。

それが彼のそぶりを奇妙なものにした。彼は必死の状態を蔽い隠せなかった。彼は、女の子たちがじぶんを嘲笑する声、じぶんの服装や話しかけ方を嘲笑する声を背後に聞いた。ヘイルの心のなかには、手におえない劣等感があった。彼はただ職業にだけ誇りを感じていた。彼は鏡に映るじぶんの姿が、その骨ばった脚と鳩胸とが嫌いだったし、それに、なげやりでみすぼらしい服装は一つのしるし——女の気をひくことはできないというしるしであった。そこで彼は、身なりのととのった女やきれいな娘をあきらめ、彼が言いよっても喜ぶような十人並の者を探して、必死に目を走らせた。

そうだ、この子がいい、と彼は考え、桃いろの服を着た肥ったにきび娘が脚を地面につけずにぶらぶらさせているのに、渇望の微笑を送った。彼はそのそばのあいている椅子に腰をおろし、置きざりにされた遥かな海が西桟橋のまわりにうねっているのをみつめた。

「煙草すいませんか？」と彼はしばらくしてから言った。

「どうしたらいいのかしら」と娘は言った。その声はまるで赦免状のように甘美だった。

「ここはとても気持のいいところですね」とその肥った娘は言った。

「ロンドンから来たの？」

「ええ」

「じゃあ」とヘイルは言った、「一日中ひとりぼっちでここにいるつもりじゃないね？」

「あら、わからないわよ」

「まず食事をしに出かけて、それから二人で……」

「二人でですって？　お目にかかったばかりなのに」

「じゃあ、一日中ひとりでここにいる気なの？」

「一人でいるなんて言ってやしないわ。でも、もちろん、あなたと行くっていうわけじゃなくってよ」

「とにかく、何か一杯やりながら話そうよ」

「ええ、いいわ」と女の子は言うと、コンパクトをあけて、ぷつぷつのある顔をたたいた。

「さあ行こう」とヘイルは言った。

「お友だちもいるんでしょ？」と女の子は言った。

「おれは一人きりだよ」

「あら、それじゃ困るわ。だめよ。あたしの友だちを、置いてけぼりにしておけないわ」。

ヘイルはこのときになってはじめて、血色のわるい娘が向う側の椅子に腰かけて、彼の返事を待ちかまえているのに気づいた。

「だって君は来たいんだろう？」とヘイルは哀願するように言った。

「ええ、そうよ。だけど困るわ」

「なあに大丈夫だよ。向うは向うで探すさ」

「あら、だめよ。一人にしては置けないの」。問題の娘は鈍感そうに海を眺めている。

「ねえ君、いいだろう？」と、ヘイルは身を乗り出すようにしてその無表情な娘に懇願したけれども、娘は途方にくれたような甲高い笑い声を立てるだけであった。

「この娘《こ》には、知ってる男の子がないの」と肥った娘が言った。

「なあに、めっけるさ」

「デリア、あなた大丈夫？」。そう問われると、血色のわるい娘は額をぴったりと女友だちによせて相談しあうのだった。デリアはときどき金切り声で笑った。

「さあ、話はきまった」とヘイルは言った、「いっしょに行くね」

「ねえ、お友だちひとり見つからない？」

「この街には知ってる奴がいないんだ」とヘイルは言った。

「行こうよ。どこでも好きなとこで食事しよう。おれはただ……」と痛々しく笑って、

「君がそばにいてくれればいいんだ」

「だめよ」と肥った娘は言った。「あたし困るわ……友だちといっしょでなくちゃ」

「そんなら二人とも来いよ」

「そんなんじゃ、デリアが喜ばないわ」と肥った娘が言った。

そのとき少年の声が彼らの会話をとぎらせた。

「そこにいたのか、フレッド」。そしてヘイルは、十七歳の非情な瞳が灰いろに光っているのを見あげた。

「あら」と肥った娘が金切り声をあげた、「お友だちはないと言ってたのに」

「フレッドの言うことは信用できないんだよ」とその声は言った。

「さあ、これで一行が揃うってわけね」と肥った娘が言った。「こちらはあたしの友だちのデリア。あたしはモリー」

「お近づきになれて、うれしいですよ」と少年は言った。

「どこへ行くことにしたんだい？　フレッド」

「あたし、おなかがすいてんのよ」と肥った娘は言った。

「デリア、あんたもそうでしょ？」。デリアはもじもじしながら打消した。

「おれがいい店を知ってるよ」と少年が言った。

「そこではサンデー売ってる？」

「上等のサンデーがある」と、彼はまじめくさった陰気な声で安心させた。

「あたし、サンデーが食べたい。デリアはスプリット・サンデーがいちばん好物なの」

「さあ行こう、フレッド」と少年は言った。

ヘイルは立ちあがったけれども、手がふるえていた。これはいまや現実の問題なのだ――

—少年の出現、どうしても避けられない剃刀の傷、血まみれの苦痛のうちに失わねばならぬ生命——デッキ・チェアやパーマネント・ウェーヴ、パレス桟橋の湾曲部を騒ぎまわる豆自動車は、もう彼の世界にはなかった。脚の下で大地が揺れるようだったし、かろうじて失神しなかったのは、気を失っているあいだに連れ去られるかもしれぬと危惧してのゆえであった。しかしこの瞬間にさえ、あのだれにでもある自重《プライド》の心、取乱した振舞いを避けたいという本能が強く残っていた。気おくれが怯えを抑え、恐怖の叫びを声に出させなかったし、おとなしく従って行けとしきりに促すことさえしていた。少年がもういちど語りかけなかったら、ヘイルは同行したかもしれないのだ。

「行動開始としようか、フレッド」と少年は言った。

「いやだ」とヘイルは言った。「おれは行かない。おれはそいつを知らない。おれの名はフレッドじゃない。そいつに会ったことなんて一度もない。知らない男だ」。彼は足早に立去った、頭を垂れ望みを失い（もう時間はなかった）、歩きまわることと明るい日光のなかにいること、ただそれだけを意識しながら。海岸通りの遠くのほうから、ポートに酔った女の歌声で、花嫁と花束、百合と経帷子《きょうかたびら》のことを歌ったヴィクトリア時代のバラッドが聞えた。そして彼は沙漠のなかを長い間さまよった者が火を発見したときのように、歌声のほうへと歩いて行った。

「あら」と彼女は言った。「さっきのお兄さんじゃないの！」。驚いたことに彼女は、椅子がたくさんあるなかにたった一人きりだった。「みんな手洗いへ行ったのよ」と彼女は言った。

「坐っていいかい？」とヘイルは言ったのだが、安心のあまり声が変っていた。

「二ペンス持ってる？　あたし、持ってないの」。彼女が笑いだすと、豊かな乳房がドレスを突きだした。「手提げを失敬されちゃった。一ペニーも残らず、すっかりよ」。彼は驚いて彼女を見まもった。「ねえ」と彼女は言った。「お金のことなんかどうでもいいの。面白いのは手紙のこと。あの泥ちゃん、トムの手紙をみんな読んじゃうにちがいないわ。それがすごいラヴ・レターなの。この始末を聞いたら、トムはきちがいみたいになるわ」

「お金がいるんだろ」とヘイルは言った。

「ううん、あたし心配してないの。だれか、お手洗いから出て来たら十シリング貸してくれるわよ」

「そいつらは友だちかい？」とヘイルは言った。

「大衆酒場で会った人たち」

「手洗いから戻って来ると思うかい？」

「えっ……じゃ、あんたは……」。彼女は遊歩道の方をみつめ、それからヘイルを見やって、もういちど笑いだした。「そうよ、まったくあんたの言う通りだわ。すっかり、やられちゃった。でも、十シリングはいってただけなの。――それからトムの手紙と」

「いっしょにお昼を食べない？」とヘイルは言った。

「あたし、大衆酒場ですましちゃった。おごってもらったの。つまり、わたしの十シリングのなかでおごられたわけね」

「もうすこし食えよ」

「だめよ、もうこれ以上」と彼女は言って、スカートが膝まで持上ってみごとな脚がむきだしになるのもかまわず、いっぷういやしい満悦の様子で、デッキチェアに深くよりかかるのだった。そして明るい海をちらりと眺め、「すばらしい日だわねえ」と言いそえた。

「それなのにみんなは、生れて来なきゃよかったと思ってるんだから、あたしって権利のあるところでは執着するたちなの」

「君の名はリリーかい？」とヘイルは訊ねた。少年はもう見えなかった。行ってしまったのだ。カビットも去ったのだ。目のとどくかぎり、だれも見えない。

「それはあの連中があたしを呼ぶ名前。本当はアイダっていうの」。俗に砕けてしまった古いギリシャの名前が、このとき僅かばかりの威厳をよみがえらせたように思われた。彼女は言った、「あんた、しょぼんとしてるわ。どこかへ行って食事したらいいのに」

「君も行くんでなきゃいやだよ。おれはただ君といっしょにこうしていたいだけさ」

「おや、うまい殺し文句。トムが聞いたら何て言うかしら？　ねえ、トムの手紙ったらとても情熱的なのよ。そのくせ、さしむかいで話すだんになると……」

「彼は結婚したがってるのかい？」とヘイルは言った。彼女はシャボンとポートの匂いがした。慰めと平安とけだるい肉体のよろこび、なにか母親と育児室とを思わせるものが、ほろ酔いの大きな口から、大きな乳房と脚からしのびより、そして、ヘイルの怯えきった小さな頭脳へ達するのだった。

「あの人とあたし、いっぺん結婚したことがあるの」とアイダは言った。「だけどあの人ったら、幸福なときには幸福だと思えなかったのね。今になって、よりを戻したいと言ってるのよ。彼の手紙を読むとわかるわ。かっぱらわれてなかったら、見せたげるんだけど。そんなことが書いてあるから、あの人は照れるだろうけどさ」と、彼女は楽しそうに笑って、「あなたには考えもおよばないような文句よ。そのくせ、とってもおとなしい人なんだけど。ねえ、生きてるのは面白いっていうの、わたしの口癖なのよ」

「君としては、よりを戻す気なのかい？」とヘイルは言って、ひねくれた羨望のおももちで、じぶんを庇護してくれる谷蔭からじっと外界をみつめた。

「あたし、結婚する気はないの。あの人のことは知りつくしてるわ。だから、もうスリルがない。もし男がほしいんだったら、あたしうまくやってのけるわよ」。自慢しているのではなかった。ほろ酔いかげんで幸福な気持になっているだけであった。「あたし、その気になればお金持とだって結婚できるわ」

「今はどうして食ってるんだい？」とヘイルは言った。

「その日ぐらしよ」と彼女は言って、彼にウィンクし、グラスを傾ける身ぶりをした。

「お名前はなんておっしゃるの？」

「フレッド」と彼はなだらかに言った。それは、彼が偶然知りあった人にいつも言う名前であった。彼は何かはっきりしない秘密の理由から、チャールズという本名を隠していたのだ。秘密とか隠れ家とか暗黒街とかを、幼少のころから愛していた。ただし、カイトや少年やカビットや愚連隊一味と掛り合いになったのも、やはりその暗黒街においてであった。

「そしたら、あんたは何で食ってるの？」と彼女は快活に訊ねた。男たちはいつも語ることを好み、そして彼女は話を聞くのが好きであった。だから彼女は男たちの経験談をどっさり貯えていた。

「ばくちさ」と彼はすばやく逃げを打った。

「あたし、一山張るのが好きなのよ。土曜のブライトン競馬の内報、教えてくれない？」

「ブラックボーイ。四時のレース」と彼は言った。

「二十対一の大穴ってわけね」

ヘイルはじっと彼女を見やった。「いやなら、よしなよ」

「あら、それに決めるわ」とアイダは言った。「あたし、いつも内報を信用するの」

「だれが教えてくれてもかい？」

「うん、それがあたしの遣り口。あんたも行くつもり？」

「いや、行く気はないよ」。彼は女の手首を握った。それ以上のことをしようとは思わなかった。病気になったと編集長に言おう、辞職して他の仕事をみつけよう。生命がすぐそばにあるのに、死と戯れたくはない。「いっしょに停車場へ行こう」と彼は言った。「ロンドンへ帰ろうよ」

「こんな日に、いやなこった。あんたはロンドンのごみごみした空気に当てられてるんじゃない？　元気がないわ。海岸通りの空気を吸えばしゃんとなることよ。あそこには見たいものがいっぱいあるの。水族館と黒岩《ブラック・ロック》。それに、今日はまだパレス桟橋へ行ってないし。パレス桟橋にはいつも珍しいものがあるわね。あたし、楽しみたいのよ」

「二人で見に行って、それから……」

「それにまる一日かけちゃうのよ。あたし、いちんち遊びくらすのが好きさ。断っておいたでしょ、あたしは執着するたちだって」

「いっしょに来てくれるんなら、何だっていい」とヘイルは言った。

「あんたなら手提げを失敬するはずはないわね。だけど、金づかいが荒いってこと、言っておくわ。ここでは輪投げを一回、あそこでは射的を一度なんてことじゃ、承知しないわよ。見世物を片っぱしから見たいの」

「この日ざしのなかをパレス桟橋までじゃ」とヘイルは言った。「ずいぶん遠いね。タクシーに乗るほうがいい」。しかし彼は、タクシーのなかですぐアイダの体にさわったりなどせず、遊歩道を見やりながら、ぎこちなくうずくまっているだけであった。通りすぎて行く明るい大道には、少年の姿もカビットの姿も見えない。彼はおそるおそる振返って、豊かな乳房がじぶんを受け入れているのを感じながら、彼女の口にキスし、舌の上にポートの味をあじわった。と、そのときバックミラーのなかに、古ぼけた二五年型のモリスがついて来るのが見えたのである。車蓋《ほろ》は裂けてぱたぱたしているし、フェンダーは曲っており、風除けは褪せてひびがはいっている代物。彼は、タクシーが遊歩道のまわりを徐行する動揺につれて女をゆすぶりながら、しかもその口にキスしたまま、鏡のなかの自動車を見まもっていた。

とうとう彼女は、「息をつかせてよ」と言って彼を押しのけ、曲った帽子を直した。「あんたは辛い仕事が好きなのね」と彼女は言った。「あんたでしょう、ちっちゃな連中が……」。じぶんの手の下で彼の神経のふるえているのが、彼女にわかった。アイダは運転手に、通声管で早口に呼びかけた。「とめないで。バックして、もう一まわりしてちょうだい」。彼は熱病患者みたいだった。

「病気なのね、一人で出歩いたりしちゃいけないわ。一体どうしたっていうの？」

彼はもう、隠していられなかった。「おれはもうすぐ死ぬんだ。おれは怖い」

「医者にみてもらった？」

「医者じゃだめだ。あいつらじゃ、手のつけようがないんだ」

「一人で出歩いたりしちゃいけないわ。あんた、そう言われたの？　つまり……医者にさ」

「うん」と彼は言って、口をもういちど女の口に押しつけた。キスしていると、遊歩道を揺れながら追って来る古ぼけたモリスが、鏡のなかに監視できたからである。

彼女は男を離したが、しかし腕は彼の体を抱いていた。

「医者のほうが、いかれてるのよ。あんたは病気じゃないわ。そんなに悪いんだとしたら、あたしにわからないはずないもの。あたし、そんなふうに弱音を吐く人なんてきらい。あんたがへばってなきゃ、とても楽しいのに」

「君がここにいてくれれば、それでいいんだ」とヘイルは言った。

「二人きりのほうがいいわ」と彼女は言って、空気がはいって来ないように、大急ぎで窓をおろした。そして彼と腕を組みあわせたのだが、驚きの表情を浮べて、しかし静かに言った。「あんた、いいかげんな嘘ついたんでしょう？　医者のことを話したとき。あれは嘘でしょう？」

「うん」とヘイルはだるそうに、「嘘だ」

「ほーら御覧なさい」とアイダは言った。「ほんのちょっぴり、驚いちゃった。あんたがこの車のなかで死んだら面白かったわ。トムが新聞で知ったら一大事だわよ。だけど、あたしといっしょだと、男の人っていつもこんなふうなのよ。きまって、何か困ったことがあるみたいに言うの。お金のことだとか、奥さんのことだとか、心の悩みだとか。死にかけてるなんて言ったのも、あんたがはじめてじゃないわ。そのくせ、困ってることなんか、ちっともないのに。死ぬ前の時間とか何かを、せいぜい利用するつもりなのね。あたしのつくりが大柄なせいだと思う。お母さんみたいな気になるらしいの。ううん、最初は引っかかったわ。『医者は一月《ひとつき》しかもたないって言うんだ』なんてね──五年前のことだったわ。今でもヘネキー酒場でよく会う人よ。『こんにちは、幽霊さん』って言ってやるの。すると、牡蠣《かき》と黒ビールをおごってくれる」

「うん、おれは病気じゃないんだ。怖がる必要はないよ」。ヘイルはもう一度のんびりと、女を抱きしめたけれども、ふたたびプライドを捨てるつもりはなかった。タクシーは、老政治家が居眠りしているグランド劇場のそばを通りぬけ、メトロポール・ホテルの前に来た。「さあ、ついた。おれが病気でなくても、いっしょにいてくれるね?」

「もちろんよ」とアイダは言って、そっとしゃっくりしながら車から降りた。「あたし、あんたが好きよ、フレッド。一目見て好きになってたの。あなたって面白い人ね、フレッド。あら、あの人だかりはどうしたのかしら?」と彼女は指さして、好奇心にみちた楽しそうな声で訊ねた。そこには、きれいなズボンや明るい色のブラウスやむきだしの腕や、それからさっぱりと調えられた頭髪の男女が集っている。

「時計一個お買いあげの方には」と男が一人まんなかで叫んでいた。「時計の値段の二十倍もするおまけがつく。たった一シリングですよ。さあ皆さん。たった一シリング。時計一個お買いあげの方には……」

「時計を買ってよ、フレッド」と、アイダは彼をそっとつついて、「でも、買いに行く前に三ペンスちょうだい。あたし、顔を洗いたいの」。二人はパレス桟橋の入口のところに立っていた。彼らのまわりは、回り木戸を出たりはいったりする人や大道商人を見る人で混雑していた。あのモリスはどこにも見えない。

「顔なんか洗わなくたっていいよ、アイダ」とヘイルは頼むような口調で、「君はきれいだもの」

「だめなのよ、洗わなくちゃ。汗でべとべと。ちょっと待っててよ。ほんの二分間」

「ここじゃ巧く行かないぜ」とヘイルは言った。「ホテルへ行って一杯やってから……」

「あたし待てないのよ、フレッド。ほんと。おとなしくうんと言ってよ」

ヘイルは言った、「ほら、十シリング。忘れないうちにやっといたほうがいい」

「あんた、ほんとにいい人ね。あとで困らない？」

「早くしてくれよ、アイダ」とヘイルは言った。「おれはここにいるからさ。よそには行かない。この回り木戸のそばで待ってる。長くはかからないだろうね。おれはここにいるぜ」。彼は回り木戸のてすりに手をかけて、こうくり返した。

「あら」とアイダは言った。「そんなこと言ってると、あたしに首ったけなんだと人に思われてよ」。そして彼女は彼のイメージ――小柄だというよりもむしろやつれた男、嚙んだ爪（彼女は何ひとつ見のがさなかったのだ）、そしてインクの染《し》みとてすりを摑《つか》んでいる手――を心のなかに優しく抱いて、婦人洗面所へと階段をくだった。いい人だわ、あの酒場であたしがからかったときだって感じがよかったもの、と彼女は一人で考えた。そして彼女はポートの匂いのする暖い声で、だけど今度はやわらかに歌いはじめた。「ロスチャイルド様に口説かれた、裏街の夜のこと……」。男を待たせてこんなふうにそわそわするのは、ずいぶん久しぶりのことだった。白粉《おしろい》をはたいて、さっぱりしたいい気持になり、階段を昇って聖霊降臨節の日の明るい午後へはいって行くまで、四分とはかからなかった。しかしヘイルはいなかったのだ。回り木戸のそばにも、大道商人を囲む人だかりのなかにも。彼女はヘイルを探そうとして人ごみのなかへ割りこんで行き、商人が興奮のあまり顔を紅潮させているのと向いあった。「何だって？　時計一個に、時計の二十倍もの値打が確実にあるおまけを添えるんだ。一シリング払おうという奴はいねえのかい。時計が一シリング以上の値打物だなんて言いやしないが、この時計、外見だけなら、けっこう一シリングに見えるし、それに二十倍ものおまけがつく……」

アイダは、彼は手洗いへ行ったのだ、帰って来るだろうと考え、十シリングの札を差出して小さな包みと釣り銭を受けとった。彼女は回り木戸のそばに立って、時計を包んである小さな封筒を開いた。「ブラックボーイ」と彼女はつぶやいた、「四時。ブライトンで」。そして、やさしく誇らしげに、「あの人の教えてくれた内報よ。物知りなのねえ」と考え、忍耐強くしかもいそいそと、彼が帰って来るのを待った。彼女は執着するたちだった。町の時計が一時半を鳴らした。

註1　《エドモントンの魔女》エリザベス時代戯曲の一つ。デッカー、フォード、ラウリー合作の悲喜劇。エドモントンに住む老婆がじぶんを迫害する連中に復讐するため悪魔に魂を売って魔女となる話を脇筋とし、本筋は下男ソーニーが下婢ウィニフレッドと秘かに結婚したが、父親の怒りと廃嫡を恐れて、父の命ずる女と重婚、後にこれを殺害するが処刑されるという話。「この戯曲があつかっている主題――つまり善（good）と悪（evil）――は、現在でも、一六二三年におけると同様ぼくたちに生き生きと迫って来る」（E・サックヴィル・ウェスト）

註2　ブライトン　イギリス、サセックスの海岸町。英仏海峡にのぞむ。ロンドンに近いせいもあって、イギリス第一の海浜行楽地。人口十四万六千（一九三九年）。

註3　ヘイルの仕事……　「夏のシーズンのあいだ、イギリスでは大衆新聞が海岸地方で宝さがしをおこなうことがある。ある新聞記者の写真と、彼がおとずれる町での彼の道筋が発表される、そして彼は通例、ファンタスティックな名前をつけられている。新聞を一部たずさえていて、規定の文句で彼を言いあてることのできた者には、賞金がさずけられる。彼はまた、きま

った道筋にカードを置いてゆく。このカードは少額の賞金と交換される。翌日、記者は新聞に体験記を発表する。もちろん、ヘイルという人物は、どのような実在の新聞記者から作りあげられたものでもない」（一九五一年のアメリカ版に、著者がつけた註）

註4　ブライトン糖菓《ロック》　「ブライトン糖菓《ロック》は、棒状のキャンディーで、ちょうどアメリカの場合のソルト・ウォーター・タフィーのように、イギリス海浜遊楽地の特色をなすもの。棒をどこで折っても、端にはかならず『ブライトン』という字が現れる」（一九五一年に出たアメリカ版の、刊行者による註）

註5　ポート　ポルトガル南部でつくられる甘味の強いワイン。十七世紀後半以来、イギリス人に好まれる。デザート・ワインとして飲まれるのが普通。

2

〈少年〉は三ペンス払って、回り木戸からはいった。みんながオーケストラの演奏を待って腰かけている。四列にならんだデッキチェアのかたわらを、わき目もくれずに通りすぎる。臀《しり》のところがすこしだぶつく、黒っぽい薄手の出来あいの背広を着ていたが、後ろから見ると実際よりも幼く見えた。しかし面と向きあうと、ずっと大人びているし、スレートのような眼には、あの一切を亡ぼしつくす永遠を思わせる光――彼の出生の地であり終焉の地ともなるはずの、虚無につながる永遠を思わせるものがあった。オーケストラが演奏しはじめた。音楽が腹のなかで鳴っているようだ。ヴァイオリンが腸のへんですすり泣く。彼は右にも左にも目をくれず、まっすぐに進んで行った。

彼は人ごみをかきわけて、《楽天地》のなかの覗き眼鏡やスロット・マシーンや、輪投げを通りすぎ、射的屋のところへ来た。棚にならんだ人形たちが無心なガラスの目で見おろしているのは、教会の納骨堂の聖母を思わせる。ちぢれた栗いろの髪、青いひとみ、そして紅を刷いた頬を見あげて彼は思う――アヴェ・マリア……だけど死ぬ時が来たらばね、と。「六発くんな」と彼は言った。

「えっ、あんたがですかい?」と店主は言って、不安そうな嫌悪の表情で見やった。

「そうさ、おれだよ」と〈少年〉は言った。「いま何時なんだい? ビル」

「時間? ホールに時計がかかってるでしょう?」

「二時十五分前を指してた。もうそんなになったとは、思えねえ」

「あの時計にくるいはねえ」と主人は、ピストルを手にして、店のはしまで出て来て、「一年中くるいっこなし。アリバイのインチキなんか絶対できねえ代物でさあ。かっきり二時十五分前」

「そんならいいんだ、ビル」と〈少年〉は言った。「二時十五分前だね。なあに、わかればいいのさ。ピストルを貸しな」。彼はねらいをつけた。その若々しい骨ばった手は岩のようにがっちりしていた。彼は的に六発打ちこんだ。「賞品ものだぜ」

「すげえ賞品をせしめるわけだ」とビルが言った。「さっさと退散しなよ。何がいいです？　チョコレート？」

「チョコレートは嫌いだ」

「プレーヤーズは？」

「煙草はすわない」

「じゃあ、人形かガラスの花瓶しかありませんぜ」

「人形でいいよ。あれをもらおう……ほら、そこの鳶《とび》いろの髪のやつ」

「妹がいるのかね？」と主人は言ったが、〈少年〉はそれに答えずに店のならびを通りすぎ、火薬の匂いが残っている指で、聖母の髪をつかんでぶらさげて行く。波が桟橋のはずれで橋杭を洗っていた。海藻でまだらに染めあげられた、劇薬の瓶の濃緑色。塩からい風が唇にしみる。彼は階段をのぼって喫茶店に行き、あたりを見まわした。テーブルは、ほとんどふさがっている。ガラス屋根の下にはいって、ぐるりとまわり、西むきの細長い部屋へ行った。ゆっくりと引いてゆく潮を四十フィートの高さから見るわけであった。一つあいているテーブルに席をとると、店のなかはもちろん、海面の向うの色あせた遊歩道まで目にはいる。

「もうすこし待とう」と彼は注文を聞きに来た女の子に言った。「友だちが来るのさ」。窓があけはなしてあるので、桟橋に打ちよせる静かな波の音や、淡くものがなしいオーケストラの音楽が聞える。風に乗って海岸まで運ばれて来るのだ。彼は言った、「遅いな。何時だい？」。彼はわれしらず人形の髪を引っ張り、鳶いろのちぢれ毛をむしっていた。

「二時十分前ってとこ」と少女は言った。

「この桟橋の時計はみな進んでるね」

「あら、そんなことないわ。正真正銘のロンドン時間よ」

「人形をあげよう」と〈少年〉が言った。「おれが持っててもしようがないんだ。射的屋で取ったのさ。おれが持っててもしようがない」

「まあ、ほんと？」

「いいとも。取れよ。部屋に置いといて、お祈りでもするといい」。彼はそれをほうり投げて、扉の方をいらだたしく眺めた。体をこわばらせて、じぶんを抑制していたけれども、若々しい生毛《うぶげ》のある、えくぼの浮びそうな頰の下で、かちかちいうかすかな音が神経のたかぶりを示していた。その音はカビットが現れたとき、ますますはっきりした。ダローもはいって来た。これはがっちりした体つきに欠け鼻の、野卑で単純な顔の男。

「どうだい？」と〈少年〉が言った。

「スパイサーは？」

「すぐ来る」とダローが言った。「手洗いに行ったところだ」

「あいつは、もすこし早く来てなきゃいけないんだ」と〈少年〉は言った。「遅いじゃねえか。二時十五分前きっちりって言っといたのに」

「そう怒るな」とカビットは言った。「みんなさっさと来さえすりゃ、よかったんだろう」

「早いとこ、片をつけとかなきゃ、いけなかったんだ」と〈少年〉は言った。彼はウェートレスに合図した。「フィッシュ・アンド・チップスを四つに、お茶を一杯。もう一人、来るんだ」

「スパイサーはきっと、食いたくないって言うぜ」とダローが言った。「あいつは食欲がないんだ」

「せいぜい食べるほうがいいな」と〈少年〉は言ったが、スパイサーが蒼い顔をして店のなかをやって来るのを、頬杖をつきながらじっと眺めていると、下方に見える橋杭のあたりの潮にも似た憤りが動くのを感じた。「二時五分前だぜ」と彼は言った。「合ってるかな？　二時五分前かい？」と彼はウェートレスに大声で言った。

「思ったより手間どった」とスパイサーは言って、椅子の上に腰をおろした。陰気で蒼白な、よごれた顔色だった。やがて運ばれた、ぱりぱりする褐色の板になってしまった魚を見ると、スパイサーはむかむかした。「腹がすいてねえんだ」とスパイサーは言った。

「こんなものは食えねえや。おれを何だと思ってるんだ?」。彼ら三人は魚に手をつけないで、まるで子供たちのように〈少年〉を眺めていた――彼の年齢不明の瞳を前にして。〈少年〉はチップスにアンチョビー・ソースをかけた。食えよと彼は言う。「どんどん食いなよ」。ダローがとつぜん苦笑して、「こいつは食欲がないんだよ」と言い、魚を頬ばった。彼らは低い声で話していたので、皿のふれあう音や人声や海の規則的なうねりにかき消されて、周囲の人々には聞えなかった。カビットが真似るみたいにして魚をつまんだ。しかし、スパイサーだけは食べようとしなかった。彼は年寄りくさく、船酔でもしたみたいに、依固地《いこじ》そうに腰かけていた。

「おれに酒をくれよ、ピンキー」と彼は言った。「こいつは咽喉《のど》につかえるんだ」

「今日は酒はだめだ」と〈少年〉が言った。「どんどん食いな」

スパイサーは魚をすこし口に入れたけれども、「食ったらむかつきそうだ」

「そしたら吐けよ」と〈少年〉は言った。「何だったら吐いちまえ。貴様にゃ、そうする気力もないんだろう」。そしてダローに向って、「万事うまく行ったかい?」

「細工はりゅうりゅうさ」とダローは言った。「おれとカビットがあいつを殴った。カードはスパイサーにやった」

「カードのほうは、うまくやったか?」と〈少年〉は訊いた。

「もちろんさ」とスパイサーは言った。

「遊歩道沿いにずうっと撒いたかい？」

「もちろんさ。だけど、どうしてカードのことでそう騒ぎ立てるのか、気が知れねえよ」

「お前にはわからんさ。だが、あれがアリバイなんだぜ」。〈少年〉は声をひそめて、魚料理ごしにささやいた。

「つまり、あれで、あの男が予定表を守ったってことになるんだ。あの野郎が二時以後に死んだってことを示すわけよ」。そこで声の調子を元にもどして、「ほら聞えるだろう？」

町のどこかで、時計がかすかに二時を打った。

「あいつ、もう発見されたかな？」とスパイサーが言った。

「としたら、まずいことになる」と〈少年〉は言った。

「いっしょにいた女は何だい？」

「あれは問題じゃない」と〈少年〉は言った。「淫売さ。あいつが十シリングやってたもの。手渡してるところを見たんだ」

「たいていのことは考えてあるんだな」とダローが尊敬のおももちで言った。彼はじぶんで紅茶をつぎ、角砂糖を五つ入れた。

「じぶんでやることは考えてるさ」と〈少年〉は言って、「どんな所へカードを隠した？」とスパイサーに訊ねた。

「レストラン・スノーに一枚置いたよ」とスパイサーが言った。

「何だって？　スノーへ？」

「あの野郎、昼飯を食わなきゃならんわけだ」とスパイサーは言った。「新聞にはそうあったぜ。新聞の通りにやれという話だった。あいつが昼飯を食わなかったら、変なもんだ。ところが飯を食った場所には、一枚置くのが恒例なんだ」

「そりゃあ、かえって変だぜ」と〈少年〉は言う。「貴様が帰ってすぐ、ウェートレスがカードを見つけ、顔が違ったことに気がつくかもしれない。スノーの店のどこへ隠した？」

「テーブルクロースの下さ」とスパイサーは言った。「あいつのしきたりなんだ。あのテーブルには、おれの後にずいぶん客があったろう。替え玉だったなんて、ウェートレスが気づくもんかい。夜になってテーブルクロースを剝ぐまでは、見つけるはずがねえ。それに、そのときは別の女の子の番かもしれないし」

「引っ返せ」と〈少年〉は言った。「そのカードを持って来い。おれは運まかせは嫌いだ」

「行くもんか」。スパイサーの声は、もうささやきではなくなっていた。彼ら三人はもういちど無言のまま〈少年〉をみつめた。

「カビット、お前が行け」と〈少年〉が言った。「別の人間のほうがいい」

「おれは厭だ」とカビットは言った。「奴らがもうカードを見つけていて、おれが探しているのを見でもしてみろ。運まかせにして、そうっとして置くがいい」と低い声で言い張った。

「普通の調子で喋れ」と〈少年〉が言った。「普通の調子で」。ウェートレスがテーブルにやって来たのだ。

「ほかに何か御注文は？」とウェートレスは言った。

「うん、アイス・クリームをくれ」と〈少年〉は言った。

少女が去ってからダローは、「よせよ、ピンキー。アイス・クリームなんぞいらねえ。女の子じゃあるめえし」

「ダロー・アイス・クリームがいらねえんだったら」と〈少年〉は言った。「スノーへ行って、カードを取って来い。お前、臆病者じゃないだろう？」

「おれあ、万事終りのつもりでいたよ」とダローは言った。「するだけのことはしたんだ。無論おれあ臆病者じゃねえさ。だけどやっぱり恐ろしかったぜ……考えてもみろ、もしあの野郎がもう見つかっちまってるとすれば、スノーに行くなんてきちがい沙汰だぜ」

「大きな声を出すな」と〈少年〉が言った。「だれも行かねえなら、おれが行く。おれは、びくびくなんぞしねえ。お前たちみたいな連中と仕事をすると、くたびれてしまう。一人のほうがいいと思うこともあるぜ」。午後の光が海の上に動いていた。「カイトはいい奴だった。だけどカイトは死んじまった」。彼はスパイサーに訊ねた、「どのテーブルなんだ?」

「はいってすぐ。扉の右。一人用のテーブルさ。花が飾ってある」

「何の花?」

「何の花か知らないが」とスパイサーは言った。「黄いろい花だ」

「行くな、ピンキー」とダローが言った、「ほうって置いたほうがいい。どんなことが持ちあがるか、わからねえ」。しかし〈少年〉は、もう立ちあがって、海につき出た細長い部屋のなかをぎごちなく歩いていた。彼がびくついていなかったかどうかはわからない。若いくせに年よりじみたポーカー・フェイスには、何の表情もなかったから。

レストラン・スノーでは、ひとしきり立てこんだのが終った所で、例のテーブルはふさがってなかった。ラジオは、映画によく出るオルガンひきの演奏で、うんざりする音楽を単調に鳴らしていた。拡大された人間の声《ヴオクス・フマナ》が、パン屑にまみれて古いテーブルクロースの沙漠をよこぎってふるえ、世界の濡れた唇が、生きることを嘆いている。テーブルがあくと、ウェートレスはすぐにテーブルクロースをはたいて、お茶のセットを置く。だれも〈少年〉に注意しなかった。人々はみな、彼が目をやると背を向けるのだった。彼はテーブルクロースの下を、手でそっと探った。が、そこには何もない。——とつぜん凶暴な怒りが〈少年〉の脳のなかに湧いて来た。彼は塩入れの瓶を、テーブルにたたきつけた。その底にひびがはいった。女の子が一人、お喋りの仲間から離れて近よって来た。冷たい眼つき、まじめくさった熱心さ、灰いろがかった金髪。「何でしょうか」と彼女は言った。みすぼらしいスーツを着た、若すぎる顔である。

「君たちを呼んだのさ」と〈少年〉は言った。

「御昼食にはもう遅いんですのよ」

「食事するんじゃない」と〈少年〉はいった。「お茶一杯とビスケットを一皿くれ」

「お茶の準備してあるテーブルへいらしてくださいません？」

「いや、このテーブルがいい」

しかし、女の子が不満そうにつんと気取って、行きかけたので、「おい、注文はわかったのかい？」

「このテーブルの受持の子が、すぐ来ますから」と彼女は答えて、給仕扉の横に集っているお喋りの仲間へ行ってしまった。〈少年〉は別の椅子に移って、頬の筋肉をひくひくさせながら、もういちど手をテーブルクロースの下につっこんだ。それは些細な行為にすぎないけれど、もし目撃者があれば、彼を絞首刑に追いこむかもしれない振舞いであった。しかし彼は恐怖を感じていなかった。ただ、スパイサーに腹を立てていた。——あの野郎はこれからも、しょっちゅうどじを踏むだろう。いないほうがましだ。

「御注文はお茶でしたでしょうか？」。彼は手をテーブルクロースの下に入れたまま、ぱっと視線をあげた。じぶんの足音にまでびくびくして這いまわってるような女の子である。彼よりも年下の、蒼白い痩せぎすな少女。

彼は言った。「さっき注文しといたぜ」

弁解する様子はみじめだった。「とても立てこんでたものですから。それに、今日はあたし、お目見得の日なんです。今やっと手があいたばかりなんですの。何かおなくしになりました？」

彼は手を引出しながら、冷酷な目つきで彼女を見やった。どじを踏むのは、ほんの些細なことからなのだ。テーブルクロースの下に手を置いている理由が、どうしても思いつけない。彼女が、手伝おうとするように言った。「お茶の用意のため、テーブルクロースをとり替えますから、もし何かおなくしになったんでしたら……」。すぐに彼女はテーブルの上の胡椒や芥子、ナイフやOKソースや黄いろい花を片づけ、テーブルクロースの両端をつまんで、パン屑がちらばっているテーブルから持ちあげた。

「何もございませんわ」と彼女は言った。彼はむきだしのテーブルの表面を見てから、「何もなくしやしないんだ」。彼女は、お茶の用意のための新しいテーブルクロースをかぶせはじめた。彼のなかに、何か感じのよいものを見つけたからこそ、彼女は語りかけたのだった。二人のあいだに共通している何ものか、おそらくは——若さとみすぼらしさと、小意気なカフェに対するある種の無知と。もう彼女は、さぐりを入れていた彼の手のことをすっかり忘れているらしかった。だが彼は疑っていた、あとでこの娘は、訊問を受けたら思い出すだろうか？　彼女のもの静かな様子や血色のわるい顔、それにまたいかにも彼の気に入りたいという態度を、彼はさげすんでいた。見ていやがったとすれば、思い出すだろうか？　「ねえ、何だと思います？」と彼女は言った、「ほんの十分ばかり前にあたしの見つけたもの。テーブルクロースをとり替えてるときだったわ」

「いつもテーブルクロースをとり替えるのかい？」

「いいえ、そんなことないわ」と彼女はお茶のセットを並べながら、「お客様が飲みものをひっくり返しましたの。それでテーブルクロースを替えたら、十シリングの賞金つきのコリー・キバーのカードが一枚あったの。どきりとしたわ」。彼女はトレイを手にしたまま楽しそうに、「他のみなさんはお冠りなの。ね、わたしこの店に今日から勤めはじめたばかりなのよ。みなさんはあたしのこと、馬鹿だって言いますの、あなたがコリー・キバーですと言って、賞金をもらえばよかったって」

「どうしてそうしなかったんだい？」

「思いもよらなかったわ。だって、写真とはぜんぜん違ってたんです」

「カードは朝からあったんだろう」

「あら違うわ、そんなはずないわ。このテーブルにはあの人が最初だったんです」

「だけど」と〈少年〉は言った。「そんなことどうでもいいじゃないか。きみはそのカードを持ってるんだから」

「ええ、持ってるわ。だけど、なんだかすこしインチキみたいな気がするの。わかるでしょう、あたしの言う意味。写真とぜんぜん違うんですものね。あたし、賞金をもらえたかも知れないのよ。カードを見つけたとき、あたしすぐに出口へ行ったわ。だけど、やっぱり待つのやめちゃった」

「で、その男に逢ったかい？」

彼女は首を振った。

「きみはあまり気をつけて見てなかったんだろう。さもなきゃ、わかったはずだよ」

「あたし、いつも気をつけて見てますわ」と少女は言った、「つまり、お客様の顔をってことよ。あたし新米でしょう、だからびくびくしてますの。お客様の気をそこねないようにしなくちゃ、——あら」と急に驚きの声をあげて、「お茶を注文なさったのに、お喋りして立ってるなんて」

「いいんだよ」と〈少年〉は言って、ぎごちなくほほえみかけたが、頬のあたりの筋肉を自然に動かすことはできなかった。「おれは君みたいな娘さんが好きさ……」。その言葉はよくなかった。彼はすぐにそれを察して言い改めた。

「つまり、おれの言いたいのは、優しい人が好きだってことなんだ。あっちにいる連中にはうんざりしちまう」

「きみはデリケートだね。そこなんだよ。ぼくとよく似てる」。それから唐突に、「きみにはもう、その新聞記者《ぶんや》の顔はわからんだろうね。まだこの辺をうろうろしてるだろうと思うけど」

「そうねえ」

「あら、わかるわ。覚えてます。あたし、人の顔をはっきり覚えてるたちなの」

〈少年〉の頬がひくひくした。彼は言った、「ぼくには君のことがわかるんだ。ぼくとよく似たところがあるんだな。一晩つきあう必要があるぜ。きみ、名前なんていうの？」

「ローズ」

彼は貨幣を一枚テーブルに置いて立ちあがった。「でもお茶は……」と彼女が言った。

「話しこんでしまった。二時かっきりに約束があるんだ」

「まあ、すみませんでした。そうおっしゃって下されればよかったのに」

「いいんだ。面白かった。なあに、十分すぎたばかりだ……きみの時計ではね。夜は何時に終るんだい？」

「日曜日以外は十時半までやっています」

「また逢おう」と〈少年〉は言った。「おれたちは似てるところがあるぜ」

3

アイダ・アーノルドはストランド通りをよこぎった。信号を待つのに気を使ったりしなかったし、ベリシャ信号所を信用してもいなかった。やって来るバスをラジエーターすれすれのところで通りぬける。運転手がブレーキを軋ませ、そして睨みつけても、笑いかえすだけであった。彼女は時計が十一打つときに、いつもちょっぴり顔をほてらせてヘネキー酒場へはいって行くのだ。まるで自慢の種になる冒険から帰ったばかり、とでもいうように。しかしヘネキー酒場の最初の客は彼女ではなかった。「今晩は、幽霊さん」と呼びかけると、黒い服に山高帽という服装でワイン樽のそばに腰かけている痩せて陰気な男が、「おい、あの件は忘れちまいなよ、アイダ。忘れちまいなよ」と言った。

「あんた、伊達で喪服着てるの？」とアイダは言って、ホワイト・ホース・ウィスキーの広告のある鏡を見ながら帽子の角度を直す。三十五を越したとは、どうしても見えない。

「女房が死んだのさ。黒ビールを飲むかい？　アイダ」

「ええ、飲みます。奥さんがあるってことも知らなかったわ」

「おれたちはおたがい、何も知ってないんだ。そんなもんさ」と彼は言った。「ねえ、おれはお前がどうして暮してるのかも知らないし、亭主を何度とり替えたかも知らないんだぜ」

「まあ、トムといちど結婚したきりよ」

「トムの他に、もっといたさ」

「知ってるくせに」とアイダは言った。

「赤ワインを一杯くれ」と陰気な男が言った。「ちょうどお前がはいって来たとき、考えてた所だったんだよ、アイダ。おれたち二人、どうしてもう一度やれないのか、とね」

「あんたとトムは、いつもやり直しをしたがってるのね。そんなら、女の子ができたとき、どうしてしっかりつかまえてないの？」

「金がないし、それにお前……」

「あたし、新しくはじめるってこと好きよ」とアイダは言った。「でも、今日はこの人、明日はあの人なんて浮気じゃなくってね」

「だけどお前は親切者さ、アイダ」

「みんなそう言うわ」とアイダは言った。黒ビールの暗い深みで、親切が彼女にまばたきしてるよう。ちょっぴりずるく、ちょっぴり俗っぽく、堪能したように。

「競馬のこと知ってる？」と彼女は言った。

「ばくちなんて、下らない。あれは、お人よしの遊びさ」

「そうね、お人よしの遊び。目が出るか出ないか、じぶんじゃわからない。あたし、そこが好きなの」。熱っぽい口調でそう言って、痩せた蒼い男をワインの樽ごしに眺める。彼女の顔はいっそう赤らんで、若々しく、そして親切そうになっていた。「ブラックボーイ」と彼女はそっとつぶやいた。

「え、何だい？」と、幽霊と呼ばれている男は唐突に言って、ホワイト・ホースの鏡に映っているじぶんの顔をちらりと見やった。

「馬の名前よ。ある人がブライトンで教えてくれたの。競馬のとき逢えるかもしれないと思ってたの。何となく、はぐれちゃったもんだから。感じのいい人だったわ。このつぎ逢ったら彼が何て言うか、わからないけど。それにあたし、あの人に借金してるのよ」

「こないだブライトンに行ったとき、コリー・キバーに注意してたかい」

「コリー・キバーの死体が見つかったのね。新聞売場のビラで見たわ」

「検屍がすんだよ」

「自殺？」

「いや、違う。心臓のせいさ。暑さで参ったんだ。だけど、新聞社は見つけたやつに賞金を払った。死体を発見して十ギニー」。彼は何の感情も見せずに、新聞をワインの樽の上に置いた。「赤ワインをもう一杯くれ」

「ねえ」とアイダが言った。「それ、発見者の写真？　あの嘘つき野郎！　そこへ行ったのね。道理で金を返してもらおうとしなかったはずだわ」

「違うよ、違うよ、そうじゃないんだ」と幽霊が言った。

「この男がコリー・キバーさ」。彼は爪楊枝を紙袋から取りだして歯をせせりはじめた。

「まあ」とアイダは言った。手ひどい打撃であったらしい。「じゃあ、あの人はだます気じゃなかったんだ。病気だったのね」。そして彼女は思い出していた、タクシーのなかで彼の手がどんなにふるえたかを、離れないでくれとどんなに哀願したかを。まるで、あたしが戻って来る前に死ぬってこと、わかってたみたい。だけどあの人は泣いたりわめいたりなどしなかった。「紳士だったのね」と、彼女はそっとつぶやいた。あたしが背を向けるとすぐ、回り木戸のそばに倒れたのだろう、それなのに、あたしは何も気づかず婦人化粧室へ降りて行ったわけだ。悲しみの思いが、いま、ヘネキー酒場にいる彼女を訪れた。洗面台へと通じるあの磨かれた白い階段を、彼女は心のなかで数えていた。ちょうどそれが、一つの悲劇がのろくさく進行する舞台であるように。

「おいおい」と、幽霊が陰気な声で言った。「おれたちはみな、死ななきゃならんのだぜ」

「そうよ。だけど、あの人もあたしとおんなじで、死にたくなかったと思うわ」。そして新聞を読みだしたが、すぐに大きな声で、「あの暑さのなかで、なぜ、全部の道のりを歩いたのかしら?」。つまり彼は回り木戸のところに崩れてしまったのではなかったのだ、二人でやって来た道をまた戻って行ったわけだ、そして日陰に坐ったまま……

「仕事があったのさ」

「仕事のことなんか、一言も言わなかったわ。こう言ってたの、『おれはここにいるからさ。いいかい、この回り木戸のそばで待ってる』。こう言ってたのよ、『早くしてくれよ、アイダ。おれはここにいるからさ』」。思い出すことのできる彼の言葉をこうしてくり返していると、一時間か二時間して事情がはっきりしたら、あの怯えと情熱にとりつかれたような男の死のために、すこしばかり泣いてやりたい気持になってくる。そうだ、あの男の名は――。

「あきれた。いったい何てつもりかしら？　ここ、読んでごらんよ」

「何だい？」

「ズベ公どもめ」とアイダは言った、「何だってこんな嘘をつくんだろう？」

「嘘だって？　黒ビールをもう一杯やれよ。そう騒ぎたてんでもいいさ」

「騒いだって、かまわないじゃないの」とアイダは言って、ぐっと飲んでから、また新聞を読みはじめる。彼女は第六感を持っていた。そして今、その第六感が、何か割切れないもの、何かまともでないものがあると告げるのだった。

「彼が誘おうとした女の子たちの話では」と彼女は言った、「一人の男がやって来て、彼に『フレッド』と呼びかけた、でも、おれはフレッドではないし、そんな男を知りもしない、と彼は言った……」

「それがどうしたんだ？　ねえ、アイダ。映画を見に行こう」

「だけど、あの人はフレッドだったのよ。あたしにそう言ったもの」

「彼はチャールズだったんだ。ここに書いてある。チャールズ・ヘイル」

「そんなこと、問題じゃないわ」とアイダは言った。「男って知らない女に使うための別名があるものよ。あなただって本名がクレアランスだということ、あたしに言おうとしないじゃないの。だけど、女が変るたびにいちいち別の名前を言うわけじゃないし。あの人、頭が混乱していたのね。ねえ、あなたはいつもじぶんをクレアランスだと思ってるでしょ。そういうこと、あなたの友だちはどんなふうにしてるの？　でも、それはあなたにもわからないわね」

「つまらんことだよ。ここに書いてある通りなのさ。たまたま女の子がそう言っただけなんだ。そんなこと、だれも気にかけてやしないよ」

彼女は悲しそうに言った、「だれ一人、ちっとも気をつけていないんだわ。ここに書いてあるけど、あの人には嘆いてくれるような身よりが一人もないのね。『検屍官は死亡者の縁者はいるかどうかをただしたが、警察側の証人によればミドルズブロー在住の再従兄《またいと》弟《こ》以外はつきとめ得なかった由』。つまり天涯孤独なんだわ。不審をいだいて問いただすような人、いないのね」

「孤独がどんなものか、おれは知ってるよ、アイダ」と陰気な男が言った。「これで一カ月も一人ぼっちだからね」

しかしアイダはその男に気をとめなかった。彼女の心は聖霊降臨節の翌日のブライトンへと帰っていたのだし、あたしがあそこで待ってるあいだ、彼はどうしていたのだろう、まったく死にそうだったにちがいない、それなのにホーヴ[註1]の町へとつづく海岸通りを歩いて死んでしまったのだ――などという思いにまつわる安っぽい芝居じみたものやペーソスが、悲しみをいっそう切ないものにしていたのだから。彼女は庶民の一人だったし、映画館で『デイヴィッド・コパーフィールド』を見て泣く女だったし、お酒に酔えば、母親ゆずりの古いバラッドが全部しごく簡単に口をついて出るのだったし、「悲劇」という言葉に出会うと感動してしまう素朴な心の持主であった。「ミドルズブローにいる再従兄弟――弁護人が代理だった」と彼女は言った。「どういうわけかしら？」

「コリー・キバーが遺言を残してないと、その男に金がいくらかはいるんだろう。生命保険のことがあるから、自殺かもしれないなんて、おくびにも出さなかったろうね」

「弁護士は何も質問なんかしなかったのね」

「そんな必要ないさ。自殺だなんて、だれも考えやしない」

「彼だって、自殺する気はなかったのよ」とアイダは言った。「あの人、どっか変な所があったわ。あたし、検屍のときにすこし質問したかった」

「何の質問だい？　事情ははっきりしてるのに」

ゴルフ・パンツと縞のネクタイの男が酒場へはいって来て、「やあ、アイダ」と呼びかけた。

「今晩は、ハリー」とアイダは悲しげに言って、新聞をみつめた。

「一杯やれよ」

「せっかくだけど、あるわ」

「そいつをきゅっとひっかけて、もう一杯」

「ううん、もう欲しくないの、せっかくだけど」と彼女は言った。「あたしがその場にいさえしたら……」

「何ができたと言うんだい」

「質問ができたわ」

「質問、質問って」と彼はいらだたしげに、「さっきから質問の話ばかり。どうしておれが、そんなこと考えなきゃならないんだ」

「なぜ、フレッドじゃないと言ったのかしら？」

「フレッドじゃなかったんだ。チャールズだったんだ」

「それは変よ」。彼女は、考えれば考えるほど、じぶんがいさえしたらと思った。検屍のときにみんなが無関心だったこと、ミドルズブローの再従兄弟が出て来なかったこと、その弁護人が何も質問をしなかったこと——それらを思うと、じぶんが検屍に出なかったことが心を痛めた。しかもフレッドの勤めていた新聞さえ、彼についての記事には半段ぶんのスペースしか与えていない。第一面にはほかの男――今度のコリー・キバーの写真が載っていて、その男は明日ボーンマスへ行くことになっていた。一週間待てばいいのに、と彼女は考えた。それがせめてもの心やりというものだわ。

「彼があたしを、あんなふうに置き去りにして、日のかんかん照る海岸通りをあわてて歩いて行った――その理由が何なのか、あたし、みんなに訊きたかったわ」

「仕事があったのさ。カードを置いてかなきゃ、ならなかった」

「待ってるよ、とあたしに言ったのは？」

「おいおい」と陰気な男が言った。「そいつは当人に訊ねるしかないさ」。そう言われてみると、まるで彼が自己流の象形文字によって、つまりわけのわからない苦痛によって答えようとしているみたいな――幽霊が何か語ろうとするときのようにじぶんの神経に話しかけているみたいな、気がして来た。アイダは幽霊を信じていた。

「あの人、もし口がきけるんだったら、話したいことといっぱいあるはずよ」と彼女は言った。そして、また新聞をとりあげてゆっくりと読み、「あの人、最後まで仕事をやったのね」と優しく言った。彼女は仕事をやりぬく男が好きだった。だって、何かいきいきした所があるもの。彼は海岸通りに沿ってカードを置いて行ったのだろう。そのカードは新聞社に戻って来たろう、ソース皿の下から、小さなバスケットのなかから、玩具のバケツから。「クリャパムの会社員ミスタ・アルフレッド・ジェファスン」が死体を発見したときには、カードは数枚しか残っていなかった。「もし自殺だったとしても」と彼女は言った、(彼女は死者を代理するたった一人の弁護士だった)「彼はまずその前に仕事をすましたわけね」

「ところが自殺じゃなかった」とクレアランスは言った。「読めばわかるよ。解剖の結果、自然死と認められたんだ」

「それは変よ。彼はレストランへカードを一枚、置きに行った。だけどあたし、あの人が腹ペコだったの覚えてるわよ。あの人はずうっと食事したがってた。一体どういうわけで、一人きりでずらかったのかしら？　あたしを置いてけぼりにして。変よ」

「お前が厭になったのさ、アイダ」

「そう思いたくはないわ。変よ。あたし、検屍に出廷して、二つ三つ質問したかったわ」

「映画に行かないか？　アイダ」

「あたし、そんな気分じゃないの。友だちが死ぬなんて、しょっちゅうのことじゃないわ。それにあんただって、奥さんがなくなったばかりなんだから、そんな気を起しちゃいけないわ」

「あいつのことはもう一カ月になるぜ。いつまでも喪服でいろと言うのは、酷な話だ」

「一カ月なんてちょっぴりよ」とアイダは悲しそうに言って、新聞の上にかがみこんだ。

一日、と彼女は考えた、彼が死んでからそれしか経っていない。それなのに、彼のことを思っているのはあたし一人きり、いっしょに酒を飲んだり抱きしめたりするために誘った女が一人だけ。……そこでまたもや安っぽいペーソスが、彼女の人なつっこい心を感動させるのだった。ミドルズブローの再従兄弟のほかにも親類がいるのじゃないか、彼がそれほど徹底した天涯孤独ではないんじゃないか、とはぜんぜん考えなかった。だけど彼女の嗅覚は、何かいかがわしいものがあるのを嗅ぎあてていた。ただし証拠になるのは、あの「フレッド」という名前だけだったし、それについてはみんなが異口同音に、「フレッドじゃなかったんだ。書いてあるじゃないか。チャールズ・ヘイルなんだ」と答えるのだったが。

「そう大騒ぎするなよ、アイダ。お前の知ったことじゃない」

「わかってるわ。あたしの知ったことじゃない……」。しかしみんながそう言って知らぬ顔をしているのだ、と彼女の心はくり返した。それだから面倒なのだ、あたし以外には、質問する者がいないんだから。ある知合いの女は、死んだ亭主がラジオのそばに立ってダイヤルをまわそうとしているのを見たそうだ。望み通りに合せてやったら、彼は消え失せたが、とたんにアナウンサーが中部地方のことを言うのが聞えて来た――「英仏海峡に強風警報」。ところがその女はカレーへ、つまり大風の中心へ、週末旅行をする計画だったのだ。そうよ、この話が何よりの証拠。幽霊の存在を馬鹿にするのは間違ってる。それに、フレッドがだれかに何か言いたがっているとしたら、と彼女は考えた、ミドルズブローに住んでいる再従兄弟の所へは行くまい。あたしの所へ現れるに決ってる。何しろ、待ちぼうけをくわせたのだし、あたしは一時間半も待ってたのだもの。たぶん彼はいま、わけを話したがっているだろう。「あの人は紳士だった」と彼女は声に出して言い、はっきりと心を決めて、帽子をかぶり直し、髪をなでつけ、ワインの樽から立ちあがった。「あたし、行かなくちゃ」と彼女は言った。「じゃ、またね、クレアランス」

「どこへ行くんだい？　お前がそんなに急ぐなんて。アイダ」と彼は黒ビールの上にのしかかるようにして文句を言った。

アイダは新聞を指さして、「だれかが行かなくちゃならないわ。再従兄弟が行かないとしても」

「だれがじぶんを埋葬するのかなんて、死人が気にかけるもんか」

「あんたにはわからないよ」とアイダは言いながら、あのラジオのそばの幽霊のことを思い浮べていた。「それが礼儀ってもの。それに……あたしは葬式が好きなんだし」

しかし、明るく新鮮で花の咲きみだれる郊外に住んではいたのだったが、彼はその土地に埋められるのではなかった。そのあたりには、埋葬という非衛生なことはゆるされなかった。

スカンジナビヤの公会堂の塔のような、煉瓦づくりの堂々たるやつが二つ。壁に飾り板のついている、戦争記念建造物みたいな廻廊。どんな信仰箇条にでも手軽に融通をつけることができる、殺風景で俗悪な礼拝堂。埋葬地も、蠟細工の花も、野生の花のしおれたのをさしたわびしいジャム瓶もない。アイダは時間に遅れた。彼女はすこしのあいだ、フレッドの友だちが大勢いるのではないかと懸念して戸口の外にたたずみながら、だれかがラジオの国内番組を聴いているのだと思った。あの無表情な、培養されたような声——しかし戸をあけると、機械ではなくて生きている人間が黒い司祭《カソック》の平服を着て立ち、「天国」という言葉を口にしているところだった。下宿のおかみさんらしい人と、乳母車を外に置きっぱなしにしてある召使と、がまんできなくなって小声でお喋りしている二人の男のほかはだれもいない。

「天国があるというわれわれの信仰は」と司祭はつづけた。「古めかしい中世的な地獄を信じないからとて、弱められはしません。われわれは信ずるのであります」と彼は言って、なめらかに磨かれた滑道からアール・ヌーヴォーふうの扉へと、すばやく視線をおくった。棺はそこから炎のなかへ進むのだ。「われわれは信ずるのであります、このわれわれの兄弟が、すでに神と一致した状態にあるということを」、彼はじぶんの言葉にスタンプを押すのだった、まるでバターの小さな塊りに店の商標を押すみたいに。「彼は調和を手に入れました。彼といま一致している者（あるいは物）がどのような神であるか、われわれにはわかりません。われわれは、鏡のような海とか黄金の冠とかに対しては、中世ふうの古めかしい信仰を持たないものなのです。真は美でありますが、われわれ真理を愛好する世代の者にとりましては、いま、このとき、兄弟が普遍的な魂に還帰しているという確かな事実にこそ、より多くの美があるのであります」。彼が小さなブザーにさわると、アール・ヌーヴォーふうの扉が開き、焔がゆらいで、棺は火の海のなかへなめらかにすべり落ちた。扉が閉じ、乳母は出口のほうへ歩いた。司祭は滑道のうしろで静かにほほえんだ。百四十四目の兎を見事に取りだした手品師のように。

万事は終ったのだ。アイダは、カリフォルニア・ポピーの匂いのするハンカチで最後の泪《なみだ》をぬぐった。彼女は葬式が好きだった。もちろん、恐怖感はあったけれども――つまり、ちょうどほかの人々が怪談を好むように。死は彼女を愕然とさせるのだ。生はそれほど大事なものだった。彼女には信仰はなかった。天国も地獄も信じていず、幽霊や占《プランセット》板、こつこつと音を立てるテーブル、それから花のことを哀れっぽく物語る阿呆らしい声を信じていた。カトリックの連中はうわついた態度で死を論ずるがいい、生よりも死のほうが大切なんだろうから。しかし、あたしにとっては、死とはすべての終りなのだ。神との合一、それは晴れわたった日に一杯の黒ビールを楽しむことを意味しない。あたしは幽霊を信じてはいる。だが、あの薄い透明体を永遠の生命と名づけることはできないし、それからまた、占《プランセット》板が軋む音も、心霊研究本部のガラスの戸棚に入れてあった心霊放射体《エクトプラズム》註2の一片も、そして、降霊会《セアンス》で聞いたことのある「天上界では万物が美しい。いたるところに花が咲きみだれている」という声も、永遠の生命とは言えない。

花だなんて、とアイダは軽蔑しながら考えた、そんなものは生命《いのち》じゃない。生命《いのち》というのは真鍮のベッド柱に照り輝く日光のこと、ポートのこと、じぶんの賭けた不人気な馬が決勝点にとびこんで、旗が威勢よくあがったときの胸のときめきのこと。遊歩道にそって走るタクシーのなかで、あたしの唇の上におしつけられ、エンジンの轟きといっしょに揺れていたフレッドの唇――あれが生命《いのち》。それなのに花のことをぼそぼそ言ったりするなんて、いったい死ぬってことがどんな意味をもつと言うのかしら。フレッドは死を欲していなかった。彼が欲していたのは……。ふと、ヘネキー酒場で感じたほろにがい苦痛がよみがえってくる。彼女は生命を大真面目に考えていた。彼女は、じぶんの信じている唯一のものを守るためだったら、だれにどんな不幸を及ぼそうと構わなかった。「恋の傷手も、きっといつかは忘れるものよ」と彼女はよく言うのだったが、彼女の考えによると、恋人を失おうと、不具になろうと盲になろうと、「とにかく、生きてるってのは幸せ」であった。ただしそのオプティミズムのなかには何か危険で無表情なものがあった。彼女がヘネキー酒場で笑っているときにも、葬式か結婚式で泣いているときにも。

火葬場から出ると、頭上には二本の塔から、フレッドの究極のもの――窯《かま》から出る灰いろの煙が、淡く流れていた。人々が花の咲いている郊外の道で見あげると、その煙が目にとまるのだった。窯が混雑した日であった。フレッドの体は、それと見わけることのできない鈍い色の灰になって、薄桃いろの花の上に落ちた。彼はロンドン上空の煙害の一部分となった。アイダは泣いた。

しかし泣いているうちに、一つの決心が形づくられて行った。酒場やネオン・サインやヴァラエティー・ショーが常打の小屋へ——彼女の縄張りへ帰してくれる郊外電車の停留所に行く途中で、その決心は形づくられて行った。人間は環境によって作られるのだそうだが、アイダの心は、空中広告やネオン・サインの文字のように単純に、そしてまた規則正しく動くのだった。年中傾くコップ、年中ぐるぐる廻る車輪、そしてついたり消えたりする単純な広告文句——「ゴム靴はフォーハン印を」。

今までだって、できるだけのことをトムにしてやった、と彼女は考えた、ヘネキー酒場に現れるあの嘘つきのおいぼれ幽霊クレアランスのためにだって、ハリーのためにだって。質問するなんて、人のためにしてやれる最小限の心づくしでしかない。検屍で質問することも、降霊会《セアンス》で質問することも。だれかがフレッドを不幸にした、だから今度はだれかが不幸にされるのだ。「眼には眼を」。もし神を信じているなら、復讐は神にまかせてしまえる。しかし、遍在する聖霊を、神を信ずることはできない。復讐はアイダのものだ、ちょうど報酬がアイダのものであると同じように。ただし報酬とは、タクシーのなかで押しつけられるねばねばした柔かな唇や映画館での抱擁にすぎなかった。報酬も復讐も、慰みごとなのだった。

電車は河岸通り《エンバンクメント》で揺れ、スパークしながら走っていた。もしフレッドをふしあわせにしたのが女だったら、あたしの胸のうちを言いきかせてやろう。もし、フレッドが自殺したのなら、それをつきとめてやろう。新聞はそのニュースを書き立てるわけだし、そうなると、だれかが傷つくだろう。アイダは第一歩から着々とはじめて行くつもりだった。彼女は執着するたちだった。

手はじめは——彼女は葬式のあいだじゅう、例の新聞を手にしていた——カーター・アンド・ギャロウェイ商会の「私設秘書」モリー・ピンク。

アイダは、チャリング・クロス停車場からストランド通りへ、自動車の上にちらちらする熱風のような光のなかへはいって行った。スタンレイ・ギボンズ・ホテルの上方の階にある部屋では、エドワード時代ふうの灰いろの口ひげを長くはやした男が、窓際に坐って、拡大鏡で郵便切手を調べている。樽を積んだ大きな馬車がそばを重そうに通って行く。そしてトラファルガー広場では噴水が戯れ、透明な冷たい花を咲かせては、やがて煤いろにくすんだ水盤へと落ちて行く。物いりだろうな、とアイダは心の中でくり返した、だけど真実を知ろうとすればいつだってお金がかかる、と。そして彼女がセント・マーティン小路をゆっくりと歩いて行くにつれて、愁《うれ》いと誓いのなかで、心臓はだんだん早くルフランを——すごいわ、面白いわ、生きてるんだわ、と打つのだった。酒場《セヴン・ダイアルズ》の戸口のあたりを、ぴったりと身にあった小ぎれいな服にスクール・タイという恰好《かっこう》の黒人たちがぶらぶらしていた。アイダはそのなかの一人に気づいて、あいさつした。

「景気はどう？　ジョー」。明るい縞のシャツの上で、大きな白い歯が、闇のなかの光の列みたいに輝いた。「いいね、アイダ、いいね」

「そしたら、花粉症のほうは？」

「はかばかしくないよ、アイダ、はかばかしくないよ」

「さよなら、ジョー」

「さよなら、アイダ」

カーター・アンド・ギャロウェイ商会は、グレイス・インのはずれの高いビルディングのてっぺんにあったから、十五分ばかりの道のりだった。倹約しなければならないので、バスに乗らなかったが、きたない古風なビルディングに着いてみるとエレベーターがないのだ。長くつづいている石の階段にはうんざりした。彼女は長い一日のあいだ、停車場で食べた菓子パンしか口に入れてなかった。彼女は窓敷居に腰かけて靴をぬぎ、ほてっている足をゆらゆらさせた。老人がひとり降りて来る。長い口ひげが目立つその男は、いかがわしい横目を使った。チェックの上衣に黄いろのチョッキ、そしてグレイの山高帽という服装である。彼は山高帽をとって、「お困りのようですな、奥さん」と言い、いささかもうろうとした目つきで、アイダを覗きこんだ。

「おてつだいしましょうか？」

「足をくすぐったら承知しないわよ」とアイダが言った。

ね？　降りるのかね？」

「ハハハ」と笑って、その年とった紳士は言った、「変っとるね。気に入った。昇るのか
「昇るのよ。一番上までずうっと」

「カーター・アンド・ギャロウェイ。よい店だ。わしの紹介だと言いなさい」

「あんたの名は？」

「モイン。チャーリー・モイン。お前さんにはここで会ったことがあるね」

「ないわ」

「じゃ、どこか別の所だろう。わしは、べっぴんさんは決して忘れん男だ。モインの紹介だと言いなさい。特別の便宜をはかってくれる」

「ここにはなぜエレベーターがないの？」

「旧弊な連中なのさ。わしもそうだがね。お前さんにはエプソムで会った」

「かもしれないわ」

「わしは、冗談を言う女の人に逢うと、いつも言うことにしとる。今だって、あの乞食連中にあり金ぜんぶ取られちまわなかったら、すぐそこでいっしょにシャンパンを飲もうと誘うところだが。コップを二つならべに行きたかった。だが、帰らにゃならん。そうしてるうちに、いいこともあろうからな。おわかりじゃろう。貸していただけんかな？　二ポンド。チャーリー・モインですわい」。充血した眼が、いささか超然とした無関心な状態

で、なんの希望もなしに彼女を眺めていた。古ぼけた心臓があくせく動くにつれて、黄いろいチョッキのボタンがゆれる。

「ここに」とアイダは言った、「一ポンドあるわ。さあ、行きなさい」

「じつにかたじけない。名刺をいただけんかな？　今夜、郵便で小切手を送ろう」

「名刺なんて持ってないわ」

「いや、わしも持っていない。チャーリー・モイン。カーター・アンド・ギャロウェイ商会気付。みんなが知っとる」

「それでいいわ。また逢いましょう。あたし、行かなきゃならないの」

「わしの腕につかまりなさい。じっこんの仲です」。彼は彼女が立上るのを助けた。「モインの紹介だと言いなさい」。じっこんの仲です」。彼女は振返って、階段の曲り角を眺めた。彼は一ポンド札をチョッキに押しこみ、口ひげをなでつけ――口ひげの端のところが白くならないで金いろのまま残っているのが、煙草のみの指のようである――山高帽をちょっとかぶり直した。かわいそうな爺さん、借りられるとは思ってなかったのだ、とアイダは考え、気取ってはいるものの年寄りじみた、しょんぼりした様子で降りて行く姿を眺めた。

いちばん上の踊り場には、扉は二つしかなかった。受付と書いてある扉をあけると、そこにはまさしくモリー・ピンクがいた。戸棚部屋ぐらいの小さな部屋のガス台の横に腰かけてキャンディーをしゃぶっている。アイダがはいって行くと、湯沸しがしゅっと音を立てた。にきびだらけのふくれた顔が、無言のまま彼女を睨んだ。

「お邪魔するわ」とアイダが言った。

「みなさんお留守ですのよ」

「あなたに用があって来たの」

口がすこしあくと、舌の上に揺れているタフィーの塊りが見える。湯沸しが音を立てた。

「あたしに？」

「そうよ」とアイダは言って、「ねえ、大丈夫なの？　湯沸しが煮たってるけど。あなた、モリー・ピンク？」

「お茶、いかが？」

その部屋は、天井まで一面に書類が積んであった。小さな窓からは、長い年月につもった埃を通して別の建物の群れが見える。同じような汚れた窓の配置が睨み返しているのは、鏡の反射のようだった。蠅の死骸が破けた蜘蛛の巣にひっかかっている。

「お茶はきらい」

「よかった。コップが一つしかないの」とモリーは言って、口のかけた濃褐色のティー・ポットに湯をついだ。

「モインという人が……」とアイダが言いだした。

「あら、あいつ！」とモリーは言った。「追い出したばかりなのよ」。《女性と美容》が一冊タイプライターの上に開いておいてあったし、彼女の視線はいつもそこへ戻って行くのだった。

「追い出したんですって？」

「そうよ、追い出したの。みなさんに会いに来たの。おべっかを使うつもりなのよ」

「それで会ったの？」

「留守なんですもの。タフィー食べる？」

「美容にわるいわ」とアイダは言った。

「ちゃんと埋め合せつけてるわ。朝食をぬいてるの」。モリーの頭上に、書類綴りの貼札が見えた。――「マッド小路一―六番地家作」。「バラム、ウェーネージ・エステート家作」。「……」。その部屋は、所有と財産の傲りで埋まっていた。

「用ってのはね」とアイダが言った、「あなた、あたしの友だちと会ったわね」

「おかけなさいよ。お得意様の席よ。あたし接待係なの。ミスタ・モインは友だちじゃないわ」

「モインじゃなくって、ヘイルという男」

「そのことならもうたくさん。まず会社の人にことわってからにしてよ。かんかんなんですもの。あたし、検屍のため一日欠勤しなきゃならなかった。翌日は何時間も残業させられたわ」

「どんなだったか、聞きたいだけなの」

「どんなだって、会社じゅう大騒ぎ」

「あたしの言ってるのはフレッド……ヘイルのことよ」

「あまりよくは知らなかったのよ」

「男《マン》が一人やって来た、と検屍のとき言ってらしたけど……」

「大人じゃない。ほんの子供よ。ミスタ・ヘイルを知ってたわ」

「だけど新聞には……」

「あら、ミスタ・ヘイルのほうで、その人を知らないって言ったのよ。あたし、別の答え方はしなかったはずよ。何も質問されなかったわ。ただ、あの人の態度に変な所がなかったかとは訊かれたけど。そうね、いわゆる変なふしはなかったわ。ただ、びくびくしてた――それだけよ。あんなの、よくあることよ」

「でも、それを検屍のとき言わなかったでしょ？」

「あんなの、なんでもないことだもの。あたし、すぐに事情がのみこめたわ。彼はあの子供に借金してた。よくあることじゃない。チャーリー・モインと同じよ」

「びくびくしてたのね。かわいそうなフレッド」

「『おれはフレッドじゃない』と彼ははっきり言ったわ。だけど、あたしには察しがついたわ。あたしの友だちだって、わかったと思うわ」

「その子供、どんな奴だった？」

「あら、ほんの子供よ」

「背は高い？」

「そう高い方でもないわ」

「ハンサム？」

「さあ、ハンサムとは言えないわねえ」

「年はどの位？」

「たぶん、あたしぐらいね」

「と言うと？」

「十八」とモリー・ピンクは言って、タフィーをしゃぶりながら、タイプライターと湯沸しごしに反抗するような目つきを投げた。

「その子供は、お金をよこせと言った？」

「そんな暇はなかったの」

「ほかに気づいたことはない？」

「彼はあたしに、いっしょに来てくれと言って、すごく熱心だったわ。だけど、あたしとしては困ることだったの、友だちといっしょでなくちゃ。でも、友だちを置いてくわけには行かないから、あたし行けなかったの」

「ありがとう」とアイダは言った、「ためになったわ」

「あなた、婦人探偵？」とモリーが訊ねた。

「ううん、違うわ、彼の友だちよ」

何かいかがわしいものがある――彼女は今やそれを確信した。彼女はもう一度、彼がタクシーのなかでどんなに怯えきっていたかを思い出しながら、ラッセル広場裏の下宿へ向ってホーバン区へ歩いて行った。午後も夕べ近い日ざしのなかで、彼女はまたもや、じぶんが婦人化粧室へ降りて行く前に彼が十シリング渡してくれた様子を思い出すのだった。あの人は本当の紳士だった。あれはたぶん有り金ぜんぶだったのだろう。いろいろな人たちが――例の男の子が、金をうるさく催促したわけだ。彼はチャーリー・モインと同じような零落者なのだろう。……彼の顔の記憶がいささかぼやけてしまった今では、どうしてもチャーリー・モインの顔だちを、いくらか借りて来ることになってしまう。他の点はともかく、血ばしった眼だけでも。意気な紳士、気前のいい紳士、本当の紳士。インペリアル・ホテルのホールでは商人たちが咽喉のたるみをだぶつかせていたし、日光はプラタナスの樹を単調に照らしていたし、コラム街の下宿屋では、お茶の時間を知らせるベルが鳴りつづけていた。占板《プランセット》をしよう、とアイダは思った、そうすればわかるだろう。

彼女がはいって行くと、居間のテーブルの上にブライトン桟橋の絵はがきが載っていた。もしあたしが迷信深い女だったら、と彼女は思った、もしあたしが迷信深い女だったら。

絵はがきの裏をひっくり返したが、フィル・コーカリーから誘って来たものにすぎなかった。毎年、イーストボーンから、ヘスティングズから、一度なんかエバリストウィスから誘って来た。だが、行ったことは一度もない。彼は、元気をつけてやりたいと思うような頼もしい男ではなかった。おとなしすぎる。それは、彼女が男と呼ぶようなものではなかった。

彼女は地下室への階段に行き、クラウ爺さんを呼んだ。占《プランセット》板をやるには二人の人間がいるのだし、爺さんにはそれが楽しみだということもわかっていた。「クラウ爺さん」と彼女は声をかけて、石の階段を覗きこんだ。「クラウ爺さん」

「何だね？　アイダ」

「占《プランセット》板で占いたいのよ」

彼女は爺さんが出て来るのを待っていないで、用意のために居間兼寝室へと昇って行った。部屋は東向きなので、日はもうかげっていた。暗くてうすら寒い。アイダはガスに火をつけ、古ぼけた赤いビロードのカーテンを引いて、灰いろの空と通風管とを隠した。それからディヴァン・ベッドをたたいて形をととのえ、テーブルのそばへ椅子を二脚ひきよせた。ガラス戸のはまった戸棚のなかで、じぶんの半生がみつめ返している――善良な半生が。海岸で買った陶器、トムの写真、エドガー・ウォーレス[註3]が一冊、古本屋で買ったネッタ・シレットが一冊、楽譜数枚、『友だち座』[註4]、母親の肖像画、別の陶器、ゴム入りの紐と木とで作られている小さな獣たち、いろんな男からもらったアクセサリー、『ソレルと息子[註5]』、そして占板《プランセット》。

彼女はその板を静かに取りだして、棚に錠をおろした。艶のある木で出来ている扁平《へんぺい》な楕円形に、小さな車がついている。それは地下の調理室にある引出しから這い出して来たみたいだった。いや、クラウ爺さんこそ正にその通りだった。彼は戸をそっとノックして、こそこそとはいって来た。白髪、灰いろの顔、そして炭鉱の仔馬の眼のような近視の眼が、電気スタンドの裸電球にまたたきするのだった。アイダは、桃いろのネットのスカーフを電燈の上にかけて、光を暗くしてやった。

「何か訊くことができたんだね？　アイダ」とクラウ爺さんが言った。彼は驚いていたし、夢中だったので、すこしふるえ気味だった。アイダは鉛筆の芯をけずり、小さな板の端にそれをさしこんだ。

「腰かけなさいよ、クラウ爺さん。一日中なにしてたの？」

「二十七番で葬式があった。インドの学生だよ」

「あたしも葬式へ行ってたわ。あんたのほうのは立派だった？」

「近頃は、いい葬式なんぞありゃせんよ。飾りが何もなかった」

アイダは板をちょっと押した。それが磨かれたテーブルの上を横にすべると、ますます甲虫に似てきた。「鉛筆が長すぎる」とクラウ爺さんが言った。彼は椅子に腰かけて、膝のあいだに両手をはさみ、前のめりの姿勢で板を見まもっている。アイダは鉛筆をすこし引出した。「過去か未来か？」とクラウ爺さんは言って、すこしばかりあえぐようにした。

「今日は霊媒をしたいの」

「死人か、生きてる者か？」とクラウ爺さんは言った。

「死人。今日焼かれるのを見て来たの。火葬よ。さあ、クラウ爺さん、指をあててよ」

「指環をとったほうがいい。金は邪魔になる」

アイダが指環をぬきとり、指さきでかるく板に触れると、その板は軋《きし》りながらフールスキャップの上を転がって行く。

「さあ、クラウ爺さん」と彼女は言った。

クラウ爺さんはくすくす笑って、「なかなか言うことをきかないんだ」と言い、骨ばった指を縁の所に置いた。神経の小さな鼓動がその指で脈を打っている。「何を訊きたいのだい？　アイダ」

「そこにいるの？　フレッド」

板は二人の指の下で軋りながら、ここかしこと長い線を紙の上に描いた。「じぶんの意志を持ってるみたい」とアイダが言った。

「しっ」とクラウ爺さんが言った。板が後ろのほうの車ですこし跳ね、そしてとまった。

「今、見ていいかしら」とアイダは言った。彼女が板を片側へ押すと、二人は鉛筆の書いた網もようをいっしょにみつめた。

「これがYの字と読めるわ」

「いやNの字かも知れない」

「ともかく何か書いてあるわね。もう一度やってみましょう」。彼女は指を板にしっかりとのせた。「何が起ったの？　フレッド」。すると板が動きはじめた。彼女の負けぬ気の意志が、指をつたわって働くのだった。今度ははっきりした意味を手に入れようという意気ごみ。板の反対側ではクラウ爺さんの灰いろの顔が、精神統一のせいでゆがんでいる。

「書いてるわ……本当の字を」とアイダは勝ち誇ったように言ったが、指がちょっとゆるんだとき、まるで他人の使いに行くみたいに板がさっとそれるのを感じた。

「しっ」とクラウ爺さんは言ったが、そのとき板は跳びはねて止ってしまった。板を押しのけると、そこにはまさしく一つの言葉が、ただし彼らの知っている言葉ではなかったけれど、薄い大きな文字で書かれていた――〝SUKILL〟。

「名前らしい」とクラウ爺さんは言った。

「なにか意味があるにちがいないわ」とアイダが言った。

「占《プランセット》板は無意味なことは言わないものよ。もう一度やりましょう」。そこでふたたび木製の甲虫はあわてふためいて逃げだし、曲りくねった道をひきずるのだった。スカーフの下で電球が赤く燃え、クラウ爺さんは歯のすきまから、ひゅうひゅう音を立てていた。

「さあ」とアイダは言って板をもちあげた。不揃いに書かれた長い言葉が、紙を斜めによこぎって走っている――〝FRESUICILLEYE〟。

「うむ」とクラウ爺さんは言った、「舌がもつれる言葉だ。アイダ、これでは何もわからん」

「わからないかしら。ねえ、明々白々じゃないの。FREはフレッドの縮まったものよ。SUICIは自殺《スイサイド》、EYEは眼《アイ》。あたしの口癖よ、『眼には眼を、歯には歯を』」

「Lが二つあるのは？」

「まだわからないけど、覚えておくわ」。彼女は力と勝利感にみちあふれて、椅子の背によりかかった。「あたし、迷信深くなんかないけど、でも、これにはかなわないわ。何しろ、占板《プランセット》は知ってるんだもの」

「その通りだ」とクラウ爺さんは言って、歯をなめまわした。

「もう一度しない？」。占板《プランセット》はすべり、軋り、そしていきなりとまった。すると、はっきりと記してあるではないか――〝PHIL《フィル》〟。

「うまく行ったわ。うまく行ったわ」。彼女はほんのりと頰を染めていた。「砂糖ビスケット食べる？」

「ありがとう、アイダ」

アイダは戸棚の引出しから缶を取出し、クラウ爺さんにすすめた。「あの人が死んだのは、彼らのせいなのね」と彼女は楽しそうに言った。「何かいかがわしいものがあるの、わかってたわ。あのEYEをごらんよ。しなくちゃならないことを、はっきり言ってるわ」。彼女はPHILを眺めた。「あの連中に、生れて来たのを後悔させてやろう」。彼女はぞんぶんに息をすって、りっぱな脚をうんと伸ばした。「正と不正」と彼女は言った。「あたし、それを信じてるの」。そしてもうすこし深く掘りさげて考え、幸福そうなみちたりた吐息をついて、「すごくなるわ、面白くなるわ、生涯の一節になるんだわ、ねえクラウ爺さん」と言って、彼女にとっては最上の讃辞を呈したのだったが、そのとき老人は歯をなめまわしていたし、ウォリック・ディーピング[註6]作の小説本の上には桃いろの光が揺れていた。

註1　ホーヴ　「いちばんりっぱな住宅は、主としてウェスト・クリッフに並んでいる。その向うにホーヴ、すなわち西ブライトンがある」（ベデカー旅行ガイド）

註2　心霊放射体《エクトプラズム》　降霊術師がトランスにおちいり、霊の顕現のため物質を形成しているとき、その体から放出されると言われる粘着性のもの。

註3　エドガー・ウォーレス　（1875―1932）イギリスの作家。戯曲作家。俗受けのする大衆小説的興味を狙った作風。約百五十篇の小説で、非常な人気を得た。

註4　『友だち座』　J・B・プリーストリーの小説。一九二九年刊。新しいディケンズの出現

として驚異的な売行を見せた。

註5　『ソレルと息子』　ディーピングの代表作。

註6　ウォリック・ディーピング　(1877—1950)イギリスの作家。『ソレルと息子』を含む多数のベスト・セラー小説を書いた。

II

1

〈少年〉はスパイサーに背を向けて立ち、暗い海面を眺めていた。桟橋のはずれにはこの二人しかいない。時間も時間だし、天候も天候だったから、ほかの連中はみなコンサート・ホールにいた。雨が降り、稲妻が水平線の上にきらめいたり消えたりする。

「どこへ行ってたんだ」と〈少年〉は言った。

「歩きまわってた」とスパイサーが言った。

「あそこへ行ったのか？」

「万事大丈夫なのか、何か忘れ物はないのか、見たかったんだ」

〈少年〉はてすりによりかかって、霧のような雨のなかへ体をつき出し、ゆっくりと言った、「人殺しを一つやると、もう一つやらなきゃならないこともあるって話、いつか読んだぜ、——あと片づけのために、ね」。彼にとっては人殺しという言葉も、「箱」とか

「カラー」とか「キリン」とかいう言葉以上のものでなかった。「スパイサー、あっちへ行け」と彼は言った。

想像力が目をさますことがない――それが彼の強味だった。他人の目を借りてものを見ることも、他人の神経でものを感ずることもできなかった。ただ音楽だけが、心の底までゆすぶるような絃の音だけが、彼を不安にした。それは神経の衰えを、あるいは襲いかかる老齢を思わせる。まるで他人の経験が脳のなかでがんがん鳴り響くよう。「ほかの連中はどこにいる？」と彼は言った。

「サム酒場で飲んでる」

「どうしてお前もやらねえんだ？」

「飲みたくねえんだよ、ピンキー。きれいな空気が吸いたかったんだ。この雷はやりきれねえな」

「畜生、奴らはあのうるさい音楽を、どうしてよさねえんだ」と〈少年〉は言った。

「サム酒場へ行かねえのかい」

「やらなきゃならねえ仕事がある」と〈少年〉は言った。

「もういいさ、ピンキー、あの検屍評決のあとだもの、大丈夫じゃないかい？　だれも質問しなかったし」

「ぜったい大丈夫ってことにしたいんだ」

「だが仲間には、もうこれ以上の殺しは無理だぜ」

「もっと殺しをやるつもりだなんて、いつ言った？」。稲妻がぱっと走って、ぴったりと身についているよれよれの上衣や、うなじのあたりのやわらかな房毛を明らかにした。「女の子に逢う約束があるのさ。それだけなんだ。言うことに気をつけろ、スパイサー。お前、臆病者じゃねえだろう」

「おれは臆病者じゃねえ。勘ちがいしないでくれ、ピンキー。ただ、これ以上の殺しはしたくねえんだ。あの検屍評決には、みんな驚いたぜ。どういうわけなんだろう？　ピンキー、おれたちはあいつを、殺したんだろう？」

「これからも、ずっと気をつけてなくちゃいけねえ。それだけさ」

「だけど、どういうわけなんだろう？　医者なんて信用できねえな。あの見立て違いは結構すぎらあ」

「気をつけてなくちゃいけねえ」

「ポケットにあるのは何だ？　ピンキー」

「ピストルじゃない」と〈少年〉は言った。「たわいもねえこと、考えやがる」。町で時計が十一打った。そのうち三つの音が、英仏海峡から響いて来た雷鳴のためにかき消された。「お前はいないほうがいい」と〈少年〉は言った。「もう約束の時間になってるんだ」

「剃刀を持ってるんだな、ピンキー」

「女の子のときには、剃刀はいらねえ。教えてやろうか、壜《びん》さ」

「だってお前、酒は飲まねえじゃないか、ピンキー」

「こいつを飲みたがる野郎はねえだろうな」

「何なんだ？　ピンキー」

「硫酸だ」と〈少年〉は言った。「女の子をおどすには、ナイフよりもききめがあるぜ」。彼は、もう我慢できないみたいにして海面から向きなおると、またつぶやいた。「あの音楽め！」

　暑くるしい雷雨の夜――音楽は彼の頭のなかで唸っていたが、それが彼にとってはいちばん身近な嘆きの対象であったのだ。ちょうど、ローズがコンサート・ホールの横をいそいでかけて来るのを見まもりながら、ポケットの硫酸の壜をたしかめるときのひそやかな快感が、彼にとってはいちばん身近な情熱への道であると同じように。「行け」と彼はスパイサーに言った。「来たぜ」

「あら」とローズが言った、「遅れちゃったわ。走り通しで来たのよ。あたし、あなたが……」

「来るまで待ってたさ」と〈少年〉が言った。

「お店じゃ、大変だったの。まずいことだらけなのよ。あたし、お皿を二枚わっちゃったわ。それにクリームがいたんでたの」。彼女は一気に喋った。「お友だちは何て方?」と訊ね、闇のなかを覗くようにする。

「何でもないんだ」

「あたし、なんだか……でも、はっきりはわからなかったけど……」

「何でもないんだ」と〈少年〉はくり返した。

「これからどうするの?」

「まずここで、すこし話したいと思ってたんだ。それからどっかへ行こう。《シェリー》がいいかい? おれはどこでもいいんだ」

「ええ、《シェリー》がいいわ」

「あのカードの金は、もうもらった?」

「ええ、今朝受けとったの」

「何か訊きに来た奴はいないかい?」

「なかったわ。だけど、あの人があんなふうに死んでたなんて、怖くない?」

「奴の写真を見た?」

ローズはてすりのそばへ寄って、蒼い顔で〈少年〉をみつめた。「でも、あの人じゃなかったわ。だから、わけがわからないの」

「写真顔は実物と違うもんさ」

「あたし、顔の覚えはいい方なのよ。彼じゃなかったわ。きっと、ごまかしたのね。新聞なんて当てにならないのね」

「こっちへ来いよ」と〈少年〉は言って、彼女を横のほうへ連れて行った。音楽からすこし遠ざかると、二人は、ますます水平線にきらめく稲妻と雷のなかに取残された形になった。「おれはきみが好きなんだ」と〈少年〉は言ったが、そのとき、不可解な笑いが彼の唇に浮んだ。「だから、注意しておきたいのさ。このヘイルという野郎のことは、いろいろ噂に聞いたことがある。あいつは、いろんなことに関係してたんだ」

「どんなことに？」とローズはささやいた。

「どんなことかなんて、気にかけなくていい」と〈少年〉は言った。「ただおれは、きみのためを思って注意したいんだ――金はもらってしまったんだし――おれだったら、あの件は忘れちまうな。カードを置いてった奴のことはすっかり忘れる。ね、あいつは死んじまった。そうして、きみは金をもらってしまった。それで万事いいじゃないか」

「おっしゃるようにするわ」とローズは言った。

「よかったら、ピンキーって呼んでくれよ。友だちはそういうんだ」

「ピンキー」とローズが恥ずかしそうに言ったとき、頭上で雷が鳴った。

「ペッギー・バロンのこと、読んだろう」

「読んだことないわ、ピンキー」

「どの新聞にも、のってたぜ」

「この仕事につくまで、新聞みたことなかったわ。あたしの家、そんな余裕なかったの」

「その女は愚連隊にかかわりがあったんだ」と〈少年〉は言った。「だもんだから、訊問された。こいつは剣呑《けんのん》な話さ」

「あたし、その女の人と違って、愚連隊にかかわりなんかないもの」

「いつもそうは行かないさ。まあ、世の中はそういうものなんだ」

「そのひと、どうなったの？」

「顔をだめにされたのさ。めっかちにされた。顔に硫酸をぶっかけられたんだよ」

ローズがささやいた、「硫酸？　硫酸ってなあに？」。そして稲妻が、タール塗りの木の支柱を、くだける波を、彼女の蒼ざめた骨ばった顔が怯えるのを、照しだした。

「硫酸を知らないって？」〈少年〉は闇のなかでにやりと笑った。彼は小さな壜を見せた。「これが硫酸さ」。彼はコルクをとり、桟橋の板の上にすこしばかりたらした。それは蒸気のようにしゅうしゅう鳴った。「焼けてこげてしまうんだ。嗅いでみな」と〈少年〉は言って、彼女の鼻のさきへ壜をつきだした。

彼女があえぐように、「ピンキー、まさかあなたは……」とささやくと、彼は、「からかったのさ」とすらすら嘘をついた。「硫酸じゃない。ただの酒だよ。ちょっと驚かしておきたかっただけさ。おれたち、友だちになろうっていうのに、火傷をした友だちなんてのは有難くないからな。だれか聞き出そうとする奴がいたら、知らせるんだぜ。いいかい、どんな奴だろうと……すぐフランクの家へ電話をかけて、おれに知らせるんだ、三十六番だ。わかったね」。彼は彼女の腕をとって人気《ひとけ》のない桟橋のはずれから連れ出し、灯《あかり》のあかあかとともったコンサート・ホールの横へ戻って行った。音楽が、絃のかきならす悲しみが、陸のほうへ漂って行く。

「ピンキー」と彼女が言った、「あたし邪魔する気なんかないわ。だれの仕事だって邪魔しないわ。あたし、お節介やきじゃないんですもの。約束するわ」

「きみはいい子だ」

「あなたは物知りなのね、ピンキー」と彼女が恐れと嘆賞をこめて言ったとき、オーケストラはとつぜん、黴《かび》くさいロマンチックな曲を奏でた――「いとしく、うるわしく、天のごとくに……」――怒りと憎悪の毒が、〈少年〉の唇に僅かばかり浮んだ。「きみも物知りにならなくちゃいけないよ」と彼は言った、「うまく立ちまわりたいと思ったらね。さあ、《シェリー》へ行こう」

桟橋から出て来ると、彼らはまるで逃げ去るようにしなければならなかった。タクシーが水をはねかけた。ホーヴの町の遊歩道にある幾列もの色電球が、雨のなかでガソリンの流れている水たまりのように輝いていた。二人は《シェリー》の入口で犬のように雨水をふるいおとしたが、ローズは大衆室《ギャラリー》へはいるために二階のほうまでつづいている行列を眺めて、「満員だわ」とがっかりした声で言った。

「二階に行こう」と〈少年〉は言って、いつもそこへ行きつけてるみたいにぞんざいな物腰で三シリング払い、小さなテーブルや、ユダヤ人や、小さな黒いバッグを片手に、金属的な艶のある髪を輝かして踊っているダンスの群れのあいだを通りぬけて行った。色のついた灯が、緑いろに、ピンクに、そして青にきらめく。ローズは言った、「まあ、なんてきれいなんでしょう。あたし、いろんなこと思い出すわ」。そして彼女はテーブルへ着くまで、その光景が回想させるすべてのものを一つ一つ数えあげては、つぶやくのだった。さまざまの色の灯、バンドが演奏している曲、ルンバを踊ろうとしている人々。彼女は些細な思い出をじつにたくさん貯えていた、彼女は未来のなかに住んでいないときには、かならず過去のなかに住んでいたのだ。そして現在に関しては——さまざまのものに近よって行くかと思うとたちまち遠のき、できるだけすばやく通りぬけてしまうのだった。だから彼女の声はいつもすこし息ぎれがしていたし、彼女の心臓は、あるときは期待の故に、あるときは遁走を企てて、打ちつづけるのだった。「あたしがお皿をエプロンの下にさっと入れたら、言うじゃないの、『ローズ、お前、何を隠したんだね?』」。そしてすぐに彼女は大きな幼い瞳を〈少年〉に向けて、心の底からの尊敬を、うやうやしい希望を、そのまなざしにこめるのだった。

「何を飲む?」と〈少年〉は言った。

彼女は酒の名前さえ知っていなかった。ネルソン・プレイスからレストラン・スノーとパレス桟橋との日光のなかへ、彼女はもぐらのように出て来たのだが、その町には酒をおごってくれるほど金をもった男の子はいなかったのだ。「ビール」と言おうとしたが、じぶんがほんとにビールが好きなのかどうかを確める機会は今までなかった。エヴェレスト印のオート三輪が売りに来る二ペンスのアイスクリーム、それが、贅沢に関する全知識だったのだ。彼女は目を大きく開いて、どうしてよいかわからないみたいに〈少年〉を見やった。彼は容赦なく訊ねた。「何が好きだい？　おれにはわからないからさ」

「アイスクリーム」と彼女は落胆したように答えた。そして彼はなおも問いただす。

「どんなアイスクリーム？」

「ごく普通のアイスクリーム」と彼女は言った。貧民窟での長い年月、エヴェレスト印の車では選り好みをする余裕なぞなかったのだ。

「ヴァニラですか？」とウェーターは言った。今までいつも食べていたものはこれだろうと推測したら、それは的中した。ただし形が一まわり大きかった。この点さえ違わなかったら、ウェイファースにはさんでオート三輪のそばですすっていたほうが、よほどましだったかもしれない。

「きみはおとなしい子だね」と〈少年〉は言った。「年はいくつ？」

「十七」と彼女は誇らかに答えた。まるで、十七歳未満では、男といっしょに歩けないという法律でもあるみたいに。

「おれも十七だ」と〈少年〉は言った。そして、若々しく輝いたことの一度もない眼が、つい近ごろ物事が一つ二つわかりはじめたばかりの眼を、灰いろの軽蔑をみなぎらせてみつめる。彼は、「踊るかい?」と言った、すると彼女はおどおどして、「あたし、あまり踊ったことないの」

「どうでもいいんだ」と〈少年〉は言った、「おれはダンスは嫌いだ」。彼は、背中の二つある獣たちがゆるやかに動くのを見ていた。快楽……、と彼は思った、あいつらは、あれを快楽と呼んでいる。孤独感が、人々とじぶんとのあいだに存在するはなはだしい無理解が、彼をゆすぶった。その晩のラストのショーのために、踊り場《フロア》が片づけられた。スポットライトが一カ所だけに斑点をおとす。タキシードを着た歌手、黒くて細長い伸縮自在のスタンドにとりつけたマイクロフォン。彼はそれを、女を抱くようにやさしく支えてあちこちへ静かにゆすぶり、唇のさきでかきくどくように歌う。そのささやきがギャラリーの下のラウド・スピーカーからしわがれた声になってホール全体に反響する。ちょうど執政官の勝利報告みたいに、そしてまた長期にわたる執政制度が、公式に発表されるみたいに。「おや、夢中になってるね」と〈少年〉は言って、じぶんも、このとほうもなく騒がしい歌の文句に身をゆだねた、「夢中になってるね」

「音楽は歌ってる、歌ってる、二人の恋を
椋鳥《むくどり》が散歩道で歌ってる、歌ってる、二人の恋を
タクシーの喇叭《らっぱ》のぶうぶうも
夜明けの梟《ふくろう》のほうほうも
メトロの音のごうごうも
働き蜂のぶんぶんも
　みんな、二人の恋を歌ってる

音楽は歌ってる、歌ってる、二人の恋を
西風が散歩道で歌ってる、歌ってる、二人の恋を
ナイチンゲールの囀《さえず》りも
郵便配達の押すベルも
オフィスの電話のじりじりも
　みんな、二人の恋を歌ってる」

〈少年〉はスポットライトをみつめた。音楽、恋、ナイチンゲール、郵便配達――言葉たちが彼の脳のなかで詩のように揺れる。片手はポケットにある硫酸の壜を愛撫し、もう一

方の手はローズの手首に触っている。人間のものでない声がギャラリーのまわりで鳴り、そして〈少年〉は黙りこんでいた。今度は彼がおびやかされていたのだ。生存が硫酸の壜をかざしておびやかす――おれは貴様の顔をだめにしてやるぞ、と。それは音楽のなかで語りかけていたし、彼が、おれは決してかかりあいにならぬつもりでいると抗議すると、音楽は、いつもそうは行かないよ、世の中ってそういうものなんだ、とたちまち逆襲してくる。

「散歩道で番犬が歌ってる、歌ってる、二人の恋を」

人々はテーブルの後ろに気をつけの姿勢で重なりあって立っていた（踊り場はそう広くなかったのだ）。彼らは死んだように静まりかえっていた。それは休戦記念日の国歌のようだった。……国王が花環をささげる、脱帽、そして軍隊が石と化す瞬間。彼らは、ある種の愛に、ある種の音楽に、ある種の真理に聴きいっていた。

「グレスィ・フィールズ[註1]の戯《ざ》れ唄も
ギャングスターのピストルも
みんな、二人の恋を歌ってる」

音楽は中国ふうのランタンの下にとどろき、ピンクのスポットライトは、糊のぴんとついたシャツへマイクロフォンを引き寄せるユダヤ人の姿を浮びあがらせた。「恋愛したことあるかい?」と〈少年〉は訊ねた、するどく、そして不安そうに。

「ええあるわ」

〈少年〉はとつぜん憎しみを感じた。「かもしれないね。きみはねんねなんだ。どんなことをするものか、知らないんだろう」。音楽が終ったあとの静けさのなかで、彼は声を立てて笑った。「無邪気なんだな」。人々が椅子に腰かけたまま振返って、二人を眺めた。女の子が一人くすくす笑った。彼の指がローズの手首をつねっていた。「ねんねなんだ」とまた言った。彼は、公立小学校の生徒だったころおとなしい子供たちをいじめたようにして、ちょっとした欲情にふけろうとしていた。「なんにも知っちゃいないんだ」と彼は言った、爪のさきに侮蔑をこめて。

「違うわ。知ってるわよ」

〈少年〉は歯をみせて笑った。「知らないくせに」。そして爪と爪がくいあうほど彼女の手首をつねり、「ねえ、おれを好きかい?　仲よくしようぜ」

「まあ、すばらしいわ」。誇りと痛みとの泪がその瞼からあふれそうになる。「そうしてるのが好きなら」と彼女は言った。「ずっと握りしめていいわ」

〈少年〉は手をはなした。「とんでもない。こんなことが好きなもんか。知ってるなんて言ったくせに、何もわかってやしない」。音楽がまたはじまったとき、彼は灼ける石炭のような怒りを腹のなかに感じながら坐っていた。釘と木片とで遊んだはるかな昔のたのしい日々。そして、やがて習い覚えた剃刀の刃でのいたずら。ただ悲鳴をあげさせるだけがおれの楽しみなのではないか……？　彼はあらあらしく言った、「行こう。ここは我慢できねえ」。そしてローズは従順に、ウールワース会社製品のコンパクトとハンカチとを、ハンド・バッグにしまった。何かがハンド・バッグのなかでかちんと鳴ったとき、「それあ何だい？」と〈少年〉が言った。彼女はロザリオの端を見せた。

「きみ、カトリックなのかい？」

「ええ」とローズはうなずいた。

「おれもそうなんだ」と〈少年〉は言った。彼はローズの腕をつかまえ、雨の降っている暗い街路へと連れだした。稲妻がきらめき、雷鳴が大気をみたしている。彼は上着の襟を折りかえして走った。二人は戸口から戸口へと駈けつづけて遊歩道まで戻り、がらんとした一軒の家のガラス屋根の下にはいった。騒がしく重苦しい夜、二人はそこを独占したわけだった。

「ねえ、おれは聖歌隊にいたことがあるんだ」と〈少年〉は打明けて、もうだめになっていたが少年らしい声で、とつぜん歌いはじめた。「世の罪を除き給う天主の小羊、我等に《アニュス・デイ・キ・トリス・ペカタ・ムンディ・ド》平安を与えたまえ《ナ・ノビス・パチェム》」。彼の声のなかで、失われた一つの世界が揺れ動く。——オルガンの下のほうにある、照明に照し出された隅、香の匂いとまあたらしい短白衣《サプラス》、そして音楽。だがその音楽はどんなものだろうと問題ではなかったのだ——「天主の小羊《アニュス・デイ》」、「いとしく、うるわしく」、「椋鳥が散歩道で」、「我が唯一の天主を信ず《クレド・イン・ウヌム・ドミヌム》」——どんな音楽でも彼の心をゆすぶるのだった。それは理解することのできない何かを語りかけているように思われた。

「ミサに行くかい？」と彼は言った。

「ときどきね。仕事の都合で、さまざまなの。ミサに行くとしたら、眠れる日が毎週なくなってしまうんですもの」

「行こうと行くまいとじぶんの勝手さ」と〈少年〉は激しい口調で言った、「おれはミサになんぞ行かないよ」

「だけど信仰は持ってらっしゃるでしょう」とローズは哀願するように、「ねえ、あれは真理だと思う？」

「むろんあれは真理さ」と〈少年〉は言った。「本当に道理にかなっているのは、あれしかないじゃないか。無神論者なんて連中には、何もわかってやしねえんだ。むろん地獄ってやつはある。火刑や劫罰もある」。そして暗い海のうねりを、稲妻を、黒々と見えるパレス桟橋の支柱の真上で消えて行く灯を眺めながら、「地獄の責苦もあるんだ」

「それから天国もよ」とローズが不安そうに言った。そして、雨は果てしなく降りつづける。

「ああ、多分ね」と〈少年〉は言った、「多分ね」

〈少年〉は痩せた脚にズボンが貼りつくほどびしょ濡れになったまま、フランクの家のマットの敷いてない長い階段を寝室へと昇って行った。てすりが彼の手の下でがたがた揺れる。扉をあけると、真鍮のベッド柱のそばで愚連隊が煙草をふかしていた。彼はあらあらしくこう言った、「あのてすりの修繕ができあがるのはいつなんだ。危《やば》いぜ。そのうちだれか、おっこちるにきまってる」。カーテンを引いてなかったし、窓はあけはなしてあったし、海へとつづいている灰いろの屋根の上には稲妻がはためいている。〈少年〉はベッドへ行き、カビットがちらかしたソーセージの屑を払いのけながら、「どうしたんだ？　寄り合いかね？」

「納入金のことでごたごたしてるんだ、ピンキー」とカビットが言った。「まだ出してない野郎が二人いる。ブルワーとテイトなんだ。あいつらの言い分では、カイトが死んじまった以上……」

「やっつけちまおうか？　ピンキー」とダローが言った。スパイサーは窓際に立って嵐を見ていた。口をつぐんだまま、空にきらめく焔の亀裂をみつめている。

「スパイサーに伺いを立ててみな」と〈少年〉が言った。

「あいつは近頃えらく考えこんでやがる」。みんなは振返ってスパイサーをながめた。スパイサーは言った、「まあ、しばらく休まなくちゃいけねえよ。カイトが殺《ばら》されたときにずらかった連中は、大勢いるんだぜ」

「つづけろよ」と〈少年〉は言った。「ようく聞きな。この哲学者先生の御意見を」

「ふん」とスパイサーは腹を立てて、「仲間うちじゃ、論議は御法度なのかい？　逃げ出した連中には、小僧っ子がこんなに売り出そうたあわからなかったろうな」

〈少年〉はベッドに腰かけて、しめったポケットに両手をつっこんだまま、スパイサーをながめていた。彼はいちど身ぶるいした。

「おれはいつだって、殺しには反対だった」とスパイサーは言った。「そんなこたあだれも覚えちゃいまいけれど。何のために復讐しなくちゃならないんだ？　要するに感傷にすぎねえ」

「臆病者」と〈少年〉は言った。

スパイサーは部屋のまんなかへ出て来て、「なあ、ピンキー、無茶なことはよせ」。そしてみんなに向って哀願するように、「無茶なことはよせ」

「こいつの言うことは、もっともだぜ」とカビットがとつぜん口をはさんだ。「こないだのことは不幸中の幸いだったんだ。何も今、わざわざおれたちに注意をひきつける必要はない。ブルワーとテイトは、しばらくのあいだ生かしておいたほうがいい」〈少年〉は立上った。ソーセージの屑がすこしばかり、濡れた服にくっついている。「用意はいいかい？　ダロー」と彼は言った。

「いいぜ、ピンキー」とダローは言って、よくなついている大きな犬みたいに歯を見せて笑った。

「どこへ行くんだ？　ピンキー」とスパイサーは言った。

「ブルワーに会いに行く」

カビットは言った、「貴様のやりくちを見てると、ヘイルを殺《ば》したのは先週じゃなくて、去年のことだったような気がしてくる。慎重にかまえなくちゃだめだぜ」

「あれはもう過ぎたことだ」と〈少年〉は言う。「検屍評決は聞いたろう。自然死、ってことになってるんだ」。彼は嵐が静まったのを眺めやった。

「お前はレストラン・スノーの女の子を忘れてるぜ。あいつはおれたちを絞首刑《ぶらんこ》にすることもできるんだ」

「ぬかりなく目をくばってるさ。あいつの口から洩れるなんてことはないよ」

「お前、あいつと結婚する気なんだろう？」とカビットが言った。ダローが笑った。〈少年〉がポケットから出した手は、きつく握られていたせいで、関節のところが白くなっていた。「おれがあいつと結婚する気だなんて、だれが言いやがった」

「スパイサーだ」とカビットが言った。

スパイサーは〈少年〉から後しざりしながら、「なあ、ピンキー。そうすればあの女の子が危険じゃなくなると言っただけだ。女房が証拠を申し立てるわけにゃ行くまい」

「あんなちんぴら娘と、そんなことのために結婚してたまるもんか。スパイサー、お前を安全にするにゃ、どうしてやればいいんだい？」。彼は乾いてひびわれた唇の両端を舌でなめた。「もし殺《ばら》してもらいてえって言うんなら……」

「ほんの冗談さ」とカビットは言った。「そうまじめに取るほどのことじゃないんだ。お前にはユーモアってものが足りねえよ、ピンキー」

「貴様にゃ、それが面白いことだったんだな」と〈少年〉が言った、「おれが……結婚……あの安っぽい娘と」。彼はみんなに向って、「は、は、は」と陰気に笑った、「今にわかるだろうよ。さあ、ダロー」

「朝になってからにしろ」とカビットが言った。「ほかの連中が来てからにしろ」

「お前まで臆病風を吹かすのか」

「それは本気で言ってるんじゃなかろうな、ピンキー、とにかく、ゆっくりとやらなくちゃいけねえ」

「いっしょに来るかい？　ダロー」と〈少年〉は言った。

「むろんさ、ピンキー」

「じゃ、出かけよう」。〈少年〉は洗面台のほうへ行って、小さな扉をあけ、そこに置いてあった尿器の後部を手で探っていたが、やがて小さな剃刀をひっぱりだした。婦人用の剃刀みたいだが、片側の刃が鈍くなっているし、石膏で裏打ちしてある。彼はそれを親指の長い爪——短く嚙んでいない唯一の爪——の下にくっつけ、手袋をはめた。彼は、「三十分とたたねえうちに、家来といっしょに帰ってくるぜ」と言って先に立ち、フランクの家の階段をどたどた音を立てて降りた。濡れた衣類の冷たさが肌の下までしみこむようだった。ダローより一足先に玄関に出たとき、悪寒のために顔をゆがめて、小さな肩で身震いした。彼は振向いてダローに、「ブルワーの家へ行こう。一ぺんおどかせば十分さ」

「合点だよ、ピンキー」とダローは言い、後につづいた。雨はもう止んでいた。引き潮なので、遥か遠くの砂地を浅い海が縁どっている。時計が十二時を打った。ダローがとつぜん笑いだした。

「どうした？　ダロー」

「いま考えてたとこよ。お前なかなかいい玉だな。ピンキー。仲間に入れたあたり、カイトの野郎も目がきいてたよ。お前は物おじしねえからな、ピンキー」

「そうさ」と〈少年〉は言って前方を見やったが、顔には悪寒のため皺がよっていた。コスモポリタン・ホテルを通りすぎると、雲足の早い空にそびえている巨大な正面玄関からてっぺんの塔にかけて、ちらほら灯がついていた。彼らが通ったとき、レストラン・スノーのなかで、たった一つ残っていた灯が消えた。彼らはオールド・ステイン・ホテルのほうへ曲った。ブルワーの家は、リューズ・ロードの電車通り近く、ほとんど高架線の下になるあたりにあった。

「もう寝ちまったろう」とダローは言った。ピンキーは指をあててベルを鳴らした。すっかり鎧戸をおろした店が両側につづいている人気の絶えた道を「停留所以外ではとまりません」という札を掲示しただれも乗っていない電車が、ベルを鳴らしながら、大きく揺れて通って行く。車掌は車内の座席でうとうとしていたし、車蓋は嵐のために光っていた。

ピンキーはベルに指をあてがったままである。

「スパイサーの奴、どうして……おれの結婚のことを言い出しやがったんだ？」と〈少年〉は言った。

「そうすりゃ、あの娘が口を割らねえと思っただけさ」

「あの女の子なんぞ、怖がる必要ねえんだ」と〈少年〉は言って、ベルを押しつづける。二階に灯がついて窓が軋り、「だれだい？」と呼びかける声がした。

「おれだ。ピンキーだ」

「なんの用かい？　どうして、朝になってからじゃいけねえんだ？」

「話したいことがあるんだ、ブルワー」

「おれのほうには、話したいことなんぞねえよ、ピンキー。いくら待ったって無駄だぜ」

「あけたほうがいいぞ、ブルワー。みんなにここまで出張《でば》ってもらいたくねえだろう」

「ピンキー。婆さんの病気がとても悪いんだ。面倒事はごめんこうむる。あいつはいま眠ってる所なんだ。三日も寝つけなかったんだぜ」

「これが目をさまさせるさ」と〈少年〉は言って、指をベルに当てた。貨物列車が高架線の上をのろのろと通りすぎ、リューズ・ロードに煙を吹き込んだ。

「手を放してくれ、ピンキー。今あけるから」

ピンキーは身ぶるいしながら待っていた。手袋をはめた手が湿ったポケットの奥にある。ブルワーが戸をあけた——年配の肥っちょで、よごれた白のパジャマを着ている。一番下のボタンが取れているので、上衣がひらひらするたびに太鼓腹と深い臍《へそ》とが見える。「はいれよ、ピンキー。そっと歩いてくれ。婆さんがよくないんだ。おれあ、すっかり参っちまった」

「ブルワー、貴様、納入金をなぜ出さねえんだ？」と〈少年〉が言った。彼は狭い玄関を軽蔑の眼で眺めた、——雨傘入れにして使っている大砲の薬莢、角に山高帽がかかっているシミの喰った牡鹿の首、羊歯の植木鉢にされた鉄兜。カイトの奴め、もうすこしましな金の使い方もあったろうに。ブルワーは大道商売から、飲み屋でやるばくち渡世から、足を洗ったばかりなのだ。今度はインチキ馬券屋だ。賭金の十パーセント以上も取ろうとするのは、間違ってる。

ブルワーが言った、「こっちへ来てくつろぐといいや。あったかいぜ。なんて冷える晩だろう」。彼はパジャマ姿のままでそらぞらしい愛想をふりまいた。まるで馬券に刷りこんである文句みたい。——「老舗。ビル・ブルワーを信用あれ」。彼はガスに火をつけ、赤い絹地のシェードに総《ふさ》がついている電気スタンドをひねった。光が銀メッキのビスケット缶の上に、額縁のなかの結婚式の写真の上に輝いた。「スコッチ・ウィスキーをちょっぴりどうだい？」とブルワーが二人にすすめた。

「おれが飲まねえのは知ってるだろう」と〈少年〉は言った。

「ダローは飲むさな」とブルワーが言う。

「ちょっぴりならかまわねえや」とダローは言って、歯を見せて笑い、「御健康を祈って！」

「ブルワー、おれたちは例の納入金を取り立てに来たんだ」と〈少年〉が言った。白いパジャマの男は、じぶんのコップのなかに炭酸水を注いだ。彼は背をむけて、戸棚の上の鏡に映っているピンキーをみつめていたが、ダローの視線と出会ってしまった。彼は言った、「いろいろ思案してたんだ、ピンキー。カイトがのされて以来」

「それで？」と〈少年〉は言った。

「こうなんだ。おれはじぶんに言い聞かせた、もしカイトの仲間がおれを守ってくれないとすりゃ……」。彼はとつぜん言葉を切り、聞き耳を立てた。「婆さんかな？」。上の部屋から、咳の音がとてもかすかに聞えた。ブルワーが言った、「目をさましちゃったんだ。見に行かなきゃならねえ」

「ここにいて、話をつけろ」と〈少年〉は言った。

「寝返りを打ちたがってるだろう」

「話がついたら行ってもいい」

ごほん、ごほん、ごほん。まるで機械が動き出そうとしてうまく行かないみたい。ブルワーは必死になって、「察してくれよ、婆さんはおれがここに来たのを知らないんだ。ほんの一分で帰って来るからさ」

「一分以内で話はつく」と〈少年〉は言った。「出すだけのものを出してくればいい。二十ポンドだ」

「家のなかにはねえ。正直の話だ」

「身のためにならねえぞ」〈少年〉は右の手袋を取った。

「こうなんだ、ピンキー。おれは昨日、その金をコリオニに出してしまったんだ」

「畜生！」と〈少年〉は言った、「一体コリオニの野郎と何の関係があるんだ」

ブルワーは二階の咳の音の、ごほん、ごほん、ごほんに聞き入りながら、必死になって早口に、「納得してくれ、ピンキー。両方に払うわけにゃ行かねえ。コリオニに金を出さなきゃ、おれは殺《ばら》されてたかもしれねえ」

「あいつ、ブライトンにいるのか？」

「コスモポリタン・ホテルに泊ってる」

「テイトの奴も……コリオニに金を献上したのか？」

「そうだ、ピンキー。コリオニは、派手に仕事をやってるぜ」。派手――それは非難の言葉のようであった。それはフランクの家の真鍮のベッドの柱を、マットレスの上のソーセージ屑を思い出させた。

「おれの運はもうおしまいってわけかね？」と〈少年〉は言った。

「おれのすすめに従えよ、ピンキー。コリオニの身内にはいれよ」

〈少年〉はとつぜん手をうしろに引き、剃刀をはめた爪でブルワーの頬に斬りつけた。頬骨にそって血が流れた。

「よせ」とブルワーが言った、「よせったら」。戸棚のところまで後しざりしながら、ビスケットの缶をひっくり返した。そして、「おれには後ろだてがあるんだぞ。気をつけろ。おれには親分があるんだ」

〈少年〉は笑った。ダローがコップにウィスキーをついだ。〈少年〉は言った、「こいつを見ろ。ダローには後ろだてがあるぜ」。ダローは炭酸水を入れた。

「もっとやってもらいたいか？」と〈少年〉は言った。「貴様の親分がだれなのか、教えてやっただけだ」

「おれは両方に払うわけには行かねえ、ピンキー。頼む、手を引いてくれ」

「二十ポンドもらいに来たんだ、ブルワー」

「ピンキー、おれがコリオニに殺《ばら》される」

「くよくよすることはねえ。おれたちが守ってやる」

二階では女が、ごほん、ごほん、ごほん、と咳をする。そして、眠っている子供がうなされたときのような弱々しい叫び。「あいつが呼んでる」とブルワーが言った。

「二十ポンドだ」

「金はここに持ってないんだ。取りに行かせてくれ」

「ダロー、いっしょに行け」と〈少年〉は言った。「ここで待ってる」。彼は直線彫りの食堂椅子に腰かけて外を眺めた――うらぶれた街を、舗道にならぶごみ箱を、そして高架橋の大きな影を。彼は身じろぎもしなかったし、老人の瞳のような灰いろの瞳にはなんの表情も浮んでいなかった。

派手に――コリオニが派手に売り出しはじめた――信用できるやつが一人だって仲間にいないのはわかっている……まあ、ダローは別だが。それは問題でなかった。だれも信用できぬ以上、失敗は禁物なのだ。猫が一匹、舗道のごみ箱のまわりを用心深くうろついていたが、とつぜん立ちどまってうずくまり、ほのぐらい闇のなかから瑪瑙《めのう》の瞳で〈少年〉を見あげた。〈少年〉と猫とは、ダローが戻るまで、両方とも身じろぎもせずみつめあっていた。

「金は受けとったぜ、ピンキー」とダローは言った。〈少年〉は振向いてダローに笑いかけた。が、とつぜん顔をひきつらせて、二つ、大きくくしゃみをした。頭上の咳の音はもう聞えない。「あいつ、このことは忘れまい」とダローが言って、気づかうように言いそえた。「ウィスキーをちょっぴりやればよかったのに。お前、風邪をひいたようだぜ」

「大丈夫さ」と〈少年〉は言って立ちあがった。「さよならは言わなくてもいいだろう」

〈少年〉は人気のない道路のまんなかへ、電車線路のあいだへ降りて行った。そしてとつぜん、「ダロー、おれがもう終りだと思うかい？」

「お前が？」とダローは言った。「よせやい、お前はまだはじめてもいねえんだぜ」。彼らはしばらくのあいだ黙りこんで歩いた。水が雨樋から舗道にしたたっている。今度はダローが言った。

「コリオニのことが気にかかるのかい？」

「馬鹿いえ」

ダローがとつぜん言った。「コリオニが十二人あつまった所でお前ほどの値打があるもんか。ちぇっ、コスモポリタン・ホテルか！」。彼は叫ぶように言って唾を吐いた。

「カイトはスロット・マシーンで一口乗る気だったんだ。ところがそうは行かなかったわけさ。コリオニめ、時は今だとばかり縄張りをひろげてやがる」

「あいつ、ヘイルから話を聞いとけばよかったのに」

「ヘイルは自然死だ」

ダローは笑いながら、「スパイサーにそう言いなよ」。彼らはロイアル・アルビヨン・ホテルの角を曲って、また海岸通りに出た。上げ潮になっていた。闇のなかで飛沫をあげる大きなうねり。〈少年〉は不意に横目でダローを眺め、（ダローの奴は信用できる……）この醜いでこぼこの顔から、勝利と友愛と優越の感じを受けとった。ちょうど、ひょわでずる賢い小学生が、今まで忠実一途にじぶんに従って来た子を、ふと学校一の悪童だと思うのに似ていた。彼は「阿呆」と言ってダローの腕をつねった。それはほとんど情愛にあふれるしぐさのようであった。

フランクの家にはまだ灯《あかり》が一つともっており、スパイサーが居間に待っていた。口や鼻のまわりにぷつぷつのある顔が蒼ざめている。

「どうだい？」と〈少年〉は言い、二階へあがって行った。「金はもらって来たぜ」

スパイサーは寝室までついて来て、「出かけるとすぐお前に電話があった」

「だれから？」

「ローズという娘だ」

〈少年〉はベッドに腰かけて靴をぬぎはじめた。「何の用だった？」

「お前といっしょに出てるあいだに、あの娘を訪ねて来た奴があるんだそうだ」

〈少年〉は靴を手にしたまま、じっと考えている。「ピンキー」とスパイサーが言った、「あの娘かい？　レストラン・スノーの子かい？」

「むろんさ」

「おれが電話に出たんだぜ、ピンキー」

「貴様の声だと勘づかれたかい？」

「ピンキー、そんなことわかるもんか」

「だれが聞きに来たんだ？」

「知らねえそうだ。お前が聞きたがってたから、伝えてくれってさ。ピンキー、刑事《でか》がかぎつけたんじゃ……」

「刑事《でか》にこんなすばやい芸当ができるもんか」とピンキーが言った。「多分コリオニの身内の者が、仲間のフレッドのことをほじくり出そうとしてるのさ」。そして残っていたほうの靴をぬいで、「臆病風を吹かす必要はないぜ、スパイサー」

「そいつは女だったんだぜ、ピンキー」

「おれはくよくよしねえ。フレッドは自然死なんだ。検屍評決がそうなんだぜ。忘れちまえ。心配しなくちゃならねえことがほかにある」。彼は靴をベッドの下に並べ、上衣をぬいでベッドの柱にかけ、ズボンをとってパンツとワイシャツのまま横になった。「なあスパイサー、お前、休暇をとったほうがいいぜ。参ってるようだ。お前がそんなふうにしている所を、人に見せたくねえ」。彼は目をとじた。

「行けよ、スパイサー。くよくよするな」

「あのカードを隠したのがだれなのか、もし女の子が知ってると……」

「わかる気づかいはないさ。灯を消して、出て行けよ」

灯が消えると、屋外燈がともるみたいに月光がはいって来た。月光は屋根の上をすべり、丘原地方《ダウンズ》をよこぎって行く雲の影を投げ、ホワイトホーク・ボトムの上方にある競馬場の白い人気《ひとけ》のないスタンドをストーン・ヘンジの巨石のように照し、ブーローニュ地方からよせて来てはパレス栈橋のあたりの棒杭を洗う潮流を光らせた。それは手洗台を、尿器の見えるあけっぱなしの戸を、ベッドの端についている真鍮の球を照した。

註1　グレスィ・フィールズ　「一九三〇年代において国民的名声をかちえた唯一のヴァラエティ・スターは、歌手、グレスィ・フィールズであった」（『長い週末』）

2

〈少年〉はベッドに横になっていた。洗面台の上ではコーヒーが冷えて行き、ベッドにはパイの屑がこぼれている。〈少年〉は防消鉛筆をなめて唇の端を紫によごし、「万事、前便に述べましたごとく……」と書きはじめる。そして「……馬券屋保護会書記、P・ブラウン」というのが結びである。「R・テイト様」という宛名の封筒は洗面台の上に置かれ、すみの部分がコーヒーできたなくなっている。彼は頭を枕に戻して眼をつむり、すぐに眠りに落ちた。それはちょうど、時間露出を終えるバルブの作用でシャッターが落ちるようであった。彼は夢を見たことがなかった。彼にとっては睡眠は事務的なものだった。ダローが扉をあけると、すぐに目をさまし、「何だ？」と言って、横になったままパイ屑のなかで身づくろいした。

「手紙だぜ、ピンキー。ジュディーが持って来た」

〈少年〉は手紙を受けとった。ダローは言った、「すげえ手紙だぜ、ピンキー。匂いを嗅いでみな」

〈少年〉は藤いろの封筒を鼻に近づけた。口臭をごまかす香錠のような匂い。彼は言った、「あの阿魔との縁は切れねえのか？　もしもフランクに知れたら……」

「そんなすげえ手紙、だれからだい？　ピンキー」

「コリオニさ。コスモポリタン・ホテルで話をしたいと言うんだ」

「コスモポリタン・ホテル」とダローはむかむかするみたいにくり返して、「行くつもりじゃねえだろうな？」

「むろん行く」

「のんびりした気分になれるとこじゃないぜ」

「すげえさ」と〈少年〉は言った、「便箋みたいに、ね。金がかかってる。野郎、おれをおどすことができると思っていやがる」

「テイトの奴はほうっといたほうがいいぜ」

「その上衣をビルに渡してくれ。海綿で手早く拭いてアイロンをかけろ、と言え。それからこの靴にブラシをかけるんだ」。彼はベッドの下の靴を蹴とばして起きあがった。「あの野郎、おれを馬鹿にする気でいやがる」。洗面台の上にかけてある傾いた鏡をのぞいたが、まだ剃刀をあてたことのないなめらかな頬や、やわらかな髪、老けた瞳からすぐ目をそらした。そんなものには関心がなかった。彼は顔のことを気づかうには傲慢すぎた。

だから彼はしばらくの後、ドームのようになっている照明の下のラウンジで、ゆったりした気持でコリオニを待っていた。とほうもなく大きい運転用のコートを着た男が、ひっきりなしにはいって来る。彼らは着飾った女を連れていた。女たちはちょっとでもさわれると高価なグラスのような声を立てたが、その表情はまるでブリキ缶のように鋭くかたくなだった。彼らはだれにも目もくれず、まるでブライトン通りを新型の競走用自動車にのって疾駆するときのようにラウンジをさっと通りぬけ、アメリカン・バーの高いストゥールへ突進する。白狐の毛皮を着た頑丈な婦人がエレベーターから降りたが、〈少年〉をにらんでもういちどエレベーターに戻り、ゆっくりと上に昇って行った。ズベが一人、彼に向って鼻を鳴らしたかと思うと、今度はソファーにいるもう一人のズベと彼のことを批評しはじめた。ミスタ・コリオニがルイ十六世ふうのライティング・ルームから、濃赤色の絨毯をよこぎって現れ、グラセ・キッドの靴でしずしずと歩いて来た。

腹のつき出た小男のユダヤ人である。灰いろの両前のチョッキを着ており、眼は干し葡萄のように光っている。髪は薄くて灰いろだった。ソファーに腰かけていたズベ公たちは、彼が通りかかるとお喋りをやめて、熱心に聞き耳を立てた。彼が動くにつれてとても静かにちゃらちゃらと音がした。それが唯一の音であった。

「わしに用かね」

「用があると言ったのはお前さんのほうさ」と〈少年〉は言った。「手紙は受けとったぜ」

「そうそう」とミスタ・コリオニは言って手をちょっともじもじさせ、「ミスタ・P・ブラウンかね」と言ってから、「もっとずっと大人だと思っていた」と説明した。「お前さんが、おれに用があると言ったんだぜ」

小さな干し葡萄の眼がじろりと、彼を、海綿で拭いた服、貧弱な肩、安っぽい黒靴を眺めた。「わしはミスタ・カイトが……」

「カイトは死んだ」と〈少年〉は言った。「知っての通り」

わけだ」

「うっかりしてた」とミスタ・コリオニは言った。「むろん、そうなりゃ話は違ってくる

「カイトの代りに、おれに言えばいいのさ」

ミスタ・コリオニは微笑して、「その必要はあるまい」

「言ったほうがいいぜ」と〈少年〉は言った。アメリカン・バーからかすかな笑い声が、それから氷を割る、かちん、かちん、かちん、という音が聞えて来た。給仕がルイ十六世ふうのライティング・ルームから現れて、「ジョゼフ・モンテーギュ子爵、ジョゼフ・モンテーギュ子爵」と呼び、ポンパドゥールふうの婦人居間《ブードワール》へはいって行った。少年の胸ポケットの上のところ、フランクがアイロンを当て忘れた湿ったままの部分が、コスモポリタン・ホテルの暖い空気のなかでゆっくりと消えて行く。

ミスタ・コリオニは手をのべて、ピンキーの腕をかるく二、三度たたき、「おいで」と言った。ミスタ・コリオニが先に立ってグラセ・キッドの靴でしずしずと歩み、ズベ公たちがひそひそ喋っているソファーのところや小さなテーブルを通り過ぎた。そこでは冷えたお茶を前にして目をつぶっている老人に、男が話しかけていた、「おれはあいつに、一万がギリギリのところだぜ、と言ったんだ」。ミスタ・コリオニは振返って静かに、「以前はこんなじゃなかったんだがね」

彼はルイ十六世ふうのライティング・ルームを覗きこんだ。時ならぬ時にティアラをか

ぶった、藤いろの服の女が、中国趣味の厖大な寄せ集めのなかで手紙を書いている。ミスタ・コリオニは引きさがって、「くつろいで話のできるところへ行こう」と言い、もういちどラウンジをそっとよこぎった。老人は目をあき、指をつっこんでお茶のかげんをみていた。ミスタ・コリオニは金ぴかの格子模様の飾りのついたエレベーターへと案内した。

「十五号」と彼は言った。彼らは天使のように平安へと昇って行く。「葉巻は？」とミスタ・コリオニは訊ねた。

「煙草はやらない」と〈少年〉は言った。扉はあいたけれども、防音にしてある廊下に出ないうちに、下界から、アメリカン・バーから、にぎやかな物音が断末魔の悲鳴のように聞え、給仕の呼び声の「ギュ子爵」という語尾がポンパドゥールの婦人居間からこだました。ミスタ・コリオニは立ちどまって葉巻に火をつけた。

「ちょっとそのライターを見せてくれ」と〈少年〉は言った。

いたるところをくまなく照している間接照明の灯の下で、ミスタ・コリオニのずるそうな小さな眼がぼんやりと光った。彼はそれを差出した。〈少年〉はひっくり返して純度証《ホール・マ》明《ーク》を調べ、「純金」だと言った。

「わしは上等の物が好きでね」とミスタ・コリオニは言いながら、扉を鍵であけた。「かけたまえ」。ひじかけ椅子や、ところどころ金糸銀糸で刺繍した赤いビロードのりっぱな長椅子が、海に面した広い窓や鉄製のバルコニーに向けておいてある。「一杯やれよ」

「酒は嫌いだ」と〈少年〉は言った。

「さて」とミスタ・コリオニは言った、「だれに言いつかって来たかね」

「だれにも言いつけられはしねえ」

「つまりだね、カイトが死んだとしたら、だれが身内を牛耳ってるのかね？」

「おれさ」

礼儀をわきまえているミスタ・コリオニは笑いを押えて、親指の爪で金のライターをかるくたたいた。

「一体カイトはどうしたんだ」

「その話なら御承知の通りさ」と〈少年〉は言った。彼はナポレオン式の王冠を、銀糸を睨みながら、「お前さん、委細を知りたくはあるめえ。余計な邪魔立てをされなきゃ、あはならなくとも済んだんだがな。ある新聞記者《ぶんや》は、それをおれたちのせいにすることができると考えてたそうだ」

「なんて新聞記者《ぶんや》だい？」

「検屍のことは新聞で読んでるはずだ」と〈少年〉は言って、窓のかなた、かろやかな雲がいくつか舞いあがっている、淡い色の半円形の空を眺めた。

ミスタ・コリオニは葉巻の灰に目をやった。それは半インチぐらいの長さになっていた。彼はひじかけ椅子にふかぶかと腰をおろし、短い太腿を満足そうに組みあわせた。

「カイトのことは仕方がなかった」と〈少年〉は言った。「あいつのほうで出しゃ張ったんだから」

「つまり、お前さん、スロット・マシーンには興味を持たんというわけかな」

「つまり、出しゃばるのは、ためにならねえってことよ」

ミスタ・コリオニの胸のポケットに入れたハンカチから、麝香《じゃこう》の匂いの波がただよって来る。

「後ろだての要《プロテクション》るのはお前さんだ」と〈少年〉は言った。

「要るだけの保　護《プロテクション》はもっとる」とミスタ・コリオニは言った。彼は眼をつむった。彼はこぎれいにしている。贅をこらした巨大なホテルが彼を包んでいる。彼はすっかりくつろいでいる。〈少年〉は、仕事の時間に骨休めしても益がないと考えていたから、椅子の端に腰かけていた。この部屋で場違いな人間は、ミスタ・コリオニではなくて彼であった。

「時間を無駄にしてるだけだよ、坊っちゃん」とミスタ・コリオニが言った。「わしを困らせるなんてできない話だ」。そして静かに笑って、「何か仕事が欲しかったら、わしのところに来るがいい。わしは、後ろだてになるのが好きだ。お前さんがはいれるくらいの余地はあるだろう。世間には、張りきってる若者が必要なんだ」。葉巻を持つ手がくったくなげに動き、世間というものの地図を描いた。まるでその世間が、グリニッジ天文台で調整される小さな電気時計のかずかずが、デスクにとりつけてあるさまざまのボタンが、二階にある一続きの立派な部屋が、検査ずみの会計簿が、代理店からの報告書が、銀器が、カツレツが、コップが、ミスタ・コリオニの眼前にありありと浮びあがるみたいに。

「競馬場で逢おう」と〈少年〉は言った。

「それは無理な話だ」とミスタ・コリオニは言った。「競馬場には長らく行かない、そうさな……二十年にもなる」。ミスタ・コリオニは、じぶんの世界がそこに接続している金のライターをいじりながら、何か意志表示をしようとしているみたいだったが、焦点がぼやけていた。彼の世界――コスモポリタン・ホテルですごす週末や、デスクのかたわらにある携帯用のディクタフォンは、駅のプラットフォームで剃刀のめった斬りにあったカイト、飛行文字を背景にしてスタンドから馬券屋に合図する汚れた手、料金二シリング半の見物席にたちこめる熱気や埃、缶ビールの匂いなどとは何のかかわりもないものであった。

「わしは実業家にすぎない」とミスタ・コリオニはさりげなく説明した。「競馬は見なくてもいいのだ。だから、お前さんがわしの手下の者に何かしかけようとしたって、びくともしない。今は二人の者が入院しているが問題じゃない。連中は、いたれりつくせりの扱いを受けている。花だとか、葡萄……だとかまあ、わしにとってはそんな費用はなんでもない。わしはくよくよしない。実業家だからな」とミスタ・コリオニは寛大そうに、人情ぶかそうにつづける。「お前さんが気に入ったよ。有望な若者だ。だからわしは父親みたいに話しかけとるんだ。わしのやっとる仕事の妨害なんて、お前さんには無理だ」

「やる気ならできる」と〈少年〉は言った。

「やるだけ無駄さ。お前さんのアリバイをでっちあげてくれる奴はあるまい。びくびくしなきゃならんのは、お前さんのほうの証人だ。わしは実業家だからな」。日光が花瓶をよこぎって厚い絨毯の上に落ちたとき、干し葡萄のような眼がまばたきした。「ナポレオン三世はいつもこの部屋を使ったものだ」とミスタ・コリオニは言った、「ウージェニーといっしょにな」

「そいつは何者だい？」

「うん」とミスタ・コリオニはあいまいに言った、「外国女さ」。彼が花を一つつまんでボタンの孔にさすと、犬のような感じが、黒いボタンのような眼でハレムをほのめかす目つきからかすかに覗く。

「行くぜ」と〈少年〉は言って、立ちあがり、戸口へ進んだ。

「わかったかね？」とミスタ・コリオニは言ったが、坐ったままだった。手を動かさず、もうずいぶん長くなった葉巻の灰を落さぬようにしている。「ブルワーが文句を言っていた。あんなことはもうよせ。それからテイトだが……テイトに余計な手出しをするなよ」。彼の古代セミ族ふうの顔は無表情だったが、興がっている様子と人なつっこさとが優しく現れていた。しかし彼はとつぜん、ヴィクトリア朝ふうの豪奢な部屋の椅子に腰かけたまま、金のライターをポケットに入れて葉巻入れを膝にのせたまま、全世界の所有者のような顔つきをした。目に見える全世界の——金銭登録器や警官や淫売婦、議会、そして「これは正（right）でこれは不正（wrong）」と述べる法律の所有者の顔つきを。「お前さんに対抗するには、おれたちの仲間じゃ
「よくわかった」と〈少年〉は言った。

ちっぽけすぎる、というわけだな」

「わしは大勢の人間をやとっている」とミスタ・コリオニは言った。

〈少年〉は扉をとじた。ほどけた靴紐が、廊下を歩くあいだじゅうぱたぱた音を立てた。大きな談話室はがらんとしていた。ゴルフ・パンツの男が女の子を待っていた。目に見える世界はすべてミスタ・コリオニのものであった。〈少年〉の胸の上のアイロンをかけ忘れた部分は、まだすこし湿っている。

手が〈少年〉の腕にふれた。見まわすと、山高帽の男だった。彼は用心深く「やあ」と言った。

「ここに来るはずだと、フランクの家で聞いて来たんだ」とその男は言った。

〈少年〉の心臓はどきどきした。これははじめてのことだ、法律がおれを絞首刑にできるのだ、警視庁に連れ去られ、墓穴にぶちこまれ、石灰で埋められ、大きな未来が終止符を打たれてしまう……。

「おれに用なのか？」

「そうだ」

彼は思った、ローズに、あの娘に、だれかが質問したのだ、と。彼の記憶がフラッシュ・バックした。彼は思い浮べた、何かを探してるようにテーブルの下に手をつっこんでいるところを見つかったときのことを。彼は薄笑いして、さえない声で、「ほう、ビッグ・フォアは御出馬じゃなかったわけだな、とにかく」

「署に来てくれ」

「拘引状はあるかい？」

「ブルワーが殴られたと訴えて来たからさ。傷がちゃんと残ってる」

〈少年〉は、声を立てて笑いだした。「ブルワー？　おれが？　手でさわってやる気もねえぜ」

「警部に逢ってくれ」

「むろん行くさ」

彼らは遊歩道へ行った。彼らがやって来るのを見つけて、スナップ写真屋がカメラの蓋をあげた。〈少年〉は手で顔を蔽《おお》って通り過ぎた。「ああいうのは禁じなくちゃいかんぜ、おれたちが署に歩いて行く写真が、桟橋に貼りつけられるなんざ、おつな話だ」

「いつだったかロンドンで、ああいうスナップで人殺しをつかまえたことがあった」

「新聞で見たな」と〈少年〉は言って黙りこんだ。これはコリオニの仕業だ、と彼は考えた。野郎、示威運動をしてやがる。あいつがブルワーをそそのかしたんだ。

「ブルワーの女房はずいぶん重態だそうだ」と刑事がさりげなく言った。

「女房が？」と〈少年〉が言った。「知らないな」

「アリバイの用意はできてるんだろう？」

「どうしてさ。おれが殴ったことになってる時刻も知らないんだぜ。四六時中のアリバイを持ってるわけにも行かねえ」

「のんびりした坊やだ」と刑事は言った、「今度のことは気にかけなくてもいいんだ。警部はざっくばらんに話をしたがってるんだ。それだけのことさ」

　刑事が先に立って告発室を通りぬけた。デスクの後ろに疲れきった老けた顔の男が坐っている。「腰をかけろよ、ブラウン」と彼は言って、煙草いれをあけてすすめた。

「煙草はやらねえんだ」と〈少年〉は言って腰を下し、警部を油断なく見まもりながら、

「告発する気なのかい？」

「告発はしない。しないほうがいいというのがブルワーの意見だ」。警部はそこで、ちょっと言葉を切った。警部はさっきよりももっと疲れているように見えた。「今度だけは腹を割って話したい。実を言えば、おたがいの事情はよくわかっているんだからな。とにかくおれとしては、お前やブルワーのことにとやかく口出しする気はない。お前たちが張り合うのをやめさせるより、ずっと大事なことがひかえてるんだ。だけど、おれがわかってると同様お前のほうでも気づいてるはずだ。ブルワーの奴は、もしそのかされなかった

ら来やしなかった、ということをね」

「たしかにお前さん、いろんなことを知ってるよ」

「お前の身内をこわがらせねえだれにそそのかされて、だ」

「お巡りの目に見落しはなさそうだな」と〈少年〉は言って、嘲るように顔をゆがめた。

「競馬は来週はじまるんだが、ブライトンで派手な喧嘩《でいり》をやられては困る。お前らがかげでこそこそ斬りつけあうならかまわんさ。お前らのようなやくざなんぞどうなろうとかまわないが、しかし喧嘩《でいり》となると、かかわりあった連中が迷惑する」

「だれのことだい？」と〈少年〉は言った。

「まっとうな連中のことさ。賭金表示器に一シリングのせるためにわざわざ出かけて来る、金のない連中。会社員だとか、雑役婦だとか、土方だとか。お前やコリオニとは死んでも口をきく機会がないような連中さ」

「お前さん何の話をしてるんだ？」

「話はこうさ。ブラウン、お前は仕事相応の年になってない。コリオニに太刀打ちはできぬ。いったん喧嘩《でいり》がおっぱじまれば、おれは両方を徹底的にやっつけることになる……だが、アリバイが成立するのはコリオニのほうだ。コリオニに逆らって、お前のためにアリバイをでっちあげようという奴はいやしない。おれの忠告を聞いて、ブライトンの町から出て行け」

「大した話だな。お巡りがコリオニの仕事を手伝ってやがる」

「これは、公人として言ってるんじゃない」と警部は言った。「今度だけのお情だ。お前が傷手をおおうとコリオニがやられようと一向かまわないが、できることなら罪のない連中に怪我をさせたくない」

「お前さん、おれの運はもう終りだと思うかい?」と〈少年〉は言った。彼は不安そうに薄ら笑いを浮べ、視線をはずして掲示札のかけてある壁をあちこちと眺めた。「畜犬鑑札係」、「銃砲鑑札係」、「水死人係」。壁を見ていた彼の視線が、ふと、不自然に蒼白な死人の顔にぶつかった。乱れた髪。口の横の傷。「じゃ、コリオニのほうがうまくやれると思ってるのかい?」。文字が読めた、「ニッケル側時計一個、灰色地のチョッキとズボン、青縞シャツ、アーテックスのチョッキ、アーテックスのズボン下」

「何だって?」

「ためになる忠告だったぜ」と〈少年〉は言って、よく磨いてあるデスクに、紙巻煙草プレイヤーズの函に、水晶の文鎮に、にやりと笑いかけ、「考えてはみるが、おれは引退ばなしにはちょっと若すぎる」

「おれに言わせれば、身内を牛耳るには若すぎるんだ」

「だからブルワーが告発しねえのかい?」

「あいつがこわがって告発しなかったんじゃない。そうしないようにおれが話をしてやったんだ。おれとしては、腹を割ってお前に話す機会をつくりたかった」

「よし」と立上りながら〈少年〉は言った。「また逢うかもしれないし、逢わねえかもしれねえな」。彼はもう一度にやりと笑って告発室を通りぬけたが、両頬はあざやかに紅潮していた。彼の血管には毒がかけめぐっていた。彼は薄笑いしてそれに耐えるのだったけれど。おれは侮辱されたのだ。彼は世間の奴らに一泡吹かせようとしていた。たった十七なのに、と奴らは考えてやがるんだ……。彼はその小さな肩を、おれは仲間を殺したんだという記憶に対し、そして、利口ぶってはいるが、その殺しを見つけることができるほど利口でない刑事どもに対し、ぐいとそびやかした。彼は彼じしんの栄光の雲を後ろに曳きずっていた。地獄は彼を、未成年だという点においてめった打ちにしていた。彼はもっともっと多くの死に出くわさねばならぬことを覚悟した。

III

1

アイダ・アーノルドは、下宿屋のベッドに起きあがったが、ちょっとの間はどこにいるのかはっきりしなかった。人いきれでむんむんした《シェリー》で夜更ししたので、頭が痛い。床においてある濁った水のはいった水差しや、いいかげんに顔を洗ったあとの水が灰いろになって残っている洗面器や、壁紙の模様の明るいピンクの薔薇や、結婚式の写真などを眺めていると、前夜のことがだんだん思い出されてきた。フィル・コーカリときたら興奮してしまって、玄関の前でくどいたり、キスをしてみたり、あげくの果てはまるでそれだけがたった一つの願いみたいに遊歩道をふらついたり——あれは潮の変り目の時刻だったけど。彼女は部屋のなかを見わたした。朝の光のなかでは、予約したころみたいにりっぱには見えなかったが、ともかく「じぶんの家らしい気がする」のだった。彼女は、「こんなのがあたしの性分に合ってる」と考えた。

太陽は照り輝いていた。ブライトンの町はすばらしかった。部屋の外の通路は砂でさらさらする。下へ行く途中ずっと、靴の下に砂が感じられた。広間にはバケツと鋤が二挺おいてあり、扉のそばには長い海藻が晴雨計みたいにぶらさげてあった。砂上靴《サンド・シューズ》がそこここに脱ぎすてられていたし、食堂からは子供が駄々をこねる声が何度も聞えてくる。

「勉強したくないよう。映画に行きたいよう。勉強したくないよう」

レストラン・スノーでフィル・コーカリと逢うことになっていた。だが、その前に用がある。彼女はお金のことでこせつくのは嫌いな性分だった。黒ビールのために貯金をしておくほどではないにしても、ブライトン住まいは安くあがらないし、コーカリから金をもらう気はしなかった――あたしには良心というものが、掟というものがある。彼女は、金をもらったときには必ず何かお返しをした。ブラックボーイ、というのが答だったわ。何よりも先に、賭けの割合が減ってしまわぬうちに軍資金を心配しなくちゃ。彼女はケンプ・タウンへ行った。顔見知りの馬券屋はその男しかいなかった。ジム・テイト爺さん――二シリング半の見物席の「正直ジム」。

事務所にはいって行くと、とたんにどなられた。「よお、アイダじゃないか。まあかけなよ、ターナーの奥さん」と彼は名前を間違えた。彼はゴールド・フレークの函《はこ》をすすめた。「煙草をやりなせえ」。彼は実物大よりすこし大きいみたいな感じの男だった。二十年の競馬生活のため、しゃがれた高い声しか出なくなっていた。実際、彼の言う通りに彼を元気のいい健康な男だと信ずるには、望遠鏡をさかさまに見なければなるまい——そんな男だ。近づくと、右の額には太い静脈が、眼球には赤い蜘蛛の巣のような網が見える。

「さてターナー奥様……アイダ……お望みの馬は何かね？」

「ブラックボーイ」

「ブラックボーイ」とジム・テイトがくり返した。「そいつは十対一ですぜ」

「十二対一よ」

「賭け率が減っちまったんです。今週ブラックボーイにはごっそり賭けられた。十対一を承知するのは昔なじみのわしぐらいのものでしょう」

「いいわ」とアイダは言った。「二十五ポンド賭けてよ。それから、あたしの名前はターナーじゃなくってよ。アーノルドっていうの」

「二十五ポンド。そいつは豪気な賭けだ、なんとやらの奥さん」。彼は親指をなめて札勘定をはじめたが、その途中で手を休めてしまい、デスクを前にしたまま、大きな蟇蛙《ひきがえる》みたいに黙りこくって聞き耳を立てた。あいている窓からさまざまの音がはいって来る。——石だたみを歩く足音、人声、遠いところでやっている音楽、ベルの音、英仏海峡の波のたえまないささやき。彼は札を半分手にしたまま、黙然《もくねん》としていた。彼は不安そうに見えた。電話が鳴った。しかし彼は二秒ばかり鳴るままにほうっておき、血走った目でアイダを見つめていた。それから受話器をとりあげた。「もしもし、ジム・テイトですが」。それは旧式の受話器であった。彼は受話器を耳にじっと当てがい、低い声が蜂のようにルルルと鳴っているあいだ身動きもしなかった。

ジム・テイトは片手で受話器を握ったまま、片手で札をかき集め、受領証を書き、しゃがれた声で、「よろしゅうございます、ミスタ・コリオニ。いたしておきますです、ミスタ・コリオニ」。そして受話器を置いた。

「あんた、ブラックドッグって書いたわよ」とアイダは言った。

彼はアイダを見やった。しばらくして、やっと気がついたように、「ブラックドッグ」とつぶやき、しゃがれた虚ろな声で笑った。

「何を考えてたんだろう？　ブラックドッグなんて、まったく」

「黒い犬《ブラックドッグ》は不安を表すんだって」とアイダは言った。「ローマ法王は、そいつがベッドの下にいるのをよく見つけるそうよ[註1]」

彼は納得が行かぬみたいだったが、おとなしく「うん」と大きな声で、「人間には、いつも悩みがあるものさ」。また電話が鳴った。その音がジム・テイトの心をかきむしっているみたいだった。

「忙しいのね」とアイダは言った。「あたし、行くわ」。彼女は通りに出るとあちこちを眺めて、ジム・テイトが取り乱している理由を探ろうとした。しかし何も見えない。晴れわたった日のブライトンの町があるだけだった。

アイダは大衆酒場にはいって、ドゥーロ・ポートを一杯飲んだ。甘く暖かく、そしてきつかった。もう一杯のんだ。彼女はバーテンダーに、「ミスタ・コリオニってどんな人?」と訊ねた。

「コリオニを知らないんですかい?」

「たった今まで、聞いたこともなかったわ」

「カイトの縄張りをついだ野郎でさあ」

「カイトってだれのこと?」

「カイトですって? あいつがセント・パンクラッスで殺されたのを新聞で見ませんでしたかい?」

「ええ」

「奴らも、そこまでやるつもりはなかったんでしょうがねえ。奴らはヤキをいれるつもりだった、ところが剃刀がすべったんでさあ」

「一杯ひっかけなさいよ」

「こいつあどうも。ジンをいただきます」

「チェリオ!」

「チェリオ!」

「あたし、何も知らなかったわ」とアイダは言って、バーテンダーの肩ごしに時計を見た。

一時までは用がない。もう一杯飲み、しばらくお喋りしていたほうがよさそうだった。

「ポートをもう一杯ちょうだい。それはいつごろの事件なの？」

「ええ、聖霊降臨節の前ですよ」。聖霊降臨節という言葉は、近頃のアイダの耳をぱっと緊張させるのだった。それはいろんなものを——汚れた十シリング札、婦人洗面所へ降りて行く白い階段を、そして大文字で書かれた「悲劇《トラジディ》」を意味した。「それでカイトの仲間はどうなったの？」

「カイトが死んじまったら、もうだめですよ。身内には、親分がいないんです。ねえ、奴らは十七の小僧っ子の言うことをきいてるんですぜ。コリオニに張合おうなんて、大変な小僧だ」。そしてバーから身を乗り出して、「そいつは、きのうの晩、ブルワーに切りつけたんです」

「だれが？　コリオニ？」

「うんにゃ、小僧ですよ」

「あたし、ブルワーなんて知らないわ。だけど、だんだん事情がはっきりしてきたみたい」

「競馬がはじまるまで待ちなさいよ」とバーテンダーが言った。「そんときにはあいつら、派手に動きまわりますぜ、コリオニが独り占めしようと乗り出して来ましたからね。……早く！　窓の向うを見なさいよ、あいつが行くから」

アイダは窓のところに行って外を眺めたけれど、今度も、いつものよく知っているブライトンしか見えなかった。彼女はフレッドが死んだ日でさえいつもと違うものを見なかったのだ。ビーチ・パジャマの少女が二人、腕を組んで行く。ロッティングディーン行きのバスが通り過ぎる。新聞売り、買物籠の女、くたびれた背広の男の子、桟橋からゆっくり離れて行く遊覧船。その桟橋は長く明るくすきとおっており、日光を浴びた小海老のようだ。「だれも見えやしなかったわ」

「あ、もう行っちまった」

「だれ？　コリオニ？」

「いや、小僧っ子でさあ」

「ああ。じゃ、あの男の子が」と彼女は言って、バーへ戻って来てポートを飲んだ。

「あいつもきっと、年中心配事だらけでしょうや」

「あんな若さでいろんなことにかかわりあうなんて」とアイダは言った。「もしあたしの子だったら、びしびし折檻《せつかん》して直しちまうんだけど」。こう言いながら彼女は、まるで鉄の大きなクレーンが動きだすみたいに思考の中心を移して、この男の子のことを忘れかけ、彼から注意をそらしてしまうところだったが、ふとそのとき思い出したのだ、酒場でフレッドの肩ごしに見た一つの顔、グラスの砕ける音を、——「あの紳士が払ってくれるとさ」。彼女の記憶力は上々のものだった。「あんた、例のコリー・キバーに出会ったことある？」

「そんな運のいい目には、どうも」とバーテンダーが言った。

「あんな死に方は変ね。何か噂を聞かなかった？」

「聞きませんでしたね。あいつは、ブライトン者じゃなかったんでさあ。このあたりじゃ、だれも知ってる者がいません。よそ者でしたからね」

よそ者。――その言葉は彼女にとっては何も意味しなかった。彼女がよそ者であることを感じるような場所はこの世にはなかった。安ポートの滓《おり》の浮いたグラスをくるくる廻しながら、彼女はだれに言うともなしにつぶやいた、「生きてるって、いいわねえ」。彼女はどんなものにだって親しさを見出さずにはいなかった。バーテンダーの後ろにある広告入りの鏡には、彼女の姿がそのまま映っている。ビーチ・パジャマの娘たちが、くすくす笑いながら遊歩道をよこぎる。ブーローニュ行きの汽船で鐘が鳴った。――とにかく生きているのはいいことだった。ただし〈少年〉がフランクの家から出てフランクの家へと帰って行くときの闇の世界――これはアイダとはぜんぜん別の世界だった。そして彼女は、わからぬことには同情しなかったのである。彼女は言った、「これで失敬するわ」

まだ一時になっていなかったが、ミスタ・コーカリがやって来ないうちに訊いて置きたいことがあった。アイダは最初に目にとまったウェートレスに、「あなたが運のよかった人？」

「さあ、あたしにはわかりませんけど」と、そのウェートレスは無愛想に答えた。

「あのカードを見つけた人のことよ。コリー・キバーのカード……」

「あら、それならあの人よ」と言って、白粉をはたいたとがった顎を小馬鹿にした様子でしゃくった。

アイダは別のテーブルに席を替えて、「友だちが来るのよ。待たなきゃならないんだけど、何か食べるわ。シェパード屋のパイはおいしい？」

「おいしそうですわ」

「上までこんがり焼けてる？」

「絵の通りですわ」

「ねえ、あんたの名前なんていうの？」

「ローズ」

「それだったらあんたは、カードを見つけた運のいい人ね、そうでしょう？」

「あの人たちにお聞きになりましたの？」とローズは言った。「あの人たち、よく思ってないんですの。はじめてお店へ出たばかりなのにあんなに運がよかったので、不愉快に思ってるんですわ」

「はじめての日？　まあ、すばらしいわ。だったらその日のこと、あっさり忘れたりはしないわね」

「ええ、いつだって思い出せます」

「あなたを引きとめていいのかしら？」

「かまいませんのよ。何か注文なさってるような振りをして下されば。お呼びになりそうなお客様はほかにありませんし、それにあたしすっかりくたびれて、お盆《トレイ》をおっことしそうなくらいなんです」

「この仕事きらいなの？」

「あら」とローズは早口に、「そういう意味じゃないんです。この仕事は好き。ほかの仕事なんかぜんぜんする気ありませんわ。たとえ、今の倍のお給金もらえたって、ホテルや《チェスマン》に勤めるのはいや。このお店は上品ですもの」とローズは言って、緑いろに塗ったテーブルの列、水仙、紙ナフキン、ソース瓶などを見わたした。

「あなた、田舎生れなの？」

「この町に住んでます……生れるとからずうっと」とローズは言った、「ネルソン・プレイスに。ここはあたしにはおあつらえ向きのお店です。だって、住みこみなんですもの。あたしの部屋には三人しか住んでません。おまけに鏡は二つもあるし」

「年はいくつ？」

ローズは嬉しそうにテーブルによりかかって、「十六」と言った。「でも、お店には十七って言ってあるの。若すぎるって言うにきまってますもの。送り返されますわ……」。

そこで彼女はしばらくためらったあとで、むごい言葉を口にした、「……家に」と。

「嬉しかったでしょうね」とアイダは言った、「カードを見つけたとき」

「ええ、嬉しかったわ」

「ねえ、黒ビールを飲みたいんだけれど……？」

「外へ買いに出なくちゃなりませんの、ですからお金をわたしてくだされば……」とローズは言った。

アイダは財布をあけた。「きっとあんたはあの小柄な男のことを覚えているでしょうね」

「あら、あの人はそんなに……」。ローズは言いだしたが、とつぜん口ごもり、レストラン・スノーの窓から遊歩道のむこうの桟橋をみつめた。

「そんなに……どうだったの？」とアイダは言った。「あなた、いま何を言おうとしたの？」

「何のことか忘れてしまったわ」とローズが言った。

「あの小男のことを、覚えてるでしょって訊ねただけよ」

「すっかり忘れてしまったわ」とローズが言った。「お飲み物買って来ます。こんなに高いかしら？　黒ビール一びんでしたね」と訊ねて、一シリング札を二枚つまんだ。

「一枚はチップよ」とアイダは言った。「あたし好奇心が強いの。我慢できないのよ。生れつきの性分なのね。その男がどんな様子だったか、話してちょうだいな」

「知りませんわ。思い出せないんです。あたし、人の顔を忘れてしまうたちですの」

「なるほど、覚えてるはずがないわね。覚えてたら、その場で言い当てたわけね。でも、新聞で写真を見たことあるでしょう？」

「ええ、でもあたし、この通りもの覚えが悪いんです」。彼女は蒼ざめて立っていた。固く、決心したような、何かやましいことのあるような様子、荒い息づかい。

「そしたら、十シリングでなくて十ポンドだったわけよ」

「お飲み物をもって来ますわ」

「やっぱり待つことにするわね。ランチをおごってくれる男の人が払ってくれるでしょうから」。アイダは金をもう一度つまんだ。ローズの目は、アイダの手がハンドバッグにもどるのを追った。「無駄づかいしてはだめ、ぜいたくしてはだめ」とつぶやきながら、アイダは骨ばった顔の細部、大きな口、まのびした眼、血色のわるい肌、成熟していない体つきなどを心に覚えこんだのだったが、とつぜん大きな声で陽気に、「フィル・コーカリ、フィル・コーカリ」と大声を立て、手を振って合図をした。

ミスタ・コーカリは、バッジのついたブレザー・コートを着、硬いカラーをしていた。彼を見ていると、特別の食料で肥らせる必要があるという感じがした。思いきって行動に移せなかったいろいろの情熱のため、痩せ衰えてしまったような男、それが彼であった。

「元気だしてよ、フィル。何を食べる?」

「ビフテキに隠元豆」と、ミスタ・コーカリは陰気に言った。「ウェートレス、飲み物をくれ」

「ここではお酒はおいてないんですけれど」

「それなら、これで黒ビールの大壜二つたのむ」

ローズが戻って来たとき、アイダは彼女をミスタ・コーカリに紹介した。「この人がカードを見つけたラッキー・ガールよ」

ローズは後じさりしたが、アイダが引きとめ、黒い木綿のスリーブをしっかりつかまえて離さなかった。「その男はたくさん食べた?」と彼女は訊ねた。

「あたし、なにひとつ覚えてませんの」とローズは言った、「ほんとなんです」。前にいる二人の顔が夏の日光の暑さのなかにきらめくのは、危険を告げる掲示のように思われた。

「ねえ、その男、今にも死にそうな様子してた?」とアイダは言った。

「そんなことわかりませんわ」

「彼に話しかけたんでしょ?」

「話なんてしませんでした。忙しくて、てんてこまいしてたんです。ただビールを一壜とソーセージを運んだきり。それっきり見かけませんでしたわ」。彼女はスリーブをアイダの手からひったくるようにして去って行った。

「あの子からはあまりたくさん探れないね」とミスタ・コーカリが言った。

「あら違うわ。探れてよ。当てにしてたよりもずっとたくさん」

「ほう、何がいったい変なんだい？」

「あの子が言ったことよ」

「たいして喋らなかったじゃないか」

「あれで十分よ。あたし、どうも変だって気がしつづけだったの。ねえ、彼はタクシーのなかでわたしに、おれは死にかけてるって言ったのよ。そしてあたし、その時はすっかりかつがれちゃったの。嘘をついてたんだと白状されるまでは、あたし、どきどきしてたわ」

「なるほど、彼は死にかけていたわけだ」

「そんな意味じゃなかったのよ。あたし、第六感があるの」

「とにかく」とミスタ・コーカリは言った、「証拠があるんだ、彼は自然死だったんだよ。くよくよ考えなくちゃならんことは何もない。いい日和だぜ、アイダ。《ブライトン・ベル》に行って、話をしよう。海には閉店時間もないんだし。結局のところ自殺だったとしても、そいつは自業自得さ」

「もし自殺だったとしたら」とアイダは言った、「彼はそこまで追いつめられたのよ。あたし、あの女の子の言うのを聞いてわかった——ここにカードを置いて行ったのは、彼じゃないってことが」

「おやおや、何を言ってるのかね？　そんな話は困るね。危険だよ」。ミスタ・コーカリが神経質そうに料理を飲みこむと、痩せた頸の皮膚の下で咽喉仏がぴくぴくする。

「危険だってかまわない」とアイダは言って、十六歳の痩せた体が黒い服のなかで萎縮しているのを眺め、ふるえる手が運ぶ盆の上で、コップがかたかたいう音を聞いた。

「だけど、だれに危険なのかは別問題」

「外に出よう」とミスタ・コーカリは言った。「ここはあまり暖かくない」。彼はチョッキも着てなかったし、ネクタイも結んでなかった。クリケット・シャツとブレザー・コートを着て、すこしふるえていた。

「あたし、考えなくちゃならないわ」とアイダはくり返した。

「アイダ、おれはかかりあいになるのは厭だぜ。お前にだって、あいつは他人じゃないか」

「あの人はだれにとっても他人にすぎないの。だから厄介なことになるのよ」とアイダは言った。彼女は心の底を、記憶や本能や希望の平面を掘りさげて、たった一つの生活哲学を運んでくるのだった。「あたし、フェア・プレイが好き」。彼女は口に出してそう言うと、心が楽しくなり、恐ろしいばかりの陽気さで付け加えた。「フィル、眼には眼をよ。あんた、いっしょに来る？」

咽喉仏が動いた。日の光のきらきらしている風が廻転扉からはいって来て、ミスタ・コーカリの骨ばった胸に当った。彼は言った、「何でそんなこと考えるのかわからんよ、アイダ。だけどおれは法と秩序の味方だ。いっしょに行くさ」。彼は勇気が出て来た。手をアイダの膝にのせて、「お前のためならどんなことだってするぜ」

「あの子が話した以上、しなくちゃならないことはたった一つよ」とアイダは言った。

「何だい？」

「警察」

アイダは、あっちの男に笑いかけたり、こっちの男へ手を振ったりしながら、警察署へどんどんはいって行った。彼女はその男たちをぜんぜん知らなかった。ただ彼女は上機嫌で颯爽《さっそう》としていた。フィルはその後についている。

「警部さんに逢いたいのよ」と、デスクにいた巡査に言った。

「お忙しいんですがね。何の御用なのでしょうか？」

「待ちます」とアイダは言って、巡査外套の間に腰をかけた。「坐りなさいな、フィル」。彼女はあつかましくみんなに笑いかけた。「大衆酒場は六時にならなくちゃ、あけないわ。フィルもあたしも、それまでは仕事がないもの」

「どんな御用なんでしょうか？」

「自殺よ」とアイダは言った、「明々白々なの。ところが警察では自然死だなんて言ってる」

巡査にみつめられると彼女はじっとみつめ返す。彼女の大きな明るい眼は（酒の匂いがときどき巡査たちを厭な気持にしたが）何も物語らないし、秘密を明しもしない。人なつっこさや人のよさや陽気な感じが、ガラス張りのショー・ウィンドウにおろされた鎧戸のように、内部を隠してしまう。その後ろにどんな商品があるのかは推測するしかないのだ――健全な、旧式な、純度証明のある商品――公正、眼には眼を、法と秩序、死刑、折にふれての憂さばらし、そこにはじめじめした厭らしさもなければ、うしろ暗さもない。じぶんのものと認めるのを恥じるようなものもなければ、不可解なものもない。

「おからかいじゃないでしょうな」と巡査が言った。

「他のときならともかく、ね」

彼は入口から出て行って扉をしめた。するとアイダはますますどっしりとベンチに坐りこみ、のんびり構える。「ここはすこし鬱陶《うっとう》しいわね、みなさん」と彼女は言う。「どうして窓をもう一つあけないの？」。巡査たちは言われた通りに窓を一つあけた。

さっきの巡査が入口から彼女を呼んで、「どうぞこちらへ」と言った。

「いらっしゃいな、フィル」とアイダは、こぎれいではあるが狭くるしい役所ふうの部屋へ、彼を引っ張って行った。そこは、フランス磨粉と膠《にかわ》の臭《におい》がした。

「ところで」と警部は言った、「自殺事件のことをお話になりたいのだそうですが。お名前は……？」。警部は年をとっていたし、疲れて、びくびくしているようだった。彼は電話と書類の蔭にフルーツ・ドロップの缶を隠そうとしていた。

「アーノルド。アイダ・アーノルドです。多分、あなたの管轄だと思ったものですから」と彼女は厭味を言った。

「こちらは旦那様ですか？」

「違います。友だちよ。立会人がほしかっただけ」

「ところでだれに関する事件ですか？　ミセス・アーノルド」

「ヘイルというのが名前です。フレッド・ヘイル。あ、失礼、チャールズ・ヘイルです」

「ヘイルのことはみんなわかってますよ、ミセス・アーノルド。あれはまったく自然死なんです」

「あら違うわ。御存じないことあるのよ。彼が死体になって見つかる二時間前にあたしといっしょだったこと、初耳でしょう？」

「あなたは検屍の際はお見えになりませんでしたね」

「新聞で写真を見るまで、それが彼だってこと知らなかったの」

「何か変なふしがあるとお考えの理由は？」

「こうなんです」とアイダは言った。「彼はあたしといっしょだったけど、何かのせいで怯えきってました。あたしたち、パレス桟橋にいたの。あたし、洗面所へ行ってお化粧しなきゃならなかったのに、離れては困るって言うんです。あたしが留守にしたのは、五分間ぐらい。そのあいだに彼、いなくなってしまいました。どこへ行ったんでしょう？　レストラン・スノーへランチを食べに行って、それから桟橋を下ってホーヴの町の日蔭まで歩いたのだ、とみんなは言います。あの人があたしをまいたんだと思っているんです。だけど、スノーで食事をしてカードを置いて行った男は、フレッドじゃ……ヘイルじゃありません。あたし、ウェートレスに会って来たところなの。ヘイルはビールは嫌いでした。あの人だったらビールなんか飲まなかったはずです。ところがその男はスノーでビールを一壜注文してるんです」

「何でもないですよ」と警部は言った。「暑い日でしたからな。それに体の具合が悪かった。仕事を全部やるのは厭になってたわけです。働くのをごまかして、ほかのだれかに頼んでスノーへ行ってもらったとしても、変じゃないし」

「そのウェートレスは彼のことをちっとも言おうとしないのです。知ってるくせに、喋ろうとしませんの」

「それだってすぐ説明がつきますね、ミセス・アーノルド。その男が、何も喋らないという条件つきで女の子にカードを置いて行ったのかもしれません」

「違いますよ。その子は怯えきってますの。あの子をおどかしてる奴がいるんです。多分、フレッドを追いつめた奴と同一人……。そのほかにもあるんです」

「ミセス・アーノルド、まことにお気の毒ですが、こんなことを騒ぎたてているのは時間の無駄ですよ。ねえ、死体の解剖までやったんです。彼が自然死だということは、この医学的な証拠で明白です。あの男は心臓が弱かった。医学上の言葉で言えば冠状血栓というやつ。つまり、暑い日だったし、人ごみがひどかったし、それに歩きまわって疲れてた……そこへもう一つ、心臓が弱ってたのです」

「報告書を見せていただける？」

「そういうことはしないのが通例なんですが」

「ねえ、あたしは友だちだったのよ」とアイダは優しくつぶやいた。「あたし、納得しておきたいの」

「よろしい、安心していただくため譲歩しましょう。ちょうど、わたしのデスクに来ています」

アイダは、報告書をていねいに読んだ。「このお医者さん、見立てはたしか？」

「第一流の医師ですよ」

「はっきりしてるわね」とアイダは言って、もう一ぺん読みはじめる。「こまごましたことまで調べるのね。たとえあたしが彼と結婚していたとしても、これ以上くわしくは知ってないでしょうよ。虫垂炎手術痕、過剰乳頭、風気《ガス》蓄積症状、原因不明……あら、あたしも祭日にはよくお腹が張って困るのよ。こんなことまで書くなんて、失礼しちゃうわね」と報告の上にのんびりとかがみこんで、「静脈瘤。まあ、かわいそうなフレッド。この肝臓のことは何ですの？」

「飲みすぎですよ」

「意外じゃないわ、フレッド。だから、足の爪が肉に喰いこんでたのね。こんなことまで知っちまうのは、悪いみたい」

「親しいお友だちだったわけですか？」

「いいえ、あの日に知合ったばかり。だけどあたし、好きだった。ほんとの紳士よ。あたしがほろ酔い加減でいなかったら、こんなことにならなかったのに」と深い溜息をついて、「あたしといっしょなら、大丈夫だったのに」

「報告書のほうはもうそれでいいですか？　ミセス・アーノルド」

「お医者はどんなこともみんな書くんですのね。両腕に浅い傷、原因不明……！　これはどうお考えになります？　警部さん」

「何でもないですよ。祭日の人込みのせい——それだけ。あっちで押され、こっちで押され、というわけですよ」

「まあ、よしてよ！」とアイダは言った。「よしてよ！」。彼女はかっとなって喋りだした。「まじめに話をしてよ。あんた、祭日に外出しました？　一体そんな大変な人ごみがどこにあるんです？　ブライトンの街は広いのよ。地下鉄のエレベーターとは違います。あの日ブライトンにいたから、よく知ってます」

しかし警部は頑固に、「それは妄想ですよ、ミセス・アーノルド」

「それじゃ、警察は何もしないつもりですの？　レストラン・スノーの女の子を調べもしないんですか？」

「この事件はけりがついたんですよ、ミセス・アーノルド。それに、もし自殺だとしても、わざわざ古傷をあばき出す必要がありますかね？」

「彼を追いつめた奴がいるのよ……ぜんぜん自殺じゃなかったかもしれませんわ……多分……」

「ミセス・アーノルド、申しあげました通り、この事件はもう片付いたのです」

「それはそちらだけの考え方よ」とアイダは言って、立ちあがり、フィルに顎《あご》で指図した。

「まだ半分にも行ってやしませんわ」と彼女は言った。「またお目にかかりましょう」。

彼女が戸口のところから、机の後ろの年配の男を振返ると、彼女のむごいばかりの生命力が彼を脅かした。「もうお目にかからないかもしれないわね。この事件は、あたしのほうで何とかやれますわ。警察の手なんぞ借りなくたって」（部屋の外で巡査たちがざわざわした。だれかが笑った。だれかが靴クリームの缶を落した）。「あたしには味方がいますもの」

彼女の味方——それは明るくまぶしいブライトンの空の下のいたる所にいた。彼らは女房が魚屋へ行くのにおとなしくついて行く、彼らは子供たちのバケツを海岸へ持って行く、彼らは開店時間を待って酒場のまわりをぶらつく、彼らは一ペンス払って、桟橋で《愛の一夜》を覗く。彼女はそのうちのだれかをつかまえて頼めばいい、このアイダ・アーノルドのほうが正しいのだから。彼女は陽気だった、彼女は健康だった、彼女は気のあった男といっしょにほろ酔いになれた。彼女は遊ぶことが好きだった、情欲がつのってくればオールド・スティン・ホテルへさっさと出かけた。しかも男たちは、彼女を一目みただけで信用するのだ。彼女は男の妻に余計なお喋りをしないし、男が思い出したくないようなことを翌朝になってまで思い出させようとはしないのだから。彼女は正直だった、彼女は親切だった、彼女は中流下層という偉大な階級に属していた、彼女の楽しみはみんなの楽しみだった、彼女の迷信はみんなの迷信だった（たとえば即席のテーブルにまいたフランス磨粉を占板《プランセット》でひっかきまわし、あるいはまた肩ごしに塩をまき）、彼女はだれに対しても他の人々がいだくだけの愛情をもった。

「大変な物いりだけど」とアイダは言った。「かまわないわ。競馬が終れば万事うまく行くんだもの」

「情報をもらったのかい？」とミスタ・コーカリが訊ねた。

「馬の口からじかに聞いたようなものよ。でも、言うわけにはいかないわ、かわいそうなフレッド」

「おれには教えろよ」

「万事はそのときよ。おとなしくしなさいな。そうすれば何が起るかわかります」

「まだ考えてるんだね」と、ミスタ・コーカリは当ってみた。「医者の書いたものを読んでもだめかい？」

「医者なんて信用したことありません」

「なぜだい」

「じぶんで見つけるのよ」

「手段は？」

「待ってごらんよ。あたし、まだはじめていないの」

街のはずれに拡がっている海は、アパートの広場にある共同洗濯場のにぎやかさを思わせた。「お前の眼の色そっくりだな」と、ミスタ・コーカリは何か考えているように、そしてかすかな郷愁をこめてぽつんとつぶやいた。そして、「ねえ、ちょっとのあいだ栈橋へ行かないかい？」

「いいわ。パレス栈橋へ行きましょうよ、フィル」。しかし栈橋についたとき、彼女は回り木戸からはいろうとせず、水族館や婦人洗面所に向って、行商人のように立っていた。

「ここがあたしの出発点。彼はここであたしを待ってたのよ、フィル」。そして、彼女は赤や緑の灯の向うを、彼女の戦場に車馬がのろくさく動くのをみつめて計画を立て、砲兵を配置するのだったが、そのとき五ヤードばかり離れてスパイサーもまた、敵が現れるのを待って立っていたのだ。ほんのかすかな疑惑が彼女のオプティミズムをさまたげた。「あの馬、勝つわねえ、フィル」と彼女は言った。「ほかのにするわけには行かないもの」

註1 「ローマ法王は、そいつがベッドの下にいるのをよく見つけるそうよ」 アイダのこの台詞は現在の版では削られている。編集者の不注意による脱落か。

2

スパイサーはこのところ気が落ちつかなかった。仕事は何もない。競馬がはじまればまぎれるだろう、ヘイルのことをそう気にかけなくなるだろう、と思った。彼を転倒《てんとう》させたのは医師の判断だった——「自然死」。だがおれはこの目で見たのだ、〈少年〉が……。どうも臭かったし、わりきれない感じだった。警察の取調べには応対できる自信があったが、まちがった評決がどういうわけで通ってしまったのか、その事情がわからないままでいることは辛かった。これはどこかに陥穽《かんせい》がある。夏の長い日照りのあいだ、スパイサーは何か事が起るのを警戒しながら不安そうにさまよった。警察署、あの件の現場、そしてさらにレストラン・スノーのほうへと彼の足は向いていた。巡査が何もしていないのを――職務訊問をしたり、いつもと違う場所をぶらついたりしていないのをたしかめて安心したかったのだ（彼は、ブライトン警察の私服をみんな知っていた）。神経のせいにすぎないということはわかっていた。「競馬がはじまれば何でもなくなるさ」と彼はじぶんに言い聞かせた。ちょうど体の衰弱しきった男が、歯を一本ぬけば万事よくなると信じているみたいに。

彼はホーヴの町のはずれ、ヘイルの死体が置かれたガラスの屋根のところから、用心しいしい遊歩道へと来た。血走った眼、ニコチンに染まった指、蒼ざめた顔色。左の脚に底豆ができたので、すこし跛をひいて派手な赤茶いろの靴をひきずっている。彼も口のまわりにぷつぷつができていたが、これもヘイルの死が原因であった。恐怖のため、腹の具合が変になったからだ。これはいつものことだった。

レストラン・スノーに近づいたとき、彼は用心ぶかく跛をひきながら道をよこぎった。ここが、攻撃される危険のあるもう一つの地点だというわけだった。日光が大きな窓ガラスに当って反射し、ヘッド・ランプのように閃《ひらめ》く。彼はすこし汗をかきながら通りすぎた。「おい、スパイシーじゃねえかい？」と声がかかった。そのとき彼は道の向い側にあるレストラン・スノーを見ていたので、じぶんの横に立って遊歩道の砂利の上の緑のてすりによりかかっている者など、気にかけていなかったのだ。彼は汗ばんだ顔をぱっと向けて、

「ここで何してるんだ？　クラブ」

「やっぱり古巣はわるくないな」とクラブは言った。小さなチョッキに、肩がぴんと張った薄紫いろの背広を着た若者である。

「おれたちは貴様を追っ払ったんだぜ、クラブ。よそで暮してると思った。貴様、変ったなあ」。その男の髪は赤毛だったが、根元はそうでなかった、鼻筋は通っているが、傷がついている。以前のユダヤ人らしい顔立ちは、床屋と外科医者の手で変えられたのだ。

「面《つら》を変えなきゃあ、おれたちにやられると思ったのか？」

「おい、スパイシー、おれがお前たちを怖がるだって？　そのうちにお前たちがおれに『ございます』言葉を使うようになるんだぜ。おれはコリオニの片腕《ライト・ハンド》だ」

「コリオニが腹の黒い野郎《レフト・ハンド》だったのは、かねがね聞いてたがな」とスパイサーは言った。

「お前の帰りがピンキーに知れるまで、待っていな」

クラブは笑って、「ピンキーは警察にいるぜ」

警察。――スパイサーはうなだれて立去った、オレンジいろの靴が舗道をそっと歩いた、そして底豆がうずきつづける。背後でクラブの笑い声が聞えた。死んだ魚の臭《におい》が鼻孔にまつわりつく、おれは病気だ。警察、警察。まるで、腫れ物の毒が血のなかにまきちらされ

ているよう。フランクの家へ戻ったが、そこにはだれもいない。腐ったてすりのところを通ってピンキーの部屋へ、階段を軋ませながら昇るのは拷問のようだった。扉はあいていた。鏡にはがらんとした部屋だけが映っている。置き手紙もない。パン屑が床に落ちている。だれかがとつぜん呼び立てられたときの部屋という有様——。

　スパイサーは胡桃いろの塗料がでこぼこしている箪笥のそばに立った。引出しのなかには、安心させるための置き手紙も、用心させるための置き手紙もない。彼は部屋じゅうを見まわした。底豆の痛みが体を貫いて頭のてっぺんまでとどく。とつぜん鏡のなかにじぶんの顔が見えた、——太い黒い髪の毛の根元が白くなっている、顔にはぷつぷつが出ている、血走った眼。そして彼は、映画のクローズ・アップを見ているような気持で、これはいぬの顔だ、仲間を刑事《でか》に売る奴の顔だ、と思った。彼は鏡から後ずさりした。食い物の屑が靴の下で砕けた。おれは裏切り者じゃない、と彼はじぶんに言い聞かせた。ピンキー、カビット、それにダロー、あいつらはおれの仲間だ。おれはあいつらを売らない、殺《ばら》した当人がおれではないにしても。おれは最初から反対だったのだ。おれはただカードを配っただけだ。おれは知ってるだけだ。彼は階段の上に立ってぐらぐらするてすりの下を見おろした。裏切り者になるくらいなら自殺しよう、とだれもいない階段に向って彼はささやきかけたが、じぶんにその勇気がないことはわかっていた。逃げ出すほうがいい。彼はノッティンガムの町と馴染の大衆酒場とをなつかしんでいた。一財産できたらと計画していた大衆酒場。ノッティンガムはいい町だし、空気がきれいだ。乾いた口にひりひりすることな塩からさなどないし、女の子は親切だと来る。もしおれが抜け出せたら――しかしほかの連中がそうはさせてくれまい。おれはいろんなことをあまりたくさん知りすぎてるから。おれがいま一味に加わっているのは、じぶんの命のためなのだ。彼は狭いホールにつづく階段を、敷いてあるリノリウムを、扉のそばの腕金にかけてある旧式の電話を見おろした。そして彼が眺めたとき、それが鳴りだしたのだ。彼はそれを恐れと疑惑の目で見おろした。もうこれ以上の凶報には堪えられなかった。みんなはどこへ行ってしまったのだろう？　おれに知らせずに逃げちまったのだろうか？　フランクも地下室にいなかった。フランクがアイロンをつけっぱなしにして置いたような焦げくさい臭《におい》がした。ベルはじりじりと鳴りつづける。ほうっておけ、と彼は考えた。そのうちにやむさ。こう切羽つまったときに、どうしてまたおれ一人が働かなくちゃならないのだ？　じりじり、じりじり、じりじり。だれかわからないがじつにしつっこい。彼は階段の上まで来て、静かな家のなかに激しい音を響かせる電話機をにらみつけた。「困ったことには」と彼は声に出して言った。まるでピンキーや他の連中に言う口上の練習をするみたいに。「おれはこんな仕事をやるには年をとりすぎてしまった。引退しなくちゃならねえ。髪の毛を見てくれよ。白髪だろう？　引退しなくちゃならねえ」。だがそれへの答は、規則正しくじりじりと鳴る音だけ。

「このいまいましい電話に出ようって野郎はいねえのかい?」と階段の下へどなった。「おれが何もかもしなくちゃいけねえって言うのかい?」。そして彼は、じぶんがカードを玩具のバケツに入れている姿を、伏せてあるボートの下にそっとしのばせている姿を、思い浮べた。おれを絞首刑にすることができたかもしれないカードなのだ。彼はとつぜん、怒ったようなふりをして階段を降り、受話器をとりあげた。「もしもし、もしもし、どなたです?」

「フランクさんのお宅ですか?」と電話の声が言った。彼はもうその声がわかっていた。レストラン・スノーの娘だ。彼があわてて受話器の位置を低め、待っていると、人形の声のようにほそい声が小さな孔から洩れてくる。——「相すみませんが、ピンキーに話したいことがあるのです」。黙って聞いているだけでも、相手に気づかれてしまいそうな気がした。彼がもういちど聴きいると、その声は必死になって不安そうにくり返すのだった。

「フランクさんのお宅ですか?」

スパイサーは口を電話から離し、舌をへんてこにもつれさせ、しゃがれたみたいな口のきき方をして声を変え、「ピンキーはいないんだ。何か用ですかい?」

「彼に話さなきゃならないんですの」

「いないったら、いないんだ」

「あなたはどなたです?」と少女はとつぜん怯えた声で言った。

「それはこっちの知りたいことさ。あんたの名は？」

「ピンキーの友だちです。会わなきゃなりませんの。急ぎの用なんです」

「こちらじゃ、どうしようもないんだが」

「お願いですわ、ピンキーを探して下さい。あたし、言われたんです。きっと知らせろって。万一……」。声は消えた。

スパイサーは電話に向って叫んだ。「もしもし。どうしたんです？　万一なんだって？」。しかし、返事はなかった。彼は電話線のざわめきを消すために受話器を耳に押しつけて聴き入った。彼はフックをがたがたさせて、「おい交換手。もしもし。もしもし。交換手」。するととつぜんあの声がまた出て来た、まるでだれかがレコードに針をあてがったみたいに。

「いらっしゃるんですか？　もしもし……いらっしゃるんですか？」

「むろんここにいるさ。ピンキーが何か言ったんですかい？」

「ピンキーを探して下さい。知らせてくれと言ったんですから。女の人なの。男の人といっしょに、今ここにいるんです」

「何の話なんだ……女だって？」

「いろいろ訊ねるの」とその声は言った。スパイサーは受話器を置いた。少女が何を告げねばならなかったにしろ、その他のことはみな雑音にかき消されてしまったのだ。ピンキーを探し出す？　ピンキーを探し出したところでどうなるというんだ？　他の連中がとっくに探し出して連れて行ってしまったじゃないか。それにカビットやダロー、あいつらはおれに知らせもせずに逃げちまった。もしおれが密告しても、しっぺ返しにすぎないわけだ。だけどおれは密告なんぞしない。おれはいぬじゃない。奴らはおれが密告すると思ってる。おれにはぜんぜん信用がないんだ……じぶんに対する憐れみの涙が、年老いて乾いた涙管から数滴にじみ出て来た。

考えなきゃならぬ、と彼はじぶんに言い聞かせた。考えなきゃならぬ。彼は玄関の扉をあけて外に出た。帽子をとって来る余裕もなかった。彼の頭髪は上のほうが薄くなっていたし、ふけの下はかさかさしていた。彼はどこへ行くというあてもなしに、海岸通りへ達するブライトンの道をここかしこと足早に歩き廻った。おれはこんな仕事をするには年をとった、抜け出さなきゃならぬ、ノッティンガムへ。一人きりになりたかった、彼は浜へ降りて行く石段を降りた。浜の方は早くから店じまいしていたし、遊歩道の下方にある海に面した小さな店もしまっていた。彼はアスファルトの縁のところを歩き、砂利を鳴らした。寄せたり引いたりする海の波に向って、声は立てずに、おれは仲間を売らないぞ、と言った。だけどあれはおれの仕業じゃない、おれはフレッドを殺そうなんて一度も思わなかった……。彼が桟橋の日蔭にはいったとき、光の影の境のところで、箱型のカメラを手にした安写真屋がスナップし、彼の手に紙きれを押しつけたが、スパイサーはそれに気づかなかった。湿ってくろずんだ砂利の上に浜をよこぎってそびえている鉄骨は、彼の頭上に、貨物自動車や、射的屋や、覗き眼鏡や人造人間をささえていた。——「ロボット氏の運勢判断」。鷗が彼に向ってまっすぐに、鉄骨のあいだを、ちょうど伽藍のなかへ迷いこんでおののいている鳥のように飛んで来たが、やがて暗い鉄の内陣から日光のなかへと向きを変えた。おれは仲間を売らないぞ、とスパイサーは言った、だけどもしおれが……。彼は古靴のかたわれにつまずき、手を砂利の上について身をささえた。砂利は海の冷やかさを吸いこんでいる。鉄の柱の下では、日光で温められることもないのだった。

彼は考えた、女……どんなふうにして嗅ぎつけやがったんだ……問いただしたりして何をする気なんだ？　おれはヘイルを殺そうとなぞしなかった。おれが他の連中といっしょに絞首刑になるなんて浮ばれない話だ。おれはあいつらによせと言ったんだ。彼は日なたへ出て、もういちど遊歩道へ登った。もし巡査が何か嗅ぎつけたらこの道をやって来るだろう、と彼は考えた。いつだって奴らは犯罪の現場から手をつけて行くんだから。彼は桟橋の回り木戸と婦人洗面所のあいだにたたずんだ。そのあたりには、人影はまばらだった。もし巡査が来たら……見つけるのは簡単だ。ロイアル・アルビヨン・ホテルが目の前にあるし、グランド・パレイド・ホテルからオールド・ステイン・ホテルまでずうっと見とおせる。埃をかぶった樹木の上に、パヴィリオン劇場のうすみどりの円屋根が浮いている。だれかが、週の半ばの人気《ひとけ》のない日ざかりのなかを、水族館の前を通ってダンスのできる白いデッキへ降り、小さな屋根のついたアーケードへ行こうとすれば、彼の目にとまるわけだ。そのアーケードには、海の石壁のあいだに安っぽい店がならんで、ブライトン糖菓《ロック》を売っていた。

3

〈少年〉の血管のなかでは毒が脈を打っていた。おれは侮辱されたのだ。おれはだれかに、大人だということを見せてやらなくちゃならぬ。彼が癇のたった顔つきのまま、みすぼらしい若造ぜんとした様子でレストラン・スノーへはいって行くと、ウェートレスたちはみな一斉《いっせい》にそっぽを向いた。彼はそこに立ってテーブルを探したが（満員だったのだ）、近寄ってくるウェートレスはなかった。まるで食事の代金が払えるのかと疑っているみたい。彼は、たくさんの大きな部屋を悠然と歩きまわるコリオニのことを、椅子の背に刺繡してある王冠のことを思った。彼がとつぜん大声で、「だれか案内してくれ」と叫ぶと、頬にかっと血がのぼるのを感じた。その場にいた者は顔をこわばらせたが、すぐにそしらぬ表情になった。みんな横を向いた。彼は無視されたのだ。とつぜんどうにもならない倦怠感が襲いかかった、こんなふうに無視されるために長い長い距離を旅したような感じが。

「テーブルが空いていないのです……」という声がした。ウェートレスたちはまったくよそよそしい態度のままだったから、その声が「ピンキー」と付け加えるまではだれの声かわからなかった。彼があたりを見まわすと、そこにはよそゆき姿のローズがみすぼらしい黒の麦藁帽をかぶって立っていた。その帽子のせいで、あくせく働いて子供を産んでから二十年の刑期を務めている、といった感じの顔に見えた。

「あいつらは案内するのが当り前じゃないか」と〈少年〉は言った。「何様きどりでいやがる」

「テーブルが空いてないんですの」

もうみんなが二人を眺めていた——咎めるようにして。

「外へ出ましょうよ、ピンキー」

「どうして、そんなにめかしこんだのだい」

「今日は午後から、あたしお休みなの。外へ出ましょうよ」

彼はローズのあとにつづいたが、とつぜん彼女の手首をつかんで毒づいた。「腕を折ろうと思えば折れるんだぜ」

「ピンキー、あたしが何をしたって言うの?」

「テーブルがなかったじゃないか。奴らはおれに給仕しようとしなかった、おれが上品な人間じゃねえからさ。そのうち……奴らにもわかる……」

「何が？」

しかし彼の心はじぶんの野心の大きさにたじろいでいた。彼は言った、「何でもない……今に奴らもわかるさ……」

「ことづてをきいた？　ピンキー」

「何のことづて？」

「フランクの家へ電話したの。あなたに伝えてくれ、って頼んだわ」

「だれに頼んだ？」

「名前は知らないけど」。そして彼女は何気なく言い添えた、「カードを置いて行った人じゃなかったかしら」

彼はもう一度手首をつかんだ。彼は言った、「カードを置いて行った野郎は死んだんだ。新聞ですっかり読んだろう」。しかし彼女は、今度は怯えるような気配をちっとも見せなかった。彼があまり親し気に振舞いすぎていたのだ。彼女は、彼が思い出させるものを気にかけていなかった。

「あの人、あなたを探した？」と彼女が訊ねたとき、彼はじぶんに言い聞かせていた——この娘をもう一ぺん怖がらせなくちゃならぬ、と。

「だれもおれを探しやしねえ」と彼は言った。彼はローズを手荒に引っぱって、「来いよ。散歩しよう。外へ連れて行ってやる」

「あたし、家へ帰るつもりだったのよ」

「家へ帰るのなんかやめて、いっしょに来い。すこし運動したいんだ」と彼は言って、じぶんのはいている、さきのとがった靴を見おろした。それは遊歩道の道のり以上は歩いたことのない代物なのだ。

「どこへ行くの？　ピンキー」

「どこか田舎さ。こんな日にみんなが行く所」。彼は一瞬のあいだ、どこが田舎なんだろうと考えてみた。競馬場——それは田舎であった。しかしそのとき、「ピースヘイヴン行き」と書いたバスがそばに来た。彼はそれに向って手を振り、「ほら、これが田舎さ。そこへ行けば話ができる。しんみり話さなきゃならないことがある」

「散歩に行くんだと思ってたわ」

「これが散歩さ」と彼はぞんざいに言い、彼女をステップに昇らせた。「きみはねんねだよ。何もわかってやしねえ。ほんとに歩くんだと思ってはだめさ。だって——何マイルもあるんだぜ」

「それじゃ、『散歩に出かける』っていうときは、バスのことなの？」

「でなかったら自動車だね。きみを自動車に乗せて行こうと思ったんだが、仲間が乗って行っちまった」

「車を持ってるの？」

「車なしで暮せるもんかい」と〈少年〉が言ったとき、バスはロッティングディーンの蔭を登っていた。塀の向うにある赤煉瓦の建物、大きな駐車地帯、ホッケーの杖を持った少女が空のどこかをじっと眺めている。——そのまわりにはきちんと刈りこまれた贅沢な芝生。彼の心の毒は、もう流れるのをやめていた、おれは敬《うやま》われている、だれもおれを侮辱してやしない……。だが、じぶんを尊敬している少女を見やると、毒はまたにじみ出すのだった。彼は言った、「帽子をとれよ。変に見えるぜ」。彼女はその言葉に従った。彼女の小さな頭には鼠の毛のような髪がぴったり撫でつけられていた。彼は彼女を厭らしそうに見た。こいつが、結婚だのなんのとあいつらにからかわれた代物なのだ。こいつが。彼は彼女を童貞らしく気むずかしげに眺めていた。まるで差出されはしたものの決して飲む気になれない水薬を眺めるように。飲むくらいなら死ぬほうが、でなかったら飲ませようとする奴らを殺すほうがましだ。白墨の粉のような埃が車窓のまわりにあがった。

「電話しろ、とおっしゃったでしょう」とローズは言った、「だからあたし……」

「ここじゃだめだ」と〈少年〉は言った。「二人っきりになるまで待てよ」。運転手が、空のひろがりを背景にしてゆっくりと首をもたげる。白い羽根のような雲が後ろに流れて青い色のなかに溶けこむ。雲は丘原《ダウンズ》地方の上空で東に向きを変える。〈少年〉は座席に腰かけていたが、先のとがった靴をきちんと揃え、手はポケットに入れ、薄っぺらな靴底をとおして上ってくるエンジンの鼓動を感じていた。

「いいわねえ」とローズは言った、「こうしているの……あなたといっしょに田舎に来るなんて」。ブリキ屋根、タール塗りの小さなバンガローが後ろに並んでいた。白墨で描いたような庭、サクソンの紋章を彫りつけたような丘原《ダウンズ》地方一帯の乾いた花壇。「停車」とか「マザワッティー・ティー」とか「本物の古道具」とかいう掲示が見えたし、数百フィート下方には、淡いみどりの海がイングランド島の傷だらけなみすぼらしい横腹を洗っていた。ピースヘイヴンは砂丘に押されて小さくなっていた。まだ工事が全部終っていない道路は、途中から草の生い茂った小径《こみち》になっていた。二人はバンガローの家並を通りぬけて、崖の端のほうへ降りて行った。そのあたりには人影は見えない。あるバンガローは窓が壊れていたし、もう一つのバンガローはブラインドをおろして、まるで死人でもあったみたいだ。「見おろすと目がくらみそうだわ」とローズが言った。早じまいで店はしまっていた。閉店時刻では、ホテルでももう酒は飲めない。半出来の道路に刻みこまれた白っぽい轍にそって、貸家札がたくさん並んでいる風景。〈少年〉は彼女の肩ごしに、道路が急に坂になっている砂利だらけの海岸へ達しているのを眺めた。「おっこちるみたい」とローズは言い、海のほうに背を向けた。彼はそれを向きなおらせた。急いで早まった行動をとるにはあたらない。水薬は差出されないですむかもしれぬ。

「話をしろよ。さあ——だれがだれに電話をかけたんだい？　どういうわけで？」

「あなたに電話かけたの、だけどあなたはいなかったの。あ、あの人が出たわ」

「あ、あの人」と〈少年〉はくり返した。

「あなたがいらした日にカードを置いてった方。ほら、覚えてるでしょ。あなた、何か探してたじゃないの」。彼はすべてのことを——テーブルクロースの下の手を、なあにこいつは簡単に忘れちゃうさと考えた間のぬけた無邪気な顔を、思い浮べた。「いろんなことを覚えているんだね」と彼は言い、眉をひそめて思案にふけった。

「あの日のことを忘れないわ」と彼女はとつぜん言い、そして口をつぐんだ。

「だけど、いろんなことを忘れてもいるぜ。話してるのをきみが聞いた奴とその男とは違うと言ったろう？　あいつは死んだんだ」

「とにかく、それはかんじんの話じゃないのよ。かんじんなのは——質問しに来た人があるってことなの」

「カードのことで？」

「ええ」

「男かい？」

「女のひとなの。げらげら笑う大柄な人。あの笑い声、あなたも聞いたことがあるかもしれないわ。人のことなんか気にもとめてないみたいな笑い方。あたし、その人にはなんにも言わなかった。あの人、あたしたちの同類じゃないんですもの」

「おれたちの同類か」。いかにも二人に何か共通したものがあるというような言い方を聞くと、彼は浅い浪《なみ》が打ちよせるのをみつめながら眉をひそめ、それから唐突に、「そいつは何を知りたがってた？」

「何でもかでも知りたがってたわ。あのカードを置いて行った男がどんな顔つきだったかってこと」

「どう答えた？」

「あたし一言もしゃべらなかったわ、ピンキー」

〈少年〉は先のとがった靴で薄っぺらな乾いた芝生を掘りかえしながら、コンビーフの空缶を轍にごろごろ転がした。「おれはきみのことを心配しているだけさ。おれにはどうでもいいことだ。無関係なんだ。だけど、きみに、危いことにかかりあいになってもらいたくない」。彼女をすばやく横目で見て、「別に怖がってないようだね。おれがいま言ってることは大事なことなんだ」

「怖くなんかないわ、ピンキー――あなたさえそばにいてくれたら……」

彼はいらだたしそうに、爪が肉にくいこむほど手を握りしめた。こいつは忘れねばならぬすべてのことを思い出し、そして、思い出さねばならぬもの――硫酸の壜を忘れてしまっている。おれはあのときこの娘をうまく脅した。だがあれ以来なれなれしくしすぎた。こいつ、おれが惚れこんでると思いこんでいやがる。ふん、これが「散歩」ってやつさ、と彼は考え、それからもう一度スパイサーの冗談を思い出した。彼は彼女の鼠のような頭、骨ばった体つき、みすぼらしい服装などを見やって、われしらず身ぶるいした。鵞鳥が一羽、花壇の最後の列をとびこえた。「土曜日だ」と彼は考えた。「今日は土曜日……」。そしてじぶんの家の部屋で両親がおこなう毎週の厭らしい行事（それを彼はじぶんのシングル・ベッドから眺めるのだ）を思った。あいつらがおれに期待していることはそれなんだ。女なんてどいつもこいつも寝床を探しているものなんだ。彼の童貞の純潔さが性欲のように首をもたげた。奴らはおれをそんなやり方で裁く、一人の男を殺す度胸、一団の愚連隊を牛耳る度胸、コリオニをやっつける度胸があるかないかではなく。彼は言った、

「こんなとこにいつまでもいる気はないんだ。帰ろうや」

「まだ来たばかりじゃないの。もうすこしいましょうよ、ピンキー。あたし田舎が好きよ」

「景色ももう眺めちまったし。もうほかにすることはないよ。パブは閉店だし」

「ただ坐ってるだけでいいじゃないの、とにかくバスが来るまでは待たなきゃならないのよ。あなたすこし変だわ。何か怖いことでもあるの？」

彼はみょうな笑い方をして、窓ガラスの壊れたバンガローの前に不器用に腰をおろした。「おれが怖がる？　そいつあ変な話だ」。彼が堤を背にして横になると、ボタンをかけてないチョッキのあいだから、すりきれかかったネクタイの派手な縞柄が見えて、白土の堤をその背景にするのだった。

「家に帰るより楽しいわ」とローズは言った。

「家はどこなんだい?」

「ネルソン・プレイスよ。御存じ?」

「ああ、通りすぎたことはある」と彼は軽く答えたが、しかし彼は芝生の上にその町の地図を測量者のように正確に描くことさえできるのだった。どんなに禁止されても宣伝をやめない救世軍の立っている街角、そのさきのパラダイス・ピースにあるじぶんの家、めちゃめちゃに爆撃されたみたいな外観の家並、ぱたぱたいう雨樋、ガラス板のない窓、前庭にほうりだされて錆びくさっている鉄のベッド、人目の多い前通りにある荒れ放題の空地、――模範的な簡易アパートを建てるために何軒かの家がとり壊されたあとだ、とうとう実現せずに終ったのだけれども。

彼らは白土の堤の上に並んで共通の地理を思いながら横たわっていたが、彼の軽蔑のなかには憎悪がすこし含まれていた。彼はじぶんでは逃亡したのだと考えていたけれども、しかし家郷はやはりそこに、彼の斜め後ろに、当然の権利みたいに席を占めていたのだから。

とつぜんローズが言った、「あの女の人はあそこに住んだことなんかないんだわ」

「だれ?」

「いろんなことを訊きに来た女の人。そんなこと気にかけてみたこともないにちがいないわ」

「世の中の人間がぜんぶネルソン・プレイス生れというわけには行かんさ」

「あなた、あの町で生れたんじゃないの？　それともあの近く？」

「おれかい？　むろん違う。どこだと思ったんだい？」

「あなたも多分あの町の生れだと思ったの。あなたもカトリックでしょう？　ネルソン・プレイスではみんなカトリック信者なのよ。あなたはいろんなことを信じているわ——例えば地獄だとか。だけど、あの女の人は何も信じてやしないってこと、一目でわかる」。

そして苦々しげに、「あの人、世の中が楽しくって楽しくって堪らないのよ」

彼はパラダイス・ピースとはなんのゆかりもないような言い方をした、「おれは信仰なんてものは信用してねえんだ。地獄だって？　地獄へ行ったら行ったまでのこと。何も死なないうちから、心配する必要はないさ」

「でも、不意に死ぬかも知れないわよ」

彼は人気《ひとけ》のない明るいアーチの下で眼をつむった。すると、ある記憶が会話のなかに、不完全な形ででではあるけれども漂い流れて来た。「きみ、知ってるかい？——『鐙と大地とのあいだに、彼は何物かを探し求め、何物かを探ねあてたり』[註1]」

「慈悲だわ」

「そう、慈悲だ」

「だけど」と彼女はゆっくり言った、「もしそれが間に合わなかったら、大変ねえ」。彼女は白土の上で頬を彼のほうに向け、まるで彼が助けてくれることができるみたいに言い添えた。「そのことをしょっちゅうお祈りするの。あたしが急死することとないように、って。あなたのお祈りすることはなあに？」

「おれはお祈りなんぞしない」と彼は言ったが、しかし彼はだれかと、いや何かと語るときでさえ、祈っていたのだ。もうこの女といちゃつく必要がなくなるように、と。二人が家郷と呼んでいる、あのダイナマイトが仕掛けてあるようなものうい地区に二度とかかわりあうことがないように、と。

「何か怒ってるの？」とローズが訊ねた。

「なあに、ときどき、黙りこみたくなることもあるものだよ」と彼は言って、白土の堤にごろりと寝ころがったきり何も打ちあけなかった。沈黙のなかで鎧戸がぱたぱたと鳴り、海の潮がさらさら音を立てた。二人で「外出」する——それがつまりこれなんだ。コリオニの栄耀《えいよう》の記憶が、コスモポリタン・ホテルの王冠のついた椅子が、彼を罵りにやって来た。彼は言った、「話をしないかい？　何か喋れよ」

「じぶんで黙ってたいって、言いだしたくせに」と彼女は急に怒って言いかえしたが、これは彼を驚かせた。彼女にそんな真似ができようとは思ってもいなかったから。「あたしがあなたに不似合なら」と彼女は言った、「ほっといてちょうだい。あたしから連れて来て頼みやしなかったわ」。彼女は両手で膝を抱くようにして坐り、頬骨のあたりをほてらせていた。その痩せた顔には、怒りは頬紅と同じ働きをした。「もしあたしが不似合だったら……あなたの自動車《くるま》やそれからいろんなものに不似合だったら……」

「だれがそんな……」

「あら、あたしだってそれほど馬鹿じゃなくってよ。あなたがどんな顔して見ていたかぐらい、知ってます。あたしの帽子が……」

彼はとつぜん、彼女が身を起して立去るかもしれない、レストラン・スノーに戻って行き、なれなれしく問いかける最初の人間に秘密をばらすかもしれないと考えた。機嫌をとらなくちゃならぬ、おれたちは「散歩」しているわけだ、期待されてることをしなくちゃならぬ。彼はいやいやながらも手を伸べた。それは彼女の膝の上に冷たい南京錠のように置かれた。「誤解だ」と彼は言った、「きみは優しい子だねえ。心配事があったんだ、それだけさ。仕事のことで考えてたんだ。きみはぼくと……」――彼は苦しそうに声をのんだ――「おれたちはお互いに、何から何まで似つかわしくできるぜ」。怒りの色が消え、どんなに欺かれてもかまわないといった風情で顔がこちらに向くのを、そしてまた、彼女の唇が待ち受けているのを、彼は見た。彼はすばやく彼女の手をとってその指に口を押しつけた。何であろうと唇よりはましだ。その指はかさかさしていたし、おまけにほのかなシャボンの匂いがした。彼女は言った、「ピンキー、さっきはごめんなさい。あなたって優しい人なのねえ」

彼は神経質に笑った、「きみとぼくと……」。そして彼はバスの喇叭の音を聞きつけ、十重二十重に囲まれた者が救援軍のラッパを聴いたときのように喜んだ。「さあ」と彼は言った、「バスだ。出かけよう。おれはあんまり田舎暮しに向いた男じゃないんだ。街っ子なのさ。きみだってそうだぜ」。彼女が起きあがるとき、一瞬、人絹の靴下の上の腿の素肌が見えた。性欲の疼きが、彼を病のように苦しめた。男は結局こいつに襲われるのだ。むっとする部屋、目をさましている子供たち、そしてもういっぽうのベッドでおこなわれる土曜の夜のいとなみ。何とかして……逃れるすべは……だれにもないのか？　そのためなら世界中の人間をみな殺しにしたってかまわない。

「でもやっぱり田舎はいいわねえ」と彼女は言って、貸家札が並んでいるあいだの道についている白っぽい轍を眺めていたが、〈少年〉はきたならしい行為に人々が与えているきらびやかな言葉をなおも嘲っていた。愛だとか、美だとか……。おれは騙《だま》されないぞ、おれは結婚したり子供を作ったりなどしないぞ、おれは今のコリオニ以上に偉くなるぞ……そんな考えのまわりに彼のプライドが時計のゼンマイのようにまきついた。おれは何もかも知っている。おれは性交のディテールをはじめから終りまで見ていたことがあるんだ、きれい言葉でなどごまかせるものか、わくわくするようなことなどありゃしないんだ、失うだけで得るものは何もないんだ。しかし、ローズがキスを期待しながらもういちど彼のほうへ顔を向けたとき、彼はやはりぎょっとするような無知を自覚した。彼の口は彼女の口に触れそこねてまごついた。彼は今まで女の子にキスしたことがなかったのだ。

彼女は言った、「あら。あたし馬鹿ねえ。あたし今まで……」。そこで彼女はとつぜん言葉をきり、鷗が一羽、乾ききった小さな庭から崖の下の海へ舞いおりるのを眺めた。

彼はバスのなかでは彼女に口をきかず、手を両方ともポケットにつっこみ、足をきちんと揃え、むっつりとして落ちつかない様子であった。けっきょく何もきまりをつけずに戻って行くくらいなら、何でこんなに、遠くへ出かけて来たのか、じぶんでもわからなかった。秘密は、あの記憶は、まだちゃんと彼女の頭のなかに残っているのだ。今度は別の道。マザワッティー・ティー、骨董商、ドライヴ・インのレストラン、まばらな草が最初のアスファルトの地帯へと消えこんで行く。

ブライトンの釣師たちが桟橋から浮子《うき》をほうりこんでいた。かすかな音楽が嘆くように、風のある日の日ざしのなかで軋っていた。二人は日のあたる側を歩き、「恋の一夜」とか「殿方だけに」とか「ファン・ダンスの女」とかいう看板を通りすぎた。ローズは言った、

「仕事のほう不景気なの？」

「年中、心配ごとだらけだ」と〈少年〉は言った。

「あたし、お手伝いして役に立てたらいいんだけど」。彼は何も言わずに歩きつづけた。

彼女は頑固な感じのする痩せぎすの姿に片手をさしのべ、すべすべした頬や項《うなじ》のところの

金色の柔毛を見やった。「まだ若いのに心配事で苦労するなんて」。彼女は彼の腕のなかへ手を入れた。

「あたしたち、二人とも若いのよ、ピンキー」。そして彼女は彼が体をこわばらせてしりごみするのを感じた。

写真屋が声をかけた、「海をバックにして、お二人いっしょにいかがです?」。写真屋がカメラの蓋を取ると、〈少年〉はすばやく顔の前に手をかざして行きすぎた。

「写真は嫌いなの? ピンキー。二人の写真を貼ってみんなに見せてやれるのに。お金はかからないし」

「金なんて問題じゃないよ」と〈少年〉は言ってポケットをじゃらつかせ、金がたくさんあることをわからせた。

「あたしたちの写真もあそこに貼り出されたかもしれないわね」とローズは言い、写真屋の店の前に立ちどまって、水着姿の美女や有名な喜劇役者や無名な夫婦者やの写真を見あげた。「それから今度は……」。彼女は驚きの声をあげた。

「まあ……あの人よ」

〈少年〉は、緑いろの海が棒杭のまわりを濡れた口のようにしゃぶりまわしている海岸を眺めていた。彼がようやく向きなおって視線を投げると、そこにはスパイサーが写真屋の窓のなかに固定されて、さらしものになっているのだった。日なたから桟橋の下の日かげへと、思い悩み、狩り立てられ、あわてふためいて大股に歩いて行く滑稽な姿。それを見た行きずりの人々は笑い出し、こうも言うだろう、「こいつ、よっぽど心配事があるんだな。撮られたのを知らないでいる」

「カードを置いてった人よ」とローズは言った。「死んだってあなたが言った人よ。でも、この人は死んじゃいない。だけどこの様子……」。彼女は、薄ぼんやりした黒と白でとらえられた狼狽《ろうばい》のすがたを眺めて楽しそうに笑った――「あわてなきゃ死んじまうと思ってるみたい」

「古写真さ」

「あら、違うわ。ここには今日うつした写真を貼るのよ。売るために」

「詳しいんだね」

「ねえ、これを買わない？　滑稽《こっけい》じゃないの、大股に歩きながら、やきもきしてるのよ。カメラにぜんぜん気がついてない」

「ここで待ってろよ」と〈少年〉は言った。日なたからはいって行くと店《キオスク》のなかは暗かった。鋼鉄縁の眼鏡をかけた薄い口髭の男が、焼付のすんだ印画紙をよりわけている。

「外に貼ってある写真が一枚ほしいんだ」と〈少年〉は言った。

「では引替証を」と、その男はかすかにハイポの臭いのする黄色い指を差出した。

「持ってない」

「引替証がなくちゃ渡せません」とその男は言って、ネガを一枚電球にすかした。

「無断で写真を貼っとく権利が、お前さんにあるのかい？　あの写真をよこせ」。しかし鋼鉄縁がきらりと光っただけであった。癇癪《かんしゃく》の強い少年に対し——何の関心も見せずに。

「引替証をもって来な。そうしたら渡しますよ。さあ行ったり行ったり。おれあ忙しいんだぜ」。彼の背後には、ヨット帽をかぶった皇太子時代のエドワード七世が覗き眼鏡《ピーピング・ショー》の機械をバックに立っているスナップ写真が、額のなかで、粗悪な薬品と歳月のせいで黄ばんでいた。ヴェスタ・ティリー[註2]のほんもののサイン、ヘンリー・アーヴィング[註3]は英仏海峡の風をよけるためにマフラーをしていた、——一国民の歴史。リリー・ラングトリー[註4]は駝鳥の羽根を、パンカースト夫人[註5]はホブル・スカートを、一九二二年度のミス・イギリスは水着をまとっていた。スパイサーがこれら不朽の人物のあいだに伍しているのを知っても、楽しくはならなかった。

註1　鐙と大地とのあいだに……　W・キャムデン『イギリスの遺跡』（一六〇五年）の一節。ただし若干の言いちがえをさせている。

註2　ヴェスタ・ティリー　（1864—1952）　ミュージック・ホールの名女優。ことに男役として人気があった。

註3　ヘンリー・アーヴィング　（1838—1905）　イギリスの俳優。ことにシェイクスピア役者と

して有名。一八九五年、叙爵された。

註4　リリー・ラングトリー　(1852―1929)　イギリスの女優。美貌で有名だった。エドワード七世の愛人。

註5　パンカースト夫人　(1858―1928)　イギリスの婦人参政権運動の指導者。社会主義団体フェビアン協会の会員。

4

「スパイサー」と〈少年〉は呼んだ。「スパイサー」。そして彼がフランクの家の暗い小さなホールから踊り場へ昇って行ったあとには、田舎の、丘原地方《ダウンズ》の染み《し》がリノリウムの上に白く残っていた。「スパイサー！」。彼は、壊れたてすりが手の下で揺れるのを感じた。スパイサーの部屋の扉をあけて見ると、ベッドの上にうつぶせになって眠っていた。窓をしめきったむっとする空気のなかで虫が一匹ぶんぶんいっているし、ベッドからはウィスキーの匂いがする。ピンキーは立ったまま白髪まじりの頭を見おろした。あわれみの心などすこしもわかなかった。彼はあわれみを感ずるにはまだ若かったのである。彼はスパイサーを揺り動かした。寝ている男の口のまわりには赤いぷつぷつがあった。「スパイサー！」

スパイサーは眼をあけた。しばらくのあいだ、ほのぐらい部屋のなかには何も見えない。

「話したいことがあるんだ、スパイサー」

スパイサーは起きあがった。「へっ、ピンキーかい、会えて嬉しいよ」

「仲間に会うのは、いつでも嬉しいだろう、スパイサー」

「クラブに会った。あいつ、お前が警察《さつ》にいるとぬかしやがった」

「クラブ？」

「それじゃあ、警察《さつ》にいたわけじゃなかったんだな」

「ざっくばらんに話をしてたんだ……ブルワーの件でね」

「するてえと、あのことじゃ……」

「ブルワーのことさ」。〈少年〉はとつぜんスパイサーの手首に手をあてがった。「お前、すこしどうかしてるぜ。休暇をとらなくちゃいけねえ」。むっとする空気をさげすむように嗅いで、「飲みすぎるぞ」。彼は窓のほうへ近づいて、灰いろの塀に面した窓を勢よくあけはなった。〈少年〉が、ガラス板にしがみついてぶんぶんいっているがが、んぼの幼虫をつかまえると、それは掌のなかで小さなぜんまいのようにふるえた。彼は脚や翼を一つずつむしりはじめた。彼は「好きか、嫌いか」と数えながら言った、「スパイサー、おれは女の子と出かけてたんだ」

「レストラン・スノーの娘っ子かい？」

〈少年〉は赤裸になってしまった虫を掌の上でひっくり返し、スパイサーのベッドの上にぷうと吹きとばした。「お察しの通りさ。伝言を頼まれたろう、スパイサー。どうしておれに知らせねえんだ？」

「お前の居所がわからなかったんだ、ピンキー、ほんとだぜ。それに、どっちみちそれほど大したことじゃなかったんだよ。どっかのお節介やきが、聞きこみに来たんだとさ」

「ところがお前はそれでふるえあがっちまったわけだ」と〈少年〉は言った。彼は鏡の前にある固い樅材の椅子に腰かけ、両手を膝へおいたままスパイサーを眺めた。頬で脈が打っている。

「いいや、びくつきなんかしねえ」とスパイサーは言った。

「貴様は目をつぶっていてもあそこへ行けるだろう」

「何の話だい？　あそこって」

「貴様にあそこって言えば、たった一つしかねえさ。寝ても覚めても頭から離れねえだろう。お前、こんな暮しには老いこんだぜ」

「こんな暮し？」とスパイサーは言って、ベッドから〈少年〉をみつめた。

「そうさ、この向うみずな稼業のことさ。貴様、神経質になってるし、びくついてるもんだから頭が動かなくなってるんだ。最初はレストラン・スノーのカードだ。それから今度は、写真を撮られて桟橋の所に貼り出され、みんなのさらしものになっている。ローズが見つけちまったぜ」

「ピンキー、おれはぜんぜん知らなかった。本当だ」

「ちぇっ、万事に気を配ってなきゃならねえのに」

「あの女の子なら大丈夫。お前に惚れてるぜ、ピンキー」

「おれは女のことは何も知らねえ。そんなことはお前やカビットやほかの連中に任せてある。おれが知ってるのは、お前に教わったことだけだ。お前がくり返しくり返し言ったじゃねえか、信用できる女は一人もねえってな」

「あれはほんの、話ってもんよ」

「貴様、おれを子供あつかいにして、お伽話をきかせてくれたのかい。しかしおれは真《ま》に受けちまったんだからしようがないさ、スパイサー。お前とローズが同じ町にいるのは、どうも安全とは思わねえ。それはまあ別としても、七くどく聞きほじくって歩く女もいる。スパイサー、お前、ブライトンから出て行かなきゃならねえぜ」

「何だって？」とスパイサーは言った。「出て行く？」彼が上衣のなかに手をつっこむのを、〈少年〉は両手を膝にのせたまま眺めていた。「そうなったら、お前が何もできなくなるぜ」とスパイサーは言い、ポケットのなかを探った。

「ほう、おれの気持を勘ちがいしたのか？　休暇をとってしばらくどこかへ行ってろというんだぜ」

　スパイサーは、手をポケットから出した。彼は銀時計を〈少年〉に差出した。「おれは信用できる人間だぜ、ピンキー。これを見な、身内のものがおれにくれたんだ。文句を読んでみろよ。『十年間の仲間へ。競馬場の若者一同より』。おれは薄情者じゃねえ。十五年も前のことだぜ、ピンキー。二十五年の競馬場ぐらし。おれがかけ出しのころには、お前はまだ生れてもいなかった」

「お前は休暇をとらなくちゃいけねえ。おれの言うのはそれだけだ」

「休暇をとるのは嬉しいさ」とスパイサーは言った、「だけど、おれが臆病者だと思われたくはねえな。すぐにも出かけるさ。バッグをまとめて今夜中におさらばするぜ、まったくの話が、ここにいないでもいいなら、おれのほうも有難いんだ」

「いや、そう急ぐ必要はないさ」と〈少年〉は言って、じぶんの靴を見おろし、片足をもちあげた。靴底が傷んで一シリング貨幣大に穴があいている。彼はもういちどコスモポリタン・ホテルのコリオニの椅子のことを思った。「競馬のときにいてくれなくちゃ困る」。彼はスパイサーにほほえみかけた。「信用できる仲間なんだから」

「おれは信用して大丈夫だぜ、ピンキー」。スパイサーは指で銀時計を撫でさすった。

「何をにやにやしてるんだい？　おれの顔に何かついてるのかい？」

「競馬のことを考えてただけさ」と〈少年〉は言った。「おれにとっちゃ、のるかそるかの瀬戸際だ」。彼は立ちあがって、暮れて行く日ざしに、そして長屋の塀に背を向け、ある種の好奇心をたたえてスパイサーを見おろし、「ところでどこへ行くつもりだい？ スパイサー」と言った。彼はすっかり決心していたのだし、死んで行く男を彼が見るのは数週間来これで二度目のわけであった。好奇心が強くなるのは当然のことだ。そう、スパイサーおやじが火あぶりの刑にかけられないということもありうる、こいつは正直なおっさんだし、お次の番の男ほどは悪事をしてないし、もしかしたら門をするりとくぐりぬけて……だが〈少年〉は永遠というものを苦痛の形でしか描けなかった。彼は考えながら眉をひそめる。鏡のような海のこと、金色の王冠のこと、スパイサーおやじのことを考えながら。

「ノッティンガムさ」とスパイサーは言った。「仲間の一人がユニオン・ストリートに《青い錨》って店をやってるんだ。いい店だぜ。高級店なんだ。ランチも出すしね。奴はいつもおれに言ったもんさ、『スパイサー、どうしておれといっしょにこの店をやらねえんだ？ この古ぼけた店から発展して、もうすこし小金のはいるホテルをこさえることもできるんだぜ』……だからよ、もしお前やほかの連中さえいなけりゃ、おれは戻って来たかねえ。ずっとそうしてるのも悪くねえや」

「さて」と〈少年〉は言った、「おれはこれで失敬する、ともかく、これでお互いの居場所もわかったわけだ」。スパイサーは枕に頭をあてがって寝ころがり、底豆がずきずき痛む足を上にあげた。毛の靴下には穴が一つあいていて、親指がのぞき、中年者のかさかさした皮膚が白っぽく見える。「ぐっすり眠れよ」と〈少年〉は言った。

彼は階下に降りて行った。玄関が東むきなのでホールは暗かった。彼は電話のそばの灯をつけ、それからまた消した。なぜそんなことをしたかはわからなかったけれど。それからコスモポリタン・ホテルへ電話をかけた。ホテルの交換台が出ると、ルイ十六世ふうのラウンジのうしろ、パーム・ハウス（お茶とダンスの会、三シリング）から響いて来るかすかなダンス・ミュージックが耳にはいった。

「ミスタ・コリオニに話したいんだ」。「ナイチンゲールの囀りも、郵便配達の押すベルも」――その曲がとつぜんとぎれ、ユダヤ人の低い声が聞えて来た。

「ミスタ・コリオニですか？」

コップがかちかちいう音や、氷がシェーカーのなかで触れあう音が耳にはいる。彼は言った、「こちらはP・ブラウンです。いろいろ考えてみたんですよ、ミスタ・コリオニ」。リノリウム張りの暗く小さなホールの外を、バスが一台通りすぎる。夕暮の灰いろのなかに、街の灯が淡くともる。

〈少年〉は送話器に口を近づけて、「あいつは言うことをききそうもありませんよ、ミスタ・コリオニ」。送話器に響くじぶんの声を聞いていると、楽しい気持になった。〈少年〉はゆっくりと慎重に説明した。「さいさきを祈って、背中をどやしてやろうと思ってるんです」。彼は語を切って激しく言った、「何て言ったんです？　ミスタ・コリオニ。いや、あんたが笑ったと思ったんです。もしもし。もしもし」。受話器をがちゃんと置き、不安そうに階段の方へ向いた。金のライターが、グレイのダブルのチョッキが、派手な顔役気取りの心が、一瞬のあいだ彼を支配していた。次いで……二階にある真鍮のベッドの柱、洗面台の上の紫インクの小壜、ソーセージ・ロールの屑などが。彼の小学生じみた悪知恵はしばらくのあいだ萎《しお》れていた。それから彼は灯《あかり》をつけ、楽な気持になって階段を昇り、「ナイチンゲールの囀りも、郵便配達の押すベルも」と口ずさんだが、やがて死を賭けた問題の暗く危険な中心に思いをめぐらした、曲は別のものになった、「世の罪を除き《アニュス・ディ・キ・》給う天主の小羊《トリス・ペカタ・ムンディ》……」。彼の歩き方はぎごちなかったし、上衣は幼い肩から垂れ下っていたが、しかしじぶんの部屋へはいって行ったとき——「我等に平安を与えたまえ《ドナ・ノビス・パチエム》」——よどんだ水のはいっている洗面器や水さしやシャボン入れなどがある上の鏡のなかに、彼の蒼い顔がぼんやりと映って、傲慢そうに睨みかえしていた。

Ⅳ

1

競馬の当日は晴だった。人々は始発の列車でブライトンへなだれこんだ。その連中が金を使わないという点のほかは、祭日をそっくり再現した観があった。彼らは財布を握りしめていた。人々は電車に詰めこまれて、水族館まで立ちづめのまま揺られて来たあげく、ちょうど昆虫の群れがどこからともなく一挙に大移動を敢行したように、海岸通りのそこここへどっと押しよせたのだ。競馬場行きのバスに座席をみつけることは、十一時までは不可能だった。派手な縞のネクタイをした黒人が、パヴィリオン公園のベンチに腰かけて葉巻をふかしている。子供たちがベンチからベンチへ《タッチ・ウッド》遊びをしていたが、黒人は陽気な声で子供たちに話しかけながら、葉巻を持った手を、威厳をそこなわないよう、用心深くじっとさしのべた。その大きな歯がまるで何かの広告のように輝く。子供たちは遊びをやめて彼を眺め、ゆっくりゆっくり後しざりした。彼が土人の言葉——子供たちの言葉と同じように子供っぽくて形をなしていない無意味な言葉で、もう一度呼びかけると、子供たちは不安そうに彼をみつめ、もっと後しざりした。彼は怒りもしないで、柔かい唇のあいだに葉巻をくわえ、くゆらしつづける。楽隊がオールド・スティン・ホテルを通りぬけて、舗道をやって来る。盲だけの楽隊がドラムとトランペットを鳴らし、溝のなかを歩いたり歩道の縁石を靴のへりで探ったりしながら、一列側面縦隊で行進して来るのだ。その音楽は、遠く離れていても、群衆のざわめきや排気管の音や坂を昇って行く競馬場行きのバスの響きにもかかわらず聞えるのであった。威勢よく打ち鳴らしながら、連隊のように行進してくるのだが、虎の皮やくるくるふりまわされるドラム棒を見ようとすると、炭坑の仔馬のそれのような色の淡い盲目の瞳の連中が泥溝ぞいに進んでいる——という情景。

海に臨んでいる大きなパブリック・スクールのグラウンドでは、ホッケーをしようという少女たちが澄ましこんで群がっていた。肥ったゴール・キーパーがよろいねずみのように歩く。両方の主将がめいめい副主将と戦法を相談している。上天気なので下級の少女たちは元気よく走っている。貴族的な芝生のはるかかなたに、鉄の正面の向うに、平民たちの行列が見えた。バスが乗せようとしない連中で、紙袋から菓子パンをとりだして食べながら砂埃を蹴たて、丘原《ダウンズ》地方をとぼとぼ歩いて来る。バスはケンプ・タウンを通って長い道のりを迂回して来るのだが、満員のタクシーはけわしい坂を登って来る——運賃は一人九ペンス――団体用の特別席へ向うパッカード、古ぼけたモリス、家族づれで乗っている変に背の高い型の車は、二十年ぶりにひっぱり出されたもの。まるで埃っぽい日ざしを浴びている道ぜんたいが、車体を軋ませ、叫び声をのせて押しあっている車の群れを乗せたまま、地下鉄の階段のように上へ向って動いているように見える。下級生たちは仔馬みたいに逃げまわって、芝生の上で駈けっくらをし、まるで今日はみんなの生活がクライマックスに達した日だとでもいうように、学校の外にまきおこされている興奮を受けついでいた。ブラックボーイの賭けの比率は減った、メリーモナークに五ポンド威勢よく賭けて以来こんなことはなかった。濃赤色の競走用自動車が一台（その小綺麗で軽快な車には、路傍にある無数の旅館や、水泳プールのまわりに集る小娘たちや、グレート・ノース・ロード附近の横町で人目を忍んでやる逢びきなどの雰囲気が漂っていた）、頻繁な交通のなかを這って行く。それに日光が反射して、女学校の食堂の窓のあたりにまでぎらりと光った。その車は満員だった。女が男の膝の上にかけていたし、ステップの上に立っているもう一人の男は、丘原地方《ダウンズ》に向う上り坂で車が揺れたり、喇叭が鳴ったり、邪魔な車がはいったり、そうしてそれを追いぬいたりするたびに、あわててしがみつくのだった。女は警笛の音に邪魔されながらも、花嫁と花束のことを歌った唄を、黒ビールと牡蠣とレスター・ラウンジとが揃って出て来る唄を、小さな声で歌っていた、――それは派手で小さな競走自動車のなかでは場違いのものだったけれども。丘の上まで来ると、その文句は埃っぽい道路ぞいに吹き流されて行き、時速四十マイルですぐ後を追いながら前後左右に揺れて走っている旧式のモリスへ届くのだった。その車の車蓋《ほろ》はぱたぱたしていたし、フェンダーは曲り、風除けはすっかり色褪せていた。

その文句は古ぼけた車蓋《ほろ》のぱたぱたいう音といりまじって〈少年〉の耳にとどいた。彼はスパイサーが運転しているそばに腰かけている。花嫁と花束——すると彼はローズのことを暗い嫌悪の心で思い浮べた。彼はスパイサーの暗示を頭から払いのけてしまえなかった。それは見えない力となって彼に働きかけた。スパイサーの阿呆、桟橋のところの写真、あの女（どこのどいつなんだ？）、聞きこみなんぞしやがって……むろんあの娘と結婚したって長つづきはしない。娘の口に蓋をして時間をかせぐ最後の策というだけなんだから。彼はどんな女であろうと例の関係をしたくなかった。ダブル・ベッド、水いらず、それは老年を思うことと同様にむかむかすることだ。彼はがたがた振動する座席をよけて、隅のほうにうずくまり、童貞の苦悩にひたりながら上下に揺れていた。結婚する——それは糞に手を触れるようなことだった。

「ダローとカビットはどこにいる？」とスパイサーは訊ねた。

「今日は来させなかったんだ」と〈少年〉は言った。「今日の仕事には奴らはいねえほうがいい」。彼は、コンパスを背後に隠し持っている残忍な子供のように、偽りの愛情を示しながらスパイサーの腕に手をかけた。「お前には喋ったってかまわねえわけだが、おれはコリオニとおだやかに話をつける気なんだ。ほかの奴らは信用できねえ。荒っぽいからな。おれたち二人でうまくやろう」

「ことを荒だてないのは賛成だ」とスパイサーは言った。「おれはいつだってそうしたかった」

〈少年〉は、壊れた風除けごしに自動車の洪水を見てにやりとし、「そいつを一丁やろうと思ってるのさ」

「長つづきがするようになあ」とスパイサーが言った。

「この手打ちをぶっ壊す気の野郎はだれもいやしねえ」と〈少年〉は言った。埃と明るい日光のなかに、かすかな歌声がとぎれた。花嫁、花束、そして「花環《リース》」と言っているらしい言葉を最後に。「大いそぎで結婚しなくちゃならねえときには」と〈少年〉は気が進まないような調子で訊ねた、「一体どんなふうにはじめるんだい？」

「お前の場合だったら、そう簡単には行かないよ」とスパイサーは言った。「年が若いからな」。白土の上にある純白の見物席に向って、ジプシーふうの幌馬車の群がっているほうへと最後の坂を登るとき、彼は古ぼけたギアを軋ませた。「考えてみなくちゃわからねえ」

「早いとこ考えてくれ。お前、今夜ずらかる身なんだからな」

「まったくだ」とスパイサーは言った。彼は旅立ちのせいですこしセンチメンタルになっていた。「汽車は八時十分のやつさ。酒場を見に来てくれ。歓迎するぜ。ノッティンガムってなあ、いい町だ。あの町でしばらくのんびりするのは楽しいだろうよ。空気は澄んでるし、《青い錨》で飲ませる苦ビールよりもうまいものはどこにもあるめえな」。そして苦笑いし、「お前が飲まねえのを忘れてたよ」

「のんびり骨休めをして来い」

「いつでも歓迎するぜ、ピンキー」

彼らは古自動車を駐車場に乗り入れて、車を降りた。

〈少年〉はスパイサーと腕を組んだ。日あたりのよい白い塀の外を歩いて行くのはいい気持だった。ラウド・スピーカーつきの幌馬車の群。キリストの再来を説いている男。――あらゆる感動のなかでいちばん感動的な、苦痛にみちた刑罰の身がわりとなるべきキリストの再来。「お前はいい奴だな、スパイサー」と〈少年〉が言い、腕をきつく握りしめると、スパイサーは低い声でしんみりと《青い錨》についての四方山ばなしをはじめた。

「いかがわしい家じゃないんだ。れっきとした店さ。小金がたまったら、友だちと共同でやりたいといつも考えてたんだ。奴はいまだに、おれに来てくれって言うんだよ。カイトが殺《ばら》されたときなんざ、おれはもうちょっとで行くところだった」

「あっさり怯気《おじけ》づいちまう男だな」と〈少年〉は言った。幌馬車のラウド・スピーカーはどれに賭けたらいいかをどなっているし、ジプシーの子供たちは踏みあらされた白土の上で兎を一匹追いかけまわしている。二人は競馬場の下の地下道をくぐってふたたび光のなかへ、海に面しているバンガローのそばの、灰いろの短い草が残っているゆるい傾斜地へ出た。古い予想表が朽ちて白土に埋れている──「絶対にあたるバーカー」。カードに印刷された、気取って笑っているしぶとい顔が黄いろく変色している──「心配御無用、お立替え致します」。そしていじけたおおばこのあいだに古馬券がちらばっている。二人は針金の柵を通って、二シリング半の見物席へはいった。「ビールを一杯飲めよ、スパイサー」と〈少年〉は言って、彼の体を押しやった。

「ほう、親切だな、ピンキー。遠慮はしねえぜ」。彼が屋台のそばで飲んでいるあいだに、〈少年〉は馬券屋が並んでるのを眺めた。パーカー、マクファーソン、ジョージ・ビール（「老舗《しにせ》」）、クラプトンのボッブ・タヴェル──なじみの顔がずらりと揃って、お追従《ついしょう》やつくり笑いをふりまいている。最初の二レースは済んでしまった。馬券売場の窓のところには、長い行列がつづいている。日光は競馬場のあちら側の白塗りの本部を輝かせているし、数頭の馬がスタートのほうに向って緩駈けで通りすぎる。「ほう、ジェネラルバーゴインだぜ、おっかねえ馬だな」とだれかが言いながら、ボッブ・タヴェルのスタンドへ賭金を支払いに行く。馬券屋は馬が通りすぎるたびに黒板を消して、賭けの率を書きかえる。馬の蹄の音は、まるで芝生の上を拳闘のグローブで叩いているように聞えた。

「賭けるかい?」と訊ねながらビールを飲み終ると、スパイサーは馬券屋たちのほうを向いて麦芽くさい息を吹きかけた。

「おれは賭けない」と〈少年〉は言った。

「おれにとっては、昔なじみのブライトンでやる最後の運だめしだ」とスパイサーは言った、「二ポンドなら賭けていいんだ。それ以上は困る。ノッティンガムで使おうと思って金を貯めてるもんでね」

「賭けろよ」と〈少年〉は言った、「楽しめるうちに楽しんだがいいさ」

二人は馬券屋の列にそって、ブルワーのスタンドへ歩いて行った。大勢の男が群がっている。「奴は大分もうけてるよ」とスパイサーが言った。「メリーモナークを見たかね? あの馬は好調だぜ」。彼が喋っているあいだに、馬券屋たちはみな今までの十六対一の賭率を黒板から消した。「十だ」とスパイサーは言った。

「ここにいるうちに楽しみな」と〈少年〉が言った。

「やっぱり老舗をひいきにするほうがいいな」とスパイサーは言い、組んでいた腕をほどいてテイトのスタンドのほうに行った。〈少年〉はほほえんだ。微笑の表情を作ることは豆の皮むきをするくらい易しいことだった。「メメントーモリ[註1]だなんて」と言いながら、スパイサーがカードを手にして帰って来た。「馬の名前にしては変だな。五対一、先着三頭まで。メメントーモリってなあ何て意味だい?」

「外国語さ」と〈少年〉は言った、「ブラックボーイの賭率が減ってきたぜ」

「おれがブラックボーイにも乗れたらいいんだが」とスパイサーが言った。「ブラックボーイに二十五ポンド賭けたっていう女があそこにいたぜ。いかれている。だけど、もしあの馬が勝ったら、畜生め、おれだったら二百五十ポンドで何をやらかそうか？　すっぱりと《青い錨》に出資するな。ブライトンの街に戻ってなんか来るもんか」と彼は言って、まぶしい空、競馬場にたちこめている埃、ひき裂かれた馬券、そして短い草などを眺めまわし、丘原《ダウンズ》地方の下でゆっくりとうねっている暗い海へと目をやった。

「ブラックボーイは負けるさ」と〈少年〉は言った。

「二十五ポンド賭けたってのはだれだい？」

「どっかの女だ、向うの横木の所にいるぜ、どうしてお前はブラックボーイに五ポンド賭けねえんだい？　お祝いのつもりで一つやりなよ」

「何を祝うんだい？」と〈少年〉が早口に訊いた。

「なんのつもりだったかな」とスパイサーは言った。「今日の保養で、おれはすっかり陽気になってるんだ。だもんだから、だれだって祝い事があるような気がしてた」

「たとえ祝いたいと思ったって」と〈少年〉は言った、「ブラックボーイで祝うのは御免だ。おい、あの馬はフレッドの御ひいきだったんだぞ。あの野郎、ブラックボーイがダービーで優勝するなんて言いやがった。あんな馬なんぞ何が当るもんか」。しかし、ブラックボーイがてすりの横を緩駈けで通りすぎるのを見ないわけには行かなかった。その足りはちょっと元気すぎ、ちょっと落ちつきが足りなかった。二シリング半の見物席のスタンドの上に乗っている男が、クラプトンのボッブ・タヴェルに手を振って情報を送っていたし、十シリングの見物席の情勢を双眼鏡を覗いて調べていた小柄なユダヤ人がとつぜん腕を上下に振って「老舗」を呼び出し、信号を送りはじめた。「ほら」と〈少年〉は言った、「おれのいった通りさ。ブラックボーイの賭率がまた下落してる」

「百対八、ブラックボーイだよ、百対八!」とジョージ・ビルの代理人が呼び声をあげたとき、「スタートしたぞ!」とだれかが言った。人々はビールのコップや葡萄パンを持ったまま、休み茶屋からてすりのところへどっとかけだした。バーカーも、マクファーソンも、ボッブ・ダヴェルも、馬券屋たちは一せいに黒板の賭率を消したが、『老舗』だけは最後まで頑張っている、――「百対七、ブラックボーイ!」。一方では小柄なユダヤ人が、スタンドの上からフリー・メイソンじみた手信号を送っている。出場馬が一団となって、木がはじき割れるような音を立てながら通りすぎ、たちまち見えなくなった。「ジェネラルバーゴインだ」とだれかが言うと、「メリーモナークだ」とまただれかが言った。ビールを飲んでる人々が架台卓に戻って行ってもう一杯のみ、馬券屋たちは四時のレースの出場馬を貼りだして白墨で賭率をすこし書きはじめる。

「さあ」と〈少年〉は言った、「おれの言った通りさ。フレッドは馬の良し悪しがぜんぜんわからねえ奴だった。例のきちがい女は二十五ポンドすっちまったぜ。今日はその女の悪日さ。ほら……」。静寂のなかには、一レースすんだ結果が掲示される前の休止の状態には、何か威圧するような感じがあった。人々はオッズ表示器の前に列を作って待っていた。競馬場におけるいっさいのものはとつぜん動きをやめ、再開の合図を待ちかまえていた。その静けさのなかで、レース後体重検査場《ウエイイング・イン》から出てきた馬がいつまでもひんひんいないているのが聞えた。静かな晴天のなかに立っている〈少年〉を、一種の不安が襲った。まがいものの成熟、限られたものではあるが凝縮された、ブライトンの貧民窟での体験が、彼の体からねこそぎ奪われて行くようだった。カビットやダローを連れて来ていたら、と彼は思った。十七の若さで単身渡りあうには問題が多すぎたのだ。問題なのはスパイサーだけではない。聖霊降臨節このかたいつ果てるともしれないいごたごたを、おれははじめてしまった。死というやつは終りではない。香は薫り、僧はホスチアを手にし……そしてラウド・スピーカーは勝ち馬を詠誦する。「ブラックボーイ。メメントーモリ、ジェネラルバーゴイン」

「しめた！」とスパイサーが言った。「勝ったぜ。メメントーモリが三位までにはいっているし」。そして〈少年〉が言ったことを思い出して、「あの女も勝ったわけだ。二十五ポンドだぜ。畜生め。さあ、ブラックボーイがどうだと言うんだい？」。ピンキーは口をきかなかった。彼はじぶんに言い聞かせていた、フレッドの馬が勝った！　と。もしおれが、木に触ったり、塩をまいたり、梯子の下を歩こうとしなかったりするかつぎ屋だったら、おれは怯気づいてしまって……。

スパイサーが彼の腕をつかまえた。「当てたぜ、ピンキー。十ポンドだ。お前、あの馬のことではとんだ見当はずれだったな」……念入りに思案した計画をやめてしまうかもしれないけれども。彼は見物席のずっと遠くのほうから、笑い声を、陽気なくせに忍びやかな女の笑い声を聞いた。たぶんフレッドの馬に二十五ポンド賭けた阿魔だろう。彼はひそかな憎悪の念をたぎらしてスパイサーのほうに振向いた。残忍なものが彼の体をまるで欲情のようにしゃんとさせたのだ。

「さあ」と彼は言って、スパイサーの肩に腕を廻し、「いま金を受けとって来たほうがいいぜ」

二人は連れだってテイトのスタンドのほうへ歩いて行った。髪を油で固めた若者が、木の台に上って金を払っている。テイト自身は十シリングの見物席へ出張《でば》っていたが、二人ともサミュエルを知っていた。スパイサーは近よりながら陽気に声をかけた。「さあ、サミー、払ってくれ」

サミュエルは二人を、スパイサーと〈少年〉とが旧友然として腕をくんですりきれた短い芝生を歩いて来るのを見まもっていた。六人ばかりの男が、金を受けとった後もその場にたたずんでいた。最後の番の男が金を受けとって立去ったが、彼らは無言のまま待っている。帳面を手にした小柄な男が、荒れた唇を舌のさきでなめた。

「うまくやったな、スパイサー」と〈少年〉はスパイサーの腕をぐっとしめつけながら、

「その十ポンドを懐に入れて元気で行けよ」

「さよならを言うにはまだ早すぎるぜ」とスパイサーが言った。

「おれは四時半の汽車まで待っていないぜ。これでお別れだ」

「コリオニのことはどうする？」とスパイサーが言った。

「おれとお前とで……」。出発点にむかって次の馬が緩駈けしていた。賭率があがって行く。群衆がオッズ表示器の前に集って行ったので、二人の行手に道があいた。その通路のはずれのところに小人数の一団が待っていた。

「おれは考えを変えたんだ」と〈少年〉は言った。「コリオニとはホテルで会おう。金を受けとれよ」。帽子をかぶっていない予想屋が一人、彼らの歩みをとめた。「次のレースの情報でさあ。たった一シリング。あっしは今日、勝ち馬を二度も当てましたぜ」。その男の靴はやぶけていて爪先が出ている。「手前の靴の始末でもしろよ」と〈少年〉は言った。スパイサーは別れを惜しんでいた。センチメンタルな奴。彼は底豆の痛む足を交互に置きかえていた。「あきれたね」と彼は言って、群衆のすきまで出来た道が柵のほうまでつづいているのを眺めた。「テイトの野郎、まだ賭率を書かねえでいやがる」

「テイトはいつだってのろまさ。金を払うときだってそうだ。お前、早く受けとったほう

がいいぜ」。彼はスパイサーの肱をつかんで前へおしやった。

「なんか変なことでもあるのかな」とスパイサーは言った。彼らは彼をじっとみつめた。

「さあ、これでお別れだ」と〈少年〉は言った。

「アドレスは忘れないだろうな」とスパイサーは言った。「《青い錨》だ。忘れるなよ。ユニオン通りだ。どんなことでも便りしてくれ、おれのほうから書いてやるようなことはあるまいから」

〈少年〉はスパイサーの背をかるく叩こうとするように手をあげかけたが、またその手をおろした。ユダヤ人の一団が待っていた。「たぶん……」――と〈少年〉は言いかけて、あたりを見まわした。おれがはじめたことには終りがないのだ。残忍な激情がわきおこって来た。彼はもういちど手をふりあげ、スパイサーの背中をかるくたたいた。「達者で暮せよ」としゃがれてはいるが子供っぽいかん高い声で言って、もう一度かるくたたいた。

ユダヤ人が一せいに彼らを取囲んだ。彼はスパイサーが「ピンキー！」と叫ぶのを聞き、そして倒れるのを見た。重い鋲を打った長靴がふりあげられた。次の瞬間、彼は頸ぜんたいに火のような痛みをかんじた。

最初は、驚愕が苦痛よりもはなはだしかった（このくらいの痛みなら、蕁麻《いらくさ》で刺されたときと変りはない）。「馬鹿！」と彼は言った、「人違いだ、貴様らの狙ってるのはあっちの男だぞ！」。彼はごろごろ転がりながら、見た。ユダヤ人ふうの顔がいっぱいじぶんを取りまいて、どなっているのを。彼らは歯をむいて嘲り笑う。めいめい剃刀を手にしている。彼はこのときになってようやく、コリオニが電話で笑っていたのを思い出した。喧嘩の気配がちらとあっただけで、群衆は散らばってしまった。彼はスパイサーが叫ぶのを聞いた。「ピンキー。助けてくれ！」。わけのわからぬもみあいがクライマックスに達していたが、彼の目には見えなかった。見えるのは他のもの——丘原地方《ダウンズ》からミョーラムにかけて低く傾いている夕日を反射してきらきら輝く、いくつかの咽喉きり剃刀であった。彼はポケットをさぐって剃刀を取ろうとしたが、すぐ目の前の男がよりかかって来て手の甲に切りつけた。痛みが襲う。彼は恐怖と驚きでいっぱいになった。まるで、弱い者いじめの餓鬼大将がはじめてコンパスでつき刺されたときのように。

彼らは、近寄って来てやっつけてしまおうという意図は示さなかった、彼は彼らを見ながら、啜《すす》り泣きした。「この仕返しはコリオニにするぞ」。彼は「スパイサー！」と二へん叫んでから、スパイサーが返事をするはずはないことに気づいた。浮浪人どもは快感を楽しんでいた。ちょうど彼自身がいつもそうだったと同じように。そのなかの一人がかがみこんで彼の頬を切ろうとするのを、彼が手をあげて防ぎ、もういちど手の甲に切りつけられた。彼が泣きだしたとき、四時半の列車の通過する音がてすりの向うを通る馬の蹄の音にまざって聞えた。

そのとき、だれかがスタンドから「刑事《でか》だ！」と叫んだので、ユダヤ人たちはみな雪崩《なだれ》を打って彼のそばへ寄って来た。だれかが彼の膝を蹴った。彼は剃刀を握っていたので骨まで切ってしまった。巡査が競馬場の端をかけあがったとき、ユダヤ人たちは重い長靴をはいたままゆったりと散らばり、〈少年〉は囲みから逃れることができた。数名の者は、彼が針金の柵をすりぬけ、丘の中腹からまっすぐ降りて人家のある海のほうへ出るまで追って来た。彼は蹴られた片足で跛をひきひき泣きながら走った。彼は祈りたいとさえ思った。鐙《あぶみ》から落ちて地面に着くまでの間にすら救われることはできる、しかし告解しなければ救いは得られない——彼には時間がなかったし、白土の丘を這いおりながら、微かな悔恨を感じただけだった。彼はぶざまに走り、つまずき、顔から両手から血をしたたらせた。

もう追って来るものは二人しかなかったが、その二人も面白半分について来るだけで、猫の子をからかうように追っているのだった。彼は窪地の最初の家並に行きついたが、そこには人影はなかった。どの家もみな競馬のせいで留守だった。目につくものとてはごろ石《クレイジ・ペイヴィング》道とささやかな芝生、ステンド・グラスのドア、それから砂利道に置き忘れられた芝刈り器だけ。家のなかへ逃げこむ勇気はなかった。ベルを押して待っているあいだに、奴らは追いつくかもしれぬ。彼は剃刀の刃をむきだしにして持っていたけれども、武器を持つ敵に対してこれを使ったことは今までなかったのだ。隠れねばならない。しかし彼は路上に血の痕をひきずって来ていた。

二人の男は息を切らしていた。彼らは笑いすぎたため、肺を疲れさせていた。ところが

〈少年〉の肺は若くて元気だった。彼は二人を引きはなして逃げのびた。ハンカチで手を包み、顔をあおむけにして血が服の上に流れるようにした。曲り角で横に折れて、彼らが来ないうちに空きガレージに身をひそめた。そして、ガレージのほのぐらい内部に剃刀を持ったまま立ち、告解をしようとした。「スパイサー」、「それからフレッド」と彼は考えたのだが、しかし彼の考えは、追跡者が現れるかもしれぬ曲り角より先へは行かなかった。彼は告解する力さえなくなっているのに気がついた。

しばらくして危険が去ったように思われたころ、手の上にたそがれが次第に迫って来たころ、彼が思いめぐらしているのは永遠についてではなく、じぶんの屈辱のことであった。おれは泣き、乞い求め、逃げ出したのだ。ダローやカビットは噂を耳にするだろう。そうなったらカイトの身内はどうなるだろうか？　彼はスパイサーのことを考えようとしたが、それよりも現在のじぶんのことが気になった。思案をまとめることができなかった。彼は、剃刀を持ったまま辛うじてよりかかっていたコンクリートの壁からはなれ、曲り角の様子をうかがって見た。いくたりかの人が通りすぎる。パレス栈橋からの音楽のかすかな響きが頭に腫物《はれもの》のように喰いこむ。清潔ではあるけれども無味乾燥なブルジョアふうの道路に灯がともっていた。

そのガレージは、車庫として一度も使われたことがなかった。それは一種の物置小屋になっていた。小さな緑の新芽が浅い土箱から毛虫のように這い出ている。鋤、錆びた芝刈り器、ちっぽけな家のなかには置き場のないがらくた道具のいっさい。古ぼけた木馬、手押車にされてしまった乳母車。古レコードの一山――『アレクサンダーズ・ラグ・タイム・バンド』、『うき世忘れて』、『お前だけが女の子なら』。その隣りにある鏝《こて》、よせあつめの舗装に使った材料の残り、片眼のない人形、泥まみれのドレス。彼は剃刀を手にしたまま、ぜんぶを一目で眺めた。ハンカチがはずれてしまった手からは、血がしたたり落ちる。ほう、どこのどいつがこの家を持っているのか知らないが、そいつの持物に余計なおまけがついたわけだ。コンクリートの床の上で凝結してゆく血のしずくが。

このガレージの所有者がだれにせよ、おれはようやくここへ辿りついたのだ。乳母車兼手押車にはラベルが貼ってあった。おびただしい汽車の旅のしるし――ドンカスター、リッチフィールド、クラクトン（これは夏の休暇だったに違いない）、イスプウィッチ、ノーサンプトン――今度の旅行に備えてぞんざいに剝ぎとられてはいたけれども、間違えようもない路程が痕跡となって残っていた。そしてこの競馬場下の小別荘こそ、その男がどうにか辿りついた最上の終点というわけだった。これが、抵当にはいっている窪地の家が、最終の地であることは疑いなかった。海浜に見られる乱雑な潮跡のように、がらくたはここに積みあげられたまま外へ持ち出されないだろう。

しかも〈少年〉はその持主を憎んでいた。名前も顔も知らなかったけれども、しかし〈少年〉はその男を、人形を、乳母車を、壊れた木馬を憎んでいた。小さな芽生えが、無知とおなじように彼を苛立たせる。彼はじぶんが飢え、弱り、そしてふるえているのを感じた。彼は苦痛と恐怖とを経験させられていた。

さあ、闇が窪地をひたしている今こそは、平安をとりもどすべきときだ。鐙と地面とのあいだには時間はないのだから。しかし習慣となった考え方は一瞬のうちには破壊できない。死んで行くときでも習慣は支配している。彼はカイトのことを思い浮べた、——奴らがカイトをセント・パンクラッスで殺《ばら》してから待合室へはいって行くまでのあいだ、赤帽は石炭の粉を火の消えた炉に入れながら、だれかの情婦《いろ》のことを喋りつづけていたっけ。

しかし、「スパイサーは」と考えると、〈少年〉の心は救われるような感じになってしまった。「奴らがスパイサーをやっつけてくれた」。じぶんを安全にしてくれた事件について告解するのは不可能だ。くんくん嗅ぎ廻りやがるあの女にはもう証人がない。ローズはいるが、しかしローズの始末はつく。彼はまったく安全な身となったときに、平安をとりもどそう、家に帰ろうと、ようやく考えはじめることができた。しかし彼の心は、小さな暗い告解場、司祭の声、桃いろのガラスのなかで燃える明るい灯の前や彫像の下で永遠の苦痛からまぬがれようとして待っている人々、などに淡い郷愁を感じ、力をそがれてしまうのだった。今までは、永遠の苦痛はそれほど大きな意味を持たなかった。今、それは無限につづく剃刀のめった切りを意味している。

彼はガレージから出て横に歩いた。白土を切り開いた舗装してない新道には人通りはなかったが、木柵の横の、ランプ燈の光のとどかないところで男女がぴったりと抱きあっていた。それを眺めると、嘔き気と残忍さとが心に湧いて来た。その横を、傷ついた手で剃刀をつかんで跛をひきながら通りすぎるとき、路上の二人が味わっている習慣的な、獣的な、そしてつかのまの満足とはちがうある種の満足を、彼の童貞の残忍さが求めるのだった。

どこへ行く気なのか、彼にはわかっていた。服をこんなふうにガレージの蜘蛛の巣で汚し、顔や手に不名誉な傷を受けたままフランクの家へ帰る気はなかった。人々は水族館の真上の白い石造のデッキで、野外ダンスに興じている。彼は人影の見えない浜に出た。去年の冬の嵐で打ち上げられた海藻が、靴の下でかさかさ鳴った。音楽が聞えて来た——「いとしいあなた」。そいつをセロファンで包んで銀紙の函に入れちまえ、と彼は思った。屋外燈にぶつかって傷ついた蛾が一匹、漂木の上をのろのろと這っているのを、彼は白く汚れた靴でつぶして息の根をとめた。いつか……いつかはおれも……彼は血のにじむ片手をかくそうとしながら跛をひきひき砂浜を歩いた。若い独裁者。おれはカイトの身内の頭株なんだ、今日のは不意を襲われたまでのこと。おれの身が安全になってから、告解をして何もかも帳消しにしてしまう。黄いろい月がホーヴの町の斜め上に、厳密にいうならレジェンシ広場の上にあがった。海に洗われていない乾いた砂地を跛をひいて歩みながら、彼は閉鎖された海水浴小屋のそばに立ってぼんやりと夢想するのだった、——おれは彫像を一つ寄附してやろう。

ちょうどパレス桟橋を過ぎたところで砂浜からあがり、苦痛をこらえながら遊歩道をよこぎって歩いた。レストラン・スノーはあかあかとしていた。ラジオが鳴っている。彼は外の舗道にたたずんでいたが、やがて、ローズが窓に近い一つのテーブルで給仕しているのを見ると、近づいて行って窓に顔を押しつけた。彼女はすぐに彼を見つけた。彼の視線はまるで自動電話のダイヤルをまわして彼女を呼び出したように、すぐさま彼女の注意を呼びさますのだった。彼は手をポケットから出したが、傷だらけの顔を見ただけで彼女は不安におそわれた。彼女はガラスごしに何か伝えようとしたが、彼には何のことかわからなかった。まるで外国語に聞き入っているような気持。彼女が三度くり返して、ようやく彼は唇の動きを読むことができた。――「裏へ廻って！」。脚の痛みはますますひどくなっている。体をひきずるようにして建物にそって歩きながら、ちょうど曲り角に来た時、自動車が一台（お仕着せをきた運転手とミスタ・コリオニとが乗っているランチア）、横を通りすぎた。ミスタ・コリオニは白いチョッキをのぞかせたタキシード姿でふんぞり返って、紫いろの綿服をまとった老婦人の顔に、にこやかにほほえみかけていた。いや、あれはたぶんミスタ・コリオニではなかったろう。自動車はまたたくまに音もなく通りすぎてしまった。パヴィリオン劇場のコンサートがはねてからコスモポリタン・ホテルに帰って行く中年のユダヤ人が、ほかにいないわけはないから。

彼は身をかがめて、裏口の郵便函から覗きこんだ。手を握りしめて怒りの色を顔に浮べたローズが、廊下をこっちのほうへやって来る。彼はすこし自信をなくしかけた。どうしてこんなざまになったか、あいつは気づいている、と彼は考えた。女の子は靴や上衣に目をつけるものだ。もしあいつがおれを追い出しやがったら、と彼は考えた、この硫酸の壜をぶっつけて……。しかし扉をあけた彼女は、これまでと同じように、口数こそすくなかったが忠実そのものだった。「だれの仕業？」と彼女はささやいた。「相手がわかりさえしたらねえ！」

「何でもないんだ」と〈少年〉は言って、瀬踏みをするような気配でいばった、「おれに任せておけばいいんだ」

「まあ、顔に……」。〈少年〉は、女は傷が好きだということ、それを男らしさとか強さのしるしとして受けとるということを思い出して、嫌悪を感じた。

「どこか顔を洗えるとこないかい？」

彼女は小さな声で、「そっと来てね。あっちにセラーがあるの」。そしてスチームのパイプが通っている小部屋に案内したが、そこにはちっぽけな貯蔵棚に壜が数本横たおしに置いてあるきりだった。

「ここへはだれもこないだろうね」

「ワインを注文するお客なんて来ないのよ」と彼女は言った。「うちの店は鑑札を持ってません。ワインは店を引きついだとき残ってたもの。おかみさんが体にいいからと言って飲むだけなの」。ローズがレストラン・スノーを「うちの店」と言うとき、ほのかな自意識が感じられた。「腰かけない？　水を持って来るわ。灯を消して行くわね。外から見えるといけないから」。しかし月が部屋を照していたので、あたりを見まわすには十分だったし、壜に貼ってあるラベルを読むことさえできた。——エンパイア・ワイン、オーストラリア・ワイン、ハーヴェスト・バーガンディ。

彼女はすぐ戻って来て、すまなそうに言いわけしはじめた。「お客様が勘定書をくれって言うし、おまけにコックが見張ってたものだから」。彼女は白い洗面器に湯を入れたものとハンカチを三枚、手にしていた。「これだけしかなかったの」と言ってハンカチを引き裂きながら、「洗濯ものがまだ帰って来ないんですもの」。そして、彼の頸の、ピンでひっかいたような長いみみずばれに当てがって、「だれの仕業かわかったらねえ……」

「そんなに喋るなよ」と彼は言って、傷ついた片手をさしのべた。血はかたまりかけている。彼女は馴れない手つきでゆわえた。

「あれからだれか、話しかけたり、質問したりしたかい？」

「あの女の人がいっしょだった男の人」

「刑事《でか》かい？」

「じゃないと思う。フィルって名前だと言ってたけど」

「きみのほうが質問したわけだな」

「あの人たち、じぶんのほうから何でも喋るんですもの」

「刑事《でか》じゃない……だからわけがわからないんだ」と〈少年〉は言った。「としたら、奴らは何が望みなんだ？」。彼は怪我してないほうの手を出して彼女の腕をつねった。

「何も喋らなかったろうね？」

「一言も」と彼女は闇のなかで言い、信頼しきった様子で彼をみつめた。「ねえ、怖くなかった？」

「奴らになんぞ、おれをしょっぴかせることができるもんか」

「そうじゃないの」と言いながら、彼女は彼の手に触り、「切りつけられたときのことよ」

「怖かったか、だって？」と彼は嘘をついた、「怖くなんぞあるもんか」

「どうしてこんな目にあったの？」

「つべこべ訊くなって、言ったろう」。傷ついた足でよろめくように立ちあがって、「上衣にブラシをかけてくれ。これじゃ外を歩けねえや。みっともない恰好をしてるわけにゃ行かないんだ」。彼女が上衣のごみを掌ではらっているあいだ、彼はハーヴェスト・バーガンディによりかかっていた。月の光がその部屋を、小さな仕切りを、壜を、小さな肩を、恐怖におののいている少年のすべすべした顔をぼんやりと照していた。

もういちど街路へ出てフランクの家に戻り、次の行動についてカビットやダローと果てしのない評議をこらす——彼はそんなことに厭気がさして来た。生きているということは、ソーセージ・ロールの屑のちらばった真鍮のベッドの上で考え出す、こみいった（ワーテルローの陣立てのようにこみいった）戦術演習の連続なのだ。服にはいつもアイロンをかけなくちゃならぬし、カビットとダローが喧嘩をはじめ、さもなくばダローがフランクの女房を追いかけまわし、旧式の箱型電話は階段の下でじりじり、じりじりと鳴りつづけ、特別郵便を持ってはいって来てはベッドの上にほうり出すジュディーの阿魔は、煙草をむやみにのんで、チップをおくれとせがむ。チップ、チップと。こんな状態で、ちっとはましな戦術が浮ぶものか。小さな暗い戸棚部屋、静寂、ハーヴェスト・バーガンディの上の淡い光などに、彼は唐突な郷愁を感じた。おれはしばらくのあいだ一人きりになって……。

しかし彼は一人きりではなかった。ローズが彼の手の上に手を重ね、恐ろしそうに訊ねた。「外で待ち伏せしてるんじゃないでしょうね？」

彼は身ぶるいしてから、いばって、「待ち伏せなんかしてるもんか、奴らのほうがもっと手ひどくやっつけられてるんだから。奴らの狙いはおれじゃなくて、かわいそうにスパイサーの奴だったんだ」

「スパイサー？」

「スパイサーは死んだ」と彼が言ったそのとき、大きな笑い声が、レストランから廊下を伝わって聞えて来た。ビールと人の良さとがみなぎっている女の笑い声――愁いの翳《かげ》すらもない。「あの女がまた来てる」と〈少年〉が言った。

「たしかにあの女《ひと》だわ」。この声ならいろんな場所で聞いたことがあった。――ボートが幾艘も顚覆《てんぷく》してみんなが泣いているときでさえ、成行を楽観視して泪もながさぬ無頓着なおももち。ミュージック・ホールで淫らな冗談まじりのあいさつ。病床のかたわらで、そしてまた南部鉄道の満員のコンパートメントで。また、まぐれあたりの馬が勝ったときの、競馬マニアの女の笑い声。「あの女《ひと》、怖いわ」と彼女は小さな声で言った。「あたしには、何を狙ってるのかさっぱりわからないの」

〈少年〉は彼女を引きよせた。戦術だ、戦術なのだ、と考えながら。しかし戦略を練っている暇はなかった。彼は灰いろの夜色のなかに、彼女の顔がキスを待ち受けてあおむいているのを見ることができた。彼は嫌悪を感じ、そしてためらった。しかし――戦術なのだ。殴りつけて悲鳴をあげさせたいと思いながら、彼は、彼女の唇をよけて不手際なキスをした。彼は強く押しつけた唇をはなし、そして、「ね、いいかい……」

彼女は言った、「今までに、何人も恋人があったんでしょうね？」

「もちろんさ。それはともかく、いいかい……？」

「あたし、あなたがはじめて」と彼女は言った。「うれしいわ」。彼女がそう言ったとき、彼はまたもや彼女を憎みはじめていた。こいつは自慢の種にさえなりそうもない。最初の男。おれはだれから奪ったわけでもないのだ、ライヴァルはなかったわけだ、だれひとりとしてこの娘には目をつけないだろう。カビットやダローも目をくれないだろう、こいつのパーマをかけてないくしゃくしゃした髪、こいつの単純さ、おれがいま手でふれている安っぽい服。彼はスパイサーを憎むように彼女を憎んだし、そしてそのことが彼を用心深くさせた。彼は、これはおれではないほかの男の情熱なのだという残酷で便利な口実のもとに、彼女の乳房を掌でぶざまに押し、そして思っていた。こいつが白粉を塗って髪でも染め、もうすこし派手にめかしこんでいたら、そう悪くはないだろう、しかしこの……ブライトンじゅうでいちばん安っぽい、いちばん年のいかない、いちばん乳くさい小娘に……おれの運命が握られているなんて。

「ああ」と彼女は言った、「あなたって優しいのねえ、ピンキー。あたし、あなたが好き」

「あいつに……おれを売らねえだろうな？」

だれかが通路で、「ローズ……」と叫んだ。扉がぱたんと鳴った。

「あたし、行かなきゃならないわ。どういうこと？　あなたを売るなんて？」

「おれの言ったことさ。喋るがいい。だれがカードを置いてったか、あの女に教えてやるのさ。置いてったのはきみの知らない奴だってことも」

「あたし決して言わないわ」。ウェスト通りをバスが一台通った。格子窓《こうしまど》から光がはいって、彼女の思いつめた白い顔をまっすぐに照す。彼女は指を組んでひそやかな誓いを誓う子供のようであった。彼女は静かにこう言った、「あなたが何をなさったのかなんてこと、どうでもいいの」。まるで、壊れたガラス窓やどこかの扉に白墨で書いてある卑猥な文句にはぜんぜん興味を持たぬとでもいうかのように。彼は無言のままだった。実は抜目のない知恵なのだとさえ思われるローズの単純さが、十六年間の体験が、信じても裏切られることのなさそうな忠実さが、安っぽい音楽のように彼の心にしみこんできた。月光が左の頬骨から右の頬骨へと、そして壁の上を移動して行く。部屋の外から響いてくるギアの軋む音。

彼は言った、「何のことを言ってるんだい？　おれは何もした覚えはないぜ」

「あたしにはわからないわ。どうでもいいの」

「ローズ」と叫ぶ声があった、「ローズ！」

「あの女《ひと》よ、たしかにあの女よ。いろいろ訊いたひと。まるでバターみたいにべたべたした声なの。あたしたちのこと、知ってるかしら？」彼女はぐっと身を寄せてささやいた、「あたしも一度、あることをしたわ。地獄へ堕ちる罪。十二の年だったわ。だけどあの女《ひと》——あのひとには堕地獄の罪なんて何のことかわかりやしないわ」

「ローズ。どこにいるの？　ローズ！」

彼女の月光を浴びた十六歳の影が壁の上でゆれた。「正（right）と不正（wrong）。あの女《ひと》がよく使う言葉だわ。あたし、テーブルで聞いたの。正と不正。まるであのひとにはそれがわかってるみたい」。彼女は軽蔑をこめてささやいた、「そうよ、あの女《ひと》は火あぶりになんかならないわ。いくらなりたがったって、火あぶりにされるはずがない」。彼女は濡れた火刑具のことを言っていたのかもしれない。「モリー・カーシューは火あぶりになったわね、とてもきれいな人だった。自殺したのよ。絶望……堕地獄の罪。大罪ね。だけど……ほら、あなたが鐙のことで何か言ったでしょう……」

　彼は気が進まぬまま答えた。「鐙と地面だ。そんなもの役にたつもんか」

「あなたがしたことを」と彼女は執拗に、「告解した？」

　彼は答えをはぐらかした（かたくなな暗い影が、オーストラリア白ワインの壜にのせてある繃帯をした手の上にさしている）、「おれがミサに行かなくなってから何年にもなるぜ」

「かまわないのよ」と彼女はくり返した。「あたし、あの女のようになるくらいだったら、あなたといっしょに火あぶりになるわ」。彼女の幼い声は、あの女というその言葉に出会うと、何と言っていいかわからなくなるようだった、「あのひとは何も知らないのね」

「ローズ！」。二人の隠れている場所の扉があいた。セイジ・グリーンの制服を着て、胸のボタンから眼鏡をぶらさげた女主人がはいって来たが、それと同時に、光や人声やラジオや笑い声が、二人の語っていた暗い神学を消散させた。「お前ここで何してるの？」と女主人は言い、「だれだね？　もう一人の娘は」と言い添えて闇のなかの痩せた体を覗き見たのだが、彼が明るいほうへ出て行ったので、「この男の子は」とあわてて言い直した。彼女は片眼で壜の列を眺め、数を勘定した。「ここはお前が男の子をひっぱりこむ所じゃないんだよ」

「おれは行くぜ」と〈少年〉は言った。

女主人は彼を疑惑と嫌悪の目で見やった。蜘蛛の巣がまだすこし残っている。「お前さんがもうすこし大きいんなら」と彼女は言った、「巡査を連れて来るところだよ」

彼は、今まで一度も示したことのないユーモアをちらりと見せて言った、「そうしたらアリバイが立つというものさ」

「それからお前には」と女主人はローズに向って、「あとで話があるよ」。彼女は〈少年〉が出て行くのを見張りながら、むかむかするように、「お前たちは二人ともまだ若すぎるよ、こんなことするには」

若すぎる——それが厄介な点であった。スパイサーもこの問題を解決しないまま死んでしまった。結婚して彼女の口を封ずるには若すぎる、警察が彼女を証人席に引出すのをとめるには若すぎる、もちろんこれは、万一そういう事態になれば、の話だけれど。もしローズが証拠を申し立てるとなれば……ほら、ヘイルがカードを置いて行ったのではない、スパイサーが置いて行ったのだ、しかも、おれがじぶんで出かけて行ってテーブルクロースの下に手を入れてカードを探した、とさえ言えば——。あいつは細かなことまで覚えている。スパイサーが死んだことで疑惑は増すだろう。おれはどうにかしてあいつの口を封じなくちゃならぬ、おれは平安を手に入れなくちゃならない。

彼はフランクの家の寝室兼居間へと、ゆっくり階段を昇って行った。事態はもうじぶんの力で収拾がつかなくなりかけているような感じがした。電話がじりじり鳴りつづけている。それは、じぶんの年齢では判断のつかぬ、いろいろの問題があることを、彼が悟りはじめたということでもあった。カビットが下の部屋から出て行ったが、口には林檎をほおばり、手には壊れたペンナイフを持っていた。

「いや、スパイサーはここにゃいねえぜ」とカビットは電話に向って言った、「あいつ、まだ帰って来ねえよ」

〈少年〉は階段の一段目から声をかけた、「スパイサーに用があるのはだれだい？」

「電話は切れちまった」

「だれだって言うんだ」

「知らねえや。奴の情婦《いろ》さ。あいつ、《ハートの女王》の女の子にでれでれしてやがるんだ。ピンキー、スパイサーはどこにいるんだ」

「奴は死んだ。コリオニの手下に殺された」

「えっ？」とカビットは言った。彼はナイフの刃をたたんで、林檎をほきだした。「だから、ブルワーをのさなくちゃといったんだ。どうするつもりだい？」

「こっちへ来い」と〈少年〉は言った。

「ダローはどこにいる？」

「家にゃいねえぜ」

〈少年〉は先に立って寝室兼居間へはいり、たった一つの電球をひねった。彼はコスモポリタン・ホテルにあるコリオニの部屋のことを考えた。しかし、最初はどこかではじめるしかないのだ。「貴様、またおれのベッドの上で物を食いやがったな」

「おれじゃねえよ、ピンキー。ダローの奴さ。おい、ピンキー、お前、切られたんだな」。

〈少年〉はまたもや嘘をついた。「奴らにもお返しはしてある」。しかし、嘘をつくというのは弱味があるということだ。いつもは、彼は嘘をつかないのだから。「スパイサーのことでいきり立つ必要はねえぜ。あいつは臆病者だった。死んでくれて有難いよ。スノーの女の子は、奴がカードを置いて行ったのを見ている。あいつが死んじまえば、わざわざ首実験しに行く奴もいないだろう。いっそ火葬になればいいんだが」

「だって刑事《でか》が……」

「刑事なんぞは怖くねえや。嗅ぎまわってるのは他の連中なんだ」

「そいつらだって、医者の判断をくつがえすわけには行くめえ」

「ヘイルはおれたちが殺《ばら》したのに、医者どもは自然死だって言いやがったじゃねえか。どうでも勝手にするがいい。おれの手にはおえねえよ」。彼はベッドに腰かけて、ダローの食い屑を払いのけた。「スパイサーがいなくなりゃ、ますます安全ってわけさ」

「まあお前の言うことが一番たしかなんだろうよ、ピンキー。だけどコリオニはどういうわけで……」

「おれたちが競馬場でテイトをやっつけはしないかと、びくついていやがったのさ。ミスタ・プルウィットを連れて来てくれ。うまくやってもらいたいことがある。このあたりで信用できる弁護士はあの男だけだ――もっともあいつが信用できるとすればの話だが」

「何のごたごただい？　ピンキー。大事なことか？」

〈少年〉は頭を真鍮のベッドの柱に押しつけて、「結局、おれは結婚しなくちゃなるまいな」

カビットは、とつぜん大口をあいて虫くい歯をのぞかせながら笑いだした。その背後にはブラインドが半分ばかりおろされて夜空をさえぎっていたが、陰茎のような黒い煙突が月明りの大気に淡い煙を吐いている。〈少年〉は黙ってカビットを見まもり、その笑いに聞きいっていた。まるでそれが世界中の人間があびせる侮辱であるかのように。

カビットが笑いやんだとき、彼は言った、「さあ、ミスタ・プルウィットに電話しろ。来てもらわなくちゃならねえんだ」。そして彼はカビットを、ブラインドの紐のはしでガラス板を軽くたたいている玉を、煙突と初夏の夜空を、見やった。

「来やしまいよ」

「どうしても来てもらわなくちゃならねえ。こんなざまじゃ、おれが出歩くわけには行かねえ」。彼は頸のあたりの剃刀傷に手をあてた。「うまくやってもらわなくちゃならないんだ」

「なあ、おい」とカビットが言った、「お前はあの遊び《ゲーム》には不馴れだもんな」。あの遊び《ゲーム》。そのとき〈少年〉の心は好奇と嫌悪の二つを同時に感じながら、あの小さくて安っぽい特徴のない顔を、仕切り棚の上で月光に照されていたワインの壜を、そして幾度もくり返した「火あぶり」「火あぶり」という言葉を思い浮べていた。みんなは「遊び《ゲーム》」という言葉で何を意味しているのだろう？　彼は理論ではぜんぶ知っていたが、実際には何も知らなかった。彼がませているのは欲情についての他人の知識、公衆便所の壁に性欲を書きつける奴らの知識によってであった。彼は行為そのものを知ってはいたものの、その遊び《ゲーム》をしたことはなかった。「たぶん」と彼は言った、「そんなことにはなるまいよ。だけど、ミスタ・プルウィットを連れて来てくれ。あいつはなんでも心得ているからな」

ミスタ・プルウィットはなんでも心得ていた。それは彼を一目見ただけでたしかにわかることだった。わざとらしくてまわりくどい、矛盾だらけの条文とか、曖昧きわまる用語とかは、彼の親類みたいなものであった。剃りあとの黄いろい中年男の顔には、かずかずの判決が皺をよせている。茶いろの革のポートフォリオをかかえ、縞のズボンをはいていたが、そのズボンは彼の他の部分とくらべてすこし新しすぎるように思われるのだった。囚人席の横に坐るときの物腰——とってつけたような陽気さで、彼ははいって来た。さきの長くとがった磨いた靴に、光がきらきらする。愉快そうな表情からモーニングにいたるまで、彼の身のまわりのものはすべて真新しかった——ただし彼じしんを除いて。それは数多くの法廷でかちえた、敗北よりもいまわしい数多くの勝利のために、老いこんでしまっていたのだ。彼は人の言うことに耳をかさない習慣を身につけていた。裁判官からの度重なる譴責《けんせき》が、そのことを教えたのだ。彼は用心深くものやわらかに哀願するのだが、同時に革のように強靭でもあった。

〈少年〉は立ちあがりはしないで、ベッドに腰かけたままあごをしゃくった。「やあ、ミスタ・プルウィット」。するとミスタ・プルウィットは、同情ぶかそうにほほえんで、ポートフォリオを床の上に置き、化粧机のそばの固い椅子に腰をおろした。「結構な晩ですな」と彼は言った。「おやおや、名誉の負傷ですかな」。そこには同情の気配はなかった。それは彼の両眼から剝ぎとられることができるのだった。ちょうど古ぼけた抽籤機械から宝籤がぬけ出て来るように。

「お前さんに用なのは例の件じゃない」と〈少年〉は言った。「怖がることはねえ、聞きたいことがあるのさ」

「ごたごたじゃないでしょうな？」

「おれのほうも、ごたごたを起したくないからなのさ。もしおれが結婚する気なら、どうすればいい？」

「二、三年待つんですな」と、ミスタ・プルウィットは即座に言った。まるでトランプの手札をコールするように。

「来週あたり結婚したいんだ」

「問題なのは」とミスタ・プルウィットは分別くさそうに、「お前さんが未成年だってことでさあ」

「だからお前を呼んで来たんじゃねえか」

「年齢詐称の例はいくらもあります」とミスタ・プルウィットは言った。「何もそうしろとすすめるわけじゃありませんがね。女の子の年は？」

「十六」

「確かですか？　というのは、女の子が十六以下なら、大司教じきじきにカンタベリ寺院で結婚式をあげる手があるんです。ただし、法律上有効というわけには行かないけど」

「それじゃまずいんだ」と〈少年〉は言った。「じゃ、もし年をごまかせたら、うまく……法律上の結婚ができるのかい？」

「大丈夫ですよ」

「そうすると警察《さつ》のほうじゃ、その女の子を喚問することができなくなるわけかい？」

「あんたをやっつける証拠固めにですかい？　同意がなくちゃ、できないことになります。むろん年齢詐称の場合には微罪が成立しますから、ぶちこまれることはあるかもしれませんがね。だけど……もう一つ難点がありますよ」。ミスタ・プルウィットは洗面台によりかかって、小ぎれいにした灰いろの髪を水さしにかるくこすりつけながら〈少年〉を見やった。

「金は払うぜ」

「第一に、時間がかかるのを覚悟して下さい」

「あまり長くかかっちゃ困る」

「教会で結婚したいんですか？」

「むろん、そうじゃねえ。本当の結婚をする気はねえんだ」

「どっちにしたって、正式の結婚てことになりますがね」

「坊さんの立会いでやるような本当のもんじゃないんだ」

「物の感じ方が信心ぶかいんだね、お前さんは」とミスタ・プルウィットは言った。「それじゃあ、これは届出結婚[註2]だと言っておきましょうかね。結婚許可証を入手するにゃ……十五日間の居住証明と……お前さんにゃその資格はありまさあ……それから一日前に申請すりゃいいんです。だから、よければ明後日には結婚できますぜ、あなたの管区でね。ところがもう一つ難点がある。未成年者の結婚てやつは簡単に行かないんでね」

「その先を言ってくれ。金は払うぜ」

「あんたが二十一だと申し立てるだけじゃまずいんですよ。だれも信用しませんや。ところが十八だと申し立てれば両親か後見人の同意さえあれば結婚できる。両親は生きておいでですかい？」

「死んだ」

「後見人はだれです？」

「そんなもの知らねえ」

ミスタ・プルウィットは分別くさそうに、「後見人をひとり都合しましょう。ちょっとあぶない仕事ですがね、それで、あんたはその後見人と消息が絶えてしまってることにするほうがいい。南アフリカに行っちまってあなたは一人きりだということにしよう。そうしたほうがずっとうまく運びますからね」。そして優しく付け加えた。「年端もゆかないうちから世間におっぽり出されて、一人でここまでこぎつけたっていうわけでさあ」。彼はベッドの柱から別の柱へと視線を移した。「戸籍係に、うまくやってもらうよう頼みましょう」

「こんな厄介なこととは知らなかったぜ」と〈少年〉は言った。「ほかの手で何とかなると思うが」

「時間さえありゃ、どんなことでも何とかなりますよ」。ミスタ・プルウィットは歯石のついている歯をあらわにして、父親のような微笑を浮べた。「やってくれと言われりゃ、なんとか結婚させてあげますよ。わたしを信用しなさい」。彼が立ちあがると、縞のズボンはその日のためにモスの店で借りて来た婚礼の衣裳みたいに見えたし、彼が黄いろい笑いを漂わせながら部屋を歩むと、これから花嫁にキスしようとしているみたいだった。「諮問料《しもん》としていま一ギニー払っていただけたら――じつは家内に少々買物をしてやらなきゃならないんで」

「お前さん結婚してるのかい？」と〈少年〉はとつぜん真顔になって訊ねた。彼が妻帯者だなどと考えたことは一度もなかったのである。〈少年〉はプルウィットのほほえみを、黄いろい歯を、衰えはてて皺だらけになった頼りなさそうな顔をみつめていた。まるでそこから何かが学びとれるかのように。

「来年銀婚式ですよ」とミスタ・プルウィットは言った。遊び《ゲーム》に二十五年間。そのときカビットが戸口から顔を出して、「今度はおれが出かけるぜ」。そしてにやりと笑いながら、

「結婚ばなしはどうなった？」

「進行中だよ」とミスタ・プルウィットは言った、「進行中だ」

彼はポートフォリオを、将来の望みをかけた赤ん坊のふくらんだ頬ぺたででもあるかのように、かるくたたいた。「もうちょっとで結婚にこぎつけるところさ」

すぐに万事たちぎえになるさ、と考えながら、〈少年〉は鼠いろによごれた枕によりかかり、片方の靴を藤いろの羽根蒲団にのせた。なあに、本当の結婚じゃないんだ、ほんのしばらくあいつの口をふさぐだけが目的なんだ。カビットが「あばよ」と言ってベッドの端にくすくす笑いかけた。ローズ、信心深い下町育ちのちっぽけな顔、人肌のあまい匂い、ハーヴェスト・バーガンディの壜がおいてある暗い部屋での情緒。彼はベッドに横たわりながら、「まだ」と、そして「あいつとではなく」と抗議したかった。もしいつかそういう羽目になるのだとしたら、もしおれがみんなと同じように獣の遊び《ゲーム》に加わらねばならないならば、おれが年とってしまってほかに何も手にはいるものがなくなったころに、そして他人がおれを羨むような女とのことにしてくれ！　幼く、単純で、おれと同様なにも知らない女とではなく。

「御依頼さえあれば」とミスタ・プルウィットは言った。「あとはこちらで万事とりはからいます」。カビットが出て行った。

「洗面台の上に五ポンドあるぜ」と〈少年〉は言った。

「見えませんな」とミスタ・プルウィットは不安そうに言って歯ブラシをどけてみた。

「シャボン入れのなかだ……覆いの下さ」

ダローが戸口に顔をだした。「やあ」と彼はミスタ・プルウィットに言ってから、〈少年〉に、「スパイサーは一体どうしたんだい？」

「コリオニの仕業さ。競馬場でやっつけられたんだ。おれもあぶない所だったぜ」

彼は包帯のしてある手で頸の傷をさし示した。

「だけどスパイサーは部屋にいる。声を聞いたんだ」

「聞いた？」と〈少年〉は言った。「貴様、夢を見てるんだ」。ぎょっとさせられるのは、これで朝から二度目であった。ほの暗い電球が廊下と階段を照らしている。胡桃いろの塗料をふきつけた壁がでこぼこしている。彼は、何かいやなものが体にふれたように、じぶんの顔がゆがむのを意識した。死んだはずのスパイサーの声を聞く、これ以上奇怪なことが……彼はじぶんの感覚を疑いたくなった。彼は立ちあがった。何であろうとこの目で事実を見きわめねばならぬ……。彼は口もきかずにダローの前を通りぬけた。スパイサーの部屋の扉は風にあおられて前後に揺れているが、なかは見えない。それは小さな部屋だった。〈少年〉が引きついだカイトの部屋のほかはみな小さいのだ。もっとも彼の部屋が、みんなのたまり場になっていたのだけれども。スパイサーの部屋には、彼と……スパイサーがいればもう満員なわけだった。扉が揺れるにつれて、革帯が動いて立てるらしい軋む音がかすかに聞えた。「我等に平安を与えたまえ《ドナ・ノビス・パチェム》」という言葉が心にまた浮んだ。彼は、まるでじぶんが失ってしまった、あるいは忘れてしまった、あるいは拒んでしまった何物かに対して感ずるような、かすかな郷愁をもういちど感じた。

廊下を歩いて行って、スパイサーの部屋にはいった。スパイサーがかがみこんでスーッケースの革紐をしめているのを見たとき、最初に感じたものは安心であった。……そこにいるのはまさしく、さわることも、脅やかすことも命令することもできる、生きているスパイサーなのだから。スパイサーの頰には長い絆創膏が貼ってあった。〈少年〉はそれを戸口のところから眺めて、残忍なものが湧きあがって来るのを感じた。彼は、その絆創膏をはぎとって傷の裂け目を見てやりたかった。スパイサーが顔をあげ、スーツケースを置き、不安そうに壁のほうに向きなおった。彼は言った、「おれは……おれは心配してたんだ……コリオニがお前をのしたんじゃねえかと思って」。彼は恐怖のあまり、言うとはなしに本音を吐いてしまったのだ。〈少年〉は戸口から彼をみつめていた。スパイサーは、やっと生還して来たのを詫びでもするようにくどくど言った。「おれは逃げたんだ……」。しかし〈少年〉の沈黙と冷淡さと、そして決意の表情とに出会ったとき、彼の言葉は海藻のように萎れてしまった。

廊下のはしからミスタ・プルウィットの声が聞えた、「シャボン入れのなか……と。シャボン入れのなかといったね」。そして、陶器をとりのけるカタカタいうやかましい音。

註1　メメントーモリ　ラテン語で「死なねばならぬということを忘れるな」。それから死の警告とか、頭蓋骨その他の死の表徴という意味になる。

註2　届出結婚　教会で式をあげない結婚。

2

「何かつかむまでは、四六時中あの子につきまとってやるわ」。彼女は意気揚々と立ちあがってレストランをよこぎった。それは、まさに行動を開始しようとする軍艦が——最後の一戦に参加しようとして、各人がその義務をつくすことを要望する旨の信号旗をはためかせている、といった様子であった。彼女の、子供に乳をやったことのない大きな乳房が感じる憐憫は無慈悲なものだった。ローズは彼女の姿を見かけると逃げ出したが、アイダは給仕人扉に向って容赦なく歩いて行った。手順は万事ととのった。ヘネキー酒場で検屍訊問の記事を読んだときに訊こうと思ったことはすでに訊きはじめている、そして答も手にはいってきている、それにフレッドだってするだけのことはしてくれた、ちゃんと勝つ馬を教えてくれたのだもの。だから、いまや彼女には仲間もあれば軍資金もあった。二百ポンド——これだけあればどんな手段だって取れる。

「今晩は、ローズ」と言いながら、彼女は調理室の戸口に立って通路をふさいだ。ローズはトレイをおき、どんな親切をも受けつけようとしない小さな野獣の恐怖、しぶとさ、無理解を体中にみなぎらせながら振向いた。

「またいらしたの？　あたし忙しいんです。話なんかしていられないわ」

「でも、おかみさんがいいって言ったのよ」

「ここじゃだめ」

「じゃ、どこがいいの？」

「あたしの部屋で。でもその通せんぼをよしてくださらなくちゃ」

ローズが先に立って、店の蔭、リノリウム張りの踊り場へつづいている狭い階段を昇った。「ここのお店はよくしてくれるのね」とアイダは言った。「あたし、トムと知合いになる前だけど、パブに住みこんでたことがあるの――トムってのはわたしの亭主よ」。彼女はローズの背中に向って、やさしく、忍耐づよく、そして執念ぶかく説明した。「パブじゃ、とてもこうは行かなかった。まあ、踊り場に花がいけてあるのね！」。彼女は、樅材のテーブルの上の萎れた花を見て楽しそうに叫びながら、花びらを二つ三つひきむしった。と、そのとき扉がぴしゃりとしまった。ローズが彼女をしめだしたのである。やさしくノックしてみても、かたくななささやきの声を耳にするだけであった、「出てって下さい。お話したくないんです」

「大事な話なのよ。とても大事な話」。飲んで来た黒ビールが、すこしばかり戻って来る。彼女は口に手をあてて習慣的に言った、「あら失礼」。そして閉ざされた扉に向っておくびをした。

「あたし、お役に立てないわ。何も知らないんですもの」
「いい子だから部屋へ入れてよ。そしたら説明するから。踊り場で大声を出すわけには行
かないわ」
「どうしてそんなにあたしのことを気にかけるの？」
「あたしって罪のない者が苦しむのは見ちゃいられないたちなの」
「だれが罪のない者なのか、知ってるみたいに言うのね」と小さな声が言いとがめた。
「ねえ、戸をあけてよ」。彼女は、ほんのちょっぴりではあるが、忍耐力を失いかけてい
た。その忍耐力たるやほとんど彼女の善意と同じほど深いものだったけれど。彼女はハン
ドルに手をかけて押した。ウェートレスが鍵を持たされていないことは心得ていたのだ。
しかしハンドルの下に椅子が一脚あてがってあった。彼女はいらだたしげな声で、「あた
しにこんなことしたってだめ」。彼女が扉に体をぶつけると、椅子は鋭い音を立ててはず
れ、扉が細くあいた。
「どうしてもあなたに聞いてもらうつもりなんだから」とアイダは言った。人命救助をす
るときには、おぼれかけている人間を、さっさと気絶させること、と教わったっけ。彼女
は手をさしこんで椅子をどけ、あけた戸口へ入って行った。鉄のベッドが三つ、箪笥《たんす》が一
つ、椅子が二脚に安っぽい鏡が二つ。彼女はその模様ぜんぶを眺めた。それから、できる
だけ遠くのほうの壁によりかかっているローズが、罪を知らない幼い目で、恐ろしいもの

をみるようにして、しかも、まるで突きぬけられないものは何もないのだとでも言いたげに扉をみつめているのを。

「さあ、馬鹿なまねはよして」とアイダは言った。「あたしはあなたの友だちなんだから。あたしはただ、あの男の子から救い出してあげたいばかりなのよ。あの男の子にのぼせあがっているらしいけど……わからないのかねえ……あいつが悪い奴だってことが」。彼女はベッドに腰かけて、やさしく、しかし無慈悲に語りつづけた。

ローズはささやいた、「あなたには何もわかってないのよ」

「あたしは証拠を握ってます」

「あたしの言ってるのはそのことじゃないの」とローズは言った。

「あいつは、あなたなんか好きじゃないのよ」とアイダは言った。「ねえ、あたしはあなたに同情してるのよ。あたしにも、一人や二人は恋人があったと言っても信じてくれるわね。だって、そんなこと当り前のことだものねえ。空気を吸うみたいなものさ。ただあんたは、はたの者にはなんのかのと言ってもらいたくない。だけど、それだけの値打の男なんているもんじゃないんだがねえ……とにかくあいつだけはよしなさい。あれは悪者よ。ねえ、あたしはピューリタンじゃない。あたしも今まで恋愛の一つ二つはしたわ……当り前のことよ。ねえ」と言って、むっくりした手をローズのほうへパトロン然とさしのべ、「どうしようとじぶんの勝手。ヴィーナスの腰帯はあたしたちの自由よ。だけど、あたしは正しいことの味方なの。あなたは若いわ。盛りが終っちまうまでには、たくさんの男を持てるってわけよ。いくらだって楽しい目に会えるわ……ただし男の言いなりになっちゃだめ。当り前のことだものね、空気を吸うみたいに、さ。わたしが色事に反対してるなんて考えちゃだめよ。とんでもない！　このあたしが――アイダ・アーノルドねえさんが色事をいけないなんて言ったら、みんなに笑われちまう」。黒ビールがまた咽喉にあがって来るので、彼女は口に手をあてがった。「ごめんなさい。ねえ、あたしたち二人がいっしょに暮したら万事うまく行くと思わない？　あたし子供を産んだことないんだけど、何だかあんたが気に入っちゃった。あんたには、とても気立てのやさしいところがあるわ」。そしてとつぜん大きな声を出し、「壁によりかかってばかりいないで、物わかりのいいところを見せなさい。あいつはあなたを愛してないのよ」

「かまわないわ」と、子供っぽい声がかたくなにつぶやく。

「何ですって？　かまわない？」

「あたしはあの人を愛しているんですもの」

「きちがい沙汰よ」とアイダは言った。「あたしがお前さんの母親だったら、ひどい折檻《せっかん》をするところだ。あなたの両親がこれを聞いたら、何て言うかしら？」

「何とも思わないでしょう」

「それで、これは結局どう納まると思ってるの？」

「わからないわ」

「あなたは若いのねえ。それがつまり」とアイダは言った、「ロマンチックってもんなのよ。あたしも昔はあなたみたいだった。だんだんそうじゃなくなるわ。あんたにはもうちょっぴり経験ってものが必要なのよ」。ネルソン・プレイス育ちの瞳はみつめ返したけれど、そこにはなんの理解の色もなかった。巣へ追いたてられた小さな野獣は、明るくまぶしい世界を覗き見するのだった。巣のなかには、殺人や性交や極貧や献身や、そしてまた神に対する愛と恐れがあった。しかし小さな野獣の知識では、いわゆる経験なるものがきらきら輝く広い外界にしかないという考えを否むわけには行かなかったのである。

3

プロメテウスのように四肢をひろげた死体を、フランクの家の階段の下を、〈少年〉は見おろした。「ああ」とミスタ・プルウィットは言った、「どうしてこんなことになったんだ？」

〈少年〉は言った、「この階段は以前から直さなくちゃならなかったんだ。フランクに言っといたんだが、あのろくでなしめ、金を出し惜しみしやがったもんだから」。彼は包帯をしてある手をてすりに当てがってぐいぐい押し、とうとう落してしまった。朽ちた木がスパイサーの体の上にころがった。腎臓をついばもうとしてうずくまっている、胡桃いろに塗られた鷲――。

「けど、これはあの男が落ちてからの話だ」とミスタ・プルウィットは抗議した、彼の弁護士ずれのした声はおずおずとふるえている。

「お前さん、勘違いしちゃ困るぜ」と〈少年〉は言った。「お前さんは廊下に出て、あいつがスーツケースをてすりによりかけるのを見ていたのだ。あれがまずかったんだよ。あのスーツケースが重すぎたのさ」

「ああ、わたしをかかりあいにするわけには行きませんぞ」と、ミスタ・プルウィットは言った。「何も見ちゃいなかった。わたしはシャボン入れのなかを見ていた。ダローといっしょにいたんです」

「二人とも見てたのさ」と〈少年〉は言った。「たいしたもんだ。お前さんみたいなれっきとした弁護士が現場に居合せたってのは幸いさ。この証言はききめがある」

「わたしは認めませんぞ」とミスタ・プルウィットは言った。「わたしは出て行きます。そして、この家にはいなかったと誓います」

「ここにいてもらいたいものだな」と〈少年〉は言った。「事故がもう一つ起きるのは困る。ダロー、警察に電話をかけろ……それから医者にも。そのほうが見てくれがいいや」

「ここにいたことにするのはかまわないが」とミスタ・プルウィットは言った、「しかしわたしにその……それを言わせるのは……」

「お前さんは言いたいことを言えばいい。だけど、もしおれにスパイサー殺しの疑いがかかったら、お前さんがここにいてシャボン入れのなかを覗いてたというのは、どうかな？　こりゃあ、弁護士を二、三人破滅させてお釣りがくるくらいのことだぜ」

　ミスタ・プルウィットは死体が転がっている階段の曲り角を、てすりの壊れたところから眺めおろした。そしてのろのろした口調で、「死体を持ちあげて、木を下にしたほうがいい。このままのところを巡査に見られたら、うるさいですよ」。ミスタ・プルウィットは寝室へ戻ってベッドに腰をおろし、頭を手でかかえこんだ。「頭がずきずきする。家へ帰らなくちゃいけない」。彼に注意を向けているものはだれもいなかった。スパイサーの部屋の扉が風でぱたぱた音を立てた。

「頭がわれそうだ」とミスタ・プルウィットが言った。

　ダローが廊下をスーツケースを引きずりながらやって来た。スパイサーのパジャマの紐がスーツケースから、まるで練歯磨みたいにしぼり出されている。「奴はどこへ行くつもりだったんだい？」とダローは言った。

「ノッティンガムのユニオン通りにある《青い錨》と〈少年〉は言った。「その店に電報を打ったほうがいいな。花を送ってよこすかもしれない」

「指紋に気をつけて下さいよ」とミスタ・プルウィットが洗面台のところから、痛む頭を抱えこんだまま哀願したが、〈少年〉が階段を降りて行く足音に気づいて顔をあげ、「どこへ行くつもりなんです？」と激しい語気で訊ねた。〈少年〉は階段の曲り角のところから彼を見あげ、「外へ出るのさ」と言った。

「いま出られちゃ困ります」とミスタ・プルウィットが言った。

「おれはここにいなかったんだ」と〈少年〉は言った。

「いたのはお前さんとダローだけ。二人しておれが帰るのを待ってたのさ」

「人に見られますよ」

「そこをお前さんがうまくやってくれるのさ。おれには仕事があるんだ」

「命令されたって困る」とミスタ・プルウィットは早口に叫んだが、やがて無理に抑えた低い声で、「命令されたって困る」とくり返した、「どんなことに……」

「あの結婚はうまくやってもらわなくちゃならない」と〈少年〉が陰気な声で言った。彼は一瞬ミスタ・プルウィットをみつめた――女房、遊び《ゲーム》に二十五年間――まるでこの年長の男から忠告を受けようと決心したように、古ぼけたいかがわしい法律家の心にわずかばかりの知恵を期待しているかのように、もの問いたげな風情で。

「早いほうがいいな」と〈少年〉はもの静かに、そして暗い声で言った。そして彼は、二十五年間のあいだに遊び《ゲーム》が教えたに違いない知恵の反映を、ミスタ・プルウィットの顔に探したのだけれど、しかし、暴動のときに店舗が板がこいをめぐらすように両手で蔽われた、驚きの表情を見ることができるだけだった。彼はスパイサーの体が落ちた暗い井戸へと、そのまま階段を降りて行った。彼は決心を固めていた。彼はただ目的に向って歩まねばならなかった。じぶんの血液が心臓からポンプで押し出され、動脈を通ってふたたび戻って来るのを、彼は感じることができた。環状線を走る列車のようなメカニズム——停車場はすべて、安全に近づいたかと思うとたちまち遠ざかって、そしてついにはノッティング・ヒルのように線路を折れてふたたび安全に接近するのだが、まもなく遠のいて行く……。ホーヴの町の遊歩道を歩いているいかがわしい中年女は、彼が背後に近づいても振返って見ようとはしなかった。が、それは同じ軌道の上を走っている電車が衝突しないようなものだった。もしその環状軌道に一つの終点を想定しうるとすれば、彼ら二人は同じ終点をめざしていたのである。ノーフォークの酒場の外には、濃い赤に塗られた粋な競走自動車が二台、歩道の縁石にそって、まるで揃いのベッドのように並んでいた。〈少年〉はそれに気づかなかったけれども、その映像は脳のなかを自動的に通りすぎ、羨望感となってにじみ出た。

レストラン・スノーは閑散としていた。彼はあのスパイサーのテーブルに席をとったが、給仕に出たのはローズではなかった。知らない娘が注文を訊きに来た。彼はばつがわるそうに、「ローズはいない？」

「あのひと、忙しいんですの」

「会うわけには行かないかなあ」

「部屋でだれかと話してるんですの。そこへはお通しできませんわ。お待ちにならなくちゃ」

〈少年〉はテーブルの上に二シリング半をのせて、「その部屋はどこ？」

女の子はためらいながら、「あとでおかみさんにさんざんどなられるんですもの」

「おかみさんはどこにいるんだ？」

「留守なんですけど」

〈少年〉はテーブルの上に二シリング半をもう一枚のせた。

「給仕扉からはいって、まっすぐ階段をあがるんです。そこに女のひととローズがいるんですけど……」

彼が階段の上まで昇り切らないうちに、女の声が聞えて来た。その女は言っていた、

「あなたのためを思って言っているのよ」。しかしローズの返事を聞きとるためには耳をすます必要があった。

「あたしの勝手にさせといてちょうだい。どうして……」

「正しい考えを持った人間ならだれだってしなくちゃならないことなのよ」

階段のいちばん上まで行けば、部屋を覗きこむことはできたけれども、年増女の幅の広

い背中や、大きなゆったりした服や、角ばった腰廻りが邪魔をしているので、悲痛な挑戦の態度で壁に背を向けているローズの姿は〈少年〉には見えない。黒い木綿の服と白いエプロンに包まれた小さな骨ばった体、泪のあとはあるがもう泣いてはいない双の瞳、――驚きに打ちのめされながらも思いつめた様子で、彼女は、まるで番組の都合で強い男に挑戦するようにとマネージャーから掲示されてしまった山高帽をかぶった小男みたいに、一種喜劇的な不調和な感じの勇気をふりしぼっていた。「あたしの勝手にさせておいてちょうだい」

使用人の寝室に立っているのは、ネルソン・プレイスとマナー通りであった。彼は一瞬のあいだ、敵意をではなく、淡い郷愁を感じていた。彼は彼女がじぶんの生活に、部屋や椅子と同じように属していることを意識していた。彼女は彼を補完する何かであった。彼は思った。こいつはスパイサーより度胸があるぜ、と。彼のなかの最も邪悪なものが彼女を必要としていた。そのものは善なしにしのいで行くことができないのだ。彼はおだやかに言った。「何でおれの女の子をいじめるのかい?」。そしてこの権利の主張は彼の耳に奇妙に甘美に響いた。まるで残酷さの仕上げのように。結局のところ、じぶんはローズより高い所を志していたけれど、こいつはおれより堕落するようなことはないという思いは、慰めになっていたのである。彼が頻につくり笑いを浮べて立っていると、女は振り向いた。「鐙と大地とのあいだに」――彼はその慰めが錯誤であることを知っていた。もしおれが、コスモポリタン・ホテルで見かけたような派手で安っぽい女の子に惚れたのだったら、おれの勝利感はこんなに大きくはなかったろう。彼は二人に向ってつくり笑いを浮べた。うら悲しい官能が波のように湧いて来て、郷愁を追いたてる。こいつは善良で、おれは呪われている、ということを彼は発見していた。おれたちは結びつくべく生れて来たのだ。

「この子から手を引きなさい」とその女は言った。「あんたのことはみんなわかってるんだから」。その女はまるで外国にいるようだった。大陸に旅行中の典型的イギリス婦人。彼女は会話入門書も持っていなかった。彼女は、天国から（あるいは地獄から）へだたっているほどに、彼ら二人からも遠くへだたっていた。善（good）と悪（evil）とは同じ国に住み、同じ国語を語り、幼な馴染みのようにいっしょに現れ、一つの完成を意識しながら、鉄のベッドのそばで手を触れあっていた。「ねえ、ローズ、あんた正しいことをしたいとは思わない？」と彼女は頼みこむように言った。

ローズはもういちど小声で、「あたしたちをこのままにしておいて」

「ローズ、あなたは善い（good）子なのよ。この男の子とかかわっちゃいけないわ」

「あなたは何もわかってやしないのよ」

そのとき、彼女にできることとてはもう、戸口から脅かすことしか残っていなかった。

「あきらめてやしないわよ。あたしには友だちがいるんだから」

彼女が去るのを、〈少年〉は驚きのおももちで眺めていた。「何だい？　あの婆は」

「知らないわ」とローズは言った。

「見たことがねえや」。かすかな記憶がすっと脳裡をかすめ、そして通りぬけた。それはまたいつか迫って来ることだろう。「あいつは何の用で来たんだ？」

「わからないわ」

「ローズ、お前は善い子だね」と〈少年〉は言い、痩せた手首を握りしめた。

彼女は首を振った。「あたしは悪い子」。そして哀願するように、「あたし、悪い子になりたいわ、もしあの女《ひと》が言ったみたいにあのひとが善くってあなたが……」

「きみはねっから善い子なのさ」と〈少年〉は言った。「だもんだから、きみを嫌う奴も出てくるだろうけど、おれは気にしない」

「あたし、あなたのためならどんなことでもする。どうすればいいか教えて。あたし、あの女《ひと》みたいになりたくないの」

「善い子だってことは、きみのおこなうことにあるんじゃない」と〈少年〉は言った。「きみの考え方なんだよ」。彼は誇らしげに言った。「血のなかにあるものなんだ。多分、洗礼を受けたときに聖水で除くわけにも行かなかったものなのさ。わめきたてて悪魔を退参させたことなど、おれは一度もないんだ」

「あの女《ひと》は善い人なの？」。彼女はおずおずと近よって指図を求めた。

「あいつが？」と〈少年〉は笑った。「あいつにゃ一文の値打もない」

「ここにいるわけには行かないわ」とローズが言った。「このままでいられたらねえ」。彼女はあたりを見まわし、ヴァン・トロンプ[註1]の勝利を描いた変に褪色《たいしょく》したエッチングを、三つの黒いベッドを、二つの鏡を、一つきりの整理簞笥を、薄い藤いろの花模様が刷ってある壁紙を眺めた。まるでここにいるほうが、嵐になりそうな夏の夜の戸外に出るよりも安全であるみたいに。「気持のいい部屋」。彼女は、ここに彼といっしょに住んで、じぶんたち二人の家庭にしたかったのだ。

「ここを出るのはいやかい?」

「レストラン・スノーを? とんでもないわ、ここはいいお店なのよ。スノー以外の店に勤めたいなんて思わないわ」

「つまり、おれと結婚しないかということなんだ」

「二人とも年が足りないわ」

「何とかなりそうなんだ。手はいろいろあるよ」。彼はローズの手首をはなし、何気ないふうを装った。「もしきみが望んでいればの話だけど。おれはどうでもいい」

「まあ」と彼女は言った。「嬉しいわ。だけどそんなことできるかしら?」

彼はさり気なく説明した、「教会でするわけには行かないんだ、最初はね。いろんな厄介なことがあるんだよ。いやかい?」

「いやなことないわ。だけど、できるのかしら?」

「おれの弁護士が何とかやってくれるよ」

「顧問弁護士があるの？」

「もちろんさ」

「何だか……りっぱで……堂々としてるわ」

「顧問弁護士がなくちゃ、仕事をやって行けるもんじゃない」

彼女は言った、「これは、わたしがいつも考えていた場所と違うわ」

「何のことだい」

「だれかがわたしに求婚するとしたら——映画館のなかか、でなかったらたぶん夜の海岸通り……だろうと思ってたの。だけどここが一番いいわねえ」と彼女は言って、ヴァン・トロンプの勝利の絵から二つの鏡へと視線を移した。彼女は壁ぎわから離れ、彼の顔を見上げた。彼は何が期待されているのかを知った、彼はほのかな嘔き気を感じながら口紅の塗ってない唇をみつめた。土曜日の夜、十一時、原始のいとなみ。彼はピューリタンふうの無情な口を彼女の口におしつけ、人肌の甘い匂いをふたたび味わった。彼はコティーの白粉やキスプルーフ・リップスティック——化学合成品のほうが好きだったのだけれど。彼は目をつむったが、ふたたびそれを開いたとき、彼女が盲いの少女のようにもっと多くのほどこしを待ち受けているのが目にはいった。こいつにはおれの嫌悪が見やぶれないのだということが、彼を打ちのめした。彼女は言った、「ねえ、なんて誓ったかわかる？」

「なんて言ったんだい？」

「あなたを捨てないって。決して、決して、決して……」

彼女は彼に、部屋や椅子のように彼の一部になって附属しているのだった。彼は恍惚としている盲いの顔のためにほほえみを浮べた。不安定を、そしてわけのわからない羞恥を感じながら。

註1　ヴァン・トロンプ　（1597―1653）オランダの提督。

V

1

万事はうまく行っている。検屍訊問のことは新聞のポスターにも出なかったし、なんの訊問も受けないですんだ。

〈少年〉はダローといっしょに家に向って歩いていた。彼は勝利感を味わっていた。彼は言った。「もしカビットが知ってるとすれば、あいつにゃ気をゆるせねえぜ」

「カビットが気づくもんか。プルウィットはすっかり怖がってるから一言も喋る心配はないし……おれは絶対に口を割りっこねえよ、ピンキー」

「つけられてるような気がするんだがな、ダロー」

ダローは振返った。「だれもいねえぜ。ブライトンの刑事《でか》なら、おれはぜんぶ知ってる」

「女は？」

「いねえ。だれのことを気に病んでるんだい?」

「なんでもない」

盲の楽隊が舗道の縁石に沿ってやって来た。靴の横腹を縁石のへりにこすりつけ、肌をすこしばかり汗ばませて、明るい日光のなかを、道を探りながら進んで来る。〈少年〉は道の片側を歩いてまっすぐに彼らに近づいて行った。彼らの奏でている音楽は、人生の重荷を歌った讃美歌集の一ふしのように嘆きと吐息に溢れていた。それは勝利のときに悲しみを予言する声のようであった。〈少年〉は先導者にぶつかると、彼を一行からつきのけて低い声で罵った。先導者がよろめくのを聞きつけた楽士たちは、片足を車道に踏みいれ、ちょうど三檣船《さんしょう》が島影も見えぬ大西洋の大海原で無風状態におちいったときのように、〈少年〉が通りすぎるまで立往生していた。それから彼らは、ふたたび足で舗道を探りながら、そろそろと動きだす。

「なんで怒ったんだい? ピンキー」とダローが言った。「奴らは盲なんだぜ」

「おれが乞食に道をゆずらなくちゃならねえってのか?」。しかし彼は、彼らが盲であることに気がつかなかったのだ。むしろ、そう言われてじぶんの振舞いにぎょっとしてさえいたのだ。それはまるで、じぶんが最初もくろんだ道のりを、思いがけないほど遠くへ駆りたてられているようなものだった。彼が海岸通りのてすりにもたれてたたずんでいるそばを、週のなかばの人出が通りすぎる。そして、無情な太陽が沈みかけている。

「何を考えてるんだね？　ピンキー」

「このヘイル騒ぎを全部。あの野郎があいう報いを受けたのは当り前だが、こんなことになるのがおれにわかってたら、生かしておくんだった。あんな野郎をわざわざ殺すにゃ及ばなかったかもしれない。コリオニとぐるになってカイトを死なせた三文新聞記者《ぶんや》。どうしてあんな野郎のことに頭を使わなくちゃならねえんだ？」。彼はとつぜん後ろを振向いた。「あいつ、知ってる男だったかな？」

「ほんの通りすがりの野郎さ」

「あいつのネクタイ、見覚えがあるような気がするぜ」

「店にはうんとこさ並んでらあ。お前が酒を飲む男なら、とにかく一杯やれとすすめるところだがなあ。なあピンキー、万事うまく行ってるぜ。何も訊ねられもしなかったし」

「おれたちを絞首刑《ぶらんこ》にできるのは、たった二人——スパイサーとあの娘だけだ。スパイサーは殺《ばら》してしまったし、娘とは結婚する手筈になってる。万事ぬかりなくやってるつもりだが……」

「そうさ、もうこれでおれたちは安全さ」

「うん、お前は安全だろうよ。危《やば》いのはおれさ。おれがスパイサーを殺《ばら》したってことを、貴様が知ってる。プルウィットも知ってる。これでカビットが気づいた日には、おれの身をかばうために、また一人殺さなきゃならねえわけだ」

「おれにそんな言い方をする手はねえぜ、ピンキー。カイトが死んでからってもの、お前はすっかりふさいで引きこもってばかりいる。気晴しをしなくちゃいけねえ」

「おれはカイトが好きだった」と〈少年〉は言った。彼は見知らぬ土地――フランスのほうへ、まっすぐに目をやった。彼の背後、コスモポリタン・ホテルやオールド・ステイン・ホテルやリューズ・ロードの彼方に、丘原《ダウンズ》地方が、村と家畜が溜池をとりまいているもう一つの見知らぬ土地があった。しかしこの、人出の多い海浜、人家の建ち並んでいる数千エーカー、ロンドンへ向って走っている電車線路の細長い半島、簡易食堂や菓子パンが添え物である停車場の二つ三つなどは、彼の領土であった。それは以前、カイトの領土であり、カイトにとっては十分なものだったのだが、彼がセント・パンクラッスの待合室で死んでこの遺産をのこしたとき、ちょうど父親が死んだときのように、他の土地へ去らないことが〈少年〉の義務となったのである。彼は身のこなしや、親指の爪を嚙む癖や、酒を飲まないことまでも相続した。太陽が海を離れ、烏賊《いか》のように、苦悶と忍耐のいろどりを空に噴きかける。

「くよくよするなよ、ピンキー。骨休めをするんだ。運にまかせてさ。おれやカビットといっしょに《ハートの女王》にくりだして、前祝いと行こうじゃないか」

「おれが飲まねえのは知ってるだろう」

「だって婚礼の日には飲まなきゃならねえぜ。アルコール気のない婚礼なんて聞いたことがないや」

老人がひとり海岸にかがみこみ、のろのろと石を動かして、煙草の吸殻や乾いた海藻のあいだから食いのこしを拾っていた。岸辺のあたりにローソクのようにつっ立っていた鷗たちが舞いあがって、遊歩道の下で鳴いた。老人は長靴の片っぽをみつけて袋に入れ、鷗は遊歩道から舞いおりて来て、パレス桟橋の鉄の内陣の暗闇のなかを白く意味ありげに飛びすぎた。半ばは禿鷹で半ばは鳩。けっきょく、人間というものは習い覚えて行かねばならないのだ。

「よし行こう」と〈少年〉は言った。

「ロンドンからこっちじゃ一番いい店だぜ」とダローが景気をつけた。

彼らは古ぼけたモリスに乗って田舎に出て行った。「おれは田舎の風の感じが好きさ」とダローが言った。灯ともし頃と本当の夜とのあいだの時刻、自動車のあかりが子供部屋の終夜燈のように淡く、そしてかなしく、灰いろの視界のなかに光っている。広告塔の列が幹線道路ぞいにうねっている。バンガローと倒れかかった農家、板囲いがとり壊されたあとの短い白っぽい草、お茶とレモネードをのませる風車小屋、壊れて穴があいている大きな風受け。

「スパイサーの奴がいっしょだったら喜んだろうな」とカビットが言った。〈少年〉は運転しているダローの横に、カビットは後ろに坐っていた。〈少年〉は、カビットがスプリングの具合の悪いシートの上でのんびりと上下に揺れているのを、バック・ミラーのなかに見ていた。

《ハートの女王》はガソリン・ポンプの後ろで明るく輝いていた。チューダー様式に改造した納屋――レストランや酒場の設備のなかに農家の庭の名残がのこっている。そして、もとは蛙が棲んでいた水泳プール。「女の子を連れて来るんだった」とダローが言った。

「そんな女はここにいねえんだ。一流だからな」

「酒場へはいろう」とカビットが言って先に立った。彼が入口に立ちどまった。そして、古ぼけた棰《たるき》の下の長い鋼鉄のバーに向って酒を飲んでいる一人ぼっちの女にうなずきかけた。「何とか挨拶したほうがいいぜ、ピンキー。こんなときの文句は知ってるだろう？あいつはまったくいい仲間だった、お前さんの胸のうちはお察しする、とかなんとか」

「何をぶつぶつ言ってるんだい？」

「あれがスパイサーの情婦《いろ》なんだ」

〈少年〉は戸口のところにたたずんだまま、やむを得ず彼女を眺めた。――銀いろに近い金髪、広いうつろな額、意気な細い腰を高い椅子にのせてただ一人、グラスと嘆きを伴侶にしている。

「景気はどうだい？　シルヴィー」とカビットが言った。

「しけてるのさ」

「まったくとんだ災難だったな。あいつはいい仲間だった。りっぱな男だったぜ」

「あんた、現場に居合せたのね」と、彼女はダローに言った。

「ビリーの奴が階段を直しとかねえから悪いんだ」とダローが言った。「シルヴィー、ピンキーを紹介するぜ、身内のピカ一だ」

「お前さんも居合せたの？」

「いなかった」とダローが言った。

「もう一杯どうだね？」と〈少年〉が言った。

シルヴィーは飲みほした。「飲んでもいいわ。サイドカーを一杯おくれよ」

「スコッチ二杯、サイドカー一杯、グレープフルーツ・スカッシュ一杯」

「おや」とシルヴィーが言った、「あんた！　酒は飲まないの？」

「うん」

「きっと、女遊びもしないのね」

「当ったぜ、シルヴィー」とカビットが言った、「図星だ」

「いいわねえ」とシルヴィーは言った、「初心《うぶ》な男ってすばらしいわ。スパイシーがいつも言ってたわよ、いつかあなたがおっぱじめる日がくるんだってね。そのときには……まあ、凄いじゃないの！」。彼女はグラスを置いたが、手先が狂ってカクテルをこぼした。

彼女は言った、「酔っぱらってるわけじゃないの。かわいそうなスパイシーのことで頭が変になってんのよ」

「やりなよ、ピンキー」とダローが言った、「一杯飲め。気分がはればれするぜ」。彼はシルヴィーに向って説明した、「こいつも頭が変になってんのさ」。ダンス・ホールでバンドが演奏をはじめていた、──「今宵わたしを愛してね、明日になったら忘れてね、二人だけでの……」

「飲みなさいよ」とシルヴィーが言った。「あたし、あれ以来すっかりくさくさしてんの。ね、いかにも泣いたあとって顔でしょ。眼が腫れぼったくなっていない？……人前に出る気なんかになれないの。修道院に入る人の気持がよくわかるわ」。音楽が〈少年〉の抵抗を鞭打っていた。彼はある種の恐怖と好奇心を抱きながら、スパイサーの情婦を見まもっていた。こいつは遊び《ゲーム》を知っているのだ。彼は口をつぐんだまま、そして傲り《プライド》への脅威を感じながら頭を振った。彼はじぶんの得手を知っていた。おれは大将なのだ、おれの野心には果てしがないのだ、おれより経験のある奴らから馬鹿にされるままでいるなんて、そんなことはできない。スパイサーと比較されて足りないところがあると思われるなんて……。彼が力なく視線を動かすと、音楽《ゲーム》は──「明日になったら忘れてね」──あらゆる人間が彼よりもずっと多く知っている遊びのことを泣きわめいていた。

「スパイサーが言ってたわよ、あんたはまだ一度も女を知らないらしいって」

「スパイサーの知らないことはいっぱいあったさ」

「あんたったら、こんなに有名なのにすごく若いのね」

「おれたちは席をはずしたほうがよさそうだぜ」とカビットがダローに言った。「お邪魔らしいや。泳いでる美人でも眺めに行こうぜ」。彼らはのろのろと出て行った。

「ダリーって察しがいいわね」とシルヴィーが言った。

「ダリーってだれだい？」

「友だちのダローさんよ。馬鹿ねえ。踊らない？　あらいやだ、あたしあんたの名前も知らないのよ」。彼は怯えと情欲のまじったまなざしで彼女をみつめた。こいつはスパイサーのものだった。こいつの声は、逢びきの約束をする電話口で泣き声を立てていた。スパイサーは藤いろの封筒にはいった手紙を受けとっていた、スパイサー宛になっている手紙を。あの男にだって、何か自慢するものがあったのだ――「おれの女」だと言って友だちに見せびらかすものが。「傷心の女より」というカードを添えた花がフランクの家に届けられたことを思い出した。彼は彼女の不実さに夢中になっていた。こいつはだれのものでもないのだ――テーブルや椅子とちがって。彼は腕を彼女の体にまわしてグラスをとり、ぎごちない手つきで胸にさわりながら、ゆっくりとささやいた。――「おれは明日か明後日、結婚するつもりなんだ」。まるで、おれだって不実な男なんだ、おれは経験に敗けてないぞと主張するみたいに。彼は彼女のグラスを手にし、そして飲んだ。甘美なものが咽喉をしたたって行き、はじめて飲むアルコールが悪臭のように口蓋《こうがい》に触れた。これがいわゆる快楽という代物なのだ、これと遊び《ゲーム》とが。彼はある種の恐怖を感じながら女の膝に手をのせた。ローズとおれ、プルウィットがうまく取り計らってから四十八時間後に。どこか知らない部屋で、ただ二人きり。しかしそれから、しかしそれから？　彼はあの昔ながらの行為を知ってはいたけれども、それはちょうど黒板に白墨で書いた砲術原理を知るようなもので、知識を実際に移して村落をこぼち女性を掠奪するためには、勇気の助けを借りねばならなかった。しかも彼の勇気は反撥し、凍り果てていた。体にさわられる、自己を捨ててしまう、体をむきだしにする……おれは今まで、剃刀の刃を手にしているかぎり、水いらずの仲に落ちることを拒みつづけて来たのだ。

彼は言った、「さあ、踊ろう」

彼らはダンス・ホールのなかへゆっくりとはいって行った。経験に敗北することはもちろん下劣なことだが、しかし未熟と無知に敗北することは、レストラン・スノーで皿を運んでいる娘っ子に、十七歳の小娘に敗北することは……「スパイシーはあなたのことをいろいろ心配してたわ」とシルヴィーが言った。

「ここを出て自動車《くるま》へ行こう」と〈少年〉が言った。

「そんなこと、できないわ。スパイシーが昨日死んだばかりなのに」

人々が踊るのをやめて、拍手した。そしてまたダンスがはじまる。酒場ではシェーカーがかたかた音をたて、小さな樹木の葉が、大きなドラムとサキソフォンの彼方で窓に押しつけられている。

「あたし、田舎が好き。ロマンチックな気持になれるから。あなたはどう？」

「嫌いだ」

「ここはほんとの田舎。さっき牝鶏を一羽みかけたわ。ジン・スリングに使う卵は自家製なの」

「自動車《くるま》へ行こう」

「行ってもいいわ。ねえ、ちょっとすてきじゃない？　でもいけないわねえ。スパイシーが昨日死んだばかり……」

「きみは花を届けてよこしたね、さんざん泣いたろうな……」

「わたしの眼、腫れぼったいでしょ」

「ほかにどうしようもないからな」

「胸が張りさけるみたいだったわ。スパイシーがあんなふうに死んじまうなんてかわいそうだわ」

「わかるよ。きみの花環を見た」

「変だわね。あの人はあんなになっちゃったのに、踊っているなんて……」

「自動車《くるま》へ行こうよ」

「かわいそうなスパイシー」。しかし彼女は先に立って進んだ。かつて農家の庭であった場所の明るい端を、暗い駐車場と遊び《ゲーム》にむかって走って行く——文字どおり走って行く——女の姿を、彼は不安そうにみつめた。彼は吐き気を感じながら思っていた、「三分たてば、わかるわけだ」と。

「あなたの車どれ？」とシルヴィーが言った。

「あのモリスだ」

「あれじゃまずいわ」とシルヴィーが言った。彼女は自動車の並んでいるところを走って行った。「このフォードがいいわ」。彼女は勢よくドアをあけたが、「あら、失礼」と言って閉じ、同じ列に並んでいる次の車にはいりこんで彼を待ち受けた。「ねえ、あたしランチアが好きなの」。彼女の声がほの暗い車内から、やわらかにそして熱っぽく聞えて来る。彼が入口にたたずむと、美しくてうつろな顔とじぶんとのあいだの闇が薄れて行った。彼女はスカートを膝の上までまくりあげて、情欲にみちた従順さで彼を待ち受けていた。

　彼は一瞬のあいだ、じぶんの巨大な野心が忌わしい平俗な行為の影に蔽われるのを意識した。コスモポリタン・ホテルの一続きの部屋、金のライター、ウージェニーという外国女のために王冠の模様をしてある椅子。ヘイルは断崖からほうり投げられた小石のように視界から失せた、彼は磨きこまれた寄木細工の床が長くつづいている入口に立っていた、そこには偉人たちの胸像とさんざめきがあった、ミスタ・コリオニは売場監督のようにお辞儀をし、後ずさりし、そして剃刀の刃をひらめかす大群が彼の背後に迫る、——征服者。

馬蹄の響きは直走コースにとどろき、ラウド・スピーカーは優勝馬を告げる。音楽が鳴っていた。彼の胸は全世界を包囲しようとする努力のために疼いていた。

「ねえ、したことあるんでしょ?」とシルヴィーが言った。

恐怖のなかにあって彼は思った、——この次はどう振舞えばいいんだ?

「早くしてよ」とシルヴィーが言った、「見つかってしまうわ」

寄木細工の床が絨毯のようにまくられて行った。月光がウールワースの指環とむっちりした膝とを照した。彼は痛々しい苦い怒りを感じながら言った、「ここに待ってろ。カビットを連れて来てやる」。彼はランチアに背をむけて酒場に帰って行った。プールから響いて来る笑い声が彼の心を歪めた。彼は舌のあたりにアルコールの味を感じながら戸口にたたずみ、赤いゴムの帽子をかぶった痩せぎすの少女が照明燈を浴びてくすくす笑っているのを眺めた。彼の心は、電気じかけで操縦される模型機関車のように、シルヴィーの方へと否応なしに引きずられるのだった。恐れと好奇心とが誇らかな未来を喰らい、そして彼は嘔き気を感じていた。結婚だなんて、と彼は考えた、——畜生、いやだ。首をくくるほうがましだ。

海水着の男がハイ・ボードの上を走り、真珠いろの光をあびながら飛びこみ、宙返りをし、暗い水面に落ちた。ふたり並んで一かき二かきと浅いほうへ泳いで行く一組があったが、向きを変えて戻り、いっしょに並んだまま、急がずなだらかに、幸福で安心しきった、人目につかない楽しみにふけっていた。

〈少年〉はたたずんだまま彼らを見ていたが、二度目に近づいてきたとき、彼は明るい水面に映っているじぶんの姿が――小さな肩と肉づきの悪い胸とが――波紋のせいでゆがむことに気づき、そしてまた、さきのとがった茶いろの靴が、水しぶきに濡れてきらきら輝いているタイルの上ですべるのを感じた。

2

カビットとダローとは帰るみちみちほろ酔い加減で喋っていた。〈少年〉は行く手の闇のなかに光る一点をみつめていたが、とつぜん怒気をふくんだ声で、「うんと嘲《わら》うがいいや」

「いや、醜態ってほどのことじゃないさ」とカビットが言った。

「嘲ってもいいぜ。じぶんたちは安全なつもりだろうが、おれは貴様らみんなにうんざりしてるんだ。おれはなんとかして、どっかへ行きたくてならねえ」

カビットが、「新婚旅行はのんびりやるんだな」と笑いながら言ったとき、梟が一羽、激しい飢えを訴えて泣きながら、毛皮のような食肉鳥の翼をはためかせてガソリン・スタンドの上を低く飛びかけ、ヘッド・ライトの光のなかに迷いこんで来たが、また出て行った。

「おれは結婚しないつもりだ」と〈少年〉が言った。

「おれの知合いに一人いたぜ」とカビットが言った、「結婚するのが怖くなっちまって自殺したんだ。お祝いのプレゼントを返さなくちゃならねえことになった」

「おれは結婚しないつもりだ」

「そんな気になることがよくあるらしいよ」

「おれはぜったい結婚しない」

「結婚しなくちゃならないんだ」とダローは言った。チャーリーのドライヴ・イン・カフェーの窓から眺めながら、女が一人だれかを待っていた。彼女はその車が通りすぎるのを気づかずに待っていた。

「一杯やりなよ」とカビットが言った。ダローよりもずっと酔っている。「壜を一本しのばせてきたのさ。もうこうなったら、酒は嫌いだなんて言わせねえ。ダローと二人で見てたんだからな」

〈少年〉はダローに、「おれは結婚しない。しなくちゃならねえ理由ってのは何だい？」

「お前のやったことさ」とダローが言った。

「何をやったんだい？」とカビットが言った。ダローはそれに答えずに、押しつけがましく手を〈少年〉の膝にのせた。〈少年〉はこの忠実な愚かしい顔をちらりと見て、他人の好意がかきたてる一種の怒りを感じた。ダローは信頼できるただ一人の男だったが、しかし彼は憎んでいたのである、まるでダローがよい忠告者であるかのように。彼は弱々しい声で、「おれはぜったい結婚しないぞ」とつぶやき、海底のような薄明のなかに通りすぎて行くかずかずのポスターを眺めた。「きっとお好みにあう黒ビール」、「ワージントン・ビールを一杯どうぞ」、「二十の肌を永遠に」。切願の言葉の連続、押しつけられるさまざまの物。「どうせ住むならじぶんの家に」、「結婚指環はベネット商店で」。

そしてフランクの家につくと、「女の子が来てるぜ」と言われたのだ。彼は勝目のない反抗に身を燃やしながら、階段をじぶんの部屋へと昇って行った。はいったらこう言おう——気が変った、結婚できない、と。いや、おれは多分こう言うだろう——結局うまく行かないって弁護士が言っていると。てすりがまだ壊れたままだったので、彼はスパイサーの体が落ちて行った長い距離を見おろした。カビットとダローがちょうどあの地点に立って、何かのことを笑いあっていた。壊れたてすりのとがったささくれで、手にひっかき傷ができた。彼はその手を眺めながらはいって行く。——気を落ちつけなくちゃならない。抜け目なく振舞わねばならない。しかし、酒場で飲んだ酒のせいでいささか怪しくなっていると感じられた。人間って奴は、美徳を失うと同じくらい簡単に悪徳を失うことができるのだし、ふとしたはずみで、とんでもないヘマをしでかすものだ。

彼は彼女をちらりと見た。「ここで何してたんだい？」と静かに言ったとき、彼女は怯えたような様子をした。彼の嫌いな帽子をかぶっていたが、彼がそれに目をやったとたん、ひったくるようにして取った。「こんなに夜遅く」と彼は言った。そしてもっと喋ればいさかいになってしまうと思って、ぎくりとした。

「これを読んだ？」とローズが訊ねた。彼女の手には地方新聞が握られてあった。そんなものにまで目を通そうとするほど、彼は焦慮していなかったのである。だが、スパイサーが鉄のアーチの下を怯えきって大股に歩んで行く写真が第一面に出ていた。写真屋の店《キオスク》でおれよりうまく立ち回った奴がいる！　ローズは言った、「新聞には……この家で事件が起った……」

「踊り場のところさ」と〈少年〉は言った。「フランクの奴にてすりを直せとうるさいほど言ったんだが……」

「だけどあなたは、あの人は競馬場でやられたと言ったわよ。それにあの人は、ほら、例の……」

彼はたじろがぬようなふうを装って彼女をまともにみつめた。「カードをくれた男かい？　そんなことを言ってたね。多分あいつはヘイルの知合いだったんだろう。あいつにはおれの知らない友だちがたくさんいたからな。だけど、それがどうしたんだい？」。彼女の黙りこくった注視に対し、彼はずうずうしくくり返すのだった、「それがどうしたんだい？」。おれにはどんな背徳行為だってもくろめるのだ、と彼は考えていた。しかし彼女は善良な子供であり、その善良さが彼女の限界になっていた。彼女がどうしても想像できないことがいろいろとあったのである。彼は、彼女の想像力がいま広大な恐怖の沙漠のなかで萎れて行くのを見ているような気がした。

「あたし、こう思ったの」と彼女は言った、「あたし、こう思ったの……」。そして彼の背後、踊り場の壊れたてすりを見やった。

「どう思ったんだい？」

彼の指は、熱っぽい憎しみを感じながら、ポケットのなかの小さな壜にまつわりついた。

「思い出せないわ。ゆうべ眠れなかった。夢を見たのよ」

「どんな夢？」

彼女は彼を怖そうに見て、「あなたが死んだ夢」

彼は笑った、「おれは若くって生きがいいんだぜ」。そして駐車場のことを、ランチアのなかの誘いのことを思い浮べ、嘔き気を感じた。

「ねえ、ずっとここにいるつもり？」

「どうしていけないんだい？」

「あたし、考えたの……」と彼女は言って、もう一度てすりを見た。彼女は言った、「あたし怖いのよ」

「怖がる理由なんかないじゃないか」と言いながら、彼は硫酸の壜をまさぐる。

「あなたのことが心配なの。ええ、別に理由なんかないってことはわかってるのよ。あなたには弁護士も自動車も友だちもあるってこと、知ってるわ。だけどこの家は……」。彼女は、彼が動きまわっている地域についての感じをどう伝えてよいか、すっかりまごついていた。――椿事が、そしてわけのわからない出来事が、しきりに勃発する場所、カードを置いて行った見知らぬ男、競馬場での乱闘、まっさかさまの墜落。彼女の顔にある種の大胆さと輝かしさが訪れ、そして彼はまたしてもほのかな官能のたゆたいを感じた。「ここから出ちまわなくちゃだめよ。あなたが言ったように、あたしと結婚しなくちゃ」

「結局だめだったんだ。いま弁護士と会って来たところさ。おれたちの年が不足なんだ」

「あたし、かまいません。とにかく、本当の結婚じゃないんですもの。届出結婚ができたって、同じことよ」

「さっさと帰れよ」と彼はあらあらしく言った。「おい！」

「帰れないの」と彼女は言った。「くびになったのよ」

「どうして？」。まるで手錠がはめられたような気持だった。彼は彼女を疑っていた。

「お客に乱暴したの」

「どうして？　どんな客に？」

「察しがつきません？」と彼女は言って、熱っぽい声でつづけた。「いったいあの女、何なの？　邪魔ばかりして……うるさくつきまとって……きっとあなたのお知合いなんだわ」

「おれはぜんぜん知らない」

彼女は、二ペンスの巡回文庫で養ったありったけの経験をさらけだした、「やきもちやいてるのかしら？　あの女《ひと》はきっと……あたしの言いたいこと、わかるでしょ？」。そこにはもはや、所有関係を表現するものが、巧みな質問のかげにQボート[註1]の鉄砲のように隠れひそんで控えていた。彼女はまるでテーブルや椅子のように彼のものだった。しかし——一台のテーブルはその持主を逆に、彼の指紋によって所有している。

彼は不安そうに笑って、「ほう、その女が？　そいつはおれのお袋ぐらいの年恰好《かっこう》なのかい？」

「それじゃ、何を狙ってるのかしら？」

「それはこっちが知りたいことだよ」

「あたし、これを警察へ……」と言いながら彼女は新聞を彼に突出した、「持って行ったほうがいいかしら？」

その質問の巧妙さが——あるいは狡猾さが、彼を驚かした。じぶんがかかりあいになっていることにこれほど無自覚な者といっしょで、果して安全でいられるだろうか？　彼は「気をつけなくちゃいけないぜ」と言い、疲れきったけだるい嫌悪を感じながら（それは一日のうちで一番やりきれない時刻であった）思っていた、――結局おれはこの娘と結婚しなければなるまい、と。彼は無理やりにほほえんだ。そのため筋肉が動きはじめた。彼は言った、「ねえ、きみはそんなこと、心配しなくてもいい。おれはきみと結婚する気なんだ。法律のことは何とかなる」

「どうして法律のことなんか気にするの？」

「いいかげんな話は嫌いなんだ。おれは結婚できなきゃ厭なんだ」と怒ったような振りをして、「おれたちはちゃんと結婚しなくちゃならないんだよ」

「あたしたち、どんなことしたって、結婚できないわ。セント・ジョン教会の神父様が……言ってたけど……」

「坊主の言うことはあまり聞かないほうがいい。あいつらには、おれが知ってるようには世界ってものがわかってない。物の考え方は変るもんだし、世界は動きつづけるもんだ……」。しかしローズの表情――この敬虔《けいけん》な聖女像を前にするとき、彼の言葉はたじろぐのだった。その顔ははっきりと、物の考え方は変らないし、世界は不動である、と告げていたのだから。そこには常に、二つの永遠のあいだで劫掠《ごうりゃく》され争奪される地域があった。彼らはまるで対立する地域に立っているかのようにみつめあっていたが、やがてクリスマスのときの両軍のように睦《むつ》みあった。彼は言った、「とにかく同じことなんだよ、おれにとってはね。……おれは結婚したいんだ……法律の上でもね」

「あなたがお望みなら……」と彼女は言って、まったく同意なのだという小さな身ぶりをした。

「多分こんなふうにやれると思うんだ。きみのおやじさんが手紙を一つ書いてくれれば……」

「無筆なの」

「だったら、おれが手紙を書かせるから、署名がわりの十字形を書いてもらえないかな……こういうことはどうやればいいのかね、おれにはわからねえや。まあ、市長のところへ出頭してはくれるだろうさ。ミスタ・プルウィットがうまくやるだろうし」

「ミスタ・プルウィット？」と彼女が早口に訊ねた。「あの人じゃないの……ここにいたというので検屍法廷に出頭した人……」

「だからどうなんだい？」

「何でもないの」と彼女は言った。「ただ、こう思ったの……」。しかし彼女の考えがこの部屋からてすりへ、あの墜落事件へと流れて行くのを、いや、総じてこの日から流れ去って行くのを、彼は見ることができた。

……だれかが下でラジオをかけた。たぶんカビットがひやかし半分に、ロマンチックな雰囲気を添えているつもりなのだろう。それは電話のそばを経て階段を昇り、部屋のなかへとはいって来た。だれかのホテルで演奏しているだれかのバンド、さよなら番組。それが彼女の思考のスイッチを切り、そして彼は、ロマンチックな身ぶりとか愛の行為とかで彼女の心をどれほど長いあいだまぎらわさねばならぬのかと考えていた。何週間か、何カ月か――何年もかかるものとは考えたくなかった。彼は、まるで彼女が手錠を用意している探偵であるかのように両手を前にのべ、そして言った、「明日、いろいろ相談しよう。おやじさんに会うよ」。ただし、彼の口の筋肉はそのことを思うとためらってしまったけれど。「なあに、結婚するまで二日あればたくさんだよ」

註1　Qボート　第一次世界大戦の末期、潜水艦撃沈のため漁船や商船に変装した船。

3

彼はおののきながら、かつて（ああ、もう何年になるだろう！）見捨てた土地へとひとり歩いていた。色の淡い海は砂利の上にこごりついているし、メトロポール・ホテルの緑の塔は、幾時代も土に埋もれて緑青《ろくしょう》を噴いた古銭のよう。鷗《かもめ》たちが遊歩道へと舞いあがって、日の光のなかで金切り声で叫んだり、ねじれた飛びかたをしたりする。ロイヤル・アルビヨン・ホテルの窓には高名な通俗作家が、そのあまりにも有名な肥った顔を見せ、海をみつめている。フランスの海岸が見とおせそうな、よく晴れわたった日だ。

〈少年〉は道をよこぎってオールド・ステイン・ホテルの側へ移り、ゆっくりと歩いて行った。ステイン・ホテルのあたりから上り坂になり、道も狭くなる。それは派手なコルサージュの後ろに秘められた醜い秘密——畸形の胸のようなものであった。一歩ごとに逆戻りしているのだった。彼は今まで、遊歩道の長さだけの距離は永遠に逃亡してあるわけだ、と考えていたのだったが、今や極貧が彼を連れ戻したわけであった。二シリング出せばシングル・カットしてくれるサロメ美容院は、樫や楡《にれ》、あるいは鉛製のものもあつかう棺桶屋と同じ建物に同居していた。何の装飾もしてないショー・ウィンドウには、ほったらかしのまま埃まみれになっている子供用の棺が一つと美容料の値段表がかかっているだけ。救世軍本部は、その戦場を、彼の生れた家のある区域までは拡げてなかったわけだ。彼は、だれかに見つかりはしないかと気にしはじめたし、まるで、じぶんの生れ故郷の町にはじぶんを赦す権利があるが、薄汚れたわびしい過去を故郷のせいにして非難する権利はこっちにないような、ぼんやりした羞恥を感じてきた。アルバイト寮（「旅客宿泊設備万端」）を通りすぎて丘の上に立つと、もう爆撃の中心地帯にいるようなものだった、——ぱたぱた音を立てている雨樋、ガラスのはいってない窓、テーブルほどの広さしかない庭にほうり出されてある鉄のベッド。パラダイス・ピースの半分は、まるで爆発でとばされたように失せていた。石ころだらけの急な坂で子供たちが遊んでいる。炉のかけらが、以前ここに家があったことを示している。くずれかけた砂利山につき立てられた立札に、市役所の掲示が貼ってあって、移転先の長屋を告げている。荒廃しきった小路とアスファルトの道とが向きあっている。――これらすべてがパラダイス・ピースの跡だった。彼の家はなくなっていた。砕石のなかの平らな場所が炉のありかをとどめているかもしれない。土曜の夜ごとのいとなみがおこなわれた、階段の曲り角の部屋は、今はただ空気があるだけ。彼は、それらすべてがじぶんのために再建されねばならぬのかと、恐れながら疑っていた。空気のままのほうがずっとましなような気がした。

彼は前夜ローズを帰らせ、そしていま、彼女と逢うために足をひきずって歩いていたのだ。もう抵抗しても無駄だった。どうしても彼女と結婚しなければならない、安全にならなくちゃならぬのだから。子供たちが砕石のなかで、ウールワース製のピストルで遊んでいた。女の子たちがむっつりと見まもっていた。片足に鉄の副木をはめた男の子が一人、跛をひきひき歩いて来たが、うっかり彼にぶつかった。彼はその子を押しのけた。だれかが甲高い声で叫んだ。「ホールド・アップ!」。彼は子供たちを見ると昔を思い起し、だからこそ彼らを憎んだ。それはあどけなさがいやらしく哀願しているように見える。しかしここにはあどけなさはない。遥か昔にさかのぼらなければ、あどけなさは見あたらないのだ。あどけなさとは涎れを流している口のことだ。乳首をひっぱっている歯なしの歯齦《はぐき》だ。いや、おそらくはそれでさえあるまい。あどけなさとは誕生のときのいやらしい叫喚《きようかん》なのだ。

ネルソン・プレイスのその家は見つかった。そして彼がノックしないうちに戸が開いた。ローズが壊れたガラスのあいだから彼の姿を覗いたのである。「まあ、よかったわ……あたし多分あなたは……」。便所の臭気のするむさくるしい狭い通路で、彼女は熱心に、そして早口に喋りつづけた、「昨夜は大変だったのよ……あのねえ、あたし今までお金を家へ送ってたの……家の人たち、だれだって、ときには職がなくなることがあるってこと、わかってくれないのよ」

「おれが納得させてやろう」と〈少年〉は言った。「おやじさんやおふくろさんは、どこにいる？」

「気をつけなくちゃだめよ。機嫌が悪いの」

「どこにいるんだい？」

しかし実のことを言えば、方向をえらぶ余裕などなかった。たった一つの戸口と、たった一つの、古新聞を敷いた階段があるきりだから。一九三六年に強姦されたあげく西桟橋に埋められた、ヴァイオレット・クラウの童顔がもう黄ばんでしまいながらも、下のほうの段の泥に汚れていない箇所から見あげていた。〈少年〉が扉をあけると、火が消えて冷えた炭がはいっている黒い台所ストーブのそばに、ローズの両親が腰かけていた。彼らは不機嫌だった。口もきかずに、横柄なよそよそしさで彼を見まもっている。痩せぎすで小柄な、年輩の男の顔には、苦痛と忍耐と疑惑とが、わけのわからぬ象形文字を深く彫りこんでいたし、中年女にはもう感覚がなくなってしまい、執念深さだけが残っていた。皿は洗わないでほうってあるし、ストーブは燃しつけてない。

「機嫌が悪いの」とローズは声を出して言った。「何もさせてくれないの。火をつけてもいけないいんですって。あたし、きれいな家が好きなの、ほんとよ。あたしたちの家はこんなふうにしないわ」

「ええと……」と言って〈少年〉は口ごもった。

「お父さんはウィルスンっていうのよ」とローズが言った。

「ウィルスンさん。わたしはローズと結婚する気なんだ。ローズが若いので、お前さんの許可がいるんですがね」

彼らは答えようともしない。彼らは機嫌の悪さを、たった一つしかないみごとな陶器みたいに、「じぶんのもの」として隣人に見せることのできる何かみたいに、大事にしていた。

「無駄よ」とローズが言った、「機嫌が悪いんですもの」

猫が一匹、本箱のなかから彼らを見まもっている。

「イエスかい？　ノーかい？」と〈少年〉が言った。

「だめよ」とローズが言った、「いちど機嫌をそこねてしまったら、もうだめ」

「すっぱりと返事してくれよ。ローズと結婚していいのかわるいのか？」

「また明日いらっしゃい」とローズが言った。「そのときまでには直ってると思うの」

「また来るつもりはねえ。大体そっちのほうで有難く思って……」

父親がとつぜん立ちあがって、床板の上のコークス殻を乱暴に蹴とばした。「出てけ。お前との取引は御免だ。だめだと言ったら、だめなんだ！」。そして深くくぼんだ目には、一瞬のあいだ或る種の誠実さがひらめいたのだが、それは〈少年〉にローズのことを恐ろしいばかりに思い起させた。

「黙っといで、父ちゃん」と、不機嫌なままで女が言った、「こんな奴らに口をきくことはないよ」

「おれはまともに取引しに来たんだ」と〈少年〉は言った。「そっちが取引をしたくねえって言うんなら……」。彼は、希望の影もない荒れすさんだ部屋のなかを見まわした。

「まあ十ポンドでいいだろうと思ったんだが」。そして彼は、無知で執念深い沈黙のなかを、懐疑と貪欲と猜疑心とが浮びあがって来るのを見た。

「おれたちは、なにも……」と父親はまた言いはじめたが、やがて蓄音機のようにやめてしまった。彼は考えこんだ。さまざまな思案が次から次へと湧いて来るのだ。

「おまえさんの金なんぞほしくないよ」と母親が言った。彼らはそれぞれ誠実さを持っているのだった。

ローズが言った、「お父さんやお母さんの言うことなぞ気にかけないでね。あたし、この家にいる気はないの」

「待った！　ちょっと待った！」と父親が言った。「母ちゃん、お前は黙ってなさい」。そして〈少年〉に向って、「ローズを十ポンドで行かせるわけには行かない……見ず知らずの男にやるなんて。第一おれたちには、お前さんがローズをどう扱うかわからないじゃないか」

「十二ポンドやろう」

「金の問題じゃない」と父親が言った。「お前さんの顔つきは気に入った。ローズがしあわせになるのを邪魔する気はない……だが、それにしてもお前さんは若すぎる」

「十五ポンドがぎりぎりのところだぜ」と〈少年〉が言った、「厭ならよしな」

「こっちがイエスと言わなきゃ、何もできないんだぜ」と父親が言った。

〈少年〉はローズのそばからすこし離れて、「おれは、それほどのぼせあがっちゃいねえんだ」

「十五ギニーにしてくれ」

「こっちの言い値はわかってるはずだ」

彼は部屋のなかを恐怖の眼で見まわした。おれがここからぬけだして何かの罪を犯したところで、だれもおれをとがめることはできない……。彼は、そこにいる男が口を開くと、じぶんの父親が喋るのを聞いてるような気になるのだったし、部屋の隅にいる者はじぶんの母親のようだった。するともう心のなかに妹を予想してしまって、何の情欲も感じなくなる……彼はローズに向って、「おれはよすぜ」と言ったけれども、逃亡するために人を殺すことさえできぬ善良さをあわれむ苦痛など、ちっともなかった。聖人という奴には……何だっけ？……「ヒロイックな美徳」、ヒロイックな忍苦があるという。しかし骨ばった顔にも、つき出た目にも、蒼白い心配そうな表情にも、ヒロイックなものはぜんぜん見あたらなかった。そしていっぽう両親はたがいに虚勢を張りあい、ローズのいのちは財政論議のなかでもみくちゃにされていた。「じゃ、また逢おうや」と〈少年〉は言って、戸口へ向った。戸口のところで彼は振向いた。三人はまるで家族パーティのようだった。彼はもう耐えることができずに、しかも蔑みながら彼らに降参した。「よかろう。十五ギニー。弁護士をよこすからな」。みすぼらしい廊下に出ると、ローズがついて来て、あえぎながらお礼を言った。

彼はその勝負を最後のカードまでつづけ、やっとのことで、また薄笑いとお世辞とを思い出した。「きみのためなら、どんなことだってするよ」

「ねえ、とてもすてきだったわ」と彼女は言って、便所から漂ってくる臭気のなかで愛を誓ったが、しかし彼女の嘆賞は毒のようなものだった。それは彼女が彼を所有しているしるしであったし、彼女が彼に期待しているもの——彼がちっとも感じない、あのおそろしい欲望の行為へとまっすぐに導くのだったから。彼女もあとについて、ネルソン・プレイスの新鮮な空気のなかへ出て行った。子供たちがパラダイス・ピースの荒れた空地で遊んでいたし、海風が〈少年〉の家の跡を通って吹いて来た。壊滅へのにぶい欲情が、虚無的な優越感が、彼のなかでひろがり、ふくれあがる。いつか言ったと同じような口調で、彼女は言った、「どうなるのかと、しょっちゅう考えてたわ」。そして午後の事件のなかを漠然とたゆたっていた彼女の心は、やがて、思いがけない発見をおこなった。「あんなに早く機嫌が直るの、はじめてよ。きっと、あなたが気に入ったのね」

4

アイダ・アーノルドはエクレアをかじっていた。大きな前歯のあいだからクリームが噴きでる。彼女はポンパドゥールふうの婦人居間《ブードワール》のなかで、ちょっぴりだみ声で笑ってから、「トムと別れてからってもの、小遣い銭がこんなにあるのははじめてよ」。また一かじりすると、厚ぼったい舌の上にクリームが三角形になってついた。「これもフレッドのおかげだわ。もし彼がブラックボーイを教えてくれなかったら……」

「いったいどうして、万事やめてしまって遊ばないのかね？」とミスタ・コーカリは言った。「危険だぜ」

「ええ、そうよ、危険ね」と彼女は同意したが、その大きく陽気な瞳のかげには、危険についてのまともな感覚などなかった。彼女に、じぶんもまたフレッドと同じように蛆虫の這い廻っているところへ……などと信じこませる力のあるものは何もなかった。彼女の心はそういう軌道を受けつけなかったのだ。彼女は、転轍器《てんてつき》が自動的に動くすこし前に通りぬけて、いつもの軌道の上に——快適な住宅や、海の小旅行の広告や、牧歌めいた恋愛に便利な柵つきの木立などで指定してある定期券の軌道の上に——その動揺を落ちつかせるのだ。彼女はエクレアを見やりながら言った、「絶対よさない。あいつらは、じぶんたちがどんな大騒動に関係してるのかを知らないのよ」

「警察にまかせておくさ」

「あら、だめよ。どうすればいいか、あたしにはちゃんとわかってます。あなたが命令するわけには行かなくってよ。あの男……知ってる?」

グラーセ・キッドの靴をはいた年輩のユダヤ人が、宝石入りのピンでとめた白い首巻きをチョッキの上にたらして、婦人居間《ブードワール》をぶらぶら歩いている。

「上品ぶってるわ」とアイダ・アーノルドは言った。

彼のすこし後ろを秘書がせかせか歩きながら、リストを読みあげる。「バナナ、オレンジ、葡萄、桃……」

「温室かね？」

「温室でございます」

「だれかしら？」とアイダ・アーノルドはくり返した。

「これで全部でしょうか？　ミスタ・コリオニ」と秘書は訊ねた。

「花はどんなのがある？　それから、ネクタリンは手にはいるかね？」

「はいりませんでございます、ミスタ・コリオニ」

「家内がね」とミスタ・コリオニが言いかけたけれども、その声は二人から聞かれないほど小さくなった。耳にはいったのは「情熱」という言葉だけ。アイダ・アーノルドがポンパドゥールふうの婦人居間《ブードワール》の優雅な装飾をぐるりと見まわすと、その視線はまるでサーチライトのように、クッションを、ひじかけ椅子を、彼女の反対側にいる男の会社員ぜんとした薄い唇をとらえるのだった。彼女はその男の唇を眺めながら、「ここなら楽しく遊べるわね」

「金がかかるぜ」とミスタ・コーカリは神経質に言いながら、敏感すぎる手つきで細い脚をさすった。

「ブラックボーイが払ってくれるわ。それに、ベルヴェデア・ホテルで楽しむわけには行かない。あそこじゃ、固苦しくって」

「ここでちょっぴり楽しむならかまわないかい？」とミスタ・コーカリは言って、目をぱちぱちさせた。その表情からでは、彼女の同意を望んでいるのか恐れているのかよくわからない。

「どうしてさ？　そんなこと、知合いのだれにだって迷惑をかけやしないわ。人間の本能なんだもの」。彼女はエクレアを一口かじってから、言いなれた合言葉をくり返した。「結局、ほんの楽しみにすぎないわ」。正義の側に立つ楽しみ、人間である楽しみ……。「あたしのバッグを取りに行ってよ。そのあいだに部屋を予約しておくから。結局の話……あなたに借りがあるわけね。働いてもらったんだもの」

ミスタ・コーカリはすこしばかり顔を赤らめて、「割り勘にしよう」

彼女は彼に笑いかけて、「ブラックボーイに払わせるからいいのよ」

「しかし男の気持としては……」とミスタ・コーカリは弱々しい声で言いかけた。

「あたしを信用して。男の気持はよくわかってるつもりよ」。エクレアと深いひじかけ椅子と華美な室内装飾とは、彼女のお茶に溶けた媚薬であった。彼女はバッカスとヴィーナスの雰囲気にゆすぶられていた。じぶんが口にする言葉にしても、あるいはミスタ・コーカリのそれにしても、すべて、ただ一つの意味が底にあることになってしまう。ミスタ・コーカリはますます当惑して顔を赤くした。「男だったら感じないわけに行かないわ」なのだし、そして男は彼女の有頂天な浮れ方に動かされるのだった。

「ねえ、そうでしょ」と彼女は言った、「そうなんでしょ？」

ミスタ・コーカリがいないあいだ、彼女は歯のあいだにケーキの甘ったるい後味を感じながら、じぶんのカーニバルの準備をおこなった。フレッド・ヘイルの姿は、ちょうど汽車が出て行くときのプラットフォームの人影みたいに遠のいて行った。もうその男は、とり残されたどこかの土地に属していて、彼の振っている手が新しい経験の興奮をかきたてる役目しか持っていなかった。新しい——しかもまた限りなく古めかしい経験。彼女は経験の豊かな血走った目で、大きな枕の置いてある快楽の閨房を——長い鏡、衣裳戸棚、巨大なベッドなどを検分した。客室係がそばに控えていても平気で、そのベッドの上に腰をおろす。「はね返るわね」と彼女は言った、「はね返るわね」。そして客室係が去ったあとも、ずっとそこに腰かけたままで、今宵の作戦計画を立てるのだった。もしそのときだれかが「フレッド・ヘイル」といったとしても、だれの名前かわからなかったろう。今は別な興味が心を占めていた。ヘイルのことは、いましばらく警察にまかせておけばいい。

それから彼女はゆっくりと立ちあがって服をぬぎはじめた。厚着は嫌いだったので、長い鏡の前で全身をあらわにするまで、ちっとも時間がかからない。肉づきのいい堂々たる体。彼女は厚ぼったいやわらかな絨毯の上に立って、金の額縁、赤いビロードのカーテン、心のなかに湧いてくる俗な文句——「愛の一夜」「命みじかし」等々——にとりまかれていた。彼女と覗き眼鏡《ピープ・ショー》とは、情熱に対して同じ関係を有していたのだ。彼女は歯についているチョコレートを吸いながら、ふっくらした爪さきを絨毯にこすりつけた。そしてミスタ・コーカリを――いや、大きく花ひらく驚きを待ちかまえていた。
窓のそとでは、海の潮が砂利を見捨てながら、そして長靴の片っぽや屑鉄の一片をあらわにしながら引いて行ったし、老人が一人かがみこんで石のあいだにがらくたを探し求めていた。太陽はホーヴの家並の蔭に落ちて、夕暮が迫り、ベルヴェデア・ホテルからスーツケースをかかえて、タクシー代を倹約するために歩いて来るミスタ・コーカリの影は長くなった。桟橋の鉄脚にぶつかって砕けた蟹の肉を求めて、鷗が一羽、金切り声をあげながら舞いおりる。これは宵闇ちかい時刻、英仏海峡から流れよる夕霧の時刻、そしてまた愛の時刻だった。

5

〈少年〉は背後の扉をしめて、みんなの、何か期待している嬉しそうな顔に向いあった。

「やあ」とカビットは言った、「万事うまく行ったかい」

「もちろんさ」と〈少年〉は言った。「いったんおれがこうと思えば……」。その声はわれ知らずふるえていた。洗面所の上には酒壜が半ダースばかり並んでいる。彼の部屋は気のぬけたビールの臭《におい》がした。

「決心がつきゃ、結構さ」とカビットは言った。彼が壜をもう一本ぬくと、むしあつい部屋のなかで泡がすばやく湧きあがり、大理石の台にはねかかる。

「お前たち、何をしているつもりなんだ?」と〈少年〉は言った。

「お祝いさ」とカビットが言った。「お前はカトリックだったたな。婚約式《ビトロウザル》——とカトリックの連中は言うんだぜ」

〈少年〉は彼らを眺めた。カビットはほろ酔いだったし、ダローは酩酊していたし、それから、ぜんぜん知らない痩せてものほしそうな顔が二つあった——こちらが笑えば笑い、こちらがしかめ面をすればしかめ面をする連中。大きな獲物のそばによって来る居候たち。しかし今はカビットが笑っているので彼らも笑っていた。そして〈少年〉は、アリバイの工面をし、命令を与え、臆病な他の連中にはやれなかった仕事を片づけたあの桟橋での午後からはじまる、知らぬ間にすぎた長い道程をかえりみていた。

フランクの女房のジュディーが戸口に顔を出した。化粧着を着ていた。そのティティアンふうの髪の根元は茶いろになっている。「おめでとう、ピンキー」と言って、マスカラをつけた睫毛をぱちぱちさせた。彼女はブラジャーを洗濯している最中だったのだ。しずくがピンクのブラジャーの端からリノリウムの床にしたたる。だれも彼女に酒をすすめない。ジュディーは、「さあ、仕事、仕事」と彼らに向って顔をしかめ、スチームのパイプのほうへと廊下を降りて行った。

　長い道程……それはたしかにそうだが、おれはたった一つの足どりだって間違えなかった。もしレストラン・スノーへ行ってあの女の子に話かけることをしなかったら、みんなはとっくに囚人席に腰かけていたろう。もしスパイサーを殺さなかったら……。たしかにたった一歩も過《あや》まっていなかったが、しかし足どりのすべてには、理解することもできぬ圧迫が作用したのだ、――質問する女、スパイサーを怖がらせた電話の伝言。彼は考えた、おれがあの女の子と結婚したら、この進行は停止するだろうか？　それとも、おれをどこか別なところへ連れて行くだろうか？　彼は唇をひくひくさせながら思っていた――いや、それとももっとまずい事態に……？

「おめでたはいつだね」とカビットが言うとダロー以外のみんなはいっせいにほほえみを浮べた。

〈少年〉の頭脳はふたたび働きだした。彼はゆっくりと洗面台のほうに歩いて行って、「おれのグラスはないのか？　おれはお祝いをしちゃいけねえのかい？」

　ダローが驚き、カビットが茫然とし、そして居候たちがだれの真似をしたらよいのかわからずまごついているのを見やりながら、彼はいかにも頭がよさそうに笑いかけた。

「おや、ピンキー……」とカビットが言った。

「おれは酒飲みでもないし、結婚する気の男でもない」と〈少年〉は言った。「……と思いこんでたんだろう。だけど、一つが好きになればもう一方を好きになっても文句はあるめえ。一杯くれ」

「好きになる」とカビットはつぶやいて不安そうに笑い、「お前が好きに、、なる、、……」

「あの子を見たことがあるかい？」と〈少年〉が言った。

「おれとダローはちらっと見ただけさ。階段のところでね。だけど暗くって……」

「かわいい子だぜ」と〈少年〉は言った、「安料理屋に埋もれてたのさ。それに頭もいい。やることに間違いがない。むろん、おれがあいつと結婚する理由なんて一つもないさ、だがともかく……」。だれかが彼にグラスを渡した。彼はぐうっと飲んだ。苦い液体が泡だちながら彼にさからう――だから奴らはこれが好きなのだ――彼は動揺を隠そうとして口のあたりの筋肉をこわばらせた。「だが、ともかくうれしいよ」と彼は言って、僅かばかり残っている淡い色の液体を、嫌悪を秘めた瞳で見まもった。

ダローは口をつぐんだまま眺めていたし、〈少年〉は仲間に対して、敵に対するよりももっと怒っていた、――こいつはスパイサー同様あまりに知りすぎている、しかもこいつは、スパイサーよりももっと底の底まで知りつくしている。スパイサーの知識はただおれを被告席に坐らせるようなことだけだが、ダローの奴はおれの鏡やシーツが知っているようなことまで……秘密な怯えや屈辱まで知っているのだ。彼は憤りを隠して訊ねた、「どうした？　ダロー」

間のぬけた醜い顔はすっかりまごついていた。

「やきもちかい？」と〈少年〉はいばりだした。「あいつを見たことがあれば、当然だな。あいつはお前たちのげす女とは違う。育ちがいいんだ。おれはお前たちのために結婚する。だけど寝るのはおれが寝るというわけさ」。そして、酷薄な顔つきでダローに向きなおり、「何を考えてるんだい？」

「うん」とダローは言った、「桟橋で逢びきした女だろう。そんなにすばらしいとは思わなかったぜ」

「お前になんぞ」と〈少年〉は言った、「お前になんぞ何がわかる。何も知らないくせに。お前が見たって育ちのよさってやつはわかりゃしねえ」

「公爵夫人か」とカビットが笑いながら言った。

〈少年〉の脳と指さきが激しい憤りのためにひくひく痙攣した。まるで愛している者が辱められたかのように。「言うことに気をつけろ、カビット」と彼は言った。

「気にするなよ」とダローが言った、「おれたちは何も、お前が落ちぶれて……」

「プレゼントを買っておいたぜ、ピンキー。新家庭の家具さ」とカビットが言って、洗面台のビール壜のそばにある二つの猥褻な二品物を指さした、（そうしたものは、ブライトンのどこの店屋にもいっぱいあった）――「世界最小のA・1真空管ラジオ」というラベルつきのラジオ・セットの形をした人形用おまると、「ぼくとあの子用に」という文句がきざんである便器の形をした芥子いれ。生れてこのかた感じたいっさいの恐怖が、じぶんの無邪気さという忌まわしい孤独感が、どっと押しよせて来るよう。彼がカビットの顔を殴りつけると、カビットはすばやく体をかわして高笑いした。二人の居候は部屋からぬけだした。荒っぽい家風はおれたちには合わない、というわけだ。

居候たちが階段で笑っている声が、〈少年〉の耳にはいった。カビットが言った、「世帯を持てば、こんなのがいるぜ。ベッドだけが家具ってわけじゃねえ」。彼はからかいながら後しざりした。

〈少年〉は言った、「おい、おれあ貴様をスパイサーみたいに扱ってやるぞ」

それが何の意味なのか、カビットにはなかなかわからなかった。頭が働きだすまでには時間がかかった。彼はとつぜん笑いだし、それから驚いているダローの顔を眺め、そしてようやく、「そいつは、いったい何てことなんだい？」

「頭が変になってるんだ」とダローがとりなすように言った。

「手前が気のきいた男だと思ってるんだな」と〈少年〉が言った。「スパイサーもそうだったぜ」

「あれはてすりのせいだったぜ」とカビットが言った。

「お前は留守だったんだしな。いったい何をからかってるんだ？」

「むろんピンキーは留守だった」とダローが言った。

「貴様は何でもかでも知ってる気でいるんだな」。〈少年〉の憎悪と嫌悪のいっさいは、

「知る」という言葉に含まれていた。おれは知っている――プルウィットが遊び《ゲーム》について二十五年間の知識を持っているように。「だけどお前がぜんぶのことを知ってるわけじゃねえんだぞ」。彼は傲慢《プライド》さをじぶんに注射しようとした。しかし彼の眼はしょっちゅう、屈辱の方へと戻って行く。「世界最小のA・1……」。世界中のものをみな知ることはできても、あの、体と体とのきたならしいとっくみあいを知らないかぎり、何も知っていないということなのだ。

「何を皮肉ってるんだい？」とカビットが言った。

「ピンキーのせりふなんぞに耳をかすにゃ及ばねえ」とダローが言った。

「つまりこうさ」と〈少年〉が言った、「スパイサーは臆病者だったし、どう動けばいいのか知っているのは身内のなかじゃおれ一人だ、ということよ」

「お前は動きすぎる」とカビットが言った。「つまり……てすりのせいじゃなかったのかい？」。そう質問したことはかえってカビット自身を怯えさせた。彼は答えてほしくなかった。彼は〈少年〉に目をすえたまま、不安そうに戸口へ進んだ。

ダローが言った、「むろん、あれはてすりのせいさ。おれが居合せたんだぜ」

「おれの知らないことだ」とカビットが言った、「おれの知らないことだ」。そして戸口へと歩みながら、「奴には、このブライトンの町は狭くって、手におえないらしい。おれはもう、つきあいは真っ平だ」

「勝手にしろ」と〈少年〉が言った、「出て失せろ。出て行って、飢え死にしちまえ」

「飢え死になんぞするもんか」とカビットが言った。「この町の住人がお前ばかりってわけじゃねえや……」

扉がしまると〈少年〉はダローに向きなおって、「行っちまえ。お前も出てけ。貴様らは、おれがいなくたってやって行ける気だな。ところが、おれが指図しねえことには……」

「おれにそんな口をきく手はねえぜ」とダローが言った。「おれは、お前のそばを離れねえ。またぞろクラブの野郎と、早速の友だちづきあいをはじめるなんて、思いもよらねえ」

しかし、〈少年〉は彼の言うことに耳もかさなかった。

「おれが指図しなくちゃ……」。彼はいばりちらしていた、「奴らはまた転がりこんで来るのさ」。彼は真鍮のベッドの上に横たわった、――こうして長い一日が終るのだ。「おい、プルウィットを電話に呼び出してくれ。女の子のほうには厄介なことがねえと伝えて、早く手筈をつけろと言え」

「できたら明後日に、かい?」とダローが訊ねた。

「そうだ」〈少年〉は扉がしまるのを聞いた。そして頬をぴくぴくさせながら天井をみつめた。彼は考えた、他人が怒らせるので、何かしたくなってしまう――これはおれの過ちってもんじゃない。みんながおれを安らかさのなかに置いてくれさえしたら……。しかしそこまで考えてくると、彼の想像力はもうしぼんでしまうのだった。彼はあまり気のりもしなかったが、心のうちに「安らかさ」を描こうとした、――眼をつむると、灰いろの闇が、絵はがきで見たこともない国、大渓谷《グランド・キャニオン》やタージュ・マハールよりも怪奇な土地が、瞼の後ろに果てしなく動きつづける。そして眼を開くと、毒が血管のなかですぐに疼きはじめた。洗面台の上にカビットの買物が置いてあったからだ。彼は血友病にかかった子供のように、何に触れても血を流すのだった。

6

コスモポリタン・ホテルの廊下でベルが小さく鳴った。だれかがひっきりなしに喋っている声が、ベッドの端にくっついている壁を通して、アイダ・アーノルドに聞きとれた。たぶん会議室で報告書を読んでいるのか、それともディクタフォンに向って口述しているかだろう。ズボンをはいたままベッドの上に眠っているフィルは、すこし口をあけて、黄いろい歯を一本と金歯を一本のぞかせていた。楽しみ……人間の本能……だれにも迷惑をかけない……使い古した弁解の言葉が、早くも不満を感じているものうい心に、まるで時計の動きのようにきちんと湧きあがって来た。――しかし、欲望の深い興奮にふさわしいようなものは、いつもなかった。男たちはあの行為のときになると、きっと期待を裏切ってしまう。映画に行ったほうがよかったような気さえする。

だけど、だれにも迷惑をかけやしないいんだし、人間の本能なんだし、あたしが本当に悪いなんてだれも言いやしない。――ちょっぴり気儘《きまま》でちょっぴりボヘミアンなだけ。あたしがこのことから何か得をするわけでもないし、ほかの女みたいに、男をしぼりつくしてぽいと捨てる――まるで手袋の片っぽみたいに男をほうり出すのでもない。あたしは正と不正とをわきまえている。神様はささやかな人間の本能など気にかけやしない……神様が気にかけるのは……そこで彼女の頭脳のスイッチはズボンをはいたフィルから彼女の使命へと、善をなすことへと、悪がこらしめられるのを見ることへと転じた。

彼女はベッドの上に起きあがって、むきだしになっているじぶんの大きな膝を抱き、失望した肉体のなかに興奮がもういちど揺れ動くのを感じた。かわいそうなフレッド――しかしもうその名前はどんな嘆きも哀愁も感じさせない。いま、彼については、モノクルと黄いろいチョッキ、それからあのかわいそうなチャーリー・モインに属するいろいろなものが思い出されるだけだ。追求こそは重大なこと。ちょうど病気がなおって生気がよみがえるような具合だった。

フィルが片眼を――性行為の努力のせいで黄ばんでいる片眼を――あけ、気づかうように彼女を眺めた。彼女は言った、「目がさめたの？　フィル」

「もうディナーの時間だろう」と言って、神経質な笑いを浮べ、「なに考えてるんだい？　アイダ」

「ピンキーの身内の奴が一人どうしても要る、ってことよ」とアイダは言った。「怖がってる奴か、憤慨してる奴か。いつか怖くなるにちがいないわ。あたしたち、待ってさえいればいいわけね」

彼女はベッドから出てスーツケースをあけ、コスモポリタン・ホテルのディナーにふさわしいと思う衣裳を取出しはじめた。桃色の電気スタンドのなかで、閨房用の灯の光がきらきら輝いた。彼女は腕をのばした。もう欲望も不満も感じられず、頭のなかはさっぱりしていた。浜辺は仄暗《ほのぐら》く、海岸線は水漆喰でかいた一本の線、大きくのたくった文字のように見える。ただしこれだけ離れていては、何という意味なのかちっともわからないけれど。果てしない忍耐そのもののような人影が一つ、腰をかがめたまま、ときおり砂利のなかから屑物を掘りだしていた。

VI

1

カビットが玄関の前に出たときには、居候たちはいなくなっていた。街路に人通りはない。彼は、まだ住むところを決めてないのにじぶんの家を壊してしまった者のような苦い表情で黙りこみ、当惑しきっていた。霧が海のほうからたちこめてきたが、外套は着ていない。彼は子供みたいに腹を立てた。取りになんぞ行かねえぞ。そんなことをしたら、おれが悪かったと認めるようなもんじゃねえか。今しなくちゃならぬのは、《クラウン》で強いウィスキーをひっかけること。

酒場ではうやうやしく案内された。ブース・ジンのマークがはいっている鏡のなかに、じぶんの姿が映っている――真赤な短い髪、大きくて無骨な顔、広い肩、彼はナルシスのようにその泉をみつめ、すこし晴れやかな気持になった。おれは、楯つく度胸のない男じゃない。これで相当な者なんだ。「ウィスキーを一杯どうだね?」とだれかが言った。見ると、角の八百屋の番頭だ。カビットはその肩へ、パトロンきどりでなれなれしく、重い手をかけた。まるで、商売で成功するのを人生唯一の夢にしているこの蒼白い無知な男を、親しかったころ、一、二度世話してやったことがあるというみたいに。だれかと親しくするのはカビットにとって嬉しいことだった。彼は八百屋のおごりでウィスキーをもう二杯飲んだ。

「競馬の情報がありますかい？　カビットさん」

「今、別のことで頭がいっぱいなんだ」とカビットは陰気な声で言って、炭酸水をついだ。

「あっしらはここで、二時半のレースに出るゲイパロットのことで論じてたとこなんですがね。あっしが思うに……」

ゲイパロット……その名前はカビットにとって何物をも意味しなかった。酒が彼を暖めていたし、脳のなかには霧がたちこめていた。彼が鏡のほうへ向ってよりかかると、「ブース・ジン……」という文字が頭の上に暈《かさ》をかぶせる。おれは高等政治にまきこまれたのだ。いろんな奴が殺された、かわいそうなスパイサー。心のなかで、忠実さが重い秤のように動いて行く。彼は首相が条約を結ぶときのような重大性を感じていた。

「事件の片がつくまでには、もっと人殺しがあるだろう」と彼は神秘めかした発音でつぶやいた。おれには分別がある。おれは何もあきらめてなんかいない。だけどこのけちな酔っぱらいどもと、ちょっぴり商売の秘密をもらしてやってもかまわねえさ。グラスをつき出し、「みんなに一杯やってくれ」と言いながら、両脇を見まわしたとき、彼らがいないことに気づいた。一人の男の顔が、酒場の戸口のガラス板ごしにちらりと振返って覗いていたが、それも消え去った。なあに、奴らには、男同士のつきあいができないのさ。「何でもねえ」と彼は言った、「何でもねえや」。そして彼はウィスキーを飲みほしてたち去った。お次は、むろんミスタ・コリオニに会うことだ。「やって来ましたぜ、ミスタ・コリオニ。カイトの仲間とは手を切ったんでさあ。あんな小僧っ子の下で働けるもんですかい。あっしに一人前の男の仕事を下さいな。働きますぜ」と、あいさつするという寸法だった。霧が骨にまでしみいるようだ。彼は、われ知らず身ぶるいした。グレイ・グース……。ダローといっしょなら……と彼は考えた。するととつぜん孤独感が自信を奪ってしまった。酒のほてりはことごとく消え失せ、霧が七つの悪魔のように迫って来た。もしコリオニがちっとも話に乗ってくれなかったら？　彼は海岸通りへ歩いて行き、中空に輝いているコスモポリタン・ホテルの灯を霧のかなたに眺めた。ちょうどカクテルの時間だった。

カビットはガラスの屋根の下にふるえながら腰をおろして、海のほうに見入った。引き潮時で、霧がたちこめている。まるでしゅっしゅっと音を立てて何かがすべって行くみたい。煙草に火をつけると、一瞬のあいだ、囲った双の掌をマッチがあたためる。彼は、その屋根の下でいっしょになった厚い外套を着た年輩の紳士に、煙草の函を差出した。「のまないんです」と老紳士はとげとげしく言って、見えない海に向い、ごほん、ごほん、ごほんと果てしのない咳をしはじめた。

「寒い晩ですね」とカビットは言った。老紳士は彼に向って、眼をオペラ・グラスのようにぐるりと動かし、そして、ごほん、ごほんと咳をつづける。藁《わら》のように乾いた声帯。海のどこかでヴァイオリンの音がしはじめた。まるで海の野獣が唸りながら海岸めざしてやって来るよう。カビットは、音楽ずきのスパイサーのことを思い出した。かわいそうなスパイサーおやじ。霧が濃くなった――それは心霊放射体《エクトプラズム》のように重く、そして緻密に漂ってくる。カビットは一度ブライトンで降霊会《セアンス》に出たことがあった。二十年前に死んだ母親に逢いたくなったためである。するとまったくだしぬけに母親が現れた――おれと話をしたかったのかも。いや実際、母親は、今わたしは万物がうるわしい第七階にいると語ったのだった。その声はすこし呂律がまわらないようだったが、不自然なところはちっともなかった。そのことで仲間の連中はおれを馬鹿にした。殊にスパイサーの野郎が。だけど、今となってはスパイサーも嘲りはしまい。鐘を鳴らしてタンバリンを振りさえすれば、あいつはいつでも呼び出せるわけだ。スパイサーが音楽ずきなのは、運のいい話さ。

カビットは立上って、西桟橋の回り木戸へ向ってぶらぶら歩いて行った。その桟橋は霧のなかにそそり立ち、そしてヴァイオリンの聞える方角へ薄れてしまっていた。コンサート・ホールのほうへ行ったが、だれにも出くわさなかった。二人づれが戸外でいちゃつくような夜ではない。桟橋の上にいる人間はみなコンサート・ホールに集っていた。カビットはホールの外をぐるりとまわって、なかを覗きこんだ。夜会服を着た男が一人、数列にならんだ外套のままの聴衆を前にしてヴァイオリンをひいていた。ちょうど海へ五十ヤードも突出して霧に包まれているみたい。英仏海峡のどこかで船が一隻サイレンを鳴らした。すると別の船が、一隻また一隻と、夜の街を歩いている犬がたがいに吠えあうようにサイレンを鳴らす。

コリオニのところへ行ってあいさつする……わけのないことだ。あのユダヤ爺め、有難く思うがいいや……カビットは浜辺のほうを振返って、霧の上に高く輝いているコスモポリタン・ホテルの灯を眺めた。それは彼の気をひるませた。彼はお偉方には縁がなかったのだ。階段を降りて男子洗面所へ行き、体のなかのウィスキーを海のなかへ、棒杭の下のたゆたいへと流してデッキへあがって来ると、カビットは前よりももっと孤独な感じになっていた。彼はポケットから一ペンスを取出し、スロット・マシーンの孔《あな》へすべりこませた。カビットは、顔の背後で電球がぐるぐる廻っているロボットの鉄の手をつかんだ。青い小さなカードが勢よく飛び出して来た。——「あなたの性格判断」。カビットは読んだ、「あなたは環境に支配されやすく、とかく気まぐれです。感情的にすぎて、我慢ということができない。楽天家で陽気な性格の持主。何事によらず、引受けたことは何とか間にあわせる。人生の喜びはあなたのもの。イニシアティヴをとることはできないが、分別のよさでじゅうぶん補いをつける。あなたは他人の失敗するところを成功する人です」。

彼は足を引きずるようにして、自動販売機のところをゆっくりと通りすぎ、何もすることがなくなって、どうしてもコスモポリタン・ホテルに行かねばならなくなるのを一寸のばしにのばしていた。「イニシアティヴをとることはできない……」。鉛の人形でできたフットボールのチームが二組、一ペンス払って動き出させてくれるのをガラスの向うで待ちかまえている。毛藁をまとった魔女の人形が爪の長い手を差出して、占いをしますと呼びかける。「ラヴ・レター」という看板が彼を立ちどまらせた。たくさんの看板が霧にしっとりと濡れており、長いデッキには人気《ひとけ》がなく、ヴァイオリンは鳴りつづけている。彼はセンチメンタルな情緒を、オレンジの花と部屋の片隅での抱擁を、心の底から欲していた。彼の大きな手は女の汗ばんだ手をあこがれ求めた。おれの冗談を気にかけねえ奴だって、真空管ラジオを見ておれといっしょに腹をかかえて笑う奴だってやっぱりいるさ。悪意はなかったんだ。寒さが胃袋までとどくようだったし、ウィスキーが咽喉までむかついて来た。そろそろフランクの家へ戻りたくなりかけていたが、しかしそのとき彼はスパイサーのことを思い出した。〈少年〉は怒り狂っている。人殺しをしかねないほど怒っている。剣呑な話だ。孤独感が彼を侘《わび》しい看板のほうへとゆっくり近づけた。一枚しか残っていない銅貨を取出し、なかへ入れると、切手が刷りこんである桃いろの小さな葉書が出て来た。その切手の意匠は髪の長い少女の顔で、「偽りなき愛」という文字が書いてある。

それは「スプーナーズ・ヌック、わたしのペットへ、キューピッドの愛をもって」宛てられており、夜会服の青年が床にひざまずいて大きな毛皮を手にした少女の手にキスしている絵が描いてあった。上のほうの隅には、書留番号七四五八一二と記したすぐ上に、二つのハートが一本の矢でつらぬかれている。こいつはしゃれてると、カビットは思った。これで一ペンスじゃ安いもんだ。彼は振向いた。だれもいない。彼はすばやく向きなおって、読みはじめる。それはアモール小路のキューピッド・ウィングズから来た手紙だった。

「わたしのいとしいお嬢さん。あなたはぼくを、田舎地主の息子だという理由で捨ててしまったのですね。あなたがぼくとの固い誓いを破ったために、ぼくの生涯はめちゃめちゃになりました。あなたは、まるで車輪が蝶を踏みつぶすように、ぼくの魂をこなごなに砕いてしまいました。しかも、それにもかかわらず、ぼくはひたすらあなたの幸福を祈っているのです」

カビットは間のわるそうな薄笑いを浮べた。彼は心から感動していたのだ。色事ってのはとかくこうなりがちなんだ、淫売とならともかく。女ってなあ、移り気だからな。大がかりな自己抑制が、悲劇が、美が、カビットの脳のなかで揺れ動いていた。もし相手が淫売だったら、剃刀を握りしめて顔に傷をつけてやるのはもちろんの話だ。しかしここに印刷してあるのは高級な恋なんだ。彼は読みつづけた。これは文学だ。おれもこんなふうな手紙を書きたい。「結局、あなたの魅力に富んだすばらしい美しさと教養を思うとき、あなたからほんとうに愛されていると夢みていたぼくは、なんて馬鹿な男だったろうと考えるのです」。つりあわぬ仲。瞼のうしろで感動の泪がちくちくした。彼は霧のなかで寒さと美の陶酔におののいていた。

「しかし、いとしい方、いつも思い浮べて下さい、ぼくがあなたを愛していることを。そして、もし一人の友人としてぼくとおつきあい下さる気持がおありでしたら、ぼくが愛のかたみとしてさしあげたささやかな品をお返し下さい。ぼくはいつまでもあなたの召使、あなたの奴隷でありたいのです。あなたの、心悩める、ジョン」。それはカビット自身の名前であった。――前兆。彼はまた歩き出して、あかあかと灯のともったコンサート・ホールを通りすぎ、がらんとしたデッキに降りて行った。惚れた女に捨てられた男。みじめな悲劇が、赤毛に蔽われた頭のなかで燃える。酒を飲むしか手はねえじゃないか。彼は桟橋のはずれでウィスキーをもう一杯飲んで、足を踏みしめながら、コスモポリタン・ホテルへ歩いて行く。舗道に沿って、ぱたん、ぱたん、ぱたんと、まるで靴の下に鉄のおもりをつけているように、半分は肉で半分は石の彫像が動きだしたように。

「ミスタ・コリオニに会いたいんだ」。喧嘩腰でそう言ったが、ビロードと金いろの装飾が自信を失わせていた。給仕がミスタ・コリオニを探し求めて談話室や婦人居間を歩いているあいだ、カビットはデスクのかたわら、不安そうなおももちで待っていた。フロント係は大きな本のページをめくっていたが、やがて紳士録《フウズ・フウ》をくりはじめた。厚い絨毯の上を給仕がもどって来ると、クラブが後ろについていて、黒い髪にポマードをぷんぷん匂わせながら、意気揚々と歩いて来る。

「おれは、ミスタ・コリオニと言ったんだぜ」とカビットはフロント係に言ったけれども、向うは一顧だに与えず、指のさきを湿めらせては紳士録《フウズ・フウ》をめくっている。

「ミスタ・コリオニに会いたいんだってな」とクラブが言った。

「その通り」

「だめだ。ふさがってるんだ」

「ふさがってる」とカビットは言った。「大したもんだ。ふさがってる、か」

「おい、これがカビットでなかったら」とクラブが言った。「てっきり就職の頼みだと思うところだぜ」。そして用ありげにあたりを見まわしながら、番頭に、「フェヴァシャムの殿様がいらっしゃるんじゃないかい?」

「はい、左様で」

「ドンカスターでよくお見かけしたものさ」とクラブは言って、じぶんの左手の爪を横目で見た。そしてカビットを上から下までじろじろ眺めてから、「来いよ。ここじゃ話ができねえ」。カビットが返事もできないでいるうちに、クラブは金の椅子のあいだを足早に歩きだした。

「こうなんだ」とカビットが言った、「実はピンキーの奴が……」

談話室のなかほどまで行ったところでクラブは足をとめておじきをし、また歩きだしたが、急になれなれしく、「きれいな女だろう」。彼は草創期の映画みたいにちらちらして見えた。彼はドンカスターとロンドンのあいだでさまざまの作法をたくさん身につけたのである。会合を上首尾にすましてー等車に乗ったときには、フェヴァシャムの殿様が赤帽に話しかけるやり方を覚えた。ディグビイ老人が女を吟味するのも見学した。

「あの女はだれだい？」とカビットは言った。

しかしクラブはその質問を気にとめなかった。「ここでなら話ができる」。それはポンパドゥール式の婦人居間《ブードワール》だった。象嵌《ぞうがん》細工のテーブルの向うにある鍍金とガラスの扉を通して、複雑な通路を説明している小さな看板が見える――チュイルリーふうを加味した中国ふうの趣味豊かな看板――「婦人」「殿方」「婦人美容」「殿方美容」。

「おれが逢って話したいのはミスタ・コリオニなんだ」とカビットは言った。彼は象嵌細工の上にウィスキーの匂いのする息を吐いたものの、実は圧倒されてやけくそになっていた。丁寧な言葉を使いたいという誘惑にからくも抵抗していたのだ。クラブはカイトがやられた日から身内を抜け出し――影も見せなかった。それが今では豪勢な仲間の一員になっている――ポリンジャーの殿様やきれいな女と近づきになっている。こいつ、売り出しやがった。

「ミスタ・コリオニには、いちいちみんなに会っている時間はないさ」とクラブは言った。

「お忙しい体だ」。彼はミスタ・コリオニの葉巻を一本、じぶんのポケットから取出して口にくわえた。カビットにはすすめなかった。カビットはよろよろした手つきでマッチを差出した。「いいんだ、いいんだ」とクラブは言って、両前のチョッキのなかを探り、金のライターを取出して、口の葉巻に火をつける。「用は何かね？　カビット」

「おれはこう考えたんだ」とカビットは言ったが、その言葉は金いろの椅子のなかでしぼんでしまう。「まあ、わかってると思うけど」と彼は言って、絶望したようにあたりを見まわし、「一杯やらないか？」

クラブはすぐに応じて、「そりゃよかろう――昔のよしみだもんな」。そしてベルを押し、ウェーターを呼んだ。

「昔……か」とカビットはつぶやいた。「腰をおろせよ」とクラブは言って、金いろの椅子を所有主然とした手つきで指さした。カビットはおずおずと腰をおろした。椅子は小さくて堅かった。彼はウェーターがじぶんたちを見まもっているのを見て顔を赤らめた。

「お前さんは何を飲む？」と彼は言った。

「シェリー酒だ」とクラブは言った。「辛口のやつ」

「おれはスコッチのハイボール」とカビットが言った。彼は両手を膝のあいだにはさみ、口をきかず、酒が来るのをうなだれて待っていた。彼はときどきこっそりとあたりを眺めた。ピンキーがコリオニに会ったのはここだ――あいつはたしかに度胸がある。「ここはなかなか客あつかいがいいんだ」とクラブが言った。「もちろんミスタ・コリオニは最上等でなくちゃ気に入らない方なんだが」。彼は飲みものを受けとりながら、カビットが金を払うのを眺めた。「粋なものが好きな人でね。あの方は四万ポンドも値打のある人だぜ、まあ金で換算できるとすればの話だが。おれの睨んでいるところじゃ……」とクラブは言って後ろによりかかり、葉巻をすぱすぱやりながら、遠くにいる人を眺めでもするように、黒い横柄な目でカビットをみつめた。「あの方はいつか政界へ打って出る人だ。保守党ではずいぶん望みをかけてるんだ――知合いがたくさんいらっしゃる」

「ピンキーが……」とカビットが言いかけるとクラブは笑って、「おれの言うことを聞けよ。万事休しちまわないうちに、あの仲間から抜け出しな。お先まっくらだぜ……」。そしてカビットの斜め上から見おろしながら、「男子洗面所《ジェンツ》へ行くあの男を見ろ。醸造家のメイジだ。あいつは十万ポンド級だぜ」

「おれは考えてたんだ」とカビットが言った、「もしミスタ・コリオニが……」

「望みはねえな」とクラブは言った。「まあ、じかに当ってみろよ……いったいお前がミスタ・コリオニにどんな忠義立てができるっていうんだ？」

カビットの屈辱感がにぶい憤りに変化した。「おれはカイトにじゅうぶん尽したんだぜ」

クラブは笑った。「失敬」と彼は言った。「だが、カイトは……」。そして絨毯の上に灰を落してから、「おれの言うことをきけ。抜け出すんだ。ミスタ・コリオニは万事けりをつける気でいるぜ。だけど法を踏んでやるのがあの人の好みだ。つまり暴力沙汰はやらねえってことよ。警察のほうじゃ、ミスタ・コリオニをとても信用してるんだ」。彼は時計を眺めて、「こりゃあ、もう出かけなくちゃならねえ。ヒポドローム・ホテルで女と待ち合せる約束があるんだ」。彼はカビットの腕にまるでパトロンのように手をかけた。「さあ、お前のための口ぞえならしてやるぜ――昔のよしみでね。何の役にも立つめえが、言うだけは言うさ。ピンキーやほかの連中によろしく」。彼は去って行った――ポマードとハバナ煙草の匂いのするそよ風を残して、扉のところにいる女や黒いリボンのついたモノクルの老人にかるく会釈しながら。「何て野郎だい?」とその老人がつぶやいた。

カビットは酒を飲みほし、ついて行った。うなだれた赤毛の頭は、言いようもない憂鬱にとらわれていた。むごくあしらわれたという感じが、ウィスキーの匂いのなかでうごめいた……何のとがもないのに、ひどい目に会うことがある。目に触れるものすべてが、怒りの焔をかきたてる。彼は入口の広間へ出た。銀盆を手にした給仕を見ると、激しい憤りが湧いて来る。みんながおれを見まもっている、おれが出て行くのを待っていやがる、だけどおれだってクラブと同様ここにいる権利があるんだぞ。すばやくあたりを見まわすと、クラブと面識のある女が一人でテーブルに向ってワインのグラスを手にしていた。彼がものほしそうな羨望のおももちで眺めると、彼女はほほえみかけた。――「あなたの魅力に富んだすばらしい美しさと教養を思うとき」——不公平にすぎるという悲しみの心が、怒りに変った。彼は秘密を打明けたかった……重荷をおろしたい……彼はげっぷをした……「わたしはあなたの恋の奴隷になります」。大きな体が扉のように回転して、重い脚が向きを変え、アイダ・アーノルドが席を占めているテーブルへ力なく近づいた。

「うっかりして聞いてしまったんだけど」と彼女は言った、「あなたはたったいま通っていったとき、ピンキーの知合いだとかいったわね」

話し方で、この女が上流人種でないことがわかり、彼は非常によろこんだ。ふるさとと遠く離れた土地で、二人の同郷者が出逢ったときのような気持。彼は言った、「お前さんはピンキーの友だちかね？」。そして、ウィスキーの酔いがじぶんの脚をかけめぐっているのを感じた。彼は言った、「坐ってもいいですかい？」

「疲れているの？」

「そうなんだ」と彼は言った、「くたびれてる」。彼は、彼女の気安さを感じさせる大きな胸を眺めながら腰をおろした。じぶんの性格を述べた文句が心に浮んで来た。「楽天的で陽気な性格」。ちょっ、その通りだ。おれはまっとうな扱いを受けたいだけなんだ。

「一杯いかが？」

「とんでもない」と彼はすこし気どった様子で、「あっしが持ちますよ」。しかし酒が運ばれて来たとき、もう金がなくなっていることに気がついた。おれは仲間から金を借りるつもりでいた……ところが喧嘩になっちまって……。彼はアイダ・アーノルドが五ポンド札で支払うのを見まもった。

「ミスタ・コリオニを御存じで？」と彼は訊ねた。

「知、知ってるとは言えないわね」と彼女は言った。

「クラブがあなたのことをきれいな女だと言ってたけど、まったくそうですな」

「あら……クラブ？」と彼女はあいまいに言った。その名前がだれのことかわからないようだった。

「とにかく深入りしないほうがいいですぜ」とカビットは言った。「何もわざわざごたごたにかかわりあう必要はねえ」。彼は深い闇のなかを覗きこむようにしてグラスのなかをみつめた。うわべだけの無邪気さ、魅力に富んだすばらしい美しさと教養──つりあわぬ仲、血走った眼球の後ろに泪が一滴わきあがって来た。

「あんたはピンキーの友だちなの？」とアイダ・アーノルドは訊ねた。

「ちょっ、違いまさあ」とカビットは言って、またウィスキーを飲んだ。

聖書についてのぼんやりした記憶が（それは戸棚のなかに占板《プランセット》やウォリック・ディーピングの小説や、『友だち座』の隣りにならんでいるのだが）、アイダ・アーノルドの記憶のなかで揺れ動いた。「あんたが彼といっしょにいるのを見たことがあるわ」と彼女は嘘をついた。中庭、焚火《たきび》のそばの女中、鶏の鳴き声。

「あっしゃ、ピンキーの友だちじゃありませんぜ」

「ピンキーとつきあうのは危険よ」とアイダ・アーノルドは言った。カビットはグラスのなかを、占師がじぶんの魂をみつめて見知らぬ人々の運命を読みとるように睨んでいた。

「フレッドはピンキーの友だちだった」と彼女は言った。

「フレッドのことを何か知ってるんですかい？」

「人の口はうるさいものよ。いつだって、人の口はうるさいわ」

「ちげえねえ」とカビットは言った。よごれた眼球が上を向いた。その眼はくつろいで気を許していた。おれにはコリオニの身内になるような値打はない。しかし、おれはピンキーと仲たがいしてしまった。彼女の頭の向う、ラウンジの窓の彼方には――闇と引き潮どきの海が拡がっていた。まるで廃墟となったティンターン僧院の絵葉書のアーチの彼方に、荒地が横たわっているよう。「ちょっ」と彼は言った、「ちげえねえ」。彼は告白したい衝動にかられたが、頭のなかにはいろんな事実がこんがらかっていた。彼はただ、男が女から理解してもらう必要があるのはこういうときだということを知っていた。「あっしは賛成じゃなかった。やきを入れるだけなら別ですがねえ」

「むろん、やきを入れるのは別よ」とアイダ・アーノルドはすらすらと、上手に同意した。

「それからカイトのことは――あれは手違いだったんだ。奴らはただやきを入れるつもりだった。コリオニはそんな馬鹿じゃねえ。ただ、だれかが手をすべらした。だから悪意をいだく理由は何もねえんでさあ」

「もう一杯飲む？」

「そいつはあっしが持たなきゃならねえ」とカビットが言った。「ところが文なしなんですよ。仲間に会うまではね」

「だけどあんたも偉いわね……そんなふうにピンキーと手を切ったなんて。フレッドがあなった後じゃ、度胸のいることよ」

「なあに、あいつになんぞ、おれを怖がらせることができるもんか。て、て、てすりが壊れたんじゃなくて……」

「何の話なの？　て、て、てすりが壊れるって？」

「ちょっとした悪ふざけでさあ」とカビットは言った。「まったくの冗談だったのさ。男が結婚するってときに、冗談ぐらいわからないじゃあね」

「結婚？　だれが結婚するの？」

「もちろんピンキーですよ」

「レストラン・スノーのちっちゃな娘と？」

「もちろんでさあ」

「あの馬鹿な子」とアイダ・アーノルドは激しい怒りをこめて言った。「あの馬鹿な子！」

「奴は馬鹿じゃありませんぜ。何がじぶんの得になるか心得てまさあ。もしもあの娘が一言、口からもらしゃあ……」

「つまり、カードを置いて行ったのはフレッドじゃないってことやなんかでしょう？」

「かわいそうなスパイサーおやじ」とカビットは言って、ウィスキーの泡を眺めた。一つの問が浮びあがって来た、――「どうしてあんたはそれを……？」と。しかしそれは麻痺した脳のなかで砕けてしまう。「風に当りてえんですよ」と彼は言った、「ここはむかする。二人で出ちゃまずいですかい……？」

「ちょっと待ってて」とアイダ・アーノルドは言った。「あたし、友だちを待ってるの。あんたとその人が近づきになってくれたら嬉しいわ」

「ここのスチームは、体によくねえや。寒いのを我慢して外へ出てもらえたら……話せるんだが……」

「結婚式はいつ？」

「だれの結婚式です？」

「ピンキーの、よ」

「あっしはピンキーの友だちじゃねえ」

「あんたはフレッドを死なせたくはなかったんでしょ？」とアイダ・アーノルドは優しく言いつづけた。

「お前さんは男ってものがわかってるよ」

「やきを入れるのは別だろうけどさ」

カビットはとつぜん狂ったように叫んだ、「おれあ、ブライトン糖菓《ロック》を見ると、どうしても……」。彼はおくびをして、泪声で言った、「やきを入れるのは別だ」

「医者は自然死だって言ったわね。心臓が弱かったんだって」

「外へ出ましょうや」とカビットは言った。「風に当りてえんでさあ」

「もうちょっと待ってよ。何のことなの？　そのブライトン糖菓《ロック》って言うのは」

彼は力なげに振返って彼女をみつめ、「風に吹かれてえんですよ。どうにもこうにも出ずにゃいられねえ。ここのスチームはどうも……」。彼はぶつぶつ言った。「涼しいところへ行かなくちゃ」

「二分ほど待ってね」。彼女は彼の腕にさわりながら、激しい興奮を感じていた、まるで水平線の上に陸地の端を発見したように。そしてこのときになってやっと、物蔭の格子細工から息苦しい熱気が湧いて来てじぶんたちをとりかこみ、戸外へと追いたてているのに気づいた。彼女は言った。「あたしもいっしょに出るわ。散歩しましょうね……」。彼はうなずき返しはしたが、まったく無頓着に彼女を眺めていた。まるで、綱をゆるめたために犬の姿を見失ってしまい、追いかけることもできず、一体どこの森にいるのか見当もつかなくなったときのように、じぶんの思考を手放してしまっていたのだ。彼女がこう言ったとき、彼は跳びあがって驚いた、――「二十ポンドあげるわ」。おれはそんな値打のあるどんなことを喋ったのだろう？　彼女は誘うようにほほえみかけた。「だけど、ちょっと顔を直して、手を洗って来るから待っててね」。彼は答えなかった、彼は怯えていた。しかし彼女は返事を待っていられなかった。彼女は階段のほうへ走って行った。エレベーターを待っている暇などない！　手を洗う――フレッドに言った言葉だったわ。二階にかけ上った。ほかの人々は服を改めて、食事をとりに降りて来るところだった。じぶんの部屋の扉を乱暴にたたくと、フィル・コーカリが戸をあけた。「早く！」と彼女は言った、「証人がいるのよ」。ありがたいことに、彼は服を着ていた。彼をせきたてて階下へ降りた。しかしすぐホールに行ったけれども、カビットの姿はもう見えなかった。コスモポリタン・ホテルの正面階段まで走り出たが、彼は見当らなかった。

「どうしたね？」とミスタ・コーカリは言った。

「行っちゃったのね。でもかまわないわ」とアイダ・アーノルドは言った。「これですっかりわかった。自殺じゃなかったのね。あいつらが彼を殺したのだわ」。彼女はじぶんに向ってゆっくりと言い聞かせた、「……ブライトン糖菓《ロック》……」と。手がかりをたどって行くのは女にはできないっていうけど、アイダ・アーノルドは占板《プランセット》でちゃんと鍛えてあるんだよ。これよりもっと不可思議な文字が、あたしとクロウ爺さんの指の下で綴り出されたんじゃないか。彼女の心は完璧な自信にみちて働きはじめた。

夜の風がミスタ・コーカリの黄いろい薄い頭髪をなぶった。こうした——愛の行為の後の——夜には、女はロマンスを求めるものだという考えが浮んで来たのかもしれない。彼はおずおずと彼女の肘にさわって、「すばらしい晩だね」と言った。「夢に見たこともなかったよ、こんなすばらしい晩は」。しかしその文句は、物思いにふけっている彼女がさまざまの不可解な観念にみちた大きな眼を向けたとき、消え失せてしまった。彼女はゆっくりと言った、「馬鹿な子供……あいつと結婚するなんて……ふん、あいつがこれからどんなことをしでかすか、なんにもわかってやしない」。そして彼女は陽気な正義感に促され、興奮して言い添えた、「あたしたち、あの子を救わなくちゃならないわよ、フィル」

2

〈少年〉は階段の下で待っていた。その頭の上には市役所の大きな建築が影のようにかぶさっている——出生と死亡のため、自動車鑑札のための、国税および地方税のための建物。そして長廊下のどこかには結婚のための部屋がある。彼は時計を見てミスタ・プルウィットに、「畜生、待たせせやがって」

ミスタ・プルウィットは、「花嫁の特権ですよ」と言った。

花嫁と花婿、牝馬とそれに仕える種馬、金属をこする鑢《やすり》、あるいは荒れた手にふれるビロード。〈少年〉は「おれとダローは……そこまで迎えに行くぜ」と言った。

ミスタ・プルウィットが後ろから、「別の道を来るんじゃないかな。行きちがいになると……わたしはここで待ってますよ」

彼らは官公衙の通りから左へ折れた。「この道を来るんじゃあるめえ」とダローが言った。

「何も、あいつの御機嫌をうかがう因縁はねえ」と〈少年〉が言った。

「もうこうなったら、逃げるわけには行かねえぜ」

「だれが逃げたいなんて言った？　ちっとばかり歩きまわったってかまわねえだろう」。

彼は立ちどまって、新聞小売店のショウ・ウィンドウのなかを、A1真空管ラジオを、いたるところにある下卑た品物をみつめた。

「カビットに会ったかい？」と、彼はそこから目を離さずにみつめつづけながら言った。

「会わねえ。連中はさっぱり見かけないぜ」

日刊紙や地方紙、ニュース満載のポスター、――参事会の情景、黒岩《ブラック・ロック》に女の水死体、クレアランス・ストリートの衝突事故。『西部冒険』が一部、『映画ファン』が一部。インク壜や万年筆やピクニック用の紙皿や下品な小間物の後ろに、マリー・ストープス著[註1]『夫婦愛』が並んでいる。〈少年〉はそれをみつめていたのだ。

「お前の気持はわかるぜ」とダローが言った。「おれも一ぺん結婚したことがあるんだ。なあに、ちょいと頑張ればいいのさ。度胸一つだ。おれはああいう種類の本を買いに行ったこともあったぜ。だけど書いてあるのは知ってることばかりさ。花のことは別だけど。花の雌蕊《めしべ》のことなんだ。花がやってる変てこなことは信じられねえくらいだぜ」

〈少年〉は振向いて喋りだそうとしたが、急にまた口をつぐんだ。彼は嘆願と恐怖とを同時に示しながらダローを見まもった。もしここにカイトがいたら、と彼は思った、相談することができたわけだ――だが、ほんとにカイトがここにいるなら、相談する必要などない……おれはかかりあいになってないわけだから。

「つまり蜂がだね……」。説明しはじめたダローがやめてしまった。「どうしたんだ？ピンキー。元気がないぜ」

「ルールはぜんぶわかってる」と〈少年〉は言った。

「何のルールだい？」

「ルールなんざ教えてくれなくともいいんだ」と〈少年〉は激しい怒りを感じながら言った。「土曜の晩にはいつも見物してたんだぜ。跳びあがったり耕したりするやつを」。彼の目は、まるでなにか恐ろしいものを見ているようにたじろいでいた。そして低い声で、

「子供のころ、おれは坊主になると誓ったんだ」

「坊主？　お前が坊主になる？　そいつはいい」とダローが言った。彼はそのことをちっ

とも真に受けずに笑いながら、よろよろと足を動かして、犬の糞を踏みつけた。

「坊主になるのが、何が悪い？」と〈少年〉は言った。

「奴らは物事をわきまえてるし、こんな……」。口と顎が変にゆがんだ。泣きだすところだったかもしれない。彼は両手をショー・ウィンドウに——女の水死体発見、二球受信機、『夫婦愛』、恐怖——に、狂ったようにぶつけた。「……こんなものには手も触れねえんだ」

「ちょっぴり楽しむのが悪いかね？」。ダローが話をさえぎった。〈少年〉は靴を舗道の縁石にこすりつけながら、「楽しむ」という言葉を耳にして、マラリヤにかかったようにふるえた。彼は言った、「アニー・コリンズのことは知ってるだろう？」

「一度も聞いたことないぜ」

「おれと学校が同じだった」と〈少年〉は言った。彼は灰いろの舗道をちらりと見おろし、それから、じぶんの絶望しきった子供っぽい顔が『夫婦愛』の前のガラス板に反射するのを見た。「その女の子は線路の上に頭をのせたんだ。ハソックの近くで。七時五分の汽車を十分間も待ってなきゃならなかった。ヴィクトリアを出てから霧のせいで遅れたもんでね。頭をぐしゃりってわけさ。年は十五だった。妊娠してて、それがどういうことなのかじぶんでもわかっていた。その二年前にも経験があったのさ。関係した男の子は十二人もいるなんて噂されたっけ」

「よくあることさ。それが遊《ゲーム》びの運なんだ」

「おれは恋愛小説を読んだことがあるぜ」と〈少年〉はいった。縁が襞になっている紙皿やA1真空管ラジオ——優雅と醜悪のとりあわせをみつめながら、彼はついぞなかったほどお喋りになっていた。「フランクの女房が読んでるようなやつだ。知ってるだろう？　アンジェライン夫人がマーク卿へ星のような瞳を向ける、と来やがる。へどだ。本屋でこっそりと」——ダローはすっかり驚いて、この突然の饒舌を見まもっていた——「買うような本よりもへどだ。スパイサーはそんなのをよく読んでやがったっけ。娘たちがぶたれる話。大勢の男の子の前にこうして裸でいるのを恥じらって彼女はかがみこみ……どれもこれもおんなしさ」と彼は言って、憎悪にあふれる瞳をウィンドウからそらし、うらぶれた長い街路をあちこちと眺めた、——魚の臭気、建物の骨組の下におがくずがちらばっている舗道。「それが愛ってやつなんだ」と〈少年〉はダローに残酷に笑いかけた。「楽しみとか、遊《ゲーム》びとかいうやつなんだ」

「だって人間が絶えちまっちゃ困るじゃねえか」とダローが不安そうに言った。

「どうしてだ？」

「おれに訊く必要はねえ」とダローは言った。「手前がいちばんよく知ってるさ。お前、カトリックだろう？　だから信仰を……」

「我は唯一なる悪魔を信ず《クレド・イン・ウヌム・サトウヌム》」と〈少年〉は言った。

「ラテン語はわからねえ。おれはただ……」

「言ってみなよ」と〈少年〉は言った。「聞こうじゃないか、ダローの信仰箇条ってやつを」

「あまりつきつめて考えさえしなきゃ、世の中ってなかなかいいもんだぜ」

「それだけかい？」

「戸籍係へ出頭する時間だ。ほら、時計が鳴ってる。二つ打ったぜ」。ひびの入ったような一連の鐘の音がやんで、一つ、——二つ打つのが聞えた。

〈少年〉の、顔じゅうに浮べていた緊張がとけた。彼はダローの腕に手をかけた。「お前はいい奴だよ、ダロー。物知りな男だ。だからおれに……一つ教えて……」。彼は思わず手をはずして、ダローの遠く、道の向うを眺め、絶望したように、「あいつが来た。どうしてこんな道をやって来るのだろう？」

「急いでるようでもないぜ」とダローは言い添えて、ゆっくりと近づいて来る痩せた姿を眺めた。そのくらい離れて見ると、ローズは年よりずっと若く見える。ダローは言った、「とにかくプルウィットは切れる男だね、許可を手に入れるあたり頭がいいや」

「両親の同意か」と〈少年〉がけだるそうに言った。「品行方正にはおあつらえ向きさ」。

彼はローズを、まるで知らない人間に会うような態度で見まもっていた。「それに、運がよかったんだぜ。おれは無籍者だったんだ。どこを探しても載ってねえのさ。一年か二年足しておいたよ。両親も後見人もない。プルウィットの奴が哀れっぽい物語をでっちあげちまった」

彼女は結婚式のために飾りたてていたし、彼が嫌いな帽子はかぶってなかった。新しいレイン・コート、薄くはたいた白粉と安物の口紅。きたならしい教会のなかの、けばけばしく飾りたてた小さな像のよう。紙の冠も、絵で描いた心臓も、不似合でなかったろう。祈りを捧げることはできるけれども、答えてもらうわけには行かない教会の像。

「どこへ行ってたんだ?」と〈少年〉は言った。「遅刻してるのがわからないのか?」

彼らは手を触れあいもしなかった。極端なぎごちなさが二人のあいだにただよった。

「すみません、ピンキー。あたしね……」——彼女は、まるで、仕方なく敵と話をかわすことを恥じるようにして事実をあかした——「教会へ行ったの」

「何で?」

「わからないわ、ピンキー。こんがらかってしまったの。告解しようと思ったんだけど」

彼は歯を見せて笑った。「告解? そいつは豪儀だ」

「ねえ、あたし……こう思ったの……」

「ほう、どう思ったんだい?」

「あなたと結婚するときに恩寵に浴していたかったの」。彼女はダローのことをぜんぜん気にかけなかった。神学用語はペダンティックに、そして奇怪に、彼女の口へと訪れてくるのだった。灰いろの街路に並んで立っている二人のカトリック信者――彼らはたがいに理解しあっていた。彼女は、天国にも地獄にも共通している語彙を使っていたのである。

「そして、告解したのかい？」

「いいえ。出かけて行ってベルを押し、ジェイムズ神父様にお目にかかりたいって言ったの。だけどそのとき思い出したんです。いま告解をしてもなんにもならないってことを。あたし、逃げて来ました」。彼女は恐れと誇りとのいりまじった表情で言った、「あたしたち、大罪を犯そうとしているんですもの」

〈少年〉はみじめな苦い味わいを漂わせながら、「また告解しに行ったりしちゃだめだぜ……おれたちが二人とも生きているうちはね」。彼は苦痛という点では卒業してしまっていた。最初は、小学生用のコンパスを持たなくなったときに、次いでは剃刀で襲われたときに。いま彼は、ヘイル殺しやスパイサー殺しは些事――子供の戯れにすぎない、おれはもう子供っぽい物事はやめてしまったのだという感じがしていた。殺人はただこの――腐敗へと導いてくる役割をしたにすぎない。じぶんの力に対する畏敬の念が彼のなかにあふれた。彼は、「そろそろ行こうや」と言って、優しくとまでは言えないにしても、ともかく彼女の腕に触れた。先だって、おれには彼女が必要なのだと感じたときのように。

ミスタ・プルウィットはお役所ふうな陽気さで彼らを迎えた。その冗談はすべて、法廷で裁判官の注目をひくために深い魂胆があって言う言葉のように思われた。市役所の大きなホール（死亡や出生への通路はそこからはじまっている）には、消毒薬の臭《におい》がした。壁は公衆便所のようなタイル張り。だれが落したのか、薔薇が一輪落ちている。ミスタ・プルウィットが即座に、しかし、不正確に詩の一節を引用した、

「薔薇よ薔薇、いたるところに、水松樹《いちい》の枝は影もなく[註2]」

〈少年〉は、肘のところを手で軽くささえられて、案内された。「いや、そっちじゃありません。それじゃ税金の係へ行ってしまう。そいつは、もっと先の話」。彼は石の大きな階段を昇って行った。書記が一人、印刷した書類をかかえて通りすぎる。「ところでお姫様は何をお考えですかな？」とミスタ・プルウィットが言った。彼女は答えなかった。

新郎新婦だけが聖所の階段を昇るのを許されて、欄干のなかにはいり、ホストを手にした司祭のかたわらにひざまずくのだった。

「御両親はいらっしゃるのかね？」とミスタ・プルウィットが言った。彼女は首を振った。

「かんじんなことは」とミスタ・プルウィットが言った、「すぐ済んでしまいます。点線のわきにサインするだけなんですから。ここに坐ってなさい。順番が来るのを待ってなきゃならないんです」

彼らは腰をおろした。部屋の隅にはモップがタイル張りの壁にたてかけてある。冷やかな床の上に足音を軋ませながら、書記が別の通路へと歩いて行く。やがて大きな茶いろの扉があいて、一人の男とその妻が通路へ出た。女がすぐあとから出て来てモップを手にと

った。その男は――中年者だった――「どうもいろいろ」と言って六ペンスを差出した。彼は言った、「結局、六時四十分の汽車に乗ることになるよ」。女の顔にはかすかな驚き、当惑、失望に似た表情が浮んだ。彼女は麦藁帽をかぶり、書類入れを持っていた。彼女も中年女だった。「もうこれで万事すんだのかしら――あんなに長いことかかったあげくの果てが……」と考えていたのかもしれない。その二人は大きな階段を、商店で出逢った見ず知らずの客同士のように、距離をおいて降りて行った。

「さあ、あたしたちの番です」とミスタ・プルウィットは言って勢よく立ちあがった。書記たちが仕事をしている部屋を、先に立って通りぬける。だれひとり顔もあげずに、ペン先で数字をさらさらと書きつづけている。壁が薄みどりに塗ってある、臨床講義室のような奥まった小部屋のなかで、戸籍係が待っていた。テーブルが一つと、壁によせかけてある三脚か四脚の椅子。それはローズが心に描いていた結婚式の情景とは違っていた、――彼女はしばらくのあいだ、国家がとりおこなう儀式の貧寒さに怯えていた。

「さあ、どうぞ」と戸籍係は言った。「証人の方々はただ坐っていて下されば……こちらのお二人はどうぞ」――彼は手招きして二人をテーブルの前に呼びよせ、じぶんの役割をあまり意識しすぎている田舎まわりの役者のようにもったいぶって、金ぶち眼鏡ごしに彼らを見廻した。まるでじぶんが俗世と教会の境に立っている、とでもいう様子。

〈少年〉の心臓はどきどきした。この瞬間は現実のものなのだということが、胸をむかつかせた。彼は不機嫌な、そして愚かしそうな表情をした。

「お二人ともずいぶん若いんですな」と戸籍係が言った。

「そのことは片づいてるんだ」と〈少年〉は言った。「問題にしなくてもいい。片づいているんだから」

戸籍係は濃い嫌悪のまなざしで彼を見やった。彼は憎らしげに言った。「あたしの後について言うんですよ」。しかし、「わたくしは、ここに厳かに誓います、なんらの法律的障碍もわたくしにないことを……」とはじまる文句はあまり早口にすぎて、〈少年〉にはついて行けない。戸籍係は意地悪く、「すこぶる簡単です。あたしの後について言えばいいんだ……」

「もっとゆっくりやってくれ」と〈少年〉は言った。彼は手を振りあげてその口早な調子を叩き壊してしまいたかった。だが、それはつづいて行く……。彼は息をつく間もなく、すぐさま第二の文句をくり返さねばならなかった、――「わたくしの法律上の妻となることを」と。彼はそれを強いてさりげなく言おうとした。彼はローズから目をそらした。だがその言葉は羞恥といりまじってのしかかって来る。

「指環はないんですか？」と戸籍係はするどく訊ねた。

「指環なんていらないんだ。ここは教会じゃねえ」と〈少年〉は言って、おれはこの冷やかな緑いろの部屋と眼鏡をかけた顔とを決して忘れないだろう、と感じていた。そばでローズが「わたくしはここに列席の方々を証人として……」と言っているのを彼は聞いた。そしてそれから「夫」という言葉を。彼はするどく見やった。もし彼女の顔のなかに自己満足の色があったならば、彼はそれをめちゃくちゃにしたことだろう。だがそこには、本を読んでいてあっけなく最後のページへ来てしまったときのような、驚きの表情があるだけだった。

戸籍係が言った、「ここにサインして下さい。料金は七シリング六ペンス」。ミスタ・プルウィットが財布をさぐっているあいだ、戸籍係は役人らしい無関心さを装っていた。「列席の方々ってのは」と〈少年〉は言って、不自然な笑い声をたて、「プルウィットとダロー、お前たちのことなんだぜ」。彼はペンをとった。役所のペン先が紙面をささくれだたせながら、痕をつけてゆく。遥かな昔には、血でもってこんなふうな契約のサインがなされたのだという考えが、ふと浮んで来た。彼は後ろにひきさがって、ぎごちない手つきでサインするローズを見まもった、――二人の永遠なる苦痛をつぐなう一時の気休め。彼には、これが赦されない罪なのかどうかという疑惑もなかったし、むしろすてばちな快活さと誇り《プライド》とがみなぎっているくらいだった。もう、じぶんが天使たちをも泣かせることのできる一人前の男になったような気持。

彼は戸籍係がそばにいるのもかまわず、「列席の方々！」とくり返して言った。「一杯やりに行こうぜ」

「ほう」とミスタ・プルウィットは言った、「お前さんからそのせりふを聞くなんて、不意を打たれた感じですな」

「いや、ダローにきけばわかる。おれは近頃、酒飲みになったんだ」。ローズのほうをちらりと見て、「こうなれば、おれには、ないものはねえってわけさ」。彼は彼女の腕をかかえるようにして、タイル張りの通路と大きな階段へ出て行った。モップはなかったし、花もだれかが拾ったらしい。彼らが出て行くと一組の男女が立ちあがった。市は栄えているのだ。彼は言った、「これで結婚式がすんだってわけさ。いやでもおうでも、これでおれたちは……」——「夫婦なんだ」と言うところだったが、しかしあまりにも明瞭なその言葉の前で、彼の心はたじろいだ。「お祝いをしなくちゃ」と彼は言ったけれども、次いで彼の脳髄から無造作に出て来た言葉——「だが何を祝うのかね？」——には昔からの親類のような信頼感がふくまれていた。彼はランチアのなかに身を横たえた若い女のことを、迫ってくる長い夜のことを思った。

彼らは角のパブへはいって行った。そろそろ閉店する時刻だった。ローズはポートにしたし、ほかの連中は苦ビールをふるまわれた。彼女は戸籍係の言う文句をくり返し唱えて以来、一言も口をきいていない。ミスタ・プルウィットはすばやくあたりを見まわして、ポートフォリオを下に置いた。色の濃い縞のズボンを見ると、じっさい、彼が結婚式に臨んでの帰りなのだという気がした。「花嫁のために乾杯！」と彼はおどけた口調で言った

もの の、あとがうまくつづかなかった。ちょうど、治安判事に冗談を言いかけて、まずかったと気づいたときのよう。ミスタ・プルウィットはすばやくまじめくさった顔つきに返って、うやうやしく、「御幸福を祈って！」

彼女は答えなかった。彼女はじぶんの顔がエクストラ・スタウトの広告入りの鏡に映っているのを見ていた。ビールの樽を前景にした新しい舞台のなかのじぶん——見知らぬ顔。その顔は重苦しい責任感をかかえているように見えた。

「何、考えているんだね？」とダローが彼女に言った。

〈少年〉は苦ビールのグラスを唇にあてて、二度目のアルコールを味わった。……他人にとっては快楽である嘔吐感が彼の咽喉を打ちのめす。彼が意地の悪いまなざしで眺めると、ローズは無言のまま振返って彼の仲間をみつめる。そして彼はふたたび、彼女の存在がじぶんをどれほどまでに補っているかを感じた。彼にはローズの考えていることがわかっていたし、そしてそれが彼をいらだたせた。彼は毒々しく、勝ち誇ったような口調で、「そいつの考えてること、教えてやろうか？　結婚のことなんぞ、たいして考えちゃいない。考えてるのはね、つまり、なんだかあたしが想像してたのとまるっきり違うってことさ。そうだろ？」

彼女はうなずいて、どう飲んだらいいのか知らないみたいな様子でポートのグラスを持った。

彼は彼女に向って、「我わが肉体をもって汝を崇む」[註3]と引用しはじめた、「ありとあるこの世のわがたからをもって……」。そしてミスタ・プルウィットのほうに向いて、「おれはそいつに金貨を一枚やるんだ」と言った。

「みなさん、閉店の時間です」とバーテンダーは言って、まだすこし酒がはいっている空《から》のグラスを鉛の水槽のなかで洗っては、泡粒のついた布きれで拭った。

「いいかい、おれたちは祭壇の前で坊主と……」

「飲みほしてしまって下さい、みなさん」

ミスタ・プルウィットは不安そうに、「法律の目から見ればどんな結婚でも同じことですよ」。幼い瞳でむさぼるように彼らを見まもっているローズに向って、彼は励ますようにうなずきかけた。

「結婚だって」と〈少年〉が言った。「万事上首尾の結婚です。あたしに任せておきなさい」

「そうがみがみ言うな」とダローが言った。「あれが結婚って代物だと思ってるのかい?」。彼はビールのまじった唾液を、舌の上でぐるぐる廻した。

「さあ、閉店ですよ、みなさん。飲みほして下さい」

「まあ、とにかくやってみるのさ。あまりつきつめて考える必要はねえ」

「結婚だって」と〈少年〉はくり返した。「そいつに訊いてみな」。二人の男はぎくりとしながら、さりげなくビールを飲みほした。ミスタ・プルウィットは言った、「まあ、あたしがいいようにしますよ」。〈少年〉は彼らを軽蔑のまなざしで見ていた、――こいつらには何もわかっていない。おれとローズのあいだには心と心のつながりがあるのだ、こいつは今日のことには何も意味がないということを、結婚なんてなかったのだということを、知りすぎるほど知っている……そんな漠然とした感じが彼の心をゆすぶった。彼はぞんざいに、しかし親切に言った、「さあ、おれたちも出ようぜ」。彼女の腕に手をかけると――二人の姿が鏡（エクストラ・スタウト）のなかに映った。彼は思わず手をはずした、――新婚者の像が黙って彼をみつめている。

「どこへ行くの？」とローズが言った。

どこへ？　それはぜんぜん考えてなかった――どこかへ連れて行かなくてはならぬ――新婚旅行、海岸ですごす週末、母親がマントル・ピースの上に飾っていたアーゲイトみやげ。一つの海からほかの海へ、桟橋からほかの桟橋へ移るだけのこと。

「また会おうや」とダローが言った。彼は一瞬のあいだ戸口に立ちどまって、〈少年〉の目を、その目に浮んでいる質問と訴えを見たのだったが、何も理解せずに、陽気に手を振りながら出て行った。ミスタ・プルウィットのあとを追って、彼ら二人を残して。

バーテンダーがグラスを乾かしてはいたが、彼らはまるではじめて二人きりになったような気持だった。レストラン・スノーのあの部屋でも、ピースヘイヴンの海のほとりでも――今みたいなほんとの二人きりではなかったかのように。

「出たほうがいいわ」とローズが言った。

舗道に立った彼らは、《クラウン》の扉が背後に閉り、なかで錠をかけるのを耳にした、――門がおろされた。それはまるで、じぶんたちが無知という天国から放逐されたような感じであった。こうなった以上、ただ経験に期待をかけるしかないわけであった。

「フランクさんの家へ行くの？」と少女は言った。そのとき、あのだしぬけに襲ってくる沈黙の瞬間が、せわしない午後の舗道へ落ちてきた。市内電車の鈴のひびきも、始発駅から聞えてくる汽笛の音もない。一団の鳥がオールド・スティン・ホテルの上空へぱっと舞いあがって、何か地上で犯罪がおこなわれているかのように旋回する。彼はフランクの家をなつかしく思った、……シャボン入れのどこを探れば金があるのか、それさえはっきりとわかっている。あらゆるものになじみがあるし、知らないものは何もない。フランクの家は、彼の苦い童貞をわかち持っているのだった。

「いや」と彼がもういちど言ったとき、喧騒が、午後の擾乱《じょうらん》がよみがえって来た、「違うよ」

「どこへ行くの？」

彼は毒々しい絶望のおもちでほほえんだ。――週末旅行にプルマンあたりへやって来て、海岸通りを真紅のロードスターでドライヴするような、すばらしいブロンド女が連れなのだったら、コスモポリタン・ホテルへ行くのが当然なのだが。塗りたての小帆船みたいに、レストランへ入って行く高価な香水と毛皮、夜の行為と引換えにしての空《から》いばり。彼はローズのみすぼらしい姿を、まるで苦行《ピナンス》を見るようにしてじっとみつめた。「スイートの部屋をとろう」と彼は言った、「コスモポリタン・ホテルに、ね」

「いやよ、ふざけてちゃ。ほんとにどこへ行くの？」

「おれの言ってるのが聞えるだろう――コスモポリタン・ホテルさ」。彼はかっとなって、

「おれには不相応だと言うのか？」

「あなたにはよくってよ。だけど、あたしには」

「さあ行こう。金はあるぜ。あのホテルならいいや。ええと……ウージェニーという女の常宿だったんだ。だから王冠のしるしが椅子についてる」

「そのひとはだれ？」

「外国女さ」

「あなた、そのホテルへ行ったことあるの？」

「むろんさ」

彼女はとつぜん興奮した身ぶりで両手をあわせ、――「夢みたいだわ」と言って、それから、彼がからかっているのかどうかをたしかめようと鋭い目つきで見あげた。

彼はさり気なく、「自動車《くるま》は修理に出してあるんだ。歩いて行ってバッグを運ばせよう。きみのはどこにある？」

「あたしの何？」

「バッグさ」

「壊れてるし、汚くて……」

「かまわないよ」と彼は言ったが、それは必死になっていばっている感じだった。「もう一つ買うさ。どこに置いてあるんだい？」

「何のこと？」

「ちぇっ、何て間がぬけてるんだ。おれの言いたいのは……」。しかし、これからはじまる夜のことを思うと彼の舌はこわばってしまった。彼が舗道をずんずん歩くと、午後の日ざしは彼の顔の上で薄れて行く。

彼女は言った、「何にもないの……結婚するのに何ひとつ持って来るものがないの。お金をすこし頼んでみたんだけど、お父さんたち渡してくれなかった。でもあの人たちのものなんですもの。ことわる権利はあるわけね」

彼らは一フィートばかり離れて、舗道を歩いて行った。こいつの言葉は、まるで小鳥が爪で窓ガラスにとまろうとするみたいに、防壁をひっかこうとする。いつでもおれを攻めたてようとしてやがる。つつましい態度さえも罠みたいな気がしてくる。お粗末でそっけない結婚式は、おれの希望だったんだ。こいつには理由がわかってやしねえ。おれが惚れてるんだと（とんでもないことだ！）思ってやがる。彼はぞんざいな口調で、「新婚旅行に行くんだなんて考えちゃ、いけないぜ。あれはばかげた真似さ。それにおれは忙しい体だ。仕事がいっぱいあるんでね。だから……」。彼は立ちどまると、ものに怯えて哀願しているような目つきで彼女のほうへ向いた。——そしてさりげなく、「どうしても留守がちになるぜ」

「待ってるからいいわ」とローズは言った。貧しい者、世帯やつれした者の忍耐が、彼女の皮膚の下で第二の天性のように働くのを、彼はすでに見ることができた。透明な膜の後ろに見える、つつましやかなくせに恥しらずな者の影を。

海岸通りに出ると、夕暮れはすぐ背後にあった。海がぎらぎら光っている。彼女はそれを、まるでいつもの海とは別なもののように、楽しそうに眺めた。彼は言った、「おやじさんは今日、何ていった？」

「一言も口をきかなかったわ。不機嫌なの」

「おふくろさんは？」

「やはり機嫌がわるいわ」

「金のほうは受けとってるんだぜ」

彼らは海岸通りの上、コスモポリタン・ホテルの反対側に立ちどまって、その巨大な建物の下で、ほんの僅かばかり寄りそうようにした。名前を呼ぶ給仕、コリオニの金のシガレット・ケース……彼はそれらを思い出しながら、ゆっくりと注意深く、不安をしめ出そうとするように、「さあ、あそこでならいい気持になれる」。彼はよれよれのネクタイに手をあて、上衣を直し、狭い肩をわれしらずそびやかした。「行こう」。彼女が一足おくれて路をよこぎり、広い階段をあがった。二人の老婦人が日当りのいいテラスで柳枝椅子《ウイツカー・チエア》に腰をかけていた。ヴェールですっかり顔を包んでいる。二人の女はまったく安心しきった様子で、話の最中でもおたがいの顔を見ることもせず、じぶんたちの言葉を了解のそぶりのなかに静かに落しこんでいるきりだった。「ところでウィリーが……」。「あたしはいつもウィリーが好きでしたよ」。階段をあがるとき、〈少年〉は不必要なくらいどたどた音を立てた。

彼は奥深い内部をよこぎって受付のデスクへ行った。ローズはすぐ後ろに立っている。だれもいない。彼はじりじりして待っていた。……それはわざとしかけた侮辱のように思われた。給仕が談話室で呼んでいた、「ミスタ・パインコフィン、ミスタ・パインコフィン」。〈少年〉は待っていた。電話が鳴る。入口の扉がもういちど揺れたとき、片方の老婦人の話し声が聞えて来た、「あれはベジルにも大変な打撃だったのです」。そのとき黒い服の男が出て来て、「何か用事でしょうか?」

〈少年〉は腹を立てて、「ここでずうっと待ってたんだぜ……」

「ベルを押して下されればよろしかったので」とそのフロント係はそっけなく言って、大きな帳簿を開いた。

「部屋がほしいんだ」と〈少年〉は言った。「ダブル・ルームを一つ」

フロント係は彼の後ろにいるローズへと目を移し、それからページを一枚めくった。

「空いている部屋がございませんので」

「金はいくらでも払うぜ」と〈少年〉は言った。「スイートの部屋をとろう」

「みんなふさがっておりますんで」とフロント係が、下を向いたまま言った。

銀盆を手にした給仕が戻って来て立ちどまり、様子を眺めていた。〈少年〉は怒気をふくんだ低い声で、「おれをほうり出して置くわけには行かねえぜ、おれの金だって、ほかの連中の金と同様、通用するんだ……」

「ごもっともで。しかし部屋が全部ふさがっていることもございますんで」。彼は背を向けて、スティックファストの水差しをとりあげた。

「行こう」と〈少年〉はローズに言った、「この宿屋は臭いぜ」。階段を大股に降りて行き、老婦人たちのところを通りすぎた。屈辱の泪が眼の奥でちくちくした。みんなに向って、おれはお前たちにこんな扱いを受ける人間じゃない、おれは殺人者なんだ、おれは人間を二人も殺したくせに、縛られないでいるような男なんだ、と叫びたい衝動を狂おしいほどに感じた。彼はいばりちらしたかった。おれだってあのホテルに泊るくらいの金は、ほかの連中と同じように持っている。おれには自動車が、顧問弁護士が、二百ポンドの銀行預金があるんだ……。

ローズが言った、「あたしが指環をはめてさえいたら……」

彼は怒って、「指環だって……どんな指環のことなんだ？　おれたちは結婚してないんだぜ。よく覚えておいてくれ。おれたちは結婚しちゃいねえんだ」。しかし、舗道へ出ると、彼は必死になってじぶんを抑制しなければならなかった。彼は立ちどまり、演じなければならない役がまだあるということを、苦々しく思い浮べた。――警察は妻から証言をとるわけには行かないけれども、しかし妻にそうさせないで置くものはただ……愛、おれがこんなに恐れている情欲だけなのだ。彼はローズの方に向きなおって、われしらず弁解していた。「奴らのせいですっかり腹を立ててしまった。だって、おれは約束したろう……」

「あたしは平気」と彼女は言って、驚きの眼をとつぜん大きく見張り、「何が起っても、今日一日はだいなしにすることはできないわ」と断言した。

「どこか宿を見つけなくちゃ」

「どこだっていいわ。フランクさんの家はどう？」

「今夜はまずい。仲間がそばにいるのは、今夜はいやだ」

「二人で考えてみましょうよ。まだ明るいもの」

それは――競馬がおこなわれていないときなら、商談で人に会う必要のないときなら――

――フランクの家のベッドに寝ころがってすごす時刻だった。チョコレートかソーセージ・

ロールを食べて、日ざしが煙突のところから移ろうのを眺め、眠りに落ちては目をさまし、もういちど何かを食べ、窓に闇が訪れるころ、また眠りにつく。それから愚連隊が夕刊を手にして戻って来ると、生活がふたたびはじまる。しかし今、〈少年〉は当惑していた。一人きりでいるのではないこんなに多くの時間を、どう費やしたらよいのか、わからなかったのだ。

「いつかまた」と彼女が言った、「あのときみたいに田舎へ行きましょうよ……」。海のほうをみつめながら、彼女は将来の計画を立てる……そのまなざしの前を進行して行く歳月を、彼は潮の線のようにはっきり見ることができた。

「何でもきみの望む通りにするよ」と彼は言った。

「桟橋へ行きましょう。あの日以来、行ってませんわ……覚えてる？」

「おれも行ってない」とすばやくすらすら嘘をついたが、実は、最初のときのことを、スパイサーを、海の稲妻を、――いつ果てるのかじぶんでは見透しのつかぬ物事の発端を、彼は思っていたのだ。

彼らは回り木戸を通りぬけた。そのあたりには大勢の人々がいた。釣の連中が一列に並んで、濃い緑いろのうねりのなかにあるじぶんの浮子《うき》を見まもっている。海の水が彼らの足もとで揺れ動いていた。

「あの娘を知ってる？」とローズが言った。〈少年〉は頭をそっけなく動かした。「どこにいる奴だい？」と彼は言った。「ここいらの女の子には、知っている奴なんぞいねえ」

「あそこよ。あのひと、きっとあなたのこと喋ってるんだと思うわ」

肥ったにきびだらけのまぬけな顔が記憶のなかに戻って来て、水族館にいる化物魚のようにガラスに鼻をこすりつける——危険だ——異国の海からやって来たあかえい。フレッドがあいつに話しかけ、そしておれは海岸通りであいつらに近よって行った。あいつは証言をした——あのときあいつが何を言ったかを思い出せないけど——たいして大事なことは言わなかった。今あいつはおれを見まもっている、血色のわるい友だちの肘をこづきながらおれのことを喋っている。どんなでたらめを言っているのか、おれにはわからぬけれど。畜生！と彼は思った、おれは世界中の人間をみな殺しにしなくちゃならないのか？

「あのひと、あなたを知ってる」とローズが言った。

「一度も見かけたことはねえ」と彼は嘘をついて、歩きつづける。

ローズは言った、「あなたといっしょにいるの、すばらしいわ。みんながあなたを知ってるんですもの。有名な人と結婚するなんて、考えたこともなかったわ」

この次はだれ？と彼は考えた。この次はだれなのだ？男が一人、釣糸を投げるために二人の行く手をさえぎって後ろへ引きさがり、糸をぐるぐる廻して遠くへほうり投げた。浮子《うき》はクリームのような波のなかに落ちて、岸辺のほうへと釣糸いっぱいに押し流される。桟橋の日かげの側は暖くなかった。ガラス板の仕切りの一方の側は昼、そしてもう一方の側には夕暮れが訪れていた。「向う側へ行こう」と彼は言った。彼はスパイサーの情婦のことを思いはじめた、――おれはどうしてあいつを自動車のなかに置き去りにしたのか？　畜生、ともかくあいつは遊び《ゲーム》のことには詳しかったはずなのだ。

ローズは彼を引きとめて、「ねえ、あれを一つあたしに下さらない？　記念に！　そう高くもないわ。たった六ペンスよ」と言った。それは公衆電話のボックスのような、小さなガラス張りの小屋だった。「あなたの声をレコードに」という看板。

「さあ」と彼は言った。「くだらないことを言うなよ。あんなことをして、何になる？」だが彼は次の瞬間、理由のない唐突な怒りを示しているローズに出会ってしまった。こいつは従順だ、まぬけだ、センチメンタルだ、ところがこいつはとつぜん危険な女になってしまう。帽子のことで、レコードのことで、「いいわ」と彼女は言った、「あっちへ行ってよ。あなたって人は何一つ買ってくれないのね。今日みたいな日でも。あたしが嫌いだったら、どうして行っちまわないの？　どうしてあたしを一人きりにしてしまわないの？」。人々は振返って二人を眺めた――彼のぷりぷり怒った顔を、彼女のすてばちな憤りの顔を。「何のためにあたしと結婚したの？」と彼女は大声で言った。

「頼むからさ……」

「いっそ身投げでもしたほうがまし」と彼女は言いだしたのだが、彼の言葉でさえぎられた。――「いいよ。買ってやるよ」。彼はひきつったようなほほえみを浮べていた。「気が違ったのかと思ったぜ」と彼は言った。「一体どうして、おれの声をレコードで聞きたいなんて言うんだ？　これから毎日、聞けるわけだぜ」。ローズの腕に力を入れて、「きみはいい子だ。けちけちしてるわけじゃない。欲しいものは何でもやるよ」。彼は考えた。おれは一体いつまで、こんなふうにあいつの言いなりにしてなきゃならないんだ……？

「もうあんなもの欲しいなんて言わないね？」。彼はへつらうようにして言った。彼の顔は、優しい心を示そうという努力のため、老人のそれのように皺がよっていた。

「だって、どうしても欲しいんですもの」と彼女は言って、彼には意味のわからない、あいまいな絶望の表情を浮べながら〈少年〉のまなざしをよけた。

彼はほっとしたものの、やはり気が進まなかった。レコードに吹き込むことは気にくわない。それは指紋を思わせる。「きみはほんとに」と彼は言った、「あんなものが欲しいのかい？　第一、おれたちには蓄音器がないんだぜ。聴くわけには行かないんだよ。どうするんだい？」

「蓄音器なんていらないわ。ただレコードが欲しいだけ。多分いつか、あなたがどっかへ出かけちゃうことがあるわ。蓄音器が借りられるかもしれないし。そのとき、あなたが喋るってわけなの」と彼女は不意に力強く言って、彼をぎくりとさせた。

「おれが何を言えばいいんだい？」

「何でもいいわ。何かあたしに話しかけてよ。ローズ、と言ってそれから何か……」

彼はボックスのなかへはいって扉をしめた。六ペンスを待ちかまえている孔。電話口のようなもの。「機械のそばでははっきりとお話し下さい」という注意書。科学的な感じのする附属品が、神経をいらだたせる。肩ごしに見やると、彼女は外で彼をみつめている——ほほえみも浮べずに。彼は見知らぬ女を眺めるような無関心さで、彼女を、ネルソン・プレイス生れのみすぼらしい娘を眺めた。そして激しい怒りを感じた。彼は六ペンスをほうりこみ、ボックスのそとまで声がとどかないように低くささやいた。じぶんのメッセージをエボナイトに刻みつけるために。——「畜生、ズベ公め、どうしてとっとと家へ帰って、おれを一人きりにしてくれねえんだ?」。回転するレコードの上で針がきしむ音を、彼は聞いていた。やがてカチッという音がして沈黙が訪れる。

彼は黒い円盤をかかえて、ローズへ近づいて行った。

「ほら、やるぜ。何か喋っといたよ……愛の言葉ってやつ」

彼女はそれを注意深く受けとって、人ごみから守るようにかかえた。桟橋の日なたの側でもしだいにひえびえして来た。そしてその寒さは彼ら二人のあいだにも、——さあ、もう家へ帰る時分ですよ、という決定的な宣告のように落ちて来た。彼は、勉強をしてない不良生徒みたいな感じになっていた、——学校には行かなくちゃならぬ、だが学課の中味はまだ覚えていないのだ。回り木戸を出ると、彼は、ローズがいま何を期待しているのかを知ろうとして横目で見やった。もし興奮のいろが僅かでもあったならば、その顔に平手打ちをくわせたことだろう。しかしレコードを抱きしめている彼女の様子には彼と同じような冷淡さがみなぎっている。

「さあ」と彼は言った、「どっかへ行かなくちゃ」

彼女は階段の下のほう、桟橋の真下の散歩道を指さした。「あそこへ行きましょうよ。あそこなら屋根があるわよ」

〈少年〉は鋭い目つきで彼女を見まわした。まるで彼女が故意にじぶんを苦しめて、試そうとしているような気持。ちょっとのあいだ彼はためらっていたが、やがて彼女に向って苦笑いし、「よかろう。あそこへ行こう」。善と悪との婚姻――それは彼の心をある種の官能のようにゆすぶった。

オールド・ステイン・ホテルの木立のなかに豆電球がともった。しかし暮色のなかのその淡い彩りは、時刻がまだ早いためはっきりしない。遊歩道下の長い地下道は、ブライトンのアミューズメント・センターのなかではいちばん喧騒な、いちばん低級な、そして、いちばん安っぽい場所である。――「おれは天使じゃないぞ」と書き込んである紙のセーラー帽をかぶった子供たちが、彼ら二人を追い越す。仲のよい二人づれを乗せた幽霊列車が、金切り声や悲鳴であふれている暗闇のなかへ、がたがた走って行く。地下道の陸地よりの側には娯楽場が、反対側には売店が、ずらりと並んでる。マグパイ・アイスクリーム、立体写真、牡蠣、糖菓《ロック》。天井につかえている棚。小さな扉からはいると薄ぐらい裏へ出るのだったし、海岸よりの側の店には扉も窓もない。あるのはただ、砂利道から屋根まで所狭しと打ちつけた棚の段ばかり。つまり、ブライトン糖菓《ロック》でできた防波堤が海に面しているわけだった。地下道のなかには電燈がいつもともっているし、空気はどんよりとなまぬるく、人の息で濁っている。

「さあ」と〈少年〉は言った、「何にしよう？　螺《つぶ》がいいかい、それともブライトン糖菓《ロック》？」。彼は、何か大切なことがその返事にかかっているかのように彼女を見まもった。

「ブライトン糖菓《ロック》が一本ほしい」

彼はふたたび苦笑した。まるで何かが、そう、悪魔が乗り移って、こんな返答をさせるみたいだ、と彼は考えた。こいつは善良だ、そしておれはこいつを、ちょうど聖体拝領で聖体を受けるようにものにしたわけだ、——はらわたのなかへと。神だって、あえて劫罰を飲みこもうとする悪魔の口を避けることは不可能なのだ。彼は戸口のほうへぶらぶら歩みより、なかを覗きこんだ。「ねえちゃん」と彼は言った、「ブライトン糖菓《ロック》を二本」。

彼は桃いろ格子の小部屋のなかを、まるでじぶんのもののように見まわした。事実、その小部屋は記憶のなかではっきりしていた。そこには足跡がついていたし、床板の或る部分は永遠に減ずることのない重要性を持っていた。もしレジスターがとりのけられたら、彼は例の床板を覚えていたかもしれない。

「それは何だい？」と彼は言いながら顎をしゃくって、或る箱をさした、——そこにあるたった一つの見覚えのないものを。
「折れちまった糖菓《ロック》ですよ。見切品です」
「メーカーから持って来たのかい？」
「いいえ。壊されたんです。まぬけな連中の仕業ですよ……」と女は愚痴をこぼした。遊歩道は
彼は糖菓《ロック》の棒を手にしたまま振返った。見るまでもないことはわかっていた。
ブライトン糖菓《ロック》の並んでいる背後でとぎれているのだ。ふと彼は、われながら頭がいいな
と思わずにはいられなかった。「さようなら」と彼は言って、小さな戸口をくぐりぬけ、
外へ出た。じぶんの頭のよさに酔うことさえできれば、プライドの重圧から解放されるこ
とさえできれば。
二人はめいめい糖菓《ロック》をしゃぶりながら並んで立っていた。女が一人、がなりたてて、彼
らを片側へ押しやった。「場所ふさげだよ」。二人の視線が出会った、——新婚夫婦。
「今度はどこへ行く？」と彼は不安そうに言った。
「見つけなきゃならないわね——どこか」と彼女は言った。
「そう急ぐ必要ないさ」。しかしその声は不安のため、すこしばかり咽喉につかえた。
「まだ早い。映画は好きかい？」。彼はもう一度へつらうような調子で言った。「映画に
連れてったこと、一度もなかったね」
しかし先程の自負心はもうなくなっていた。またしても彼女が口にした熱っぽい同意——

――「あなたって優しいのねえ」――が、嫌悪の念を起させた。

彼は薄暗がりのなかの三シリング半の座席にどしんと腰をおろして、ローズは何を望んでいるのかと、冷酷にそして意地悪く考えてみた。スクリーンの横の夜光時計が時間を刻んで行く。それはロマンチックな映画だった。すばらしい美貌、入念に映しだされる腿、翼のついた柳条製小舟《コラクル》の形をした秘密のベッド。男がひとり殺されるのだが、それは問題じゃない。問題なのは遊び《ゲーム》だ。二人の主役はベッドのシーツへ堂々と近づいて行く。――「サンタ・モニカで一目見たときから、あなたを愛していたのです……」。窓の下から聞えて来る歌声。ナイトガウン姿の若い女、そしてスクリーンの横の時計は進行する。彼はとつぜんローズへ、怒ったようにささやきかけた、「まるで猫みたいだ」。しかしあれは、真昼間にもおこなわれるごくありふれた遊び《ゲーム》ではないか――犬が往来でやっていることに、なぜ怯える？　呻くような歌声――「気高いあなたを心に抱いて」。彼はささやいた、「結局、フランクの家へ行くほうがよさそうだ」。そして彼はこう考えていたのだ、あそこへ行けば二人きりじゃないだろう、何かおっぱじまるさ、たぶん連中は飲むだろう、たぶん奴らはお祝いだと言って……だれも今夜はベッドにもぐりこまないことになる。のっぺりした白い顔に黒い髪を一筋たらした俳優が言った、「あなたはわたしのもの、全部わたしのもの」。きらきら光る星空の下、途方もない月光のなかで、またしても彼は歌うのだった。すると〈少年〉は、とつぜんわけもなく泣きだした。彼は泪をこらえようとして眼をつむったが、しかし音楽は鳴りつづける――それは囚人が夢に見る放免のイメージのようだった。彼はしめつけられるような感じを抱きながら、ぜったい手のとどかぬところにある限りない自由を心に描いた。自由――そこには恐怖もない、憎悪もない、羨望もない。それはまるでじぶんが死んでしまって、美しい告白すなわち赦罪の言葉が与える効果を回想しているような気持だった。しかし死んでしまえばそれは単なる記憶にすぎぬ――悔悛を経験することはできない――おれの肋骨はおれを永劫の悔恨へ引きずりこむ鉄の枷《かせ》なのだ。ついに彼は言った、「出よう。出たほうがいい」

もうすっかり暗くなっていた。ホーヴの町の海岸通りには色電球がともっている。レストラン・スノーを、コスモポリタン・ホテルを、彼らはゆっくり通りすぎた。一台の飛行機が海のほうへ低空飛行している。……次第に薄れて行く赤い尾燈。ガラス屋根の一つの下で、老人がパイプに火をつけようとしてマッチをすると、隅のほうに、抱擁している男女の影が浮び上った。泣きわめく音楽が海から遠ざかる。彼らはノーフォーク広場を通ってモンペリエ・ロードへ曲った。ガルボふうの頬のブロンド女が、ノーフォーク酒場の正面階段に立ちどまって白粉《おしろい》をはたいている。どこかで鐘が一つだれかの死を報じ、地下室の蓄音器が讃美歌をかなでる。「まあ今夜がすんでから」と〈少年〉が言った、「どこか行くところを見つけるさ」

彼は鍵を持ってはいたが、ベルを鳴らした。人間と会って話をする……それを望んでいたのだ。だが、返事がない。彼はもう一度ベルを鳴らした。昔ふうに引っ張る仕組になっているベルが、針金の端でけたたましく鳴った。埃と蜘蛛の巣と無人の部屋での長い経験から、だれもいないことをどんなふうに知らせるか心得ているようなベル。「みんな留守ってはずはない」と彼は言って、鍵を当てがった。

玄関には電球が一つ、つけっぱなしになっていた。電話の下に紙きれがはさんであるのですぐ目につく。――「御両人様」――へたくそにのたくった、フランクの女房の筆蹟。「わたくしたちは婚礼のお祝いをしに出かけます。部屋に鍵をかけて、お楽しみのほどを」。彼はその紙をもみくちゃにして、リノリウムの床に捨てた。「来いよ」と彼は言った。「二階だぜ」。階段の上で新しいてすりに触れながら、「ほら、直させたぜ」。キャベツと料理の臭《におい》、布の焦げたような臭が暗い廊下に漂っていた。彼は顎をしゃくって、「あれがスパイサーおやじのいた部屋さ。幽霊ってあると思うかい？」

「わからないわ」

彼はじぶんの部屋の扉を開けて、汚れた裸電球をひねった。「どうだい。気に入ったかい？」。彼が横によると、大きな真鍮のベッド、洗面台の上の短い水さし、安っぽいガラスがはめてあるワニス塗りの衣裳戸棚などが見えた。

「ホテルよりいいわ」と彼女は言った、「ずっと寛《くつろ》げるんですもの」

彼らは、次にはどんな動作をしたらよいのかわからないみたいに、部屋の真中にたたずんでいた。彼女は言った、「明日、すこし掃除します」

彼は扉をどんと叩いて、「何一つ動かさないでくれ。これはおれの住み家なんだ、いいかい？　ずかずかはいりこんで、かきまわしてもらいたくはねえ……」。彼は恐怖を感じながらローズを見まもった——おれの部屋へ、おれのねぐらへはいって来て、そこに思いがけないものを発見する……。「どうして帽子をとらねえんだ？」と彼は言った、「ここにいるつもりなんだろう？」。彼女は帽子とレイン・コートをぬいだ、——大罪を犯すための儀式。これは、と彼は考えた、人間がたがいに地獄へ落しあうことなのだ……。ホールでベルが鳴った。しかし彼はちっとも気にとめなかった。「土曜の晩だ」と彼は舌の上に苦さを味わいながら言った、「寝る時刻だぜ」

「だれかしら？」と彼女が言った。そしてベルはもういちど騒がしく鳴った、——相手がだれだろうと、この家がもはや無人でないことを伝える、間違いようのない響き。彼女は部屋をよこぎって彼に近づいた。蒼ざめた顔色。「巡査かしら？」

「どうして巡査なんだい？　フランクの友だちだろう」。しかしこの示唆の言葉は、彼じしんをぎょっとさせた。彼はたたずんだままベルの音を待った。だがもう鳴らない。「さあ」と彼は言った、「一晩中こうして立ってるわけにゃ行かない。ベッドにはいったほうがいいよ」。彼はぞっとするような空白感に襲われた——まるで数日も食事をとっていないような感じ。彼は上衣をぬぎ、そしてそれを椅子の背にかけながら、すべてはいつもと同じだというふりをしようとした。振向いてみると、ローズは身じろぎもしないでいる。彼女は、まだ大人になりきらない痩せた体を、洗面台とベッドのあいだでふるわせていた。「ほう」と彼は口が乾いているのを意識しながら、からかった、「怖がってるんだね」。まるで四年むかしにさかのぼり、同級生をなぶって喧嘩を挑んでいるみたいに。

「あなたは怖くない？」とローズが言った。

「おれがだって！」。思わず、彼は彼女を嘲りながら進みよった。官能の萌芽――ナイトガウン、あらわな背中、「サンタ・モニカで一目見たときから愛していたのです……」の思い出が彼を愚弄した。彼はある種の激しい怒りにゆすぶられながら、彼女の肩をつかんだ。おれはネルソン・プレイスからここへ逃れて来たのだ。彼は彼女をベッドへ押しつけた。「これが、大罪ってやつなんだ」と彼は言って、どんな香気がそこにあるのか今はじめてためそうとするように、神を唇に味わおうとした。ベッドの真鍮の柱、彼女の、恐怖のあまり口もきけないでいる従順な目――彼は、いっさいのものを、悲しい、獣的な、すべてを賭けた抱擁のなかに抹殺した。苦痛の叫び、そしてまたベルの音が何度も鳴りはじめた。「ちぇっ」と彼は言った、「奴らはおれをほうっておいてくれねえのかい？」。彼はじぶんがおこなったことを見ようとして瞼をあけ、灰いろの部屋を見まわした。じぶんの行為、それはヘイルやスパイサーが死んだときよりも、ずっと死に似ているような気がする。

ローズが言った、「行かないで、ピンキー。行かないで」

彼は奇怪な勝利感を抱《いだ》いていた。おれは人間の羞恥の最後のものも卒業したのだ――結局そう難しいことではなかった。おれはじぶんを曝《さら》けだした。だが、だれも笑いやしなかった。おれはプルウィットもスパイサーも要らなかった、ただ……するとその営みの道づれに対する優しい心がほのかに湧いて来る。彼は片手をのばして彼女の耳たぶをつねった。だれもいないホールでベルが鳴った。途方もない重しがとりのけられたような気持――。もうおれはだれとでも顔を合せることができる。彼は言った、「何の用でベルを鳴らしてるのか、見て来たほうがいいらしいな」

「行かないで。あたし怖いの、ピンキー」

しかし彼は、おれはもう決して恐怖を抱かないだろうと感じていた。競馬場を駆けおりながらおれは怯えた。苦痛を、そしてもっと多く劫罰を怯えた、――告解をすませないで頓死することを怯えていた。だがいま永劫の罪に落ちたからには、もうこれ以上、恐れるものはない。不吉なベルが騒がしく鳴って、長い針金がホールでがたがた揺れ、そして裸電球がベッドの上で――少女、洗面台、すすけた窓ガラス、煙突の空白な影、「あなたを愛しているわ、ピンキー」とささやく声の上でともっていた。これが地獄の姿なんだ。たいして心配するほどの代物ではない。見覚えのあるおれの部屋じゃないか。「戻って来るよ。心配するな。戻って来るからさ」

彼は階段の上で修繕したてすりに、まだ白木のままの新しい木に手をふれた。彼はそれをそっと押して、どのくらい頑丈かを確めた。彼はじぶんの利口さに拍手を送りたかった。下のほうでベルが揺れる。彼は見おろした。長い落下距離ではあるが、この高さからで人間が死ぬかどうかはあやしいものだ。今までこんな考えが浮んだことはなかった。しかし時とすると背骨を折った人間でも、数時間は生きているという話だし、それに、頭蓋骨にひびがはいっているのに生きながらえている老人を、おれは知っていた。寒い日には、くしゃみをすると、かちっと音がするんだってさ。彼は急に力を得たような気がした。ベルは騒がしく鳴る。ベルの奴、おれがいることを知ってやがる。彼はそのまま階段を降りた。すりきれたリノリウムに爪さきが引っかかった。――おれはこんな家に住むような人間じゃねえ。彼は、じぶんがとても元気なのを感じた、――おれは二階で活力を失いやしなかった、むしろそれを手に入れた。失ったもの、それは恐怖。戸口の外にいるのはだれなのか見当がつかなかったけれども、彼は意地悪ないたずらっ子のような気分になっていた。手をあげて古ぼけたベルをとめ、鳴らなくすると、針金を引っ張る力が感じられた。こうして、ホールにめぐらした針金で、だれか知らない男との奇妙な綱ひき遊びがはじまり、勝ちは〈少年〉のものとなった。引っ張るのがやむと、今度は手で扉をたたく音。〈少年〉がベルを離して、そっと戸口へ行くと、とたんに彼の背後でベルがまた音を立てる。ひびわれたような、うつろな、けたたましい音。紙の玉――「扉に鍵をかけて、お楽しみのほどを」――が爪さきにぶつかった。

ドアを威勢よく大きくあけると、そこにはカビットが、酔っぱらって絶望しきったカビットが陰鬱な表情でつっ立っていた。だれかに殴られたらしく眼のあたりがくろずんでいるし、吐く息はくさい。彼は酒を飲むといつも腹の具合がへんになるのだ。

〈少年〉の勝利感が高まった。彼は測りしれぬほどの勝利を味わっていた。「ところで」と彼は言った、「何の用だ？」

「置いてあるものを取りに来た」とカビットは言った。「身のまわりのものがいるんだ」

「じゃ、持って行けよ」

カビットはおずおずとはいって来て、「お前に会おうとは思わなかった……」

「さっさとしろよ」と〈少年〉は言った、「じぶんのものを持って、出て失せろ」

「ダローはどこにいる？」

〈少年〉は答えなかった。

「フランクは？」

カビットが痰を吐いた。彼のくさい息が〈少年〉のほうまでにおう。「なあ、ピンキー」と彼は言った、「お前とおれ……なぜおれたちが友だちじゃいけねえんだい？　昔みたいに」

「いい、おれたちは友だちじゃなかったぜ」と〈少年〉が言った。カビットは気にかけなかった。

彼は電話に背を向けて立ち、泥酔した瞳で〈少年〉を用心深く見まもっていた。

「お前とおれ」と彼は言った（くさい痰が咽喉にひっかかっているので発音が濁る）、「お前とおれは、別れちゃやって行けねえのさ。なあ、おれたちは兄弟みてえなもんだ。結びついて離れねえんだ」。〈少年〉は反対側の壁によりかかって、彼を見まもっている。「お前とおれ――それがおれの言い分なのさ。おれたちは、別れちゃやっていけねえんだ」とカビットはくり返した。

「コリオニは貴様に目もくれなかったろう……はなもひっかけなかったらしいな」と〈少年〉は言った、「だがおれもあの野郎のお残りはいただきかねるぜ、カビット」

カビットはすこしばかり泣きだした、――彼はいつもそうなるのだった。だから〈少年〉は、彼がどのくらい飲んだかを、泪の分量で測ることができた。泪は、さからいながらもにじみ出てくる。二滴ばかりまるで酒のしずくのように、黄いろい眼球からにじみ出る。「こんなふうに迎える手はねえさ、ピンキー」

「荷物をまとめたほうがいいぜ」

「ダローはどこにいる？」

「留守だ」と〈少年〉は言った。「みんな留守なんだ」。冷酷ないたずら心がまた持ちあがって来た。「おれたち二人っきりなんだぜ、カビット」。彼はホールを見わたして、スパイサーが落ちた場所に貼ってある新しいリノリウムの一片に目をやった。しかしその動作はききめがなかった。泪の段階は束の間のものだった。次いで訪れたものは陰鬱さであり、憤りであり……。

カビットは言った、「なめた真似をすると承知しねえぞ」

「コリオニにもそんな真似をされたのか?」

「おれは仲なおりをしようと思って来たんだ」とカビットは言った。「縁を切るだけの金はあるめえからな」

「貴様が考えてるよりずっと金持さ」と〈少年〉は言った。

カビットはすばやくそれにつけこんだ。「五ポンド貸してくれ」

〈少年〉は首を振った。それは短気と誇り《プライド》とがとつぜん彼を動かしたしるしであった。おれはこれよりも価値のある男だ――よごれた裸電球の光を受け、すりきれたリノリウムの上に立ってカビットみたいな男とこんな口論をすることよりも。「頼むから」と彼は言った、「荷物をまとめて出て行ってくれ」

「お前のことで、何なら聞かせてやってもいい話があるんだが……」

「聞かなくてもいい」

「フレッドが……」

「貴様は絞首刑《ぶらんこ》さ」と〈少年〉は言って、歯を見せて笑った。「だけどおれは違うぜ、おれは絞首刑《ぶらんこ》になるにはまだ若すぎる」

「スパイサーのこともあるぜ」

「スパイサーはあそこに落ちたんだ」

「おれは聞いたぜ、お前が……」

「おれが、だって？　だれがそんなことを信じる？」

「ダローが聞いてるぞ」

「ダローなら大丈夫さ」と〈少年〉は言った。「ダローならおれが信用できる野郎だ。おい、カビット」と彼は静かにつづけた、「もし貴様が剣呑な男だったら、おれは何か手を打つぜ。だけど、てめえのしあわせな星まわりに感謝しろ、貴様は剣呑な男じゃねえと来てる」。彼はカビットに背を向けて階段を昇った。カビットが息をはずませながらついて来るのがわかる。カビットの呼吸は乱れていた。

「おれは喧嘩しに来たんじゃなかったんだ。二ポンド貸せよ。ピンキー。おれは文無しなんだ」

〈少年〉は答えずに――「昔のよしみでさ」――階段の曲り角で横に折れ、じぶんの部屋へと向った。

カビットは言った、「ちょい待ち！　くそったれ小僧め、一つ二つ教えてやらあ。おれにはな、金をくれようっていう人間がいるんだぜ――二十ポンドさ。やい……お前……お前がどういう野郎なのか教えてやるぜ」

〈少年〉はじぶんの部屋の戸口で立ちどまった。「つづけろ。おれに言ってみろ」カビットは言い淀んだ。適当な言葉がみつからなかったのだ。彼は紙のように薄っぺらな文句のなかに、その怒りと怨みを吐き出した。「お前はけちだ」と彼は言った、「お前は卑怯者だ。じぶんの身をまもるために親友を殺すくらいの卑怯者だ。やい」――彼は濁った笑い声を立てた――「お前は女がこわいんだろう。シルヴィーから聞いたぜ」――しかしその告発は遅すぎた。人間の最後の羞恥を、彼はもう卒業したのだから。彼は楽しそうにある種の忌わしい誇り《プライド》を感じながら聴き入っていた。カビットの描くおれの肖像はおれには無関係だ。それは奴らが描くキリストの像みたいに、じぶんの感傷の産物にすぎない。しかしカビットには知る由もなかった。カビットは、初対面の男の前で本で読んだことしかない国の地図を描いている教授に似ていた。輸出入の統計、総屯数と鉱業資源、そして予算の模様なども。……しかもたいていの場合、相手のほうの男は、その国の沙漠地方で水にかつえたり、山麓の丘で襲撃されたりしたことがあって、身をもって知っているのだ。けち……卑怯……怖がる。彼は静かに嘲り笑った。まるでカビットの知っているかぎりの夜の影から、彼がすでに飛び立ってしまったかのよう。彼は部屋の扉を開けてなかへはいり、しめ、錠をおろした。

ローズは、復習して来たことを言うために教室で先生を待っている子供のように、ベッドに腰かけて足をぶらぶらさせていた。外ではカビットが罵りながら扉を蹴とばし、把手をがちゃがちゃさせ、やがて立去った。彼女はほっとしたように言った（彼女は酔っぱらいには慣れていた）。「まあ、やっぱり巡査じゃなかったのね」

「どうして、巡査だなんて言うんだい？」

「どうしてなのかしら？　あたし、ひょっとしたら……」

「ひょっとしたらどうなの？」

彼はかろうじて彼女の返答を聞いた、──「コリー・キバー」という答を。

一瞬、彼は愕然とした。次いで彼は、無邪気というような言葉を平気で通用させる世間を、限りない軽蔑と優越感とをこめて優しく嘲った。「ほう」と彼は言った、「凄えもんだ。よく知ってた。その通りさ。きみはまだ、おっぱい臭いねんねだと思ってたよ。ところが」──おれはこいつの姿をあの日ピースヘイヴンで、レストラン・スノーのハーヴェスト・ワインのなかで築きあげたのだ、「──ところが、きみは何もかも知ってるんだね」

彼女はそれを否まなかった。両手を膝の上に組んだまま、彼女はいっさいを受け入れていた。「凄えもんだ」と彼は言った。「ねえ、そこまで考え当てたからには──きみはおれと同様、悪者なんだぜ」。彼は部屋をよこぎって近づき、ある種の敬意を払いながら付加えた。「おれたちは瓜二つなんだ」

彼女は子供っぽい献身のまなざしで見あげ、そしてまじめに誓った、──「瓜二つ」と。

彼は欲情がふたたび、腸のなかの嘔き気のように動くのを感じた。「結婚式の夜だというのに！」と彼は言った、「結婚式の夜がこんなものだなんて考えてたかい？」……掌のなかの金貨、祭壇にひざまずく、祝福……廊下での足音、カビットがつづけざまに扉を叩いて、よろめきながら去って行く、階段がぎしぎし軋り、やがて乱暴に戸がしまる音。彼女は彼を抱きしめながら、大罪への姿勢でもういちど誓うのだった、「何から何まで」と。

〈少年〉はワイシャツのまま仰向けに寝て――夢を見た。彼はアスファルトの運動場にいた。プラタナスの樹が一本、枯れている。ひびのついた鐘が鳴ると、子供たちが彼のほうへ出て来る。彼は新入生なのだ。みんな知らない奴ばかりだ。彼は恐怖で痛めつけられる――彼らは何かをもくろんでおれのほうへ来たのだ。それから彼は、袖が手で用心深く引っぱられるのを感ずる。じぶんが、背後にいるカイトが、木の枝にかけてある鏡に映っている。――中年の、陽気な、口から血を流している男。「小僧どもめ」とカイトは言って、剃刀を握りしめる。今どうすればよいのかはわかっている。おれには遠慮がないということ、戒律はないということを、奴らにいちど教えてやる必要があるのだ。

彼は襲いかかるような身ぶりで片手を振りあげ、何やらぶつぶつぶやいて寝がえりを打ち、横むきになった。毛布の端が口のところに落ちて来る。息苦しさ。彼は桟橋の上にいて、棒杭が折れるのを見ている、――黒い雲が英仏海峡をよこぎってぐんぐん近づく。

波が高くなる。急に栈橋が一方に傾き、次第に沈んで行く。彼は叫ぼうとした。水死ほどいやな死に方はない。栈橋のデッキが、今まさに沈もうとする汽船のように急角度に傾く。彼はつるつるする傾斜を海からよじ登ろうとするが、またすべり落ち、そのまま沈んで行ってネルソン・プレイスにあるベッドのなかへ落ちこむ。彼はまだ夢のなかで考えていた、「何という夢だ！」と。そして彼は、もう一つのベッドでの、両親の忍びやかな動きを耳にした。土曜の夜だったのだ。父親は競走の決勝点をかけぬける男のようにあえぎ、母親は悦楽の苦痛に、恐ろしい呻き声を立てる。彼は憎悪、嫌悪、孤独にとりまかれている。おれはまったく見捨てられているのだ。おれのことなぞ、両親はちっとも気にかけていない。——数分のあいだおれは死んだも同然なのだ。おれは、愛する者の恥しらずな行為を見まもっている煉獄の魂のようだ。やがて彼はまったく唐突に目を開いた。だが、夢魔はまだあまり遠のいていないようだ。真暗な夜だった。彼は何も見えないまま、数秒のあいだ、じぶんはネルソン・プレイスへ帰っているのだと信じていた。やがて時計が三つ、裏口にある塵芥《ごみ》箱の蓋のように耳もと近くで鳴った。彼はほっとして、じぶんが一人きりなのだということを思い出した。彼は夢うつつのまま（口がにちゃにちゃして臭かった）、手さぐりで洗面台へ進み寄った。うがいコップをとって、水をついだ。そのとき、「ピンキー？　どうしたの？　ピンキー」という声が聞えた。コップを取り落し、そして水が脚を濡らしたとき、彼は苦々しく思い浮べていた。

彼は闇のなかへ用心ぶかく話しかけた、「何でもない。眠ってろよ」。彼はもう、勝利感も優越感もなかった。彼は数時間前を振返って眺めた、まるでそのとき酔っていたかのように、あるいは夢を見ていたかのように――おれは束の間《つかま》、じぶんの経験のもの珍らしさで元気づけられたのだった。もう二度とふたたび、未知なものなぞ現れはしまい、――彼はすっかり目覚めていた。ああしたことは常識であつかうべきなんだ――あいつは気がついている。さめきった、打算的な凝視の前で、闇が薄れて行く、――ベッドの柱と椅子の輪郭が見える。おれは一方で成功すると同時に、他方では失敗したわけだ。……奴らがこいつに証拠を出させるわけには行かない、しかしこいつは知っている……こいつはおれを愛している、それが何を意味しようとも。しかし愛とは、憎しみや嫌悪のような永遠のものではない。世間にはもっと美しい女もいれば、もっと瀟洒な若者もいるんだ……そのとき彼は、ぬきさしならぬ現実に思いいたったのである、――おれはこいつの愛を命のかぎり保ちつづけねばならぬのだと怯えながら。おれはこいつを見捨てることができない。おれが出世しても、人目につく傷あとのようにネルソン・プレイスがつきまとって来る。戸籍係の窓口での結婚は、秘蹟と同じように取り返しのつかぬものだった。ただ死だけが、彼に永遠の自由を与え得るわけだった。

彼は外気を求めて、そっと戸口へ出て行った。廊下には何も見えず、ただ安らかな寝息だけがあふれている――彼が立去った部屋から、ダローの部屋から。彼は、じぶんでは見ることのできない人々に見まもられている盲人になったような気がした。彼は手さぐりで階段の降り口へと進み、階段を軋らせながら、一歩一歩ホールへと降りた。彼は手をのべて電話にさわり、それから腕をのばして扉のほうへ進んだ。街路の灯は消えていたが、四つの壁の囲みから解放された暗がりは、ひろびろとした都会の上空でもう明るくなりかけている。彼は地下室のてすりを、うごめく猫を、そして、暗い空に反射する燐光の海を見ることができた。それは異様な世界――今まで住んだことのない世界であった、彼は、英仏海峡のほうへと静かに歩みながら、自由を錯覚していた。

モンペリエ・ロードには、灯がともっていた。だれもいない。レコード屋の外に出してある空《から》のミルク罎、はるか遠くの明るい時計塔と公衆便所。空気は田舎のそれのように新鮮だった。おれは逃亡したのだと夢想することもできた。両手をズボンのポケットにつっこんで暖をとろうとしたとき、入れてなかったはずの紙きれにさわった。彼はそれを引き出した――手帳をやぶいた紙きれ――大きな、形のととのわない、見覚えのない筆蹟。彼は灰いろの光線にかざして、かろうじて読んだ。「ピンキー、あなたを愛してます。あなたが何をなさろうと、かまわないの。あなたを永遠に愛しています。あなたは、とても優しくして下さったわ。どこへでもあなたが行くところへ、あたしもついて行きます」。あいつはこれを、おれがカビットと話しているあいだに書いて、おれが眠ってるあいだにポケットに入れたにちがいない。彼はその紙きれを掌のなかで皺くちゃにした。魚屋のそとに塵箱が一つあったっけ。ふと、彼は投げ捨てようとする手をとめた。ぼんやりした感覚が、彼に告げた――いつか役に立つかも。

彼はささやきを耳にして、ぱっとあたりを見まわし、紙きれをポケットにつっこんだ。二軒の店にはさまれた露地の地べたに、老婆が坐っている。彼にはただ、何の彩りもない衰えた顔が見えただけであった。それは地獄に落ちた罪人を眺めるようであった。そのとき彼は老婆のささやきを聞きとった、――「なんじは女のうちにて祝福せられたるものなり」。そしてロザリオをつまぐっている灰いろの指を見た。これは呪われたる者の一人ではない。彼は恐怖のまなざしで、魅せられたように眺めていた、――これは救われたる者の一人なのだ、と。

註1　マリー・ストープス（1880―1958）イギリスの性科学者、産児制限論者、古生物学者。『夫婦愛』は一九一八年の刊。

註2　「薔薇よ薔薇……」　ブラウニングの物語詩『愛国者』の冒頭。ただし若干の言い違えがある。

註3　「我わが肉体をもって……」　英国国教会で結婚のさい用いる祈禱文の一節。「我この指環にて汝とちぎり、我わが肉体をもって汝を崇む……」

VII

1

ローズは一人ぼっちで目ざめたのだが、それが変だなどとはちっとも思わなかった。大罪の国へはじめて訪れた身であったから、すべてはこの土地の習わしなのだと臆測していたのである。彼は、と彼女は想像した、仕事をしているのだろう。目ざまし時計が騒がしく鳴って促すわけではなかったけれど、朝の日ざしが彼女を目ざめさせながら、カーテンの引いてないガラス戸を通ってはいって来る。廊下に足音が聞え、「ジュディー」と命令するように呼びかける声が聞えた。彼女は横になったまま、妻の――あるいは主婦の仕事は何だろうと考えた。

しかし彼女は長いあいだ寝そべってはいなかった――それは大変なこと、途方もなく忍耐を要することであった。何もすることがないなんて、生活らしい気がしない。多分わたしが心得てると思っているのだろう――ストーブを燃しつけることや、食卓の用意や、いらないものの整理などを。時計が七つ打った。それは聞きなれない時計で（今まで彼女は同じ時計を聞いて暮してきたのだ）、その音はこれまでに聞いたどの時計の音よりもずっとゆったりと、遥かに甘く、初夏の空気のなかに落ちて行くように思われた。彼女は幸福だったが、恐ろしくもあった。七時というのはじつに遅い時刻であったから。大急ぎでベッドから出て、服を着ながら、「主禱文」と「アヴェ・マリア」をつぶやこうとしたが、そのとき彼女はまた思い出した、……いまお祈りしても何の役に立とう？　と。あたしはいっさいにおいて破滅してしまったのだ。あたしはどの側に立つかを決めてしまった。もし彼が呪われているのなら、あたしもまた地獄へ堕ちるのではないか。

水さしのなかには、表面が灰いろに濁った水が一インチばかり残っているきりであった。シャボン入れの蓋をとると、一ポンド札三枚のなかに二シリング半貨幣が二個はいっていた。彼女は蓋を元どおりにした。それも、馴れる必要のあるもう一つの風習にすぎなかった。部屋を見まわして衣裳戸棚をあけると、ビスケット缶と靴が一足あった。ビスケットの屑が踏みつけられて砕けた。椅子の上にのせておいたレコードが目にふれる。彼女は、壊してはいけないと思って、それを戸棚にしまった。それから扉をあけたのだが、生活の気配はちっともなかった。てすりによりかかって眺めていると、新しい木材がきいきい軋んだ。下のほうのどこかに台所や居間や働くところがあるに相違ない。

注意深く降りて行った、――七時――かんかんに怒っている顔――ホールに落ちているまるめた紙きれが、足にぶつかった。彼女は皺をのばして、鉛筆書きのメッセージを読んだ、——「鍵をかけて、お楽しみのほどを」。どういう意味なのかわからない。暗号かもしれぬ……ベッドの上で罪を犯したり、とつぜん生命を失う人があったり、夜中に変な男が現れて罵りながら扉を蹴とばしたりするこの見知らぬ世界と関係のあることなのだろう。

地下室の階段を見つけた。ホールからの降り口は暗かったが、スイッチがどこにあるのかわからない。いちど彼女はつまずきそうになって、胸をどきどきさせながら壁につかまり、検屍の際の証言、スパイサーが落ちて行った様子、を思い浮べた。彼の死は、この家に一種の貫禄をつけていた。ついこないだ人が死んだ場所に来たことなど今までなかった。階段を降りて最初の扉を、どなられるのを覚悟の上で用心しながらあけると、そこはたしかに台所だった。だが、がらんとしている。それは彼女の知っている台所二つのどっちとも違っていた。一つはレストラン・スノーの、きれいに磨かれた忙しい台所。もう一つは家の、みんなが腰かけ、料理をしたり、食事したり、不機嫌になったり、寒い晩には暖をとったり、椅子にもたれてうたたねしたりする部屋。だがこれはまるで売り物に出ている家の台所みたいだ。ストーブには冷えきったコークスがつまっているし、窓閾《まどじきい》の上には鰯の缶詰が二つのっけてあるし、テーブルの下には猫の食事用の汚れたソーサーがおいてある（もっとも猫はどこかへ行ってしまったらしい）。あけっぱなしの戸棚には空の容器がいっぱいはいっている。

彼女は進み寄ってコークス殻をかき出した。ストーブに触るとひやりとした。何時間も何日も燃しつけてないらしい。あたしは置き去りにされたんじゃないかしら、という考えが浮んで来た。たぶんこの世界ではこういうことがよくあるのだろう。とつぜんの逃亡、あらゆるものを見捨てて、空壜、女の子、紙に暗号でしるした伝言などを残したまま。扉があいたとき、彼女は巡査が来たのだと思った。

だがそれはパジャマのズボンをはいた男であった。覗きこんで「ジュディーはどこにいる？」と言ってから、やっと彼女に気がついたようだった。彼は言った、「早起きだね」

「早起き？」その意味がのみこめなかった。

「ジュディーの奴がほっつき歩いてるんだと思った。おれの顔は覚えてるだろう？　ダローだよ」

「ストーブを燃しつけようと思うんだけど」

「何かするのかい？」

「朝食よ」

彼は言った、「あの阿魔が忘れて出かけちまいやがったのなら……」。彼は調理台のところへ行って引出しをあけた。

「なあんだ。どうしたんだい？　ストーブなんぞいらないぜ。ここにたっぷりあらあね」引出しの中にはたくさんの缶詰があった。鰯、鯡、……。彼女は言った。「だけどお茶は？」

彼は彼女の顔をけげんそうに眺めて、「お前さん、働きたくって仕方がないんだと思われちまうぜ。この家の連中はお茶を飲まねえんだ。わざわざ面倒なことをする手はねえやな。戸棚のなかにはビールがあるし、ピンキーはミルクをラッパ飲みするんだし」。彼は戸口へぶらぶら戻って行った。「お嬢さん、腹がすいてるんだったら、勝手に持ってって食べなよ。それともピンキーが何か欲しいって言うのかい？」

「ピンキーは出かけたわ」

「ちょっ。どいつもこいつも一体どうしたってんだ？」。彼が戸口に立ちどまって、もういちど彼女を眺めると、ローズは手をもじもじさせながら、火の消えたストーブのそばに立っている。彼は言った、「お前さん、働きてえのかい？」

「いいえ」と彼女はあいまいに言った。

彼は当惑して、「とめだてするつもりはねえぜ、お前さんはピンキーの女だ。やりてえんだったら、遠慮なくストーブを燃しなよ。ジュディーがぶつくさ言ったら、おれが黙らしてやる。もっとも、コークスを探しだすのは大変な話さ。だってこのストーブは四月いらい使ってねえんだからな」

「あたし、人に迷惑をかけるつもりはないの。降りて来たのは……あたし……燃しつけなきゃならないと思って」

「何も仕事する必要はねえんだぜ。おれの言うことを信用しろよ。ここは『自由の家』なんだ。赤毛の阿魔がほっつきまわってるのを見なかったかい？」

「だれひとり見かけなかったわ」

「それじゃ」とダローは言った、「また、会おうや」。ひえびえした台所のなかに、ふたたび彼女は一人きりになった。何も仕事をする必要はない……「自由の家」……白く塗られた壁によりかかって、調理台の上につるしてある古い蠅取りリボンを見やった。穴の横に、だれかがずっとむかし仕掛けておいた鼠取り――だが餌はとられてしまい、罠は何もつかまえてない。男と寝ても何も変化しないなんていうのは嘘だわ。あたしは苦痛を通りぬけてこの……自由へ、解放へ、新奇な世界へとやって来たのだもの。胸のなかで、抑えきれない喜びが、ある種の誇り《プライド》が湧き上った。彼女は台所の扉を大きくあけた。すると、地下室の階段のてっぺんのところに、ダローと赤毛のあばずれ女――彼がジュディーと呼んでいる女がいた。彼らは唇をぴったりとくっつけて、もの狂おしい欲情にふけっていた。めいめいにとって、できるかぎりの非道なふるまいで、たがいに傷つけあっていたのかもしれない。女は藤いろの化粧着を着て、きたならしい罌粟《けし》の造花を一束、持っている、――過ぎ去った十月の形見。彼らが唇と唇とを戦わせているとき、時計が甘美な調べで半を告げた。ローズは階段の下から二人の姿を見まもっている。あたしはたった一夜のうちに、数年分の経験を積んだのだ。もう今では、こんなことがすっかりのみこめるのだもの。

女はローズの姿に気づいて、唇を離し、「あら、あれはだあれ？」

「ピンキーの情婦《いろ》さ」とダローは言った。

「早いのね。おなかすいた？」

「いいえ。ただ……火をおこさなきゃならないのかと思って」

「しょっちゅう火を使うわけじゃないのよ。人間の一生なんて、短いものよ」。ジュディーはまわりににきびのある口で、熱心にお愛想を言った。赤毛の髪を手でなでてあげながら階段を降りて来て、ローズの頬に、きゅっとひきしまった濡れた唇でキスをした。気のぬけたカリフォルニア・ポピーの匂いをほのかに漂わせている。「ねえ、もうあんたはあたしたちの仲間なのよ」と言って、半裸の男、何も敷いてない暗い階段、荒れすさんだ台所などを、気前よくローズに贈り与えるのだといった感じの身振りをした。そして、ダローに聞えないように小さな声で、「あたしたちのこと見てたなんて、だれにも言いやしないわね？　どうせフランクを怒らせるだけなんだし……。こんなこと、何でもないのよ。何でもありゃしない」とささやきかけた。ローズは黙ってうなずいた。この未知の国は、あまりに急速に彼女を受け入れていたのである。——税関を通りすぎたとたんに帰化手続の書類にサインをとられ、そして税金が徴収される……。

「ねえ、あんた」と女は言った。「ピンキーの友だちはぜんぶ、あたしたちみんなの友だちなのよ。いずれあんたも、連中と会うだろうけど」

「それはどうかな」とダローが階段の上から言った。

「どういうこと？」

「おれたち、ピンキーとまじめに話しあう必要があるぜ」

「昨日の晩、カビットに会ったのかい？」と女は訊ねた。

「知らないわ」とローズは言った。「だれがだれなんだかわからないんですもの。だれかがベルを鳴らして、さんざんどなりちらしたり扉を蹴っとばしたりしたけれど」

「それがカビットよ」と女は静かに説明した。

「おれたちはピンキーとまじめに話する必要があるぜ。どうも危《やば》い」

「ねえ、お前さん、あたしそろそろフランクのところへ行ったほうがよさそうだわ」。ジュディーはローズのすぐ上の段に立ちどまって、「服を洗濯させるんなら、フランクに頼むのが一番だよ。あたしの口から言うのは変だけれどさ。油の染《し》みぬきがフランクみたいにやれる者はいやしない。それに、下宿人にはただなんだから」。身をかがめ、雀斑《そばかす》のある指でローズの肩に触れて、「これなんか、今すぐスポンジでとれるわ」

「だけどあたし、着るものはこれっきりなの」

「あらお前さん、そういうときにはね」と彼女は身をかがめて内密そうにささやいた、「宿六に買わせるのさ」。そして色あせた化粧着の前をかき合せ、階段をかけあがって行く。赤茶けた生毛がはえている。まるで地下の生きもののように血の気のない白い脚を、大きすぎる汚れたスリッパを、ローズは見ることができた。だれもがとても親切なような気がした。大罪を犯した仲間同士の親しさがあるように思われた。

地下室からあがって来たとき、彼女の胸は誇り《プライド》でふくらんでいた。あたしは受け入れられた。あたしはほかの女と同じように経験したのだ。彼女は寝室へもどってベッドに腰かけ、そのままの姿勢で時計が八つ打つのを聞いた。空腹ではなかった。彼女は厖大な自由を感じていた、――しなければならぬ仕事もない。あたしはほんの僅かばかりの苦痛を境として、このすばらしい自由へと達したわけだ。他人にこの幸福を見せてやりたい――それが今たった一つの願いだった。もう、あたしには、他のお客と同じようにレストラン・スノーへはいって行き、スプーンでテーブルをこつこつ叩いて、ウェートレスを呼びつけることもできるわけだ。あたしは自慢することもでき……。その空想は、ベッドに腰かけたまま時間が移って行くにつれて、一つのまとまった考えとなり、実際におこなうことのできるものとなった。三十分とたたないうちにスノーの店は開いて朝食の用意ができる。もしお金があれば……彼女はシャボン入れに目をやりながら考えていた。彼女は思った、――結局あたしたちは結婚したのだ、なんと言おうとも。彼がくれたものはあのレコードだけ。でも、あたしに、けちけちするはずはない――たった二シリング半ぽっち。彼女は立ちあがってあたりの気配に耳をすまし、そっと、洗面台に近づいた。シャボン入れの蓋に指をかけたまま、彼女は待っていた、――だれかが廊下を歩いて来るけれども、ジュディーでもダローでもない——たぶんフランクという男だろう。足音は通りすぎた。彼女は蓋をあげて二シリング半貨幣を一つ取り出した。ビスケットを盗んだ経験はあったが、金を盗むのはこれが初めてだった。羞恥心が湧いてくるのを期待していたけれども、それは訪れなかった。奇怪な誇り《プライド》がもう一度ふくれあがって来ただけ。新入生はセメントの運動場で、教わりもしないのに秘密のゲームや合言葉を本能的に理解する——今の彼女は新入生に似ていた。

外の世界は日曜日だった——彼女は忘れていたのである。ブライトンの空に響く教会の鐘がそれを想い起させた。しかし朝の日光のなかで彼女はまたしても自由を感じた。聖餐台における無言の祈りからの自由、祭壇におけるきびしい要求からの自由。もうあたしは永遠に、別の側に味方してしまったのだ。二シリング半の貨幣はそれに対する功労章のように思われた。七時半のミサから帰って来る人々、八時半の勤行へ行く人々——彼女は地味な服装の人々を、まるでスパイのような態度で見まもっていた。彼らを、羨みもしなければ蔑みもしなかった。あの人たちにはあの人たちの救いがあるのだし、あたしにはピンキーと永劫の罰とがあるのだもの。

レストラン・スノーでは、ちょうど鎧戸があがったところだった。ローズの知っているメイジーという娘が、テーブルを並べていた。会うつもりでいたたった一人のウェートレス、勤めについたのもいっしょだったし、ほんの僅か年上なだけ。ローズは舗道に立ってメイジーを、――そしてドリスを眺めた。これは年もずっと上で、いつも鼻さきであしらう癖のあるウェートレスである。ドリスは、メイジーが並べてしまったあとにはたきをかけるほかは何もしない。ローズは二シリング半をきつく握りしめた。さあ、はいって行って腰をおろし、コーヒー一杯とロールパンを一つ持って来てくれとドリスに言いつけ、銅貨二枚のチップをやればそれでいいのだ、――彼らみんなにパトロンのように振舞えるのだ。あたしは結婚している。あたしは一人前の女だ。あたしは幸福だ。あたしがはいって行くのを見たら、あの人たちはどんな気がするかしら？

しかし彼女ははいって行かなかった。厄介なことになるかもしれないわ。だってドリスが泣いたりしたら……？　自由を見せびらかしたりして、あたしそのときどんな気持かしら？　このとき彼女の視線は、窓ガラスを通してメイジーのそれとぶつかった。骨ばった幼い体のメイジーははたきを手にしたまま振返ってみつめた。まるで鏡に映ったじぶんの姿のように。そしてあたしは今、外に、ピンキーが前に立ったところに立って、なかを覗きこんでいる。これが坊さんのいわゆる一つの肉体ということなのだ。しかも、彼女が数日前にしたとちょうど同じ身ぶりを、メイジーもしたのだ。――ちらりと横目をつかい、横の入口のほうへかすかに顎をしゃくって。正面の扉からはいっていけない理由は何もなかったが、彼女はメイジーの指図に従った。じぶんが前にしたことをもう一度やるみたいな気持。

扉があくと、メイジーはそこにいた。「ローズ、どうかしたの?」。まるで、ローズが傷でも見せてやらなくちゃならぬみたい。持っているのがただ幸福だけ——そのことを彼女はやましいことのように感じた。「あなたに会いたかったのよ。あたし、結婚したの」

「結婚?」

「ええ、まあね」

「まあ、ローズ! どんな具合?」

「すばらしいわ」

「部屋がいくつもあるの?」

「あるわ」

「一日じゅう何してるの?」

「何もしないわ。ぶらぶらしてるきりよ」

彼女の前にある子供っぽい顔がゆがんで、悲しみの表情になった。「まあ、ロージー、しあわせなのねえ。彼とはどこで知合いになったの?」

「ここよ」

じぶんの手よりも骨ばった手が、手首をつかまえた、——「ねえ、ロージー、彼に友だちいないの?」

彼女はさりげなく言った、「いないわ」

「メイジー！」と店のほうから甲高く呼ぶ声がした。「メイジー！」。眼にはもう泪が浮んでいた。ローズのではなくてメイジーの眼に。あたし、友だちを傷つけるつもりじゃなかったのに。彼女はあわれみの衝動にかられて言った、――「でも、いいことばかりじゃなくってよ、メイジー」。彼女はじぶんの幸福の相貌を打ちこぼとうとした。「彼が辛く当ることもあるの。ええそうよ」と熱心に、「楽しいことばかりってわけじゃないの」

しかし彼女は遊歩道へと戻りながら考えていた、「もし楽しいことばかりでないなら、何なのだろう？」と。そして、朝食もとらずにフランクの家へと機械的に帰って行きながら、彼女は考えはじめた、――こういう幸福に価することを、あたしは何かしたろうか？罪を犯した、というのが答であった。あたしはあたしのケーキを、次の世においてではなく、この世において味わおうとしている。だがそんなこと、かまやしない。あたしは彼によって刻印されたのだ、ちょうど彼の声がエボナイトの上に刻印されたように。

フランクの家の二、三軒隣、日曜新聞を売っている店からダローが呼びかけた。「おい、お嬢さん！」。彼女は足をとめた。「お客さんだぜ」

「だれかしら？」

「お袋さんだ」

感謝とあわれみの気持がいりまじって、彼女をゆすぶった。今のあたしみたいな幸福を、ママはついぞ味わったことがないのだ。彼女は言った、「『ニューズ・オヴ・ザ・ワールド』を下さいな。ママは日曜新聞が好きなの」。店の奥で、だれかが蓄音器をかけていた。彼女は店番の男に言った、「いつか来るから、あたしの持ってるレコードかけさせてね?」

「いいともさ」とダローが言った。

彼女は道をよこぎって、フランクの家のベルを鳴らした。ジュディーが戸をあけた。まだ化粧着のままだけれども、下にコルセットをつけている。「お客さんよ」

「知ってる」。ローズは階段をかけあがった。頭に浮ぶかぎりではいちばん素晴しい勝利——じぶんの家で母親に初めてあいさつするなんて——じぶんの家の椅子をすすめ、同じ経験の持主として顔を見あわせるなんて。母親が持っている男についての知識のなかで、あたしが知らないものはもう何もないのだ、とローズは感ずる。これがベッドの上でおこなわれた苦痛にみちた儀式の報酬なのだ。彼女はうれしそうに扉をあけた、——するとそこにいたのは、あの女なのである。

「何をあなたは……?」と彼女は言いかけた。「母さんが来てるという話だったのに」

「何とか言わなきゃならなかったから」と女は落ちつきはらって説明してから、まるでじぶんの部屋みたいな調子で、「おはいりなさいよ、後ろの戸をしめてね」

「ピンキーを呼ぶわよ」

「ピンキーとも話をしたいものね」彼女を言いくるめることは、できそうもなかった。彼女はまるで、敵からの猥褻《わいせつ》な口上がチョークで書いてある、露地のつきあたりの塀のようであった。彼女はまるで、唐突な無作法についての、手首をしめつける爪についての、説明役みたいに思われた。ローズは言った、「ピンキーに会わせるわけには行かないわ。ピンキーを心配させる人は困るのよ」

「もうすぐ心配がどっさり、あの男に振りかかるのさ」

「あなたは何て方なの？」とローズは懇願するように、「どうしてあたしたちを邪魔するの？　巡査でもないのに」

「あたしはあたり前の人間。あたし、公正な裁きを望んでるの」とその女は上機嫌で言った、まるでお茶を一ポンド注文するみたいな口調で。その肉欲的で幸福そうな大きな顔には、微笑が浮んでいた。「あたし、あなたが安全なのをたしかめたかった」

「助けてもらう必要はないわ」とローズは言った。

「あんた、家へ帰らなくちゃだめよ」

ローズは、真鍮のベッドや汚れ水のはいっている水さしを守るみたいに両手を握りしめて、「これが家よ」

「怒っちゃだめ。あたしもこの前みたいに腹を立てたりしないわ。あなたが悪いんじゃないんですもの。あなたには事情がわかってない。ねえ、あたし、あなたがかわいそうでたまらない」。女はリノリウムの上を進みよって来た、まるでローズを抱こうとするように。

ローズは背中をベッドに押しつけて、「近よらないでちょうだい」

「あら、興奮しちゃだめ。何にもならないわ。ねえ……あたし決心したのよ」

「何のことだかわからないわ。どうしてずばりと言えないの？」

「打明けなくちゃ、わかってもらえない事情があるのよ――とっくり話さなくちゃわからないことが」

「離れてちょうだい。でないと、大きな声を出すわよ」

女は近よって来るのをやめた。「さあ、分別よくお喋りしましょうよ。あたし、あなたの為を思ってやって来たのよ。あなたを救わなくっちゃならないの。というのは……」。彼女は一瞬のあいだ、適当な言葉を探すのにとまどっていた。そして静かな声で、「あなたの命があぶないのよ」

「それだけだったら、どうぞ帰って……」

「それだけ！」と、女はぎくりとして叫んだ。「何のことなのよ、それだけだなんて」。やがて、決心したような笑い方をして、「ねえ、お前さん、ちょっぴりびっくりさせたわね。それだけ……まったくだわ。それで十分じゃなくって？　冗談言ってるんじゃないのよ。もし知ってないんだったら、知る必要があるわ。あいつが中止するなんてこと、ないんだから」

「それで何なの？」とローズはそしらぬ顔で言った。

女は数フィートかなたからささやきかけた。「彼は人殺しなのよ」

「あたしがそれを知らないでると思って？」とローズは言った。

「まあ！　じゃあんたは……」

「あ、い、あなたに教わることなんて、何もないのよ」

「あんたはきちがい娘よ――それを承知の上であいつと結婚するなんて。いいわ、そうやっているがいい」

「あたし、愚痴はこぼさない」とローズが言った。

女は、まるで花環をぶらさげるように、もういちど、微笑をぶらさげた。「あたし、腹を立てる気はないわよ、あたし、あなたをこのままにしとくんじゃ、夜もおちおち眠れやしない。第一それは正しくないこと。ねえ、あたしの言うこと聞いてちょうだい。どんなことが起ったのか、たぶん知らないからよ。もうあたしには、すっかり推測できるの。奴らはフレッドを遊歩道の下に連れて行って、あすこに並んでるちっちゃな店の一つにひきずりこみ、首をしめた……とにかく、首をしめるつもりだったんだわ。だけど彼の心臓のほうが先に参っちまった、というわけなの」。彼女は恐ろしそうな声で言った、「奴らは死人の首をしめたのよ」。そしてするどく言い添えた。「あんた聞いてやしないのね」

「そんなことぜんぶ知ってるわ」とローズは嘘をついた。彼女は必死になって考えていた、彼女はピンキーの脅迫を思い浮べていた――「かかりあいになっちゃいけないぜ」という脅迫の言葉を。彼女は興奮してぼんやりと考えた、——彼はあたしのためにベストを尽してくれたんだわ、あたしは今こそ彼を助けてあげなくちゃ。ローズは女をまじまじと見まもった。あたしはこの中年女の、善良そうな、肥った顔を決して忘れないだろう。それは爆撃で荒れ果てた家のなかから外を見ている白痴の顔のように、ローズをみつめていた。

彼女は言った、「ねえ、そういう事情がわかっていたら、なぜ警察へ行かないの？」

「それでこそ分別のある口のきき方ってもんよ」と女は言った。「あたしはただ物事をはっきりさせたいだけなの。ねえ、物事はそうすべきだわ。事情を教えてくれた人がいるの。あたし、お金を払ってあげた。それに、あたしが一人で推測したこともあるし。だけどあの男は……証言はしないわね。すこしわけがあるの。だけど証言はずいぶんたくさん要るのよ……だって医者は自然死だなんて言ったくらいだしさ。だからもしあんたが……」

「どうして、そんなことやめちまわないの？」とローズは言った。「もう済んじまったことよ。どうして、あたしたちをこのままほっといてくれないの？」

「それは正しいことじゃないわ。それに……彼は危険よ。こないだこの家で起ったことを考えてごらん。あれが事故だなんて言っても、このあ、た、し、にはだめ」

「じゃ、なぜ彼があんなことをしたか、あなたはよく考えてみたの？　理由のない人殺しなんてないことよ」

「それじゃ、どういう理由なの？」

「知らないわ」

「彼に訊いてごらんよ」

「知る必要なんてないわ」

「あんたは、あの子に惚れられてると思ってるけど」と女は言った、「違うわよ」

「だってあたしと結婚したじゃないの」

「なぜ結婚したと思う？　警察が犯人の妻に証言させるわけには行かないからよ。あんたは、さっきの男と同じように、証人になれるのよ」。彼女はもういちど、二人のあいだのギャップをせばめようとした。「あたしはただお前さんを救いたいだけ。あいつは、じぶんがあぶないとわかれば、その場であんたを殺しちまうわよ」

　ローズはベッドに背中を押しつけながら、彼女が近よって来るのをみつめていた。彼女はローズの肩の上に、大きく冷たい手をあてがって、パン粉をこねるような手つきをした。

「人間って変るものなのよ」とローズは言った。

「いいえ、そんなことない。あたしをごらんなさいな。今までちっとも変ってやしない。糖菓《ロック》の棒みたいなものさ。どこを噛ろうと、ブライトンと書いてある。それが人間の本性なのさ」。彼女はローズの顔の上に吐息をもらした。——ワインの匂いのする甘い息を。

「告解……痛悔……」とローズはささやくように言った。

「それは信仰の上のことにすぎないわよ」と女は言った。「あたしの言うこと、聞きなさいな。あたしたちは世間と取引をしなくちゃならないのよ」。彼女は咽喉で息をしながら、ローズの肩をかるく叩いた。「バッグに身のまわりのものをつめて、あたしといっしょに出て行きましょう。あたしがあんたを引取るわ。ちっともこわがることはないのよ」

「ピンキーが……」

「ピンキーのほうはあたしが見張るわ」

ローズは言った、「どんなことでもするわ……あなたの望むことならどんな……」

「そう来なくちゃ話にならないわよ、ねえ、お前さん」

「……あたしたちをほうって置いてくれさえすれば」

女は後ろへさがった。僅かのあいだ、憤りの視線が花環のあいだにぶらさがった——不調和に。「頑固な娘ねえ」と彼女は言った、「わたしが母親だったら……うんと折檻してやる」。かたく決心した骨ばった顔が、彼女をみつめかえす。世界中のあらゆる戦闘はそこにあった——軍艦は任務につこうとして出港し、爆撃機は離陸する——視点をすえた両眼と固くむすんだ唇のあいだにおいて。それは旗でしるしを入れた作戦地図のようであった。

「まだあるわ」と女は脅かしつけた。「警察のほうじゃ、お前さんを牢屋へぶちこむことだってできるのよ。だって、あんたは知ってるんだものね。そう言ったでしょ。共犯者——それが今のあんたなのよ。事実上のね」

って？」

「ピンキーが連れてゆかれても」と彼女は驚いて訊ねた、「あたしが平気でいられると思

「まあ！　あなたのためを思えばこそやって来たのよ。なにもわざわざ苦労してあんたに先に会っておくことはなかったんだわ。ただ、罪のない人間を苦しめたくないから」――スロット・マシーンがかちっと鳴ってカードが飛び出すように、アフォリズムが出て来る。

「彼から殺されるときも、指一本ふりあげないつもり？」

「あたしに危害を加えやしないわよ」

「若いのね。あんたは、あたしみたいには物事がわかってないんだわ」

「あなたの知らないことだってあります」。彼女は、女が論じつづけるあいだ、ベッドのそばで、重苦しく考えた。神は庭においてすすり泣き、十字架にかけられて叫ぶ。モリー・カーシューは永劫の焔へと進んで行った……。

「あんたの知らないことを一つ、あたし知ってるわ。正と不正との区別、それがわかってるもの。お前さん、学校で教わらなかったのね」

ローズは答えなかった。まったくこの女の言う通りなのだ。正、そして不正、それら二つの言葉は彼女には何も意味しなかった。それらの味わいは、はるかに強い糧――善と悪によっておとしめられていた。この二つのものに関するかぎり、この女があたしに、あたしの知らないことを教えるわけにはゆかない、――あたしはピンキーが悪いということを

算術のようにはっきり吟味し、そして知っている。——とすれば、彼が正しいか正しくないかなど、ちっともかまわないではないか。

「きちがい沙汰よ」と女は言った。「殺されようっていうのに、指一本ふりあげようとしないなんて」

ローズは外なる世界へゆっくりと戻って行った。——「なんびともこれより大いなる愛を持つことなし」——彼女は言った、「多分しないでしょう。わからないの。だけど、多分……」

「あたしが親切者だからこそ、あんたを見捨てないでいるのよ。責任感があるからなのさ」。彼女が戸口に立ちどまったとき、その微笑は、あぶなっかしくぶらさがっていた。「若い御亭主に警告しとくといい。あたし、あいつには腹を立ててるんだからね。こっちにはプランがあんのよ」。彼女は部屋を出て戸をしめた。そしてもういちど、最後の攻撃のためにばたんとあけて、「気をおつけ。人殺しの赤ん坊はほしくないだろうからね」。そしてむき出しの床の彼方から無慈悲に、歯をむいて笑いかけた。「用心したほうがいいわよ」

用心……ローズはベッドの端に立ったまま、じぶんの体を手で押した、まるでそうすれば発見することができるみたいに。それは今まで一度も考えてなかったことなのだ。じぶんが罪を免れられぬ羽目になっているという考えは、一つの栄光のように訪れて来た。子供……そしてその子がまた子供を生む……それはピンキーのために一群の仲間が出現するようであった。人々がピンキーとあたしを呪うならば、彼らはまた子供たちをも呪わねばならぬわけだ。あたしにはそれがわかる。だが、あたしたち二人がゆうべベッドの上でおこなったことには終りがない。それは一つの永遠なる行為なのだ。

2

新聞小売店の戸口に背を向けて佇《たたず》みながら、〈少年〉はアイダ・アーノルドがやって来るのを見ていた。通りをもったいぶって歩いて来るのだが、ほんのり上気して、すこし高慢な感じ。彼女は立ちどまって、小さな男の子に一ペンスやった。その子は驚いて金をおっことし、重々しい物腰で去って行く彼女の姿をみつめた。

〈少年〉はとつぜん、しゃがれた笑い声を冷やかに立てた。彼は思った、あいつ酔っぱらってやがる……。ダローが言った、「一足ちがいだったな」

「何だい？」

「お前の姑さ」

「あいつが……どうしたんだい？」

「ローズに会いに来たのさ」

〈少年〉は『ニューズ・オヴ・ザ・ワールド』をカウンターの上にのせた——「エピング森にて女学生襲わる」という見出しの文字。彼は考えこみながらフランクの家へ歩いて行き、階段を昇った。彼は中途で立ちどまった。造花のすみれ、——あいつが小枝から落したのだろう。彼はそれを階段から拾いあげた。それはカリフォルニア・ポピーの匂いがした。彼がそれを掌のなかに隠してはいって行くのを、ローズが出迎えた。彼は彼女の唇をよけて、「やあ」と言い、投げやりで親しみのある陽気さを顔にあらわそうとしながら、

「お袋さんが訪ねて来たんだってね」と言った。彼は不安そうに返事を待ち受けた。

「ええ、そうなの」とローズはあいまいに言って、「ちょっと立ち寄ったのよ」

「今日は機嫌よかった?」

「ええ」

彼は掌のなかのすみれをあらあらしく握りつぶした。

「それじゃお袋さんは、いいと思ってるのかな?　この結婚を」

「ええそうよ、そう思うわ……ママはあまり喋らなかったけど」

〈少年〉はベッドのほうへ歩みよって、上っ張りに手を通し、「きみも出かけたんだってね?」

「友だちに会おうと思ったの」

「どういう友だちだい？」

「あら……レストラン・スノーの仲間よ」

「あいつらを友だちだなんて言うのか？」。彼はさげすみの口調でそう訊ねた。「それで、会ったのかい？」

「会わなかった。だけど一人だけ……メイジーと会ったわ。ほんのちょっとだけど」

「それからここへ帰って来たら、運よくママに会えたって訳だね。おれが何してたか、知りたいかい？」

彼女は愚かしそうな表情で彼をみつめた。彼の口のきき方は彼女を怯えさせていたのだ。

「差しつかえなかったら……」

「何だって？　差しつかえなかったら、だって？　気のきいたせりふを知ってるんだな」。造花の芯の針金が掌をつきさす。彼は、「ちょっとダローに話をしなくちゃならねえ。ここで待ってろよ」と言って彼女から離れた。

彼は道路の向う側にいるダローに呼びかけ、やって来たダローに、「ジュディーはどこにいる？」

「二階だ」

「フランクは仕事かい？」

「そうさ」

「それじゃ台所へ行こう」。彼が先に立って階段を降りた。地下室の薄くらがりのなか、コークス殻が足許で砕ける。彼は台所用のテーブルの端に腰かけて、「一杯やれよ」と言った。

「朝っぱらからではね」

「話はこうだ」と〈少年〉が言ったとき、苦痛の表情がその顔をよこぎった。まるでこれから大変な告白をしぼり出そうとしているみたいに。「お前だから打明けるんだが……」

「うん」とダローは言った、「どうしたんだ？」

「どうも形勢はまずいぜ」と〈少年〉は言った。「いろんなことが気づかれてるんだ。畜生！　スパイサーを殺《ばら》し、女の子と結婚したんだが、一体おれは、みな殺しをしなくちゃならねえのかな？」

「ゆうべカビットが来たのかい？」

「来た。追っぱらってやった。あいつはしちくどく……二十ポンドくれと言った」

「やったかい？」

「むろんやらねえさ。おれがあんな奴からゆすられるなんて――見そこなうな」

「すこし渡せばよかったのに」

「気がかりなのは、あいつじゃねえ」

「そりゃ、そうだろう」

「大声を出すな」と〈少年〉はとつぜん甲高い声でどなった。彼は親指で急に天井を指さして、「おれが気がかりなのはあいつなんだ」。そして掌を開いて、「畜生、花を落しちまった」

「花……?」

「やい、静かにしろってんだ」と低い声で怒り、「あの女はローズのお袋じゃねえ」

「だれなんだい?」とダローは言った。

「うるさく質問する阿魔さ……。あいつはあの日フレッドといっしょにタクシーに乗っていたんだ……」。彼は一瞬のあいだ両手で頭をかかえて、悲しみの、あるいは絶望の、態度を示した。──しかし、それはどっちでもなかった。それは洪水のように襲いかかって来るかずかずの記憶であった。彼は言った、「頭がずきずきする。頭をはっきりさせて考えなくちゃいけないんだが。ローズはおれに、あれは母親だと言った。どういう魂胆なんだろう?」

「ローズが、喋っちまったと思うかい」とダローが言った。

「それを探り出さなきゃならねえのさ」

「おれはすっかりローズを信用していたんだがなあ」とダローが言った。

「おれにとっては、とことんまで信用できる人間なんていやしねえ。ダロー、お前のことだって、そうなんだぞ」

「だけど、喋るとすれば、どうしてあの女には言って……警察へは行かねえんだろう？」

「だれでも警察へ密告するとはきまっているめえさ」。彼は冷たいストーブを困惑のまなざしでみつめた。じぶんにわからないということが、彼を悩ますのだった。「奴らが何を狙っているのか、おれにはわからねえ」。他人のさまざまな感情が彼の頭脳を疲れさせた。彼は今まで、この理解したいという欲望を感じたことがなかったのである。彼は激しい口調で言った、――「どいつもこいつも、たたき切ってやりてえや」

「結局」とダローが言った、「ローズにはそうわかってねえぜ。あの子が知ってるのは、カードを置いて行ったのがフレッドじゃあねえってことだけさ。おれに言わせれば、あれは間ぬけ娘だ。情《じょう》はこまやかだろうが、まあ、間ぬけだな」

「お前も間ぬけだぜ、ダロー。あいつはうんとこさ知ってやがるんだ。おれがフレッドを殺したってこと、知ってるんだぜ」

「たしかかい？」

「あいつがおれにそう言った」

「そのくせお前と結婚したわけなのかい？　畜生、奴らが何を狙ってるのか、さっぱりわからねえや」

「手早く何とかしてしまわねえと、おれがフレッドを殺《ばら》したってことが、ブライトンじゅうに知れ渡りそうな気がする。イギリスじゅうに、いや、世界じゅうに」

「じゃ、おれたちはどうすればいいんだ？」

〈少年〉はコークスを踏みつけながら地下室の窓際へ歩みよった。アスファルトで舗装された小さな内庭には、何週間も使われてない古ぼけたごみ箱がある。四角い格子蓋。悪臭。彼は言った、「ここでやめちゃ駄目だ。つづけるしかねえや」。頭上を通りすぎる人々、腰から上は見えない。飾革のすりきれたみすぼらしい靴が舗道に入り乱れる。ひげのある顔が一つかがみこんで、とつぜん視野にとびこみ、吸殻を拾おうとした。〈少年〉はゆっくりと、「あいつを黙らせるのは簡単さ。おれたちはフレッドもスパイサーも黙らせたんだし、それにあいつはほんの子供……」

「血迷うな」とダローが言った、「そこまでやることはないさ」

「多分、しなくちゃならねえだろう。仕方がない。まあ、いつだってこんな具合に……やりだした以上ぐんぐん進めて行くしかないんだ」

「勘違いしてるみたいな気がするぜ」とダローが言った、「あの子は信用できる、……二十ポンド賭けてもいいや。第一――お前が言ってたんじゃないか――あいつはお前に惚れてるんだぜ」

「じゃ、お袋だなんてあいつが言ったのは？」。彼は女が一人、通りすぎるのを眺めた。腿までのかぎりでは若い女。それ以上は見えない。嫌悪の発作が彼をゆすぶった。おれは屈服したのだ。おれはあのことを誇らしく思いさえしていたんだ――スパイサーが情婦《いろ》のシルヴィーとランチアのなかでやったと同じことを。なあに、かまうもんか、と彼は考えた。何もかもいっしょくたに飲みほしちまうんだ、――途中で止めるんなら、「もう決して」しないがいい、二度とくり返さないですむなら……。

「おれが保証する」とダローは言った、「はっきりしてるじゃないか。あの子はお前にべた惚れなのさ」

べた惚れ。ハイヒールが歩いて行く。むきだしの脚が視界から失せる。「あいつが惚れてるんなら」と彼は言った、「話はもっと簡単になる。あいつはおれの言う通りにするだろう」。新聞紙が一枚、舗道を風に吹かれて飛んで来る。海風に吹かれて。

ダローが言った、「ピンキー、おれはもう人殺しはいやだぜ」

〈少年〉は窓に背を向けた。その唇には、とってつけたような喜悦の表情が浮んでいる。彼は言った、「だけど、あいつが、自殺するんじゃないかな？」。狂気じみた誇り《プライド》が彼の胸に湧いて来た。彼は霊感を感じた。それは、生きることへの愛着が空白な心へよみがえってくるのにも似ていた。むなしい心と、そして、今までのよりももっと邪悪な七つの悪魔……。

ダローは言った、「後生だからさ、ピンキー。お前、妄想にとりつかれてるぜ」

「間もなくわかるさ」

彼は布と針金でできた甘い香りの花をあちこちと探しながら、地下室の階段を昇った。

だがそれはどこにも見当らない。「ピンキー！」というローズの声が、新しいてすりの上から聞えた。彼女は踊り場のところで、不安そうにして彼を待っていた。彼女は言った、「ピンキー、言わなきゃならないことがあるの。あたし心配かけたくなかったんだけど……でもあなたにだけは嘘をつきたくないわ。あれはママじゃないのよ、ピンキー」

まじまじと彼女を見まもりながら、そして判断を下そうとつとめながら、彼はゆっくりと階段を昇って行った。

「だれなんだい？」

「あの女《ひと》よ。スノーの店へしょっちゅう来てはうるさく訊ねた人」

「何を言いに来たんだ？」

「あたしにここから出ろと言うの」

「理由は？」

「ピンキー、あの女《ひと》は知ってるのよ」

「どうしてママだなんて言ったんだ？」

「言ったでしょう？　心配かけたくないからって」

彼はすぐ横に立って、彼女を見まもっていた。そしてローズが苦悩にみちた顔を素直に振向けると、彼は、他の人間を信ずると同じくらいには彼女を信じなければならぬことを見出すのだった。彼のせわしい雄の誇り《プライド》は沈んで行く。彼はしばらくのあいだ、奇妙な平和を感じていた。まるで、あのことをもくろみなどしなかったかのように。

「だけど」とローズは不安そうに言葉をつづけ、「多分、心配するにちがいないと思って」

「いいんだよ」と彼は言ってローズの肩に手をかけ、不器用に抱きしめた。

「だれかに金を払ったとか言ってたわ。それから、あなたにひどく腹を立ててる、って」

「気にかけるもんか」と彼は言って、ローズの背にまわした手に力をこめた。やがて彼はその手をゆるめて、彼女の肩ごしに視線を投げた。部屋の戸口に、あの花が落ちていたのだ。扉をしめたとき落したのだ――彼はたちまち頭脳を働かせはじめた――こいつはおれについて来た、むろん花を見たにちがいない、そしてこいつは、おれが知っているということを知ったのだ。これですっかり納得がゆく、さっきの告白も……。おれが下でダローといっしょにいるあいだ、こいつは、どんなふうにへまを繕おうかと考えていたのだ。清らかな胸――その文句は、彼に笑い声を立てさせる――清らかな小娘の胸。シルヴィーが見せびらかすような胸――役にたつように磨きこんで。彼はまた笑った。笑う咽喉に、世界への恐怖が病毒のようにあふれる。

「どうしたの？　ピンキー」

「あの花さ」

「どの花？」

「あいつが持って来たやつ」

「どれ……どこにあるの……」

してみると、たぶん見なかったのだろう……たぶんこいつはどうにか信用できるのだろう……しかし、そのことをだれが保証するか？　だれが、と彼は思った、保証するというのか？　（そして、ある種の悲しい興奮を感じながら）――しかし、どのみち、それが何になるのだろう？　そのことで何か話が違って来ると思うなんて、おれは馬鹿だった。おれには、あえて危険を冒す余地などない。こいつが信用でき、おれに惚れているのなら、話はいよいよ簡単になる――それだけのことではないか。彼はくり返した、「気にかけるもんか。くよくよする必要なんかねえよ。何をしなくちゃならないかはわかってるんだ。あの女にすっかり知れたところで、おれには打つ手があるんだから」。彼は彼女を油断のない目つきで眺めた。彼は手をまわして、彼女の乳房を押した。「苦しみはないさ」と彼は言った。

「何が苦しみはない、なの？　ピンキー」

「おれのやり方がさ……」。彼はその陰惨な暗示の言葉に、ぎょっとした。「きみはおれから離れたくないんだね？」

「ぜったい離れたくないわ」とローズは言った。

「つまりそれさ。きみはあの手紙にそう書いたっけね。大丈夫さ、最悪の事態になってもおれが何とかする……おれたち二人とも苦しまないようにね。おれを信じていろよ」。彼が早口にすらすら言いつづけるあいだ、彼女は手品を見せられた後のように、ぼんやりと彼を眺めていた、あまりにも数多くのことを即座に約束する人間を前にしているみたいに。

「おれにはわかるんだ」と彼は言った、「きみがそんな気持でいるってことがね。おれたちは結びついたきりさ。きみがあの紙に書いたようにね」

彼女はおずおずとささやいた。「それは大罪……」

「もう一度だけさ。何も変りはないじゃないか。二へん地獄に堕ちることはないんだぜ。おれたちはもう罪を犯してるんだからね。それに、ともかくそいつは最悪の事態……あいつがスパイサーのことを嗅ぎだしたときの話さ」

「スパイサーですって?」とローズは呻くように言った、「それじゃスパイサーも……」

「いや、こうなのさ。もしあいつが、おれがここに——この家に——いたってことを嗅ぎだしたら……だけど、今から心配しなくてもいいさ」

「だけどスパイサーは……」とローズが言った。

「あのとき、おれはここにいた。それだけさ。おれはあいつが落ちるのを見もしなかった。だけどおれの弁護士が……」

「あの人もここにいたの?」

「うん、そうだよ」

「思い出したわ」とローズが言った。「むろん新聞は読みましたもの。あの人が……弁護士がほんとに悪事をとり繕おうとしたなんて、世間じゃ信じないわね」

「プルウィットおやじさ」と〈少年〉は言った、「だってね……」。彼はもう一度しゃがれた笑い声を立てた。「あいつは体面屋なんだ」。彼はもういちど乳房を押して、いいかげんな励ましの言葉を述べた。「ふん、心配することはないんだ、あの女が嗅ぎだすまではね。ばれちまったときだって、逃げ道はある。だけどまあ、あいつは気がつくまいよ。あいつがけどらない以上……」――彼は急激な反撥をひそやかに感じながら、指さきで彼女の体に触れていた――「おれたちはこのまま……」と言って、恐怖に愛と同じ響きを与えようと彼は努力した。「つづけて行こうよね」

3

しかし、実のところ彼を不安にさせていたのは、体面屋のことだった。もしカビットがあの女に、スパイサーにも怪しいふしがあるというヒントを与えたのなら、あの女の行く先としては、ミスタ・プルウィットのところ以外にどこがあろう？　あいつは、ダローには手を出すまいから。しかし法律家というものは――プルウィットぐらい切れる男だったら――法律に怯えるのが通例なのだ。プルウィットは、馴らしたライオンの仔を家のなかに飼っている男に似ている。いろんな芸当だとか、じぶんの手から餌をもらうことなどを教えたライオンが、ある日思いがけなくも一人前になって、じぶんに襲いかかったりする気づかいはない……という確信は持てやしないのだ。あいつは神経が変になってしまい、ひげそりのときにうっかり顔を切ったりするかもしれぬ――そこで法律にまで血の匂いがつくというわけだ。

昼すこしまわった頃になると、彼はもう待ちきれなくなって、プルウィットの家へ向った。まず彼は万一に備えて、ローズから目を離すなとダローに命令した……。彼は今までにもまして、じぶんが予想していたよりもはるかに遠く、そしてはるかに深く追い込まれるように感じた。残酷な、そして奇妙な快感が湧きおこって来た、――実は正直なところ、あまり気に病んでいなかった――もう決心してしまったことだし、しなければならないことは、ただ気の向くままに進むことだけであった。最後がどうなるかはわかっていたけれども、恐ろしくはなかった。それは生よりも気楽なものなのだから。

ミスタ・プルウィットの家は、終点駅の向う、鉄道線路に並行した通りにある。分線にはいって行く機関車のせいでがたがた揺れる家だったし、ガラスと真鍮板の上には煤がたえず落ちてくる。ぼさぼさした髪の女が、地下室の窓から疑い深そうに彼をみつめた。いつもとげとげしい表情で、そこから訪問客を見まもる女なのだ。ミスタ・プルウィットはこの女について何も話をしなかった。だから料理女なのだと思っていた。しかし実は「女房」だったのだ——遊び《ゲーム》に二十五年間。地下室ずまいらしい灰いろの肌の娘が戸をあけた——見なれない顔。「ティリーは？」と〈少年〉が言った。

「お暇をいただきました」

「プルウィットに言えよ、ピンキーが来たって」

「どなたにもお目にかからないことになってます」と少女は言った。「今日は日曜日ですから」

「おれには会うさ」。〈少年〉はホールにはいって行って、戸をあけ、書類箱が並んでいる部屋の椅子に腰をおろした。不案内ではなかった。「さあ、とりつげ。昼寝してるってことはわかってる。起せばいい」

「この家のことはよく御存じなんですね」

「そうさ」。レックス対インネス、レックス対T・コリンズなどと書いてある書類箱のなかに何がはいっているのか、ということまで知っていた。——空気だけなのだ。列車が分線に引きこまれる振動で、棚の上の空箱がふるえた。窓はほんのすこししかあいていないが、隣りのラジオの音がはいって来る、——ラジオ・ルクセンブルグ。

「窓をしめろよ」。少女が不愛想な顔つきで窓をしめたが、何のたしにもならない。壁が薄いので、隣りの家の者が棚の向うを動く音が、まるで鼠でもいるみたいに聞えてくる。

「しょっちゅう音楽が鳴ってるのかい?」

「ラジオが講演のときは別ですけど」

「何をまごまごしてるんだい?　起しに行けよ」

「いけないって言われてるんです。消化不良なのよ」

もういちど部屋が揺れた。壁を通して音楽がすすりなく。

「昼食のあとはいつもそうなんだ。起しに行けよ」

「日曜日なのよ」

「さっさと行ったほうがいいぞ」。あいまいな脅し文句に促されて、少女はあてつけがましく扉をぴしゃりとしめた。壁土がすこし落ちた。

足の下の地下室で、だれかが家具をあちこちと動かしている――女房だ、と彼は考えた。列車が通りすぎ、濃霧のような煙が道路に落ちて来た。頭上でミスタ・プルウィットが喋りだす、――どこもかしこも音がつつぬけなのだ。足音が天井をよこぎり、階段を降りて来た。

ミスタ・プルウィットの微笑は、扉をあける前から用意してあった。「若き騎士殿には何の御用で?」

「会いたかっただけさ」と〈少年〉は言った。「どうしてるか知りたくってね」。苦痛の発作が、ミスタ・プルウィットの顔から微笑を消した。「もっと食事に気をつけなくちゃいけないぜ」と〈少年〉が言った。

「そんなことしたって、何にもなりゃしませんよ」とミスタ・プルウィットが言った。

「飲みすぎるんだ」

「喰らえ、飲め、明日に備えて……」。ミスタ・プルウィットは手を胃のところにあてがって身悶えした。

「胃潰瘍なのかい？」

「いや、いや、そんなもんじゃない」

「レントゲンを撮ってもらったほうがいい」

「医者なんぞ信用してないんで」とミスタ・プルウィットは早口に、そして神経質に言った。まるでそう言われるのがいつものことなので、しょっちゅうこの答を舌の上に用意しておく必要があるみたい。

「あの音楽をとめねえのかい？」

「あれにうんざりしてくると壁をたたくんですよ」とミスタ・プルウィットは言った。彼はデスクから文鎮をとりあげ、壁を二度たたいた。すると音楽は急に、高くふるえるすすりなきに変り、やがてやんだ。隣りの家の者が腹立ちまぎれに壁の向うで動きまわる音。

「はて！　鼠かな？」[註1]とミスタ・プルウィットは引用した。重い機関車が駅から出て行くにつれて、家が揺れる。「ポローニアスですよ」とミスタ・プルウィットは説明した。

「女《ポロニー》だって？　何て女なんだい？」

「いや、違うんですよ」とミスタ・プルウィットは言った。「わたしの言ってるのは、ひどい出しゃばりの阿呆のことです。『ハムレット』のなかの」

「話はこうなんだ」と〈少年〉はいらだたしげに、「女がこのあたりをうろついて、聞き込みをかけやしなかったかい？」

「どんなことを？」

「スパイサーのことだ」

ミスタ・プルウィットは絶望しきった表情で、「話がうるさくなってきたんですかい？」。そしてあわてて腰をおろし、消化不良のせいで体を曲げた。「こうなるんじゃないかと思ってた」

「びくびくする必要はないんだ」と〈少年〉は言った。「奴らにゃ、証拠は何もねえんだから。お前さんはただあの筋書を言い張ればいいのさ」。〈少年〉はミスタ・プルウィットに向いあって腰をおろし、残酷なさげすみの目つきで彼を眺めながら、「身を亡ぼしたくはねえだろう？」

ミスタ・プルウィットはぱっと顔をあげて、「亡ぼす？　今でも、もう亡んでますよ」。彼は椅子の上で、機関車の動きにつれて揺れていた。彼らの足の下では、地下室でだれかが床にどしんと物を置いた。「こら、おいぼれもぐらめ」とミスタ・プルウィットは言った。「女房ですよ……まだお会いになったことはありませんでしたね」

「見かけたことはあるよ」と〈少年〉は言った。

「二十五年間ですよ。そしてこのざまです」。煙が窓の外へ流れて来たので、ブラインドをおろしたように見える。

「おれは運のいい男だ、と思ったことがありますかい？」とミスタ・プルウィットは言った。「お前さんに降りかかる一番の悪運っていえば、絞首刑《ぶらんこ》でしょうよ。ところがこのわたしは、腐れ死ぬのを待たなくちゃならない」

「どうして、そうあたふたしてるんだ」と〈少年〉は言った。まるで弱い男から背中を打ちのめされたみたいに。こんなことに慣れていなかったのだ――こんな――他人の生活に関与するなんてことに。告白ってやつは、一人きりですることで――さもなければ、しないものなんだ。

「あなたのほうの仕事を引受けたので」とミスタ・プルウィットは言った、「たった一軒のお得意だったベイクリー・トラストのほうもしくじりましたぜ。おまけに、今度はあなたのほうもだめになってしまった」

「おれの事件は全部お前にやらせるぜ」

「もうすぐ、なんにもなくなるでしょうよ。コリオニはあんたの地位をそっくり受けつぐつもりでいる。それにあいつの顧問弁護士は、ロンドンの名士ですからね」

「おれはまだ引っ込まねえぜ」。彼はガス・タンクのせいで汚れている空気を嗅ぎながら、

「お前の欠点は、酒を飲むことなんだ」

「エンパイア・バーガンディにかけて申しますがね、事情を開陳しておきたいんですよ。ピンキー、わたしはね……」と文語口調の文句がよどみなく流れる――「心の重荷から解放されたい」

「そんなことは聞きたくねえや。お前のごたごたなんぞに興味はねえ」

「わたしは身分の低い女と結婚した」とミスタ・プルウィットは言った。「悲劇的な失策でしたよ。若気のあやまちだった。恋に目がくらんでしまって。わたしは情《じょう》にもろい男でしてね」と彼は消化不良のためもがきながら言った。「今あいつを御覧になったわけですね。ちょっ！」と彼は前かがみになって低くささやいた、――「わたしはね、タイピストたちが小さなケースをかかえて歩くのを眺めるんですよ。変な野心などちっともありませんがね。男が一人、眺めていたってかまわんでしょう。ああ、じつにきびきびして清潔なんですよ」。彼は急に言葉を切った。片手が椅子の腕木の上でふるえている。「ほら、もぐら婆が下でごそごそやってます。あいつがわたしの破滅のもとでしてね」。そこには快活な態度、狡猾さ、弁護士くさい冗談などから休暇をとった、皺だらけの老顔があった、――それはいかにも日曜日にふさわしかった。ミスタ・プルウィットは言った、「ファウストが、地獄はどこにあると訊ねたとき、メフィストフェレスの答えた文句を知ってます

か？　『ほら、ここが地獄なんですよ、わたしたちは逃《のが》れるわけには行かないんです』[註2]とメフィストフェレスは答えた」。〈少年〉は彼を見まもっていた、――魅せられたように、そして怯えながら。

「あいつは台所で洗い物をしてます」とミスタ・プルウィットは言った、「だけど、おっつけやって来るでしょう。会って下さらなきゃ、困りますよ。いわば、わたしのおもてなしなんですからね。おいぼれの魔女め。あいつにすべてを知らせるなんて――とんでもない冗談だ。わたしが人殺しに関係してるなんてことを、世間じゃ勘づいて聞き込みをしてるなんてことを。このいまいましい家をサムソンみたいに壊しますかな」。彼は両手をうんと拡げたが、消化不良の痛みのため、また縮めてしまった。「おっしゃる通りですよ」と彼は言った。「わたしは胃潰瘍です。だけど、手術はしませんよ。死んだほうがましだ。酒だって飲みます。エンパイア・バーガンディにかけて、ね。そこにある写真、見えますか？……扉の横の。学校の仲間なんです。ランカスター・カレッジ。まあ大した学校じゃないけど、パブリック・スクール年鑑にはのってます。わたしがいるでしょう？……いちばん下の列で、脚を組んでる。麦わら帽をかぶって」。彼はそっとつぶやいた、「ハーローとの対抗競技会があったんですよ。さんざん敗けました。団体精神《エスプリ・ド・コール》がなかったんでね」。〈少年〉は首を廻して見ることさえしなかった。彼は今まで、こんな様子のミスタ・プルウィットを見たことがなかった。それは、彼を驚かせると同時に、また恍惚とさせる眺めであった。眼の前に、一人の男がいきいきと現れたのだから。苦悶する肉体のなかで働きだす気力、すきとおる脳のなかで花ひらく想念、それを彼は見ることができた。

「一人のランカスター・カレッジ出身者のことを」とミスタ・プルウィットは言った、「思って下さい。——あの穴蔵のなかのもぐらと結婚し、弁護依頼人と言えば……」。彼は口のあたりに激しい嫌悪の表情を示した——「あんたがいるだけ。マンダーズ先生はどうおっしゃるだろう？　偉い校長でしたよ」

彼はすこし声をひそめた。彼は、死ぬ前にもういちど生きることを決心した男のようであった。彼の責めさいなまれている胃から、警察側の証人や裁判長の批評でこうむったあらゆる屈辱が逆流して来る。人には言うまいとみずから禁じている事項などは、もうちっともないようであった。途方もない自負心が、彼の屈辱のなかで開花するのだった。女房、エンパイア・バーガンディ、空《から》の書類箱、線路の上の機関車の振動——それらは彼の壮大なドラマにとって、重要な舞台装置なのだ。

「あんまり喋りすぎるぜ」と〈少年〉は言った。

「喋る、ですって？　わたしはね、世間を震駭させることだってできますよ。お望みとあれば、わたしを被告席に坐らせればいいんだ。わたしは奴らに——驚くべき新事実を明してやります。わたしはどん底まで沈んでしまったので……」。彼は饒舌きわまる自己評価にゆすぶられていた——彼は二度しゃっくりをした——「もう汚水の秘密をかかえてるわけにはいかないのです」

「飲んだくれだと知ってたら」と〈少年〉は言った、「はなもひっかけやしなかったんだぜ」

「日曜日には……飲みますよ。安息日じゃないか」。彼はとつぜん床をどんと踏みならし、甲高い声で地下室に向けてどなった、「おい、静かにしろ！」

「お前は休みをとる必要がある」と〈少年〉は言った。

「わたしはここに腰かけて、いつまでも待っているんです……するとベルが鳴る。ところがそれは食料品屋の小僧なんですよ――鮭の缶詰をとどけに来た小僧。（あいつは鮭の缶詰が大好物でしてね）それからわたしはベルを鳴らす……するとあの血色の悪い馬鹿娘がやって来る……わたしはタイピストたちが通りすぎるのを眺めるんですよ。あの携帯用のタイプライターでもいいから抱きしめてみたい」

「そのうちに直るさ」と〈少年〉は言った、――他人の生活についての考えが頭のなかでぐんぐん大きくなって行くのに動かされながら、いらいらした感じで、「休暇をとれば、ね」

「ときどきわたしは」とミスタ・プルウィットが言った、「公園で素裸になってみたいような衝動を感ずるのです」

「金をやろう」

「病気になった心を、金ではいやせません。ここは地獄、わたしたちは逃《のが》れることができないのですから。……いくらいただけますんで？」

「二十ポンドだ」

「ほんの僅かの距離しか行けませんな」

「ブーローニュ[註3]なら……。英仏海峡の向うへずらかっちゃ、どうだい？」と〈少年〉は、嫌悪と怯えとを示しながら言った、「遊び暮して来な」。そして彼は、噛みあとのある汚れた爪を、快楽の楽器であるふるえる手を、見まもった。

「そんな少額しかいただけないのですか？　法外にふっかけようというつもりじゃないけど、まあ当然、『わたしは邦家のためいささか働いた[註4]』ってわけなんですからね」

「明日わたすよ、――条件つきでね。正午の船で立たなきゃだめだぜ。そしてできるだけ長く帰って来ないんだ。多分、もっとたくさんやれると思うよ」。こいつは体についた蛭《ひる》のようなものだ。彼は疲れと嫌悪とを感じた。「向うに着いたら知らせてくれ、そうすりゃ、おれにも様子がわかる」

「出かけますよ、ピンキー。命令のあり次第にね。ところで、女房には言わないどいて下さい」

「おれは喋らねえぜ」

「もちろんです。あんたのことは信用してますよ、ピンキー。わたしも大丈夫。我はこの休暇によりてよみがえり、やがて帰り来らん……」

「ゆっくりして来い」

「弱い者いじめの警部に、新規まき直しの切れ味を見せつけてやりますよ。世に容れられない者の味方になりまさあ」

「まず金を送るよ。それまではだれにも会うな。ベッドにもぐりこんでろ。消化不良がひどいらしいからな。だれか来たら留守と言うんだぜ」

「おっしゃる通りにしますよ、ピンキー、おっしゃる通りに」

これが〈少年〉としては最上の手の打ち方だった。彼がその家を出るとき、下の方をちらっと見ると、プルウィットの女房が地下室から疑り深そうな目つきで熱心にみつめているのと出会った。彼女ははたきを手にしたまま、土台石の下にある彼女の洞穴から、まるで憎らしい敵を見るようにして見まもっていた。彼は道をよこぎってから、もういちど小さな邸を見やった。カーテンで半分おおわれている上の方の窓には、ミスタ・プルウィットが立っていた。彼は〈少年〉を見てはいなかった。彼はただぼんやりと外を眺めていた――ひょっとして現れるかもしれないものを求めて、なんの希望もなしに。しかしその日は日曜日、タイピストはいなかった。

註1　「はて！　鼠かな？」『ハムレット』三幕四場二三行。ポローニアスを殺す際のハムレ

ットのせりふ。

註2 「ほら、ここが地獄……」 マーロー作『ファウスト博士』一幕三場七八行(一六〇四年版による)。

註3 ブーローニュ フランスの港。英仏海峡にのぞむ。

註4 「わたしは邦家のためいささか働いた」『オセロ』五幕二場三三九行。ただし若干の言い違えをさせてある。

4

彼はダローに言った、「お前はあの場所を見張っててくれ。あいつ、てんで信用できねえ。おれにはわかるんだ。あの男が外を眺めてぼんやり待ち受けてるうちに、あの女と……」

「あいつはそれほど馬鹿じゃねえ」

「酔っぱらってやがるんだ。わたしは地獄にいる、なんて言ってた」

ダローは笑って、「地獄——そいつあいいや」

「この馬鹿野郎！」

「だって目に見えねえものは、信ずるわけに行かねえからな」

「地獄に堕ちれば、目は見えねえ」と〈少年〉は言った。彼はダローを残して二階へあがった。しかし、ああこれが地獄ならば、と彼は考えていた、そう悪いものではない、と。──旧式の電話、狭い階段、住みなれた埃っぽい暗がり、──それはプルウィットの家のような、居心地が悪くてがたがた揺れ、地下室に厭な婆がいるといったものではなかった。彼はじぶんの部屋の扉をあけた。するとそこには……おれの敵がいる、彼は思った。彼は模様がえされてしまったじぶんの部屋を、怒りにみちた失望のまなざしで見まわした。──あらゆるものの位置がすこしずつ変っているし、部屋じゅうきれいに掃いた上に、拭き掃除してある。彼は彼女を罵った、──「何もするなと言ったのに！」

「きれいにしただけよ、ピンキー」

ここはもうこいつの部屋なのだ、おれの部屋ではなくて。衣裳棚と洗面台とは位置をとりかえていたし、それにベッドは……むろん彼女はベッドを忘れてはいなかった。それは今や彼女の地獄であった（もし、だれかの地獄であるとするならば）、──もうおれのものではない。彼は追い立てられるような気がした。ほかの何よりも恐ろしい変化。彼は憎しみをおしかくしながら、彼女を、まるで敵を眺めるようにして見まもり、その顔のなかに老年を、いつかこの女が地下室からどんな顔つきで見あげるのかを読みとろうとした。おれはあいつの運命までもせおいこんで帰って来たわけだ。──二重の暗黒。

「気に入らないの？　ピンキー」

おれはプルウィットじゃない、おれには度胸がある、おれはファイトを失っていない。彼は言った、「ああ、これかい……すばらしいね。ただ、こんなふうになろうとは思っていなかったのさ」

彼女は彼の遠慮を誤解した。「わるい報《しら》せでもあったの？」

「まだだよ。もちろん覚悟はしてなきゃならないけど。おれは、覚悟ができてるぜ」。彼は窓のところに行って、林立するアンテナの向うにある平和な日曜日の曇天をみつめ、それからまた変り果てた部屋を眺めた。おれがいなくなって、ほかの借手が住めばこうなるわけだ……。彼は彼女をまじまじと眺めながら、じぶんの考えが彼女の考えであるようなふりをした、まるで手品を使うように。「自動車はいつでも使えるようにしといたぜ。おれたちは田舎へ行けるんだ、そうすればだれにも聞えないところで……」。彼はローズの顔に浮ぶ恐怖の色に注意していたが、彼女の視線が、こっちに向けられないうちに声の調子を変えて、「いよいよ最悪の事態になったときのことさ」。その文句には、彼の心をそそるものがあった。彼はもう一度それをくり返した。最悪――それは、視線にどんよりした正義感をたたえて、煙に汚れた道をやって来る、あの肥った女のことだ。いよいよ最悪の――それはたった一人のタイピストを、カーテンのかげから眺めている、あの落ちぶれた、酔いどれのミスタ・プルウィットのことだ。「そんなことにはならないさ」と彼は力づけるように言った。

「ええ、きっと」と彼女が熱心に同意した。「なるもんですか、なるはずがないわ」。その途方もない確信の強さが、変な具合に作用した、――まるで彼のプランまでも、じぶんのものと認めることができないほどきれいにされ、位置を移され、掃除されたような感じ。彼はそうなるかもしれないということを論じたかった。彼は最悪の行為に対する奇怪なノスタルジアを、じぶんのなかに見いだしていた。

彼女は言った、「あたし、とっても幸福。結局のところ、そんなに悪いはずはないわ」

「何を言ってるんだい？」と彼は言った。「悪くない？　大罪なんだぜ」。彼は憤りに燃えた嫌悪の目で、きちんと整えられたベッドを見やった。まるで彼が――その教訓を深くきざみつけてやるために、今ここであの行為をくり返そうと目論んでいるみたいに。

「わかってるのよ」と彼女は言った。「わかってるのよ、だけどやっぱり……」

「もっと悪いことはたった一つあるだけさ」と彼は言った。まるで彼女が、じぶんから逃れようとしているみたいだった。しかし彼女はすでに、不吉な盟約になじんでいた。

「あたし幸福よ」と彼女は、何といってよいかわからないもののように言い張った。「あなたが優しくしてくれるんですもの」

「そんなことはつまらんことさ」

「ねえ、あれはなあに？」と彼女は言った。かすかな泣き声が壁を通して聞えて来る。

「隣りの赤ん坊」

「どうして、見てやらないのかしら？」

「日曜だもの。たぶん留守なんだろう。きみも何か遊びに行きたいのかい？　映画？」

彼女はその言葉を聞いていなかった。いつまでもつづく悲しそうな泣き声が、その心を占めていた。責任感と大人びた感じとが、顔つきに現れた。「何を欲しがっているのか、見てやらなくちゃ」

「腹がすいてるのか、なんかだよ」

「たぶん病気なんだと思う」。じぶんがその子の苦悶を引受けてやってでもいるみたいに、彼女はじっと聴きいっていた。「赤ん坊の病気は急なのよ。どう変るかわからないものだし」

「きみの子供じゃないんだぜ」

彼女は目をきょとんとさせて彼を見た。

「それはそうよ。だけど、あたし考えてたの――そうなるかもしれないって」。彼女は、激しい口調で言った。「あの子を夕方まで、あのままほうって置くわけには行かないわ」

彼は不安そうに、「何だ、夫婦ともいるんじゃないか。ほら、泣きやんだぜ。何の話をしてたんだっけ？」。しかし彼女の言葉は〈少年〉の心に残っていた。――「そうなるかもしれない」。そのことは今まで考えてなかった。彼は恐怖と嫌悪を感じながら、彼女を眺めた。まるで、醜悪な出産の光景を、赤ん坊の生命《いのち》という鋲でしめつけられるじぶんの姿を、見まもっているみたいに。そして彼女は、耳を澄ましながら立っていた——救いと忍苦とを感じながら。不安の歳月は通りぬけてしまったものの、救いは長くつづかないということを、不安はふたたびはじまるということを、知っているかのように。

5

年前九時。彼は不機嫌な顔で廊下に出た。階下の扉の上から朝の日光がさしこんで、電話機を彩っている。彼は、「ダロー、ダロー」と呼びかけた。

ダローは地下室から、ワイシャツ姿でゆっくりとあがって来て、「やあ、ピンキー。一睡もしなかったみたいだぜ」

〈少年〉は言った、「おれに近づかねえようにしてるのか？」

「そんなことあるもんか、ピンキー。ただ……結婚したんだから、邪魔されたくないだろうと思ってさ」

「お前はあれを、邪魔されねえことだって言うのかい？」。彼は階段を降りて行った。その手には、ジュディーが扉の下にはさんでおいた、香水の匂いのする藤いろの封筒がある。

まだ封を切ってなかった。彼の眼は血走っていた。脈が早いし、額はほてっているし、頭はいらいらするし……熱があるらしい。

「ジョニーが朝早く電話をよこした」とダローが言った。「あいつが昨日から見張ってるんだ。プルウィットに会った奴はだれもねえそうだ。おれたち、何も怖がる必要はねえんだ」

〈少年〉はダローの言葉に注意しなかった。「おれは一人でいたいや、ダロー。ほんとの一人きりになりてえ」

「その若さにしちゃあ、度がすぎてるものな」とダローが言って、笑いだした。「二晩も……」

〈少年〉は言った、「あいつがいなくなりゃいいんだ……」。じぶんの恐怖がどんなに大きいか――あるいはどんな性質のものか、それをだれかに言うことは彼にできなかった。

――それは一つの醜い秘密のようなものだった。

「喧嘩するのは危《やば》いぜ」とダローが早口に、用心しながら言った。

「うん」と〈少年〉は言った、「いつになっても安心がならねえのさ。わかってるよ。離婚もできねえ。死ぬことのほかは何もできねえのさ。もっとも同じことだがね」。手のほてりを冷ますために、エボナイトに触れて、「お前に言ったろう……プランがあるってこと」

「きちがい沙汰だ。あの子が死にたがるもんか」

彼は毒々しく、「あいつはおれに惚れてる。いつもおれといっしょにいたい、と言ってるんだ。もしおれが生きてるのが厭になれば……」

「ダリー」と呼ぶ声があった、「ダリー」。〈少年〉はやましいことでもあるように、ぱっとあたりを見まわした。コルセットをつけただけで、靴下もはいてないジュディーが、こっそり二階をうろついている気配を、彼は気づいていなかった。整理のつかないのぼせた頭脳で、そのプランをはっきりさせようとして夢中だったのである、――その複雑さに身動きもとれなくなり、死なねばならぬのがだれなのか（じぶんじしんなのか、彼女なのか、あるいはまた二人ともなのか）もあやふやになりながら。

「何だい？　ジュディー」とダローが言った。

「お前さんの外套、フランクが仕上げたわよ」

「そこに置いといてくれよ。すぐ取りに行く」

彼女はダローにしつっこい投げキスをして、それでも不満そうにじぶんの部屋のほうへぶらぶら歩いて行った。

「おれは、あいつとこんなことはじめちまったわけだが」とダローが言った、「ときどき、よせばよかったと思うぜ。フランクおやじと悶着を起したくはねえ。それなのにあの女と来たら、ちっとも気をつけねえんだ」

〈少年〉はまるで、長い勤務の経験から、他人のすることがわかっているみたいな様子で、考え込みながら、ダローを見た。

「万一、子供ができたら？」

「ああ」とダローが言った、「そのことはあいつに任せてある。おれの知ったことじゃねえや。コリオニからの手紙、受けとったかい？」

「だけど女のほうじゃ、どうしてるんだ？」

「例のやつさ」

「でも、もし女がそれをしてないで」と〈少年〉は言い張った、「子供ができちまったら？」

「丸薬がある」

「でも、たいがい効かないんだろう？」と〈少年〉は言った。もう万事、習い覚えたつもりでいたのに、また途方もない無知の状態に返ってしまったわけだった。

「まあ効き目はねえな」とダローが言った。「コリオニからの手紙は何だい？」

「プルウィットが口を割れば、もうすっかり御破算だぜ」と〈少年〉が考え込んだ。

「喋らないだろう。とにかく、あいつは今夜ブーローニュにいるわけだ」

「だけど万一あいつが口を割ったら……もう喋ってるんじゃねえかと思うんだけど……そうなったら打つ手はない——自殺するしか。それからローズだが……あいつはおれといっしょでなきゃ生きていたくねえだろう。もしあいつが……いや、まあ大概、そうじゃあるめえ。ほら、世間でいうじゃないか——心中ってやつさ」

「どうしたんだ、ピンキー。降参するつもりじゃねえだろう？」

「おれは死なないかもしれねえさ」

「それもやっぱり人殺しだぜ」

「絞首刑《ぶらんこ》にはならねえ」

「きちがい沙汰だぜ、ピンキー。おい、もうおれはそんなこと、我慢ができねえ」。彼はぎくりとしながら、親しそうに〈少年〉の肩をたたいた。「お前、ふざけてるんだな、ピンキー。あの女の子にゃ、これっぽっちも不都合なところはねえ。お前に首ったけだってことのほかはね」。〈少年〉は一言も答えなかった。彼は、じぶんの考えを重たい品物でもあるかのように引っ込め、見えないところに積みあげ、しっかり錠をおろしているような感じだった。

「お前、ちょっとばかり横になって休んだほうがいいぜ」とダローが不安そうに言った。

「一人っきりで横になりたいんだ」と〈少年〉は言った。彼はゆっくりと階段を昇って行った。扉をあけたとき目にはいるもの——それはわかっていた。彼は、誘惑するものを、苦行に悩み毒におかされた頭脳のなかからしめだそうとするように視線をそらした。彼女の声が聞えた、——「あたし、ちょっと出かけるつもりなのよ、ピンキー。何かあたしがしてあげられること、ある？」

何か……彼の頭脳はみずからの要求の莫大さにたじろいだ。彼は静かに言った、「何もないよ」。そして声の調子を抑えつけて、「すぐ帰って来るんだよ。相談があるから」

「心配事なの？」

「ううん、そうじゃない。すっかり整理してみたのさ」。彼はじぶんの頭を指さして、「この箱のなかをね」と、ぞっとするようなユーモアを見せて言った。

彼女の顔に浮んでいる恐怖と緊張――あえぐような息づかい、沈黙、そして、絶望しきった声がやっとつぶやいた。「悪い報せじゃないの？　ピンキー」

彼は大きな声で言った、「頼むから行ってくれ」

彼女が部屋のなかを近づいて来る物音を耳にしても、彼は目をあげようとしなかった。これはおれの部屋、おれの生活なのだ。おれの全力を尽してやれば、あいつの残した痕跡はぜんぶ除いてしまえる……いっさいのものが前と同じになる……おれがレストラン・スノーにはいって行って、カードがテーブルクロースの下にないことを感じとり、欺瞞と汚辱のおこないをはじめる前と同じように。しかし、その発端は失われてしまっていた。一人の人間としてのヘイルを、あるいは一つの犯罪としての殺人行為を、思い出すことは彼にできなかった。いま考えることはみんなじぶんのこと、そして彼女のことであった。

「もし何か起ったら……知らせてくれるわね……あたし、怖がってやしない。ピンキー、きっと何かいい手がみつかることよ、ああしないですむような……」。彼女は哀願するように言った。「まずあたしたちで相談しましょうよ」

「つまらねえ心配するな。出て行ってくれればそれでいいんだ、行けよ……」と彼はあらあらしい言葉を使いかけたが、ようやく言葉をとめて無理に微笑を浮べ、「のんびり遊んで来いよ」

「早く帰るつもりよ、ピンキー」。扉がしまる響は聞えたけれども、彼女が廊下でぐずぐずしているのはわかった。――この家はすっかりあいつのものなのだ。彼はポケットに手をつっこんで、あの紙きれを出した――「あなたが何をなさろうと、かまわないの。……どこへでもあなたが行くところへ、あたしもついて行きます」。それは法廷で読みあげられた上、新聞記事になった手紙のように思われた。階段を降りて行く彼女の足音が聞えた。

ダローが顔を出して言った。「プルウィットはもう出発するはずだ。あいつが船に乗りこんじまえば安心なんだが。どうだい、あの女が警察の手を借りてプルウィットをつかまえると思うかい？」

「あの阿魔にはまだ証人がいねえ」と〈少年〉が言った。

「だからあいつが逃げちまえば、お前はすっかり安全なわけさ」。彼は、プルウィットが去ろうがいようがちっとも関心がないような、のろのろした喋り方をした、――これはもうおれに関係のないことだ。おれはこれ以上の深みへはまってしまったんだ。

「お前も」とダローが言った、「お前も安全なわけさ」

〈少年〉は答えなかった。

「ジョニーに言ってあるんだ。プルウィットが無事に乗りこむのを見とどけたら、すぐ電話をかけろって。そのうち電話が来るはずだ。お祝いのパーティをしなくちゃなるめえぜ、ピンキー。あの女め、波止場に出かけて行って、あいつが行っちまったのを知ったら、さぞがっかりするだろうな」。彼は窓のところへ行って外を眺めた。「まあそうなりゃ、おれたちも安泰ってもんさ。気がかりの種がなくなって、のんびりできらあ。でも、そうなりゃ思い出すだろうぜ。ヘイルやスパイサーおやじのことを。スパイサーの奴、今どこにいるだろうな」。彼はほのかな煙突の煙とアンテナの林の彼方をセンチメンタルに眺めていた。「お前とおれと――それからもちろんあの女の子もいっしょに――どっか新しい町へ移らねえかい？　コリオニに割りこんで来られちゃあ、この町にいるのもあまり面白くねえ」。彼は視線を部屋のなかに戻した。「奴からの手紙にゃ……」――そのとき電話が鳴りだした。彼は、「きっとジョニーだぜ」と言って、急いで出て行った。

〈少年〉は、いま聞いた音が階段の上の足音ではなくて、階段それじたいの音だ、ということを考えた。知らない人間が昇って来るときでも、階段のどのへんにいるのか、見当がついた。下から三段目と七段目のところは、いつもきいきい軋むのである。おれはここに、カイトと知合いになって連れて来られた。……おれはひどく寒い日にパレス桟橋で咳をしていた、ガラス窓の向うですすり泣いているヴァイオリンの音に聴き入りながら。カイトがあったかいコーヒーをおごってくれ、そしてここに連れて来た——どうしてなのかわからないけど——たぶん景気のいい街あるきだったんだろう。それにまあカイトのような男は、女が狆《ちん》をかわいがるみたいに何か慰みが要るのだったろう。カイトが六三号の扉をあけると、おれが最初に見たものは、階段の上でダローがジュディーを抱いている姿だったし、最初に嗅いだのは、地下室から流れて来るフランクのアイロンの臭《におい》だった。あらゆるものにまとまりがあり、そしてずっとそのままだったのだ。カイトが死んでも、おれはカイトのやり方を引きついだ。酒は飲まず、カイトと同じやり方で爪を噛み……。ところがあの娘がやって来て、いっさいがっさい変えてしまった。

階段の下から、ダローの声が聞えて来る、——「おれじゃわからねえや。ポーク・ソーセージを届けてくれ。でなかったら豆の缶詰を」

彼は部屋に戻って来て、「ジョニーじゃなかった」と言った。「協同組合なのさ。もうジョニーから報せがあるはずだがな」。そしてベッドの上に腰をかけて、不安そうに、「コリオニからの手紙は、何て言ってるんだい？」

〈少年〉は手紙を彼にほうり投げた。「ほう」とダローが言った、「まだ開いてねえんだな」。彼は読みはじめた。「ふん」とつぶやいて、「やっぱりいい手紙じゃねえぜ。思っていた通りさ。だけどそう悪くもねえやな。まあ読んで見ろよ」。彼は藤いろの便箋をひろげたまま、注意深い目つきで〈少年〉を見やり、洗面台のそばに腰かけて思案していた。

「おれたちはすっかり参ってしまったってわけさ、これがまあ落ちつく先だろうな。コリオニの野郎は、おれたちの仲間のあらかたと、馬券屋をぜんぶ手に入れてしまった。ところがあいつは騒ぎを起したくねえ。あいつは実業家だからな――こないだのお前みたいに喧嘩《でいり》をしかけてくれれば――不名誉な仕儀になるだろうって書いてあるぜ。不名誉だとさ」。

ダローは考えこみながらくり返した。

「あいつは」と〈少年〉は言った、「青二才は引っ込んでろというんだな」

「うん、そういうことだ。お前に三百ポンドやると言ってるぜ。快諾してくれれば、だってさ。快諾ってのは？」

「奴の手下にヤキを入れたりしなければ、という意味さ」

「悪くねえ取引だ」とダローが言った。「たった今おれが言ったばかりじゃねえか。この糞ったれの町や、うるさく質問するあばずれ女からきれいさっぱりおさらばして、もういちど出直そうじゃないか、とね。さもなくばすっかり足を洗って大衆酒場でも買おうか。お前とおれとで……むろんあの女の子もいっしょに」。彼は言った、「いつになったらジョニーの畜生が電話かけてよこすんだ？　いらいらして来るぜ」

〈少年〉はしばらくのあいだ何も言わずに、噛んだ爪を眺めていたが、「むろん……お前は世間を知ってるだろうさ、ダロー。ほうぼう旅行してるものな」

「おれの知らねえところはあまりねえぜ」とダローはうなずいて、「ここからレスターまでのあいだではね」

「おれはここで生れたんだ」と〈少年〉は言った。「グドウッドとハースト・パークは知ってる。ニューマーケットへ行ったこともある。だけどおれの町だって気がするのはここだけさ」。彼は暗い誇り《プライド》を語気にただよわせて言い張った、――「おれは生粋のブライトンっ子なんだろうよ」――まるで彼の心のなかだけに、あらゆる安っぽい娯楽、プルマン・カー、けばけばしいホテルで週末をすごす偽りの恋、性交のあとの悲しみなどがあるかのように。ベルが鳴った。「ほら」とダローが言った。「ジョニーかな?」

しかしそれは玄関のベルだった。ダローは時計を見て、「なんで遅れてるのか、わからねえや。もうプルウィットは乗りこんでなきゃならねえんだが」

「そうだな」と〈少年〉は言った――ただし愁い顔で。

「おれたちもだんだん変って行くんだな。お前の言う通りさ。世間を知らなきゃならねえんだ……。結局おれは酒にも手をつけたんだ。他のことにも手は出せるだろう」

「それに、今のお前には情婦《いろ》もいる」とダローがそらぞらしい陽気な口調で言った。「お前もだんだん大人になるってわけさ、ピンキー。お前の親父みたいにね」

親父みたいに……。土曜の夜ごとの嫌悪の情が、またしても〈少年〉をゆすぶっていた。おれにはもう父親を咎めることができない……おれもとうとうやってしまったのだから……

…おれは巻きこまれてしまった……。（そして、そのとき彼は考えたのだった）いつか習慣になって……週末ごとにおれはじぶんを見捨てなければならなくなるんだ。おれにはあの女の子を咎めることもできない。生《いのち》がおれをなぶりものにしやがって……しかもおれがあれをすばらしいなどと考える、人事不省の瞬間さえもありやがるんだ。

「あの子とはいっしょでないほうが安全だろう」と彼は言いながら、ズボンのポケットに入れた手であの恋文にさわっていた。

「あの子はもう大丈夫さ。お前にぞっこんのぼせあがってる」

「お前の欠点は」と〈少年〉が言った、「これから先のことを見ねえ所さ。何年間もの話なんだぜ。それに、あいつがいつか別の男に惚れるかも知れねえし、後悔したりするかも知れねえ。そこをうまくやっておかねえと……危険なんだ」と彼は言った。そのとき扉があいてローズが戻って来た。彼は急に口をつぐみ、歓迎の作り笑いを浮べた。それはじつに易しい仕事だった。――彼女が、あきれるほどやすやすと欺瞞を受けいれるので、その愚かしさに対するある種のいたわりや、その善良さに対する共感さえ、彼には感じられるくらいだった――おれたち二人はこうなるように運命づけられているのだ。彼は、彼女がじぶんを補っているという感じを、もういちど味わった。

彼女は言った、「鍵を忘れたので、ベルを鳴らさなきゃならなかったわ。家を出るとすぐ、何か悪いことが起りそうな気がして心配になったの。あたしここにいたいのよ、ピンキー」

「何も悪いことなんぞねえよ」と彼は言った。電話が鳴りだした。「ほら、今度こそジョニーだぜ」。彼はダローにむかって冷やかに言った、「お前の念願がとどいたらしいや」

電話口で不安そうに喋っているダローの金切り声を、二人は聞いた。——「おい、ジョニーかい？　えっ？　どうしたんだい？　するてえと、つまり……うん、そうか、あとで会おう。むろん金はやるぜ」。彼が帰って来る途中、階段のあそこがまた軋んだ。——ダローの、野卑で単純そうな厚ぼったい顔が、御馳走を前にした牡豚みたいな表情で吉報を告げた。「うまく行ったぜ」と彼は言った、「うまく行ったぜ。ずいぶん心配してたよ、お前には言わなかったけどさ。だけど、あいつはいま船に乗りこんだし、あの女は十分前に桟橋から帰った。お祝いしなくちゃならねえや。おい、お前は頭がいいぞ、ピンキー。何でも考えてあるんだなあ」

6

アイダ・アーノルドはもう二杯以上も飲んでいた。彼女は黒ビールを前にして小声で歌を口ずさんだ——「ロスチャイルド様に口説かれた、ある夜の裏通り……」。桟橋の下のにぶい波のうねりは、浴《ゆあ》みの音のよう。彼女はいい気持になって歌いつづけた。彼女は一人きりで重々しくかまえていたが、世間のだれに対しても――たった一人の人間をのぞいては――ほんのすこしの敵意も抱いてなかった。弱気にさえならなければ、世間は居心地のいいところなのだ。彼女は、大軍を後ろにしたがえて凱旋行列をする戦車みたいだった。正義は正義だ、眼には眼を、事をうまく運ぼうと思うなら、じぶんでやらなきゃだめ。フィル・コーカリが彼女のほうに歩いて来た、――その背後に、喫茶室の長いガラス窓越しにホーヴの街の灯が見える。緑青をふいたメトロポール・ホテルの銅の円屋根が、重苦しい夜の雲の下、かすかな夕映えのなかにそびえている。浪のしぶきが窓に、霧雨のようにふりかかる。アイダ・アーノルドは歌うのをやめて言った、「あたしが何を見てるかわかる？」

フィル・コーカリは椅子に脚をおろした。このガラス張りの防波堤のなかでは、ぜんぜん夏らしい感じがしなかった。グレイのフラノのズボンにブレザー・コートの彼は、手持不沙汰に両腕をだらりとさげて、すこし肩をすぼめ、寒そうに見える。すっかり情熱をつかい果した男。「奴らだろ」と彼はものうげに言った。「どうしてあんたには、奴らがここにいるのがわかったんだい？」

「知らなかったのよ」とアイダが言った、「偶然なの」

「おれは奴らの姿を見るとうんざりする」

「でも考えてごらんなさいよ、どんなにうんざりしてるか」と彼女は楽しそうに言った、「あの連中のほうで、さ」。彼らは客のいないテーブルの向う、フランスのほうを――〈少年〉とローズのほうを――そして彼らの知らない男と女がいっしょにいるのを眺めた。この連中が祝い事か何かのことでここへ来たのだとすれば、あたしはその楽しみの邪魔をしてやったわけだ。黒ビールがぐっと咽喉もとへこみあげた。彼女は途方もなく裕福になったような気がした。げっぷが出たので、黒の手袋をはめた手を口に当てて「失礼」と言った。

「あの男も、行っちゃったでしょう」

「ああ、あいつも行っちまったよ」

「あたしたちは証人のことでは運が悪かったわね。まず第一にスパイサー、その次はあの娘、その次はプルウィット、それから今度はカビット」

「あいつは朝の一番列車に乗ってたぜ――お前の金で」

「いいわ。とにかくみんな生きてるんだから。いつかは戻って来る。そしてあたしは待ってることができるのよ。ブラックボーイのおかげで」

フィル・コーカリは横目で彼女をみつめた。まったく呆れたもんだ、おれはこの力と意志のかたまりみたいな女に、贈物をするだけの勇気があったんだから――海辺の行楽地からは絵葉書を、ヘスティングズからは蟹（その腹のところからひとつづきの風景写真をひっぱり出すことができるという仕掛けのもの）、イースボーンからは幼児が坐っている岩の下にハイ・ストリートやブーツ図書館や羊歯栽培所が見える絵はがき、ファンマス（違ったかな？）からは、遊歩道や石庭や新しい水泳プールなどの写真などがはいっている瓶を。まるでアフリカにいる魚に、円形パンを差出してたようなものだ。彼は、すさまじい精力にゆすぶられているような気がした。

彼女が楽しみたいと望めば、とめることは絶対できなかったし、彼女がひとたび公正を望めば……。彼は神経質そうに言った、「アイダ、おれたちはもうするだけのことはしたと思わないかね……？」

「終りにはなってないわ」と彼女は言って、破滅の運命が定まっている小人数の一行をみつめた。「あんたにはわからないんだわ。あいつらは何も知れてないと思ってる。だから、いまに何かきちがいじみたことをやらかすわ」。〈少年〉はローズの隣りに黙って腰かけていたが、酒のグラスには手をつけてない。ただ、男と女があれこれ喋っていた。

「おれたちはベストを尽くした。あとは警察に任せるか、ほっとけばいい」とフィルが言った。

「最初のとき、警察の言い分は聞いたはずよ」。彼女はまた歌いだした、「ロスチャイルド様に口説かれた……」

「ここまで来れば、おれたちの知ったことじゃないよ」

「ある夜の裏通り……」。とつぜん彼女は歌うのをやめて、彼をおだやかにたしなめようとした。友だちに間違った考えを抱かせておいてはならない。「正と不正のけじめを知ってる人間なら、だれでもしなくちゃならないことよ」

「だが、あんたは物事についてあんまり確信を持ちすぎるよ、アイダ。あんたはめちゃくちゃに突進するけど――いや、善意はわかるんだがね、しかし、あいつが下手人かもしれないという理由、どうしておれたちにわかるんだね？……それに」と彼は非難するように言った、「あんたは面白がってやってる。フレッドはあんたが気にかけるような男じゃないぜ」

アイダは彼に、きらきらする大きな眼を向けて、「そりゃあ、面白くなかったとは言わないわ」。彼女には、もうすっかり済んでしまったのが残念にさえ思われた。「でも、どこがいけないの？　あたしは正しいことをするのが好き――それだけのことじゃないの」

弱々しい反駁が口をついて出た。「ついでにちょっぴり悪いこともね」

彼女はまったく別の途方もない優しさをこめて、彼にほほえみかけ、「ああ、あのことね。あれは悪いことじゃないわよ。だれにも迷惑をかけるわけじゃなし。あれは人殺しとは違うわ」

「だが坊さんに言わせりゃ」

「坊さん！」。彼女は馬鹿にした調子で叫んだ。「だって、カトリック信者だってそんなことは信じちゃいないのよ。さもなきゃ、あの娘が今あいつといっしょに暮してるはずがないわ」。彼女はつづけた。「あたしを信用してくれないの？　あたしは世間を見てきたし、いろんな人を知ってるわ」。そしてふたたび視線をローズに重々しく戻して、「あんな小娘はほうって置けって、言うつもりじゃないでしょうね。あいつのそばにほうって置け、なんて。あの子は悩んでるのよ。もちろん、そりゃ馬鹿娘には違いないけれど、苦しめるのはかわいそうだわ」

「あのままほうって置かれるのを、あの娘が望んでないなんて、どうしてわかる？」

「じゃ、あの娘は死にたがってるんだとでも言うつもり？　そんなこと望む人間がいるもんですか。とんでもない。あたし、あの娘が安全になるまでは、絶対に手を引きません。黒ビールをもう一杯たのんでよ」。西桟橋の彼方に、遠くワーズィング街の灯が見える。悪天候の兆。ちょうど満潮の時間、岸に近いほうの水煙に対抗するみたいに、巨人のような白いしぶきが闇のなかにあがり、押しよせて来る。棒杭にぶつかる鈍い音が聞える、――ボクサーが人間の顎がわりのパンチ・ボールで練習している音のように。そしてアイダ・アーノルドは、ほのかな酔いのなかで、じぶんが命を助けてやった人々のことを静かに思い出していた。――まだ若い時分、海から引上げてやった男。盲の乞食にやったお金。ストランド通りで、希望を失いかけていた女学生に言い聞かせた励ましの言葉。

7

「スパイサーの奴も同じようなことを考えてた」とダローは言った。「そのうちどっかへ酒場を出そうと思ってたのさ」。彼はジュディーの腿のあたりを平手でたたいて言葉をつづけた。「お前とおれとで、若い連中といっしょに家を持つのはどうだい？　おれには当てがあるんだ。田舎へ引っ込んでさ。遊覧バスがとまるような国道の沿線ならいいぜ。グレート・ノース・ロードあたりで暮してみろ、長いあいだにゃ不景気があったって驚くことはねえ……」。彼は急に口をつぐむと、〈少年〉に問いかけた。「どうしたんだい？　一杯飲めよ。なにも今が今、心配ごとがあるんじゃあるめえし」

〈少年〉は喫茶店のなかを見まわして、女が席をとったテーブルをみつめた。おれはむかし見たことがあった、丘原地方《ダウンズ》の白土に掘られた巣穴のあたりで、野兎の咽喉笛にくらいついて離れない白鼬《いたち》を。だがこのおれは捕まらないぞ。おれにはもうあいつを恐れる理由がないのだ。彼は面倒くさそうに言った。「田舎か。おれは田舎のことはよく知らねえ」

「長生きするぜ」とダローが答えた、「共白髪で八十まで生きのびるさ」

「これから六十何年か。長い話だ」と〈少年〉が言った。女の頭越しに、ワーズィングのほうへつづいているブライトンの街の灯が見える。夕日が空の彼方に沈み、グランド・ホテル、メトロポール・ホテル、コスモポリタン・ホテルなどの建ち並んでいる上に、塔や円尾根の上に、藍いろの雲が重くるしくかぶさっている。六十年。それは一つの予言のようだった——いつ果てるともない恐怖をかかえた未来。

「おい」とダローが声をかけた。「二人ともどうしたんだい?」

フレッドを殺してから、奴らはみんなこの喫茶店にやって来た、——スパイサーとダローとカビットの三人。もちろん、ダローは大丈夫だ。ほかの連中も心配はない、……スパイサーは死んでしまったし、プルウィットはずらかったのだから。そしてカビットは行方知れずだ。(あいつを証人席へ立たせることはできまい。あいつはじぶんが絞首刑《ぶらんこ》になることは知りすぎるほど知っている、……あいつも片棒かついだのだから。……おまけに一九二三年の監獄記録が奴のうしろに控えているんだ) そしてローズはおれと結婚してしまった。心配な奴は一人もいない。とうとう首尾よく行った。おれには——ダローの奴は大丈夫だ——これから六十年もあるんだ。彼の思考は、じぶんの手のなかでばらばらに乱れてしまった。土曜日の夜ごとのいとなみ、そして、それから誕生、子供、習慣、憎悪。彼はテーブルを見わたした。女の笑い声が、まるで敗北のしるしのように聞える。

彼は言った。「ここは暑苦しいや、外の空気に当らなくちゃ」。そして、ゆっくりとローズのほうに振向いて、「散歩に行こうよ」。彼はテーブルから戸口へ行くまでに、ばらばらになった思考をまとめた。桟橋の上の風が強く当る側へ来たとき、彼は大きな声で彼女に話しかけた。「どこか遠くへ行きたいんだ」。彼はローズの腕に手をかけたまま、気味のわるいほど優しく物蔭に連れて行った。波がフランス海岸からしぶきをあげながら寄せて来ては二人の足もとで音を立てる。彼は向うみずな気分になっていた。それは、スパイサーがスーツケースのかたわらで腰をかがめるのを目にした瞬間、カビットが廊下で金をねだるのを目にした瞬間、に似ていた。窓ガラスの向う側では酒を前にしてダローがジュディーといっしょに腰をおろしている。まるで六十年の生活の最初の週みたいだ、――交接、官能のおののき、泥のような眠り、そして目を覚してもじぶんのかたわらには他人が……。荒れ模様で騒がしい暗黒のなかで、彼はじぶんの未来を脳裡に描きだした。ちょうど、一ペンス入れれば電気がともって戸が幾つかあき、そして人形が動きだす自動販売機のように。彼は優しい口調でさりげなく言った。

「ここは……あの晩はじめて逢いびきしたところだぜ。覚えてるかい？」

「ええ」とローズは答えて、不安そうに彼をみつめた。

「おれはあいつらといっしょにいるのが厭なんだ」と彼は言った。「自動車でドライヴしよう」。ローズをじっと見まもって、「田舎へ」

「でも、寒いわ」

「車のなかにいれば寒くないさ」。そして、組んでいた腕を離しながら、「もちろん、きみが行きたくないのなら……一人で行くからいいぜ」

「だって、どこへ行くつもりなの？」

彼はわざと気軽に答えた。「さっき言ったろう、田舎へ行くんだって」。そしてポケットから一ペンス取りだして手近な自動販売機へ入れた。彼がよく見もせずにハンドルを引っ張ると、カタカタと音がしてフルーツ・ガムの包みがいくつか転げ出てきた。おまけが一つ、そしてレモン、ぶどう、甘草、あらゆる種類のガム。彼は言った。「縁起がいいぞ」

「なにか悪いことでもあるの？」とローズが訊ねた。

「あの女に出会っただろう？　いいかい、あの女はあきらめるような奴じゃないぜ。おれは白鼬《いたち》をみたことがあるんだ……獲物を追ってうろうろしてるところを」。振向くと、桟橋の灯が眼にしみた、——一筋の光線が彼の気持を引立たせる。彼は言った。「おれはドライヴに出かけるぜ。きみはなんなら、ここにいろよ」

「あたしも行く」とローズが言った。

「無理するなよ」

「いいの、行くわ」

射的場の前で、彼は足をとめた。あらあらしい気分になっていた。彼は、「何時だい？」と店の男に訊ねた。

「じぶんで知ってるくせに。あっしはこの前にも言っといたでしょう、決して証人には……」

「まだお前のところのがらくたを片づけるにゃ及ばないぜ」と〈少年〉が言った。「鉄砲をよこしな」。彼は銃をとって的にしっかりと狙いをつけたが、引金を引くときわざと手もとを狂わせた。――彼は心のなかで描いていたのである、「被告はなんだかいらいらしている様子でした」と証人が申立てている光景を。

「今日はどうかしたのかね？」と店の男が大声をあげた、「的を外したりしてさ」

　彼はライフルを下において、「新鮮な空気を吸って来なきゃだめだ。田舎へドライヴに出かけるぜ。あばよ」。他の連中に言いつけて、フレッドのカードを配らせたときのように周到に、彼は行先きをはっきりともっともらしく伝えた――のちのちのために。そしてもう一度振返って、「二人でヘスティングズへ行くんだ」

「どこへ行こうとお前の勝手さ」と男が答えた。

　古ぼけたモリスは桟橋の近くへ置かれてあった。自動装置のスターターがきかないので、ハンドルをまわさなければならぬ。彼は古ぼけた自動車をみつめながら、ちょっとのあいだ嫌悪の表情を浮べてたたずんでいた。まるで、それだけが苦心惨憺して得た収穫であるみたいに。彼は言った、「あの日通った道を行こうよ。覚えてるだろう？　バスで通った道さ」。そこでも彼は、居合せた人に聞えるように、じぶんの行方をはっきりさせたわけだった。「ピースヘイヴンで一杯やろうぜ」

自動車は水族館のそばを通り、第二ギヤをかけて上り坂にかかった。彼は片手をポケットにつっこんで、ローズのメッセージが書いてある紙切れを探った。車蓋《ほろ》はばたばた音を立て、変色してひびのはいっている風防ガラスが視野をさえぎる。彼は言った、「そのうち、どしゃ降りになるぜ」

「この車蓋《ほろ》で大丈夫かしら？」

「かまうもんか」と彼は前方をみつめながら、「おれたちは、濡れないだろうさ」

彼女には、それがどういう意味か問いかえすだけの勇気はなかった、——確信がつかなかったのだ。確信がつかぬかぎりは、二人の幸福を信じることができる。わずらわしさから解放された恋人同士が、闇のなかをドライヴしているのだ、と思うことができる。ローズは彼の体に手を触れたとき、彼が思わず体をこわばらせるのに気づいた。瞬間、恐ろしい疑惑が彼女の心を訪れた、もしこれが世にも恐ろしい悪夢にすぎないのだったら——あの女が言ったように、彼がほんとに愛しているのではないのだったら……。雨をまじえた風がすき間から彼女の顔へさっと吹きつける。かまわない。あたしは愛してるのだもの。あたしには責任ってものがある。バスが二人の車とすれちがって、街へでる坂道を降りて行った。人々がバスケットや本をかかえて坐っている、小さな灯《あかり》のついた家のような檻。子供が一人、窓ガラスにぴったり顔を押しつけていた。信号燈のところで車体がすれすれに行きちがった一瞬、その子供の顔を胸のなかに抱くこともできるようだった。「何を考えてるんだい？」と〈少年〉は言って、だしぬけに痛いところへ触れて来た。――「生きてるのも悪くない、ってことか？」

「とんでもない間違いだ」と彼は言った。「生きるってことがどんなことか教えてやろうか。監獄同然なんだぜ。金を手に入れたいにも、どこへ行ったらいいかわからないって場所さ。蛔虫《かいちゅう》や白内障《そこひ》や癌がうようよしてる。窓のてっぺんから泣きわめいてる声を聞いてみろ――子供が大勢、生れてさ。生きてるってのは、つまりゆっくりと死んで行くことなのさ」

やっぱりそうだった、――彼女は理解した。ダッシュボード・ライトが、覚悟を決めた者の骨ばった指先を照らしている。顔には光がとどかなかったけれども、喜びや激しい興奮や無秩序によってぎらぎら輝いている瞳を、彼女は想像することができた。金持の自家用車が――ダイムラーなのかベントリーなのか、彼女には型はわからなかった――二人の横を音も立てずに追い越してゆく。彼が言った、「何も急ぐことはないさ」。そしてポケットから手を出して、見覚えのある紙切れを膝に置いた。彼は、「嘘じゃないだろうね？」と言い、もういちど「ね」をくり返した。彼女はまるで、じぶんの生命以上のもの――天国、バスのなかの子供、隣家で泣いている赤ん坊などを、それがどんなものであるにせよ譲り渡す書類に署名しているような気がした。「ええ」と彼女は答えた。

「飲みに行こう、それが済んだら……なにもかもわかるよ。おれはすっかり片を附けてあるんだ」。彼は恐ろしいほど気軽に言った、「一分とかかりゃしないよ」。そして手を彼女の顔に近づけた。彼女は彼を近々と眺めることができた。彼女は思いにふけっていた、思いにふけりつづけていた。彼の肌はガソリンの匂いがした。きいきい音を立てる流行おくれの小さな車のなかのものは、すべて、ガソリンの匂いがするのだった。彼女は言った、

「あたしたち……どうしても延ばすわけには行かないの？……一日だけ」

「何のために？　きみは今晩あの女をあそこで見かけたろう。あいつ、つきまとってやがる。そのうち証拠を握るぜ。そうしたらどうなる？」

「なぜ、そのときじゃいけないの？」

「そうなりゃもう手遅れさ」。彼の声は、ぱたぱたはためく車蓋《ほろ》のせいでとぎれがちに聞えて来る。「扉にノックがあったときには、もう……手錠さ……手遅れだ……」。彼は抜け目なく言った、「そうなりゃ、おれたちはいっしょにいられなくなるぜ」。彼が足で強く押すと、指針がふるえながら三十五マイルにあがった。古車では四十マイル以上は出せないのだが、それでも、無鉄砲なスピードを出しているような印象を与えた。風が窓ガラスにぶつかり、すきまから吹きこんで来る。

彼は静かに祈りの言葉を唱えはじめた、「我等に平安を与えたまえ《ドナ・ノビス・パチエム》」

「だめだわ」

「何がだめなんだい？」

「あたしたちが平安を与えていただくこと」

彼は考えていた、これからさき六十年あれば――このことを悔い改めるには十分だ。坊主のところへ行く、そして「神父様、あたしは二度も人殺しをしました。おまけに女の子が一人――自殺したのです」と言う。……今夜自動車で家へ帰る道で、街燈に衝突して急死したとしても――そこにはやはり「鐙と大地とのあいだ」が存在するのだ。道の片側にはまったく家が途絶えてしまい、もういちど海が近くなって、崖下のドライヴ・ウェイに押し寄せる深々とした波の音が闇のなかに聞える。おれはじぶんを欺こうとしているんじゃない、おれは数日前、時間の余裕がないときにはほかにいろいろ考えごとがあって、痛悔なんぞしてはいられないものだということを体験した。痛悔なんてつまらぬことだ。おれという人間は、平安にふさわしくできていない。おれにはそんなものは信じられないのだ。天国なんてものはただの言葉にすぎない、地獄こそ、おれにとって信用できる実在なのだ。頭が考え出せるものは考えることができるものだけなんだし、一度も経験したことがないものを考え出すなんて不可能なことだ。小学校のセメントの運動場、セント・パンクラッスの待合室での死にかけている男と消えてしまった火、フランクの家のじぶんのベッド、そして両親のベッド、それらが彼の細胞を形成していた。激しい憤りが彼をゆすぶった、――なぜおれは他の連中みたいに試してみなかったんだ、たとえそれがブライトンの壁の割れ目にすぎないのだとしても。なぜ天国を覗いてみようとしなかったんだ？　ロティングディーンにさしかかったとき、彼は振向いてまじまじと彼女をみつめた。まるで彼女が天国でありうるかのように。しかし――そう考えることは頭脳にとって不可能だった。肉の接触を望む唇、子供を要求する乳房の高まり、それらを彼は見ただけだったのである。こいつはたしかに善良だ、と彼は心に思った、だが十分とは行かねえんだ。おれはこいつを片付けなくちゃならない。

ロティングディーンを過ぎると新しい別荘地帯が見えだした。幻想ふうの建築。砂丘の上には、飛行機のような翼のついた療養院の骨組がぼんやり見える。彼は言った、「田舎だもの、だれも聞いてる奴はいねえぜ」。道路の灯は、ピースヘイヴンの彼方へ消えていたし、新道の白土は、ヘッドライトに照らされて白いシーツのはためきのよう。自動車が幾台もやって来て、二人の目をくらます。「バッテリーが弱いんだ」と彼が言った。

ローズは、彼が千マイルも遠くへだたっているような気がした。――彼の思考は彼女には見当もつかない行為の彼方へと去ってしまっていた。この人は頭がいいし、さきのことまで見通せる、あたしには想像できないようなことまで、と彼女は考えた。永劫の罰だとか、炎《ほのお》だとか……までも、と。彼女は恐怖を感じていたし、苦痛の想いでゆすぶられていた。彼女は、古い汚れた防風ガラスにあたる疾風まじりの雨のなかで、二人の目的へと追い立てられていた。この道はまっしぐらにつづいている。あらゆる行為のなかでの最悪の行為、絶望という罪、大罪へと。彼はみずから劫罰に呪われようとしている、だがあたしは、彼らが彼を呪うならば、そのときはあたしをも呪わねばならないことを思いしらせてやるのだ。彼にできることなら、あたしは何でもするだろう。じぶんがどんな殺人の共犯者となることもできそうに思われた。通りすがりの灯が彼の顔を照しだした。眉を寄せて思いにふけっている子供の顔。彼女は胸のなかで責任感がうずくのを感じた。あの暗闇へ、彼を一人で行かせてはならない。

断崖と砂丘に向ってつき出ている、ピースヘイヴンの街にさしかかった。茨《いばら》の叢《くさむら》が貸家の広告のまわりに生い茂り、街路は水たまりや水草のなかへ溶けこんでいる。それは新しい国を開拓しようとする失意の開拓者たちの最後の努力のようであった。敗残者たち。彼は言った、「ホテルへ行って、一杯やってから……。おれはいい場所を知ってるんだ」

雨が降りはじめていた。《リュアランド》の色褪せた深紅の扉に、来週催されるウィスト・ドライヴや先週のダンスの会のポスターの上に。二人はホテルの戸口へ向ってかけだした。広間には人影がなかった。白い大理石の小像。鏡板張りの壁の上の碧い羽目板には、チューダー王朝ふうの薔薇と百合が金いろに塗られている。サイフォンが青いテーブルに一つずつ置かれ、窓のステンド・グラスのなかでは中世ふうの帆船が冷やかに渦まく波に揺られている。小像の一つは、だれかが両腕を壊してしまったらしい……それとも元からそんなふうに作られていたのかもしれぬ。白い衣をまとった古典的なポーズ。勝利の、あるいは絶望の象徴。〈少年〉がベルを鳴らすと、同じ年かっこうの少年が大衆酒場から注文を訊きにやって来た。彼らふたりは奇妙なほど似ていながら、どことなく異っていた——狭い肩幅、痩せた顔立ち。彼らは姿を見るなり、互いに二匹の犬のように逆毛を立てた。

「パイカーか」と〈少年〉が言った。

「それがどうしたんだい」

「おれたちにサーヴィスしろよ」と〈少年〉が言って、一足前へ進むと、一方は後しざりした。ピンキーは彼に歯をむきだして笑った。「ダブル・ブランデーを二杯もって来てくれ」。そして、「早くしろ」。それから彼は静かに言った、「ここでパイカーに会おうとは、思いもよらなかったぜ」。ローズは、彼が一時でも二人の目的から気を散らすようなことを発見したのにびっくりして、彼を見まもっていた。二階の窓に風が当るのが聞える。階段の曲り角には石像がもう一つ、壊れた手をかかげている。〈少年〉が言った、「学校でいっしょだったんだ。よくひどい目にあわせてやったものさ」。相手の少年はすっかり怯えたようになってちらちら横目をつかいながら、用心深くブランデーをもって戻って来たが、忘れかけた子供時代のあらゆる記憶をよみがえらせていた。

ローズはパイカーに対して、疼《うず》くような嫉妬を感じた。なぜなら、今夜はピンキーのすべてがじぶんのものであるはずだったから。

「お前、召使なんだろう」と〈少年〉が言った。

「召使じゃない。ウェーターさ」

「おれからチップがもらいたいかい？」

「お前のチップなんぞほしくねえや」

〈少年〉はブランデーのグラスを手に取ると、一息に飲みほしたが、咽喉のところでむせて咳をした。まるで内臓が汚されるようだった。「これで元気がついた」。そしてパイカーに向って、「何時だい？」

「時計を見りゃわかるだろう」とパイカーが言った。「目があいてるんならね」

「なんか音楽はやらねえのかい？」と〈少年〉が言った。「ちぇっ、おれたちはお祝いがしてえんだぜ」

「ピアノがあるよ、それからラジオも」

「かけてくれ」

ラジオは植木鉢のかげに隠されていた。ヴァイオリンの音がすすり泣きながら出て来た。地球をとりまく大気が旋律をふるわせる。

彼が言った、「あいつ、おれを憎んでやがる。おれの勇気を憎んでるんだ」。そしてパイカーのほうに振向いてからかおうとしたが、もういなかった。彼はローズに言った、

「そのブランデーを飲みなよ」

「ほしくないわ」

「じゃ、いいようにしろ」

〈少年〉はラジオのそばにたたずみ、ローズは火の気のない暖炉のかたわらにいた。テーブルが三脚、サイフォンが三個、そしてチューダー様式まがいの妙ちきりんなランプが二人のあいだをへだてている。彼らは、恐ろしいばかりに空虚な感じに襲われ——「なんて夜なんでしょう」とか「今頃にしちゃ寒いね」というような会話をかわす必要を痛感していた。ローズが言った、「じゃ、あの子は学校がいっしょだったわけなのね」「そうなんだ」。彼ら二人は時計に目をやった。九時近くである。ヴァイオリンの音にまじって、海に面した窓をうつ雨の音。彼はぎごちなく、「もう行ったほうがよさそうだぜ」と言った。

ローズは心のなかで祈りの言葉を唱えはじめた、「天主の御母、聖マリア……」。しかしそこで急にやめてしまった。あたしは大罪を犯す身なのだ。祈りは何の役にも立たないだろう……。彼女の祈りはサイフォンや小像とともに下のほうへ沈んで行った。翼を失った祈りの言葉。彼女は暖炉のかたわらで、恐怖を抱いたままじっと待っていた。〈少年〉が不安そうに言った、「二人とも何か……書置きを残して置いたほうがいいな。みんなにわかるように」

「そんなことどうでもいいわ」

「いいや、だめだ」と〈少年〉が口早に、「大事なことなんだぜ。物事をきちんとしとかなくちゃいけねえ。そうするものなんだ。新聞で読んだことあるだろう?」

「みんな……そうするかしら？」

「たいていそうするぜ」と〈少年〉は答えた。一瞬のあいだ、ほのかな安堵の心が彼のなかにあった。ヴァイオリンの音がやみ、時報をつげる音が雨のなかに響いた。植木鉢のかげで天気概況をのべている声――大陸から移動しつつある暴風雨、大西洋側の低気圧、明日の天気予報。彼女はそれを聞きかけたのだったが、思い出した――明日の天候など気にする必要はないことを。

〈少年〉が言った、「別の飲物をとろうか……それとも何かほかに？」。彼は男子洗面所の文字を探して、あたりを見廻し、「おれは、ちょっと……手洗いに行って来たいんだ」。ローズは彼のポケットの重みに気がついた、きっとあれでやるんだわ。彼が言った、「おれが行ってるあいだに、さっきの紙切れの上に、もう一言書きたしておけよ。ほら、鉛筆だ。あの人といっしょでなくちゃ生きてゆけない、とか何とか書けばいいや。こういうことは、きちんとしとかなくちゃ。おきまりなんだから」。彼は廊下へ出て行き、パイカーから場所を教わって、階段を登りかけた。小像のところで彼は振返り、鏡板張りの広間を見おろした。あらゆる記憶がよみがえるような瞬間――桟橋のはずれに吹いていた風、シェリー、歌手たち、ハーヴェスト・バーガンディを照す光、カビットが戸口をどんどん叩いたときのこと。彼は、それらすべてを嫌悪も感じないで思い出しているのに気がついた。彼は、鎧戸をおろした家の外にたたずむ乞食のように、どこかで動いている優しい感情を感じた。しかし、憎悪という習慣は彼を縛っていた。彼はそのまま背を向けて階段を登りつづけた。もうすぐもとのような自由の身になれるのだ——彼はじぶんにそう言い聞かせていた。……警察があの書置きを見るだろう。別れようと言ったために、あの娘がこれほど悲しむとは知らなかったですよ。どうも娘は、ダローの部屋でピストルを見つけて持っていたにちがいないね。……むろん警察じゃ指紋調査をするだろう。それが済んだら……彼は便所の窓から外を眺めた。彼には見えないけれど、大きなうねりが崖下で飛沫をあげている音。生きることはつづいて行くだろう。人とつきあうのはもう御免だ、頭のなかになだれこんでくる他人の感情はもう御免だ。おれはもういちど自由の身になるんだ。じぶんのこと以外には何も考えないで。自分！　その言葉は磁器製の水盤、蛇口、栓、何かの屑などのあいだに、じつに衛生的に反響した。彼はポケットからピストルを取り出し、弾をこめた。二発。死の金属をいじって安全装置をかける手が、洗面台の上の鏡に映っている。階下ではニュースが終り、音楽がまたはじまっていた。それは犬が墓の前で遠吠えするように上のほうへ響いて来るのだったし、窓ガラスには巨大な闇がその濡れた唇をぴったりと押しつけていた。〈少年〉はピストルをしまい、廊下へ出た。それは第二の作戦だった。別の小像が大理石の花かずらを持った手で、どうにでも取れる教訓を垂れている。彼はまたしても、あわれみの思いが心のなかをうろつきまわるのを感じた。

8

「あの連中が行ってからずいぶん経った」とダローが言った。「何をしてるんだろう？」

「かまうことはないじゃないの」とジュディーが言った。

「あの連中はね」――彼女は厚ぼったい蛭のような唇をダローの頬に押しつけた――「二人っきりでいたいのさ」

彼女の赤い髪の毛がダローの口にはさまる――酸っぱい味。「お前さん、恋がどんなものか心得てるくせに」

「でもあいつは知らねえはずだよ」。彼は気がかりでならなかった。さっきの会話が思い出されてくる。「あいつは娘を憎んでるんだぜ」。彼は気のりのしない様子で、ジュディーの体に腕をまわした。パーティを台なしにするのは不本意だったが、ピンキーが何を企らんでいるのか知りたかった。彼がジュディーのグラスの酒をゆっくりと飲みほしたとき、ワーズィング通りのどこかでサイレンがすすりなくように鳴った。桟橋のはずれをぶらついているカップルと、ガラス板の後ろにいる魔法使いの人形から運勢判断のカードを受けとっている老人の姿が窓ごしに見える。

「そんならなぜあの娘と別れてしまわないのさ？」とジュディーが言った。彼女の唇はあおむいて、ダローの唇を求めていた。とつぜん、彼女はむっとして居ずまいを直し、「あそこにいる女はいったいだれなのさ？　何だってあたしたちをじろじろ見てるんだい？ここは自由の国なんだよ」

ダローは振返って眺めたが、頭の働きがにぶっていた。「見たこともねえ女だな」と、まず断言したが、次第に記憶がはっきりしてくる。「ああ、あいつはピンキーにつきまとってるあばずれ女だ」。彼はだるそうに立ちあがり、よろめきながらテーブルのあいだを進んで行った。「お前さんの名はなんていうんだい？」と彼は言った、「お前さんの名前さ」

「アイダ・アーノルド」と女が答えた。「本当か嘘か知らないけどさ。でも友だちはアイダって呼んでるわ」

「おれはお前さんの友だちじゃねえ」

「味方《フレンド》になったほうが身のためよ」とアイダがおだやかに言った。「飲まない？　ピンキーはどこへ行っちまったの？　それからローズは？　あんたはいつでも二人のそばについてなくちゃならないのに。この人はフィルっていうのよ。あんたもあそこにいる女のお友だちを紹介なさいな」。彼女は静かな調子で言葉をつづけた、「あたしたち、もうそろそろいっしょになってもいい時分よ。あなたの名前は？」

「余計な口出しをする人間がどうなるかぐらい、知ってるだろうな？」

「もちろん、知ってるわよ」とアイダが言った。「よく心得てるわ。でもあたしは、あの日フレッドといっしょにいたのよ。あんたたちがあの人をやっつけた日」

「なんのことか、さっぱりわからねえ」とダローは言った、「一体全体お前さんはどういうお人ですかね？」

「知ってるはずよ。あんたたち、例のモリスに乗って、海岸通りをずうっと尾行《つけ》て来たじゃないの」。彼女は彼に向って愛想よくほほえみかけた。……あたしの狙っているのはこいつではない。「ねえ、今じゃまるで遠い昔のことみたいね」

それはまったくその通りだった。遠い昔のことのような気がする。

「一杯やりなさいな」とアイダが言った。「飲んだほうがいいわよ。一体ピンキーはどこにいるの？　あいつ、今夜はあたしを避けてたようだけど。あんたたち、何をお祝いしていたの？　まさかプルウィット弁護士のためにお祝いをしたわけじゃないでしょうね。まだ耳にはいってないはずだもの」

「そりゃどういう意味だい？」とダローが言った。風はガラス戸に吹きつけ、ウェートレスたちはあくびをしている。

「明日の朝の新聞を読んでごらん。せっかくのお楽しみの邪魔はしたくないわ。それにあの男が口を割れば、お前さんたちもすぐさま事情を知るわけだし」

「あいつは外国旅行だぜ」

で逮捕されたってわけなの」
「警察の手で連れ戻されたってわけなの。お前さんたち、もっといい弁護士を選ぶべきだったのよ、休みをとるぐらいの金はある男をね。詐欺罪で捕まったのよ、あいつ。波止場で逮捕されたってわけなの」

ダローは不安そうにアイダを見まもった。アイダの言うことを信じようとはしなかった――がそうはいうものの……。「お前さんえらく物知りだね」と彼は言った。「夜もおちおち眠れねえだろ?」

「じゃ、あんたは?」

ダローのひしゃげたような大きな顔に、ある種の無邪気さが漂っていた。「おれかい? おれは何も知っちゃいねえからな」

「あの男に金をやったのは無駄づかいだったわよ。そりゃあ、逃げ出しはしたさ。だけどうさんくさい感じだったわね。あたしが桟橋でジョニーをつかまえたとき……」

ダローは望みを失った驚愕の瞳で彼女をみつめた。「ジョニーをつかまえた? いったい全体どうして……?」

彼女は気軽に答えた。「だって、あたしは人に好かれるたちなのさ」。そして一口飲んでから、「あの子は、ほんの子供だったころ、あれのお袋さんにひどい仕打ちをされたんだそうよ」

「だれのお袋だい？」

「ジョニーの」

　ダローはいらいらしていたし、当惑していたし、そしてまた怯えていた。「それで、ジョニーのお袋のことで、いったい何を知ってるっていうんだい？」

「あの子からぜんぶ聞いたわ」とアイダは言った。彼女はすっかり気楽になった様子で椅子にかけていたし、その大きな胸は、どんな秘密でも受入れそうであった。彼女は同情と理解にみちた雰囲気を、匂いのきつい安香水のように、周囲に漂わせていた。彼女はおだやかに言った、「あなたを敵にまわそうって気はないの。むしろ仲よくしたいくらい。あなたの女友だちをここへ連れていらっしゃいな」

　彼はすばやく後ろを振返ったが、またもとの姿勢に戻り、「そんなことはしないほうがよさそうだ」と言った。彼の声は急に低くなった。彼もまた知らぬ間に気を許しはじめているのだった。「実を言うとね、あの女は大変なやきもちやきなんだ」

「まさか？　だってあの人の年とった御亭主が……？」

「あの、亭主のことかい」とダローが言った。「亭主のことなら平気さ。フランクって男は、じぶんの目で見さえしなけりゃ、気にしねえんだ」。そしてもういちど声を落して、「おまけに、あんまりよく見えないと来てる——あいつは盲だもの」

「それは初耳だわ」とアイダが言った。

「あいつのプレスだとかアイロンのかけ方を見てたんじゃ、わかりっこはないさ。アイロンにかけちゃ天下一品なんだ」。そこで彼は急に言葉をとぎらせた。「さっきのはどういう意味なんだい？……それは初耳だと言ったけど。いったい何をぜんぶ知ってるってんだね？」

「大したことはないわ」とアイダが言った、「たいがいのことは聞き出してあるのよ――あちこちでね。隣り近所の口ってうるさいもんだからね」。彼女は俗な智恵をちょっぴりひけらかした。

「どういう連中がお喋りしてるのよ？」と言ったのはジュディーだった。じぶんからやって来たのである。「あの二人が何かしでかしたの？　ふん、もしあたしがあの二人の行状について口をすべらそうとすれば……でも、あたしそんなことしやしないわ」とジュディーが言った。「決して」。そしてぼんやりあたりを見まわし、「あの二人に何が起ったのさ？」

「たぶん、あたしを怖がったのよ」とアイダ・アーノルドが言った。

「お前さんを怖がる、だって？」とダローが言った。

「大きな口をきくぜ。ピンキーがそう簡単に怖がるもんか」

「あたしの知りたいのは」とジュディーが言った、「どこのだれが何て言ったかってことなのよ」

だれかが射的場で遊んでいる。扉があいて、カップルがはいって来たとき、射撃の音が聞えた——一発、二発、三発。

「あれはピンキーにちがいない」とダローが言った。「あいつは射撃がお得意なんだ」

「行ってみるといいわ」とアイダが落ちつきはらって言った、「何かすてばちなことしてんじゃないか、調べに。——ガンでさ……もしあいつが勘づいたら……」

ダローが言った、「お前さんの考え方は調子っぱずれだぜ。おれたちには、プルウィット弁護士を怖がる因縁はねえんだ」

「あんたたちがあの男にお金をやったのは、何か理由があったからでしょう？」

「ふん」とダローが言った、「ジョニーの奴が冗談を言ったのさ」

「でもあんたの仲間のカビットもどうやら……」

「カビットの野郎は何も知っちゃいねえ」

「もちろんよ」とアイダは肯定した。「だってカビットはその場に居合せなかったんでしょう？　あのとき、って意味よ。でもあんたは……」と彼女はつづけた、「二十ポンドじゃ、あんたの役に立たないかしら？　つまり、あんたもまきぞえをくらうのは厭でしょう？……ピンキーに、じぶんの罪の償いをさっさとさせればいいのよ」

「ちぇっ、むかむかして来るぜ」とダローが言った。「お前さんはいろんなことを知ってるつもりらしいが、これっぱかりもわかっちゃいねえ」。そしてジュディーに向って、

「便所へ行って来るぜ。お前は口を割らねえだろうな。さもないとこの阿魔がお前に……」。彼はなんとかして身振りをしようとしたけれども、アイダがジュディーに何をするかしれないのか、それを身振りで示すのはできないことだった。彼は不安をいだいたまま外へ出た。風が激しく吹きまくるので、脂じみた古帽子を押えながら進まねばならなかった。男子洗面所への階段を降りて行くのは、嵐にもまれる船の機関室へ降りて行くみたいだった。大きな波のうねりが棒杭をめざして押し寄せ、そのまま沙漠にぶつかって砕けるたびに、その場所ぜんたいが彼の足もとで小きざみに振動する。彼は考えついた。おれはプルウィットのことをピンキーの耳に入れておかなくちゃならねえ、もし本当だとすれば……。あいつは万事心得ているけど、プルウィットおやじのことは……。彼は梯子を昇り、デッキを見おろした、——ピンキーの姿は見あたらない。彼は覗き眼鏡《ピープ・マシーン》のそばを通りすぎた。しかしそこにもいない。射的場で遊んでいたのは他の連中だった。

彼は店の男に訊ねた。「ピンキーを見かけなかったかい?」

「何をたくらんでるんだね」と男が答えた。「あっしがあの人に会ったのを承知してるくせに。女といっしょに田舎へドライヴに出かけたことも知ってるんだろう。気ばらしってわけさね。ヘスティングズ街道だよ。ふん、お前さんも時間を訊きたいんだろう。いやはや、あっしは宣誓なんぞしませんぜ。お前さんたちのいんちきアリバイには、他の人を選んでもらいたいね」

「この唐変木め」と言って、ダローはそこを立去った。騒がしい海の彼方で、ブライトンの教会の鐘が時刻を告げはじめた。一つ、二つ、三つ、四つと数え終って、彼は立ちどまった。恐怖におそわれたのである。もしかしたら、あれは本当だったかもしれない、ピンキーはあれを知ったのかもしれない、だからあんなきちがい沙汰を始めたんだ……こんな時間に田舎へドライヴに出かけるなんて、宿屋へでも行く以外には——。しかしピンキーは宿屋へ行くような男じゃない。彼はそっと声に出して言った、「おれはもう真っ平だぜ」と。頭の中が混乱していた、あんなにビールを飲まなきゃよかった、と思った。あの娘はいい子だ。彼女が台所でストーブを燃しつけようとしていたときのことを思い出した。そして彼は暗い表情で海のほうを眺めながら、なぜいけねえんだ？　と考えた。とつぜん彼は、ジュディーでは充たすことのできないセンチメンタルな欲情にゆすぶられた。新聞を添えた朝食、そして暖い暖炉の火。彼は回り木戸に向って足早に桟橋を降りて行った。もう真っ平なことが彼には沢山あるのだった。

モリスが自動車置場にないことはわかっていたが、やはりじぶんで行って見とどけねばならなかった。そして自動車がないという事実は、耳もとにはっきり語りかける声のようなものだった。

「あの娘が自殺したとしてみろよ……実際は人殺しかもしれなくたって、その為に絞首刑《ぶらんこ》にするわけには行かねえ」。彼は力なくその場に立ちすくんでいた。どうしたらいいかわからない。ビールの酔いが頭を濁らせていた。彼は思い悩んで顔に手をあてた。「モリスが出て行ったのを知ってるかい？」と彼は番人に訊ねた。

「あんたの友だちが女連れで乗って行きましたぜ」と番人は答え、跛をひきながら、タルボットとオースティンのあいだを歩いた。片方の脚が短いので、彼はポケットに手をつっこんで動かすようにし、まるで六ペンスをポケットのなかに探っているような身振りで、よろめきながら歩いた。「結構な晩ですね」と彼は言った。脚を動かす仕事に疲れきっているような感じ。「二人はピースヘイヴンへ一杯やりに出かけたんでさあ。どういうわけかは知らないがね」。彼は手をポケットにつっこんで、眼には見えない鉄線を引っ張るような身振りをし、落ちつかない歩き方でフォードのほうへ対角線に進んで行った。「もうじき降りだしますな」と彼の声だけが戻って来た。「有難うございます、旦那」という声がして、モリス・オクスフォードがバックしてはいって来ると、針金を引っ張るあの労働がもう一度はじまった。

ダローは困惑しきってたたずんでいた。まだバスがあるにはあるが……しかしバスが着かないうちに、すべてが済んでしまうだろう。ぜんぜん立ち入らないほうがいい……結局、おれは何もあずかり知らねえんだから。三十分後には、水族館のところを通って戻って来る古自動車が見えるだろう。ピンキーが娘をそばに腰かけさせて運転して来るのが。しかし、そんなふうに二人づれで帰って来ることは決してあるまいということが、彼にはよくわかっていた。〈少年〉が残して行った徴候は、あまりに多すぎるのだ――射的場へ残して行った伝言、それから駐車場へも。ちょうどいい頃あいに（じぶんに都合のいい頃あいに）おれが後を追って行くのを、そして筋書き通りに事が運ぶのを、あいつは望んでいる。番人が足を引きずりながら戻って来て、「お前さんの仲間は、今夜は様子が変だったように思うんだがね。ちょっと酔ってたみたいで」と言った。それはまるで彼が証人席に立って質問を受け、証言をおこなっているようであった。

絶望しきったダローは、もと来た道へ歩きだした……ジュディーを連れて家へ帰り、待っていよう……。と、数フィートむこうに女が立っている。あいつはおれのあとをつけて来て、聞いていやがったのだ。ダローが言った、「やい、これは貴様の仕業だな、貴様のせいでピンキーがあの娘と結婚したんだ、貴様のせいで……」

「自動車を拾ってよ」とアイダが言った、「早く」

「自動車代がねえんだ」

「あたしが持ってるわ。急いでおくれ」

「急ぐ理由なんぞないさ」と彼は弱々しく言った。「二人は一杯やりに出かけただけさ」

「何のために出かけたのか、あんたにはわかってるはずよ」とアイダが言った。「あたしには見当もつかないけど。でもあんたがもしこの事件で巻きぞえになりたくなきゃ、あの車をとめたほうが身のためよ」

遊歩道の上に降りはじめた雨のなかで、ダローは弱々しく弁護していた、「おれは何も知らねえんだ」

「そんなことわかってる」とアイダが言った、「あたしをドライヴに連れてってくれればいいの。それだけなのよ」。そしてだしぬけにどなりつけた。「馬鹿な義理だてはおよし。あたしの味方になったほうが身のためよ。ピンキーがどうなる身なのか、お前さんわかってるくせに」

しかし彼は急ごうとはしなかった。急いだってどうなるんだ？　ピンキーはこれだけ足跡を残して行った。あいつは、何もかも計算に入れてあるんだ。ちょうどいい時分にあとを追って来させて、発見させるのだろう……。しかし何を発見することになっているのか、彼には想像もつかなかった。

9

〈少年〉は階段の上に立ちどまって、下を見おろした。広間に二人の男がはいって来た。暖かそうなラクダの外套を身につけ、濡れてはいたが上機嫌だった。彼らは威勢よく体をゆすって、犬みたいに雨滴をはねとばしながら、酒のことでそうぞうしく言い合った。だが、「ジョッキで二つ」と注文してから、とつぜん静かになった。広間に女の子がいるのに気づいたからである。あいつらは上流の人間だな。小意気なホテルのジョッキにはからくりがあることを知ってるらしい。〈少年〉は彼らが賭けをするのを、階段の上から憎らしそうに眺めていた。たとえローズでも、女っ気がないよりはましというわけだ。しかし彼は、彼らにあまり気がないことを感じとった。あいつには、男がちょっぴり横目で見ながら威張りちらすぐらいしか値打がないのだ。

「八十になったと思うぜ」

「おれは八十二にしたよ」

「あの女、そうとういけるぜ」

「いくらふんだくられた？」

「二百さ。値段は安いんだ」

それから彼らは話をやめて、小僧のそばにいる少女を横柄な目つきで見やった。こいつは騒ぎたてるほどの娘じゃない、だけどこいつが簡単にものになるなら……片方の男が低い声で何か言うと、もう一人の男が笑った。彼らはジョッキの苦ビールをぐうっと飲んだ。優しい心が窓に近づき、そして覗きこむ。畜生、あの子はおれにこんなによくしてくれるのに、いばったり笑ったりする権利がなんであいつらにあるんだ？……おれさえあの娘に満足してるんならいいじゃねえか。彼は階段から広間へ降りて行った。二人の男が視線をあげて、まるで「おい、実際こいつは手を出すほどのものじゃなかったぜ」とでもいうみたいな渋い表情で顔を見あわせた。

片方の男が言った、「飲んでしまえよ。お楽しみにとりかかろうぜ。ズウは留守じゃあるまいね？」

「ああ、ひょっとしたら行くかもしれないって言っといたから」

「あの女の友だちのほうはいけるかい？」

「相当なもんさ」

「それじゃ行こう」

彼らはビールを飲みあげて、尊大そうに戸口へ歩きながら、通りすがりにローズをちらりと見た。戸外で二人の笑い声がする。あいつらはおれを嘲っているのだ。彼は広間のなかを二、三歩あゆんだ。こうして二人はもういちど冷やかな圧迫のなかに縛りつけられた。一切のものをほうり出して、自動車に乗り込み、家へ帰り、彼女を生かしておきたいような、そんな誘惑を彼はとつぜん感じた。それは憐れみの心の動きというよりはむしろ、心が倦んじ果てたのだった。糞っ、しなくちゃならねえことも、考えなくちゃならねえことも、何てたくさんあるんだ。それに、答えなきゃならぬ問もいっぱいあるのだ。究極の自由というやつはおれには信じられないし、しかもその自由は見も知らぬ土地にしか求められない。彼は言った、「雨がますますひどくなったぜ」。しかし彼女はそこに立ったまま待っていた。返事ができなかったのである。まるで長い距離を走ったみたいに息をあえがせ……それに年よりみたいな顔つきをしていた。彼女は十六だったけれども、そこにあるのは、結婚、出産、そして毎日の夫婦喧嘩の何年間かをすごしたような顔だった。彼らはいま死へと行きつき、そして死は彼らに対して、老年と同じような作用を与えていたのである。

彼女は言った、「あなたが言った通りに書いたわ」。彼がその紙きれを受けとって、検屍官、『デイリー・エクスプレス』の読者、そしていわゆる世間というものにあててメッセージを記すのを、彼女は待っていた。パイカーが用心深い物腰で広間にやって来て、「お支払いが済んでませんが」と言った。ピンキーが金を取出しているあいだ、彼女の心には、ほとんど抵抗しがたいほどの反逆が訪れて来た。——あたしはただここから去って、彼と別れ、行動をともにするのを拒絶すればいい。彼があたしを自殺させるわけには行かない。生きているのはそれほど悪いことではないのだ。それは一つの啓示の言葉のように迫って来た。まるで、だれかが彼女に向って、お前はお前で、別の生きものなのだ——彼と一心同体というわけではないとささやきかけたみたいに。あたしはいつだって逃げ出せる……もしピンキーが決心を変えないのなら。あたしはまだ何も決心していないのだもの。あたしたちは自動車に乗って、彼が行こうとするところへ行くこともできる。あたしは彼の手からピストルを受けとることもできる。だがそのときでも——いよいよ最後の瞬間にも――あたしは撃たなくてもいいのだ。まだ何も決っていない……希望はいつだって残っているのだ。

「これはお前のチップさ」と〈少年〉は言った。「おれはいつも、ウェーターにはチップをやることにしてるんだ」。憎悪の思いがまた湧いて来た。彼は言った、「お前はちゃんとしたカトリック教徒かい？　パイカー。教わってる通り、日曜日にはミサに行くのかい？」

パイカーは弱々しい反抗の気配を示しながら、「どうして行っちゃいけないんだい？　ピンキー」

「お前は怖がってるんだな」と〈少年〉は言った。「火あぶりが怖いんだな」

「怖がらない奴がいるかい？」

「おれがいる」。彼は胸がむかつくような思いで、過去を――ひびのはいった鐘が鳴る音を、鞭打たれて泣いている子供を――思い浮べ、そして、「おれは怖がらねえ」とくり返した。彼はローズに言った、「さあ、行こうぜ」。彼は試すように近より、ローズの頬に指さきを触れて、――半ばは愛撫、半ばは脅迫――「きみはいつまでもおれを愛してるだろう？」と言った。

「ええ」

彼はもういちど機会を与えた、――「いつまでもおれといっしょにいるね？」。そして彼女が同意のしるしとしてうなずいたとき、彼は、じぶんをいつかまた自由にしてくれる行為へと、いやいやながらも、長い道のりを歩みはじめた。

雨の屋外。エンジンがかからなかった。彼は外套の襟を立てて、クランクを廻した。彼女は彼に、そこに立っていてはいけない、濡れてしまう、あたしは決心を変えたのだから、と告げたかった。あたしたちは生きなくちゃならない――どんなことをしてでも。しかし、口に出して言う勇気はなかった。彼女は希望を押しやった――最後の可能な瞬間へまで。自動車が動き出してから彼女は言った、「昨日の晩……それから一昨日の晩……あんなことをして、あなた、あたしを憎んでやしない？」

「うん、憎んでなんかいないよ」

「あれが大罪でも？」

実際その通りだ――おれはこいつを憎みなどしなかった。おれはあの行為にさえ憎しみを感じなかった。あそこにはある種の快楽、ある種のプライド、ある種の……何ものかがあった。自動車はがたがた揺れながら本道へバックし、やがてそのヘッド・ライトはブライトンの方角へ向った。巨大な感情の動きが彼を打った、それは何かがものすごく大きな翼をガラスに打ちあて、車内にはいりこもうとしているみたいだった。我等に平安を与え《ドナ・ノビス・パ》たまえ《チエム》。彼はそれに逆らった、……小学校の腰掛け、セメントの運動場、セント・パンクラッスの待合室、ダローとジュディーのひそやかな悦楽、そして寒い桟橋での不幸な瞬間などにおいて養われたいっさいのむごたらしい力をもって。ガラスを砕いて侵入しようとする獣は——そいつが何だろうとも——いったい何をもくろんでいるのだろう？　彼は巨大な壊滅を——告解、痛悔、そして秘蹟——恐ろしい物狂おしさを感じた。彼は自動車を、しゃにむに雨中に走らせた。汚れ果ててひびのいった防風ガラスの前方には、何一つ見えない。うしろからバスが一台やって来て、あやうく追いぬいて行った。——彼は反対側を走らせていたのだった。彼はとつぜん、でたらめに、「ここへ車を入れよう」と言った。

崖のほうへ向ってぬかるみ道が細くなっていた。いろいろの形、いろいろの種類のバンガロー。泥まみれの鶏のような荊の叢や水草がいっぱい茂っている空地。灯がともっている窓は三つしかない。ラジオが一つ鳴っていたし、あるガレージでは一人の男が、オートバイを闇のなかでぶうぶう唸らせながら何かしていた。〈少年〉は数ヤード乗り入れてからヘッド・ライトを消し、エンジンを止めた。雨が車蓋のひびから音をたててはいりこむし、崖に打ち寄せる浪の音が聞えて来る。彼は言った、「さあ、眺めてみろよ。これが世界ってやつさ」。ステンド・グラス（チューダー様式の薔薇のなかで笑っている騎士）をはめた扉の後ろで、もう一つ灯がともった。彼はオートバイ、バンガロー、雨の道路などに対してそれとなく別れを告げねばならぬ者がじぶんであるような気持で外を見やりながら、ミサのときに唱える言葉を思った、——「御言《みこと》こそ曾て世にあり、世またこれにより て成りたれども、世これを知らざりき」

希望はもう引きのばしうる極限に達していた。「あたしいやよ。そうするつもりじゃなかったの」と今こそ言わねばならぬ。今を逃したら機会はない。それは何かロマンチックな冒険のようであった――スペイン内乱に参加する気になってはいたものの、知らぬ間に切符が用意され、いやおうなしに紹介状が手渡され、さてだれかが見送りにやって来るという段どりになって、はじめて、すべてが事実であったことに気がつくといったような。彼はポケットに手をつっこんでピストルを出した。彼は言った、「ダローの部屋から持ってきたんだ」。彼女は弁解して、どうして撃つのか知らないと言って言い逃れたかったけれども、彼は万事考えてあるようだった。彼は説明した、「安全装置は外しておいたよ。ここを引けばそれでいいのさ。なあに、簡単だよ。耳にあてがうのさ……そうすれば外れっこない」。そのつたない説明ぶりが、彼の幼さを示していた。彼は灰だまりのなかで遊んでいる子供のようであった。「さあ」と彼は言った、「受けとれよ」

希望はまだつづいている、――それは驚くべきことだった。彼女は考えた、あたしはまだ何も言わなくてもいいんだわ。ピストルは受けとっても……それを車のそとへ投げだし、逃げ去り、いっさいのことをとめるために何かすることができるわけだ。しかしそのあいだじゅう彼女は、彼の意志がひしひしと迫って来るのを感じていた。彼は決心しているのだ。彼女はピストルを受けとった。それは裏切りのような感じであった。もしあたしが……引金を引かなかったら、彼女は考えた、彼はどうするだろう？　あたしといっしょでなくても、彼はピストル自殺をするだろうか？　そうすれば彼は地獄へ堕ち、そしてあたしは、あたしも地獄へ堕ちて、あたしたち二人は瓜二つなのだということを世間の人々に見せてやる機会を失うわけだ。何年間も生きつづける……生きていることが、柔和で善良な、悔い改めた人間になる役に立つかどうか、それはわからぬことだ。彼女の信仰は鮮明なイメージを、クリスマスのときの秣桶《まぐさおけ》をいだいていた。善良さはここで終り、牛と羊をすぎて、悪がはじまる、――ヘロデは物見櫓《ものみやぐら》に立ってみどりごの誕生の地を探し求める。あたし、ヘロデのそばにだっていられるわ、彼さえいっしょなら。絶望や情熱にもだえている瞬間には、とつぜん悪の側へつくことができる。だけど長い一生のあいだには、善という守護者が、何の呵責《かしやく》もいだかせずに、「浄福の死」へと追い立てるのだ。

彼は言った、「もうこれ以上待てないんだよ。おれのほうがさきにやってほしいかい？」

「いや」と彼女は言った、「いやよ」

「よし。きみは散歩しろよ。いや……おれが散歩して、きみはここにいるほうがいいな。きみがやってしまったら戻って来て、あとを追うからね」。彼の口ぶりは、またしても、子供が遊んでいるような感じを与えた。土人が頭の皮を剝ぐナイフや銃剣の創について冷酷にそして詳細に語ったあげく、家へ帰っておやつをもらうような遊び。彼は言った、「暗くてあまりよく見えないだろうけど」

彼は自動車のドアをあけた。彼女は膝の上にピストルを乗せて、みじろぎもせずに坐っていた。彼らの後ろ、本道の上を、ピースヘイヴンへ向う自動車が一台ゆっくりと通りすぎた。彼はぎごちない口調で言った、「どうするのかわかってるね?」。何か優しいしぐさが待ち望まれている、と考えたらしい。彼は唇を近づけて、彼女の頬にキスをした。彼は口にキスするのを避けた、——頭のなかのことは、口から口へしごく簡単につたわるものなのだから。「苦しみなんかないさ」と彼は言って、本道のほうへすこしばかり歩き出した。希望は、行きつくところまで行ってしまった。ラジオの音はやんでいた。ガレージのなかで、オートバイが二度ばかり大きな音を立てる。砂利の上を歩く足音。自動車が一台本道を引返して来る気配が、彼女の耳にはいった。

もし守護の天使が今あたしに語りかけているのならば、彼は悪魔のように語っている、——彼はあたしを美徳へ、まるでそれが罪であるようにいざなうのだもの。ピストルを投げすてるのは裏切りだ。それは臆病なふるまいだ。それは、あたしが二度とふたたび彼に会わないことを選ぶ、ということなのだ。古めかしい説教、教訓、告白などから思い出された道徳律が、司祭ふうのペダンチックな語調で——「聖寵の座にあって彼のために願うことができるのです」——納得の行かない阿諛《あゆ》の言葉のように迫って来た。悪のおこない、それは正直で大胆な、そして誠実なおこないなのだ——などと美徳の言葉を口にするのは、実はただ勇気が欠けているからにすぎないと思われて来た。彼女はピストルを耳に当てがったが、胸がむかつくのを感じて下へおろした。愛しているのに、死を恐れるなんて。大罪を犯すことを、あたしは恐れなかったのに。あたしをおびやかしているのは地獄へ堕ちることではなくて、死なのだ。苦しいことではないとピンキーは言ったっけ。彼女は、彼の意志がじぶんの手を動かしているのを感じた——彼女は彼を信ずることができた。彼女はもういちどピストルをあげた。

「ピンキー」と鋭く叫ぶ声があった。だれかが水たまりをぴしゃぴしゃさせる音を、彼女は聞いた。駈けて来る足音……どこなのかはわからなかったが。これは報せにちがいない、これで事情が変るにちがいない……そんな気がした。もしこれが吉報なら、あたしは自殺するわけには行かない。彼女の右手を司っていた意志が闇のなかのどこかで弛《ゆる》んだようであった。そして自己保存のいまわしい力が、どっと堰《せき》を切って戻ってきた感じ。今じぶんがここに腰かけたまま引金を引こうとしていた——それはもう現実のこととは思えなかった。「ピンキー」ともういちど声がした。そして、ぴしゃぴしゃいう足音はさらに近づいて来る。彼女は車のドアをあけて、雨に濡れた叢のなかへピストルをほうり投げた。

ステンド・ガラスの窓からの光で、ダローとあの女の姿が見えた。それに、何が起ったのかぜんぜん知らないため困惑しきっているような巡査が一人。だれかがそっと自動車に近づいて、彼女の背後から、「ピストルはどこだい？　なぜ撃たなかったんだ？　こっちへよこせよ」と言った。

「あたし、ほうっちまったわ」

他の連中は代理人みたいにおずおずと近づいて来た。ピンキーがとつぜん、上ずった子供っぽい声で叫んだ、——

「貴様、密告《さ》しやがったな、ダロー」

「ピンキー」とダローが言った、「無駄だぜ。プルウィットが捕まったんだ」。巡査は、パーティの席に出た不案内な人間のようにそわそわしていた。

「ピストルはどこへやった？」とピンキーがもういちど言った。彼は恐怖と憎悪に燃えた金切り声を立てた。「畜生、おれはみな殺しをしなくちゃならねえのか？」

彼女は言った、「ほうり投げてしまったわ」

彼が小さなダッシュボード・ライトの上にかがみこんで来たとき、彼女はその顔をほのかに見ることができた。それは、いじめつけられ、裏切られて困惑しきった子供の顔のようであった。偽りの年齢は脱落して彼は不幸な運動場へと不覚に連れ戻されたのだ。彼は言った、「畜生、この……」。しかし彼はぜんぶ言い切らないでしまった。一行が近づいて来たのだ。彼は彼女から離れながら、ポケットに手をつっこんで何かを探した。「やい、ダロー」と彼は言った、「貴様、密告《さ》しやがったな」。彼は手を振りかざした。そのとき何が起ったのか、彼女にはわからなかった。ガラスが——どこかで——割れ、彼が悲鳴をあげた。そして彼女は見た、彼の顔が……蒸気を発するのを。彼は悲鳴をあげた。両手を眼にあてて、彼は悲鳴をあげた。彼は向きなおってかけだした。彼は身長の半分ぐらいに見えた。彼女は、巡査の棍棒とガラスの破片が彼の足許にちらばっているのを見た。彼は身長の半分ぐらいに見えた。すさまじい苦悩にあえいで、体を折りまげている。文字どおり焔がその身に襲いかかっているようだった。彼は次第に縮んでしまって一人の小学生となり、狼狽し、苦しみ、逃げ、柵を這いのぼってさらに走りつづける。

「とめろ!」とダローが叫んだ。しかしそれは何の役にも立たなかった。彼は崖のはずれに達した、そして……。水音すらも聞えなかった。まるで彼が一本の手によって、過去あるいは現在のなんらかの存在から引きぬかれ、ゼロへ――虚無へと奪い去られたかのように。

10

「つまり」アイダ・アーノルドは言った、「気長に頑張らなきゃならないってわけよ」。彼女は黒ビールのグラスを空にして、さかさにしてあるヘネキー酒場の樽の上に置いた。

「それでプルウィットは?」とクレアランスが言った。

「間が抜けてんのね、幽霊さん。あれはあたしがでっちあげた話。フランスくんだりまであいつを追いかけて行くわけにはゆかなかったし、それに警察は――警察の流儀は御存じだわね――いつも証言を欲しがるのよ」

「カビットは捕まったかい？」

「あいつ、しらふのときは決して喋らないでしょ。それに、白状するだけ飲ませるなんてこと、とても警察にはできないわよ。ねえ、今あなたに聞かしてあげたのは中傷ってやつよ。いや、あいつが生きていたら、中傷ってことになるわけね」

「いやな気はしないものかね？　アイダ」

「あたしたちが殺さなかったら、だれか他の人間が死んでるわよ」

「それはあの娘の勝手さ」

しかしアイダ・アーノルドはどれにでも合う答を一つ持っていた。「あの女の子には、事情がわかってなかったの。からっきし子供なんだもの。彼がじぶんに惚れてる、と思ってたのよ」

「それじゃあ、今はどう考えてるかな？」

「あたしに訊いたってだめ。あたしはベストを尽したわ。あの子を家へ連れて行ってやったの。あんなとき女の子に要るものっていえば、母親とおやじなのさ。とにかくあの子が死ななかったのは、あたしのおかげよ」

「どういうふうにして、巡査をいっしょに連れて行ったんだい？」

「あの二人が自動車を盗んだって巡査に言ったの。かわいそうに、その他のことは何も知らずじまいなの。だけどあの男、ピンキーが硫酸を振りあげたときはすばやく立ち廻ったわね」

「それから、フィル・コーカリは？」

「彼は来年ヘスティングズへ行くって言ってるわ」と彼女は言った、「だけどあたし、これからは絵はがきが来なくなるだろうと思ってるの」

「お前はたいへんな女だよ、アイダ」とクレアランスは言った。彼は深い吐息をついて、グラスのなかをみつめた。「もう一杯どうだい？」

「もう飲まないわ、クレアランス。家へ帰らなくちゃ」

「お前はたいへんな女だよ」とクレアランスはくり返した。彼はすこし酔っていた。「だけどおれは、お前にたら信用貸してやるぜ。お前はいつでもベストを尽すんだからな」

「あいつのことで、やましくなんか思いやしないわ」

「その通りさ。あいつか、娘かって場合だったんだからな」

「仕方がなかったのよ」とアイダ・アーノルドは言った。彼女は立ちあがった。彼女は勝利の女神の船首像のようだった。彼女は酒場にいるハリーにうなずきかけた。

「しばらく来なかったね？　アイダ」

「ほんの一週間ばかりね」

「そんなに長いとは思わなかったぜ」

「じゃ、さようなら、みなさん」

「さよなら。さよなら」

彼女は地下鉄でラッセル広場まで行き、それから、スーツケースをかかえて歩いた。下宿屋に戻ると、手紙は来てないかと思ってホールを覗いた。たった一つ――トムからのものが来ている。それが何の用件なのか、彼女にはわかっていたし、そして「結局みんなが言うように、トムとわたしには愛がどういうものなのかわかってるんだわ」と考えると、彼女の大きくて暖かな心はやわらぐのだった。彼女は戸をあけて地下室の階段へ行き、「クラウ爺さん。クラウ爺さん」と呼んだ。

「アイダかい？」

「お喋りしに来ない？　そして占《プランセット》板を一つしましょうよ」

カーテンは彼女の引いたままになっていた。マントルピースの上の陶器にはだれも手を触れてない。しかしウォリック・ディーピングの小説は本棚になかったし、『友だち座』は本棚の横にあった。雑役女が入って来て――彼女にはそれがわかった――借りて行ったのだ。彼女はチョコレート・ビスケットを一箱、クラウ老人のために取りだした。蓋がきちんとしてなかったので、すこし柔かく、そして黴《かび》くさくなっている。それから彼女は注意深く占《プランセット》板を持ちあげ、テーブルの上をきれいにしてから、まんなかに置いた。彼女は

SUICILLEYEのことを想った。何を意味しているのか、今やっとわかったわ。占《プランセット》板はぜんぶ予言していたわけだ——SUIは悲鳴、苦悶、墜落を表す文字なのだ。彼女は指を占《プランセット》板の上に置いたまま静かに考え込んだ。そう考えてくると、占《プランセット》板がローズを救ったってわけね。無数の俗な諺がいっしょになって、彼女の心をよこぎるのだった。それはポイントが切りかえられ、信号がおり、赤い灯が緑いろのそれに変って、大きな機関車がいつもの軌道を通って行くときに似ていた。これは新しい世界だ、天と地のあいだにはもっと多くのものごとがある……。

　クラウ老人が来て覗きこんだ。「何があるのかね？　アイダ」

「お告げを聞きたいのよ」とアイダは言った。「トムとよりを戻したほうがいいかどうか、聞きたいの」

11

　ローズは、格子窓へ向ってうつむいている老人の頭を見ることができるだけだった。司祭が息をするたびに、ひゅうひゅう音がした。ローズがその苦悩のすべてをいたいたしく述べているあいだ、彼は忍耐づよく——ひゅうひゅう音をたてながら聴き入っていた。告解しようとして外で待っている女たちが、いらだたしそうに椅子を軋らせる音が、彼女の耳にはいる。彼女は言った、「わたしが後悔しているのはこのことなんです。彼といっしょに死ななかったこと……」。彼女は泪も浮べず、公然と反抗するように、むし暑い小部屋に腰かけていた。年老いた僧侶は風邪をひいていたし、ユーカリ樹の匂いがした。彼は静かに、鼻声で言った。「つづけなさい、わが子よ」

彼女は言った、「あたし、自殺してしまえばよかった。ほんとに自殺すべきだったんですわ」。老人が何か言いかけたけれども、彼女はさえぎって、「赦免を乞い求めるのじゃありませんの。赦免を望んではいません。あたしは彼と同じように——地獄へ堕ちたいのです」

老人は息を吸いこむときに、ひゅうひゅう音をたてる。彼女は、彼が何も理解していないことをはっきりと感じた。彼女は単調な声でくり返した、「あたし、自殺してしまえばよかったのに」。彼女は苦悩の思いにかられて両手を胸に当てた。あたしは告解しに来たのではない、あたしは考えるために来たのだ、家では考えることができないのだもの。あたしの家、——そこではストーブも燃しつけてないし、父親は機嫌が悪く、母親は（母親の遠まわしな質問で察しがついた）どれだけの金をピンキーが……と思案している。死の国のほの暗いかたほとりで、あたしたち二人が会いそこねるようなことさえなければ——慈悲が何かのせいで一人にだけ働き、他の一人に働かない、そのことを恐れてさえいなければーーあたしには自殺する勇気が出て来るだろうけど。彼女はしゃがれた声で言った。「あの女の人。あの人は、地獄へ堕ちるべき人なのです。彼があたしから離れたがってる、なんて言ったりして。あの女の人には、愛ということがわかっていないのです」

「多分、その女の人の言う通りだったのだろう」と年老いた司祭はつぶやいた。

「あなたもわかっていらっしゃらないんだわ」と彼女は怒って言い、その子供っぽい顔を格子窓に押しつけた。

老人はとつぜん語りはじめた、ーーときどき、ひゅうひゅう音をたてながら、そしてユーカリ樹の匂いを格子窓ごしにただよわせながら。彼は言った、「ある男がおりました……フランス人です。彼のことは知らないでしょうね、わが子よ。その男はあなたと同じ考えを抱いていたのです。善良で敬虔な男でしたが、一生のあいだ罪のなかに生きたのです。というのは、地獄に堕ちて苦しむ者があるということに、彼は堪えられなかったから」。彼女は驚きながら聴き入っていた。彼は言った、「この男は、地獄に堕ちて苦しもうとしている者がある以上、じぶんも地獄に堕ちようと決心しました。彼は御ミサも受けないし、妻との婚姻も教会でおこなわなかった。わたしにはわからない。しかしこの男がーーそう、聖者だったと考えている者もあるのです。彼はいわゆる大罪のなかで死んだと、わたしは思うーーしかし確かではない。戦死でした。多分……」。彼は吐息をつき、そして……その年老いた頭をうなだれながらひゅうひゅう音を立てた。彼は言った、「わが子よ、あなたには思いもおよばぬのです、わたしにも、他の者にもわからぬ……驚くべき……天主のみ恵みの異様さ」

外では、椅子がなんども軋み鳴った——人々は、この週の告解や赦免や痛悔を終えようと、もどかしがっているのだ。彼は言った、「その男が友人のためじぶんの魂を賭けたのは、他のなんびとも持っていないような大きな愛の例なのです」

彼はぶるぶるふるえ、そしてくしゃみをした。「われわれは希望を持ち、そして祈らなければならぬ」と、彼は言った。「希望を持ち、祈るがいい。教会は、どんな人間の魂でも天主の恵みから見離されていると考えることを望まないのです」

彼女は悲しい確信のおももちで言った、「彼は地獄へ堕ちているのです。彼は、じぶんがどうなるか知っていました。やはり、カトリック信者だったんです」

司祭は静かに言った、「最も善き者の堕落は最も悪しき堕落《コルティオ・オプティミ・エスト・ペッシマ》なり」

「どういうことなのですか？　神父様」

「つまり……信者は、なんぴとよりも悪をなす能力がある、というのです。わたしは、——われわれが悪魔の存在を信じているから——おそらくわれわれは他の人々よりもはるかに多く悪魔に接触している、と思うのです。しかしわれわれは祈らねばならない」と彼は機械的に言った、「希望を持って、祈らねばならぬ」

「あたし、希望を持ちたいのですの」と彼女は言った、「しかし、どういうふうに希望を持てばいいかわかりません」

「もし彼があなたを愛していたなら、きっと」と老人は言った、「そのことが——何か善なるものがあった証しになろう……」

「あのような愛でも、でしょうか？」

「そうです」

彼女は小さな暗い部屋のなかで考え込んでいた。

彼は言った、「そのうち、またおいでなさい……今あなたに赦免を与えることは、わたしにできない……しかしまたおいでになるがいい……明日……」

彼女は弱々しい声で言った、「はい、神父様……そしてもし赤ちゃんが生れますのでしたら……」

「あなたの単純さと彼の力を持った……その赤ん坊を聖者になしなさい……父親のため祈るように」。とつぜん厖大な感謝の心が彼女の苦痛をつらぬいた。——まるで、もういちどつづいて行く生活の長い道程を、心に描く力が与えられたように。彼は言った、「わたしのために祈って下さい、わが子よ」

彼女は言った、「はいお祈りしますわ」

外へ出て彼女は告解場の上の名前を見あげた、——それは彼女の記憶にある名ではなかった。司祭たちはたえず入れかわっているのだ。

彼女は街路へ出た——まだ苦痛は残っている。苦痛をただ一言で払いおとすのは不可能なことだ。しかしあたしが考えていた最悪の恐れは終った。家へ帰ることになり、レストラン・スノーへ戻ることになり、彼らはあたしを受け入れ、そして〈少年〉はこの世にぜんぜん存在しなかったことになる——という完全な円環を形づくる恐れは終った。彼は存在していたし、また永遠に存在するだろう。彼女はとつぜん、じぶんが一つの生命をかかえていることを確信した。——そして彼女は誇らかに思った。もし彼らにできるなら、打ち消してみるがいい。このことを打ち消してみるがいい。道を折れ、パレス桟橋の反対側の海岸通りへと出て、それから、じぶんの家の方角を避けて、彼女はしっかりした足どりでフランクの家へと歩きはじめた。あの家から、そしてあの部屋から救い出さねばならぬものがあるのだ、彼らが打ち消すことのできぬもう一つのものが——あたしへのメッセージを語る彼の声が。もし子供がいれば、子供に語りかけるだろう。「もし彼があなたを愛していたら」と神父様は言ったのだった、「そのことが……」。彼女は六月の淡い日ざしのなかを、いっさいのなかでの最悪の恐れへと向って足早に歩いて行った。

訳者後記

この長篇小説には差別的な表現がたくさん出て来ます。しかしこれは主人公である少年の、世界と人間に対する意識の表現なので、小説技法として必然的な言葉づかひです。手直しすることができません。

よろしく御了承下さい。

本書は一九七九年十二月に早川書房より刊行された『グレアム・グリーン全集』第六巻所収の『ブライトン・ロック』を文庫化したものです。

サスペンスとは何か
――グレアム・グリーン『ブライトン・ロック』について

三浦雅士

グレアム・グリーンは二十世紀最大の文学者のひとりである。そう述べてもいまでは少しも奇異に響かない。世紀を跨いでいよいよその事実がはっきりしてきた。

二十世紀最大の、といえば、ジョイス、プルースト、カフカに指を屈するのがふつうだった。ひろげてもロレンス、フォークナー、やや時代が下ってガルシア＝マルケスというところだったが、いまやその一角にグレアム・グリーンが確実に食い込み、地歩を固めつつあるといっていい。文字通り、グリーンの毒が効いてきたのだ。

ジョイスにせよプルーストにせよカフカにせよ、むろん、毒を含まないわけではない。いや、その文学がいまなお鮮烈なのはむしろ毒を含むからなのだが、しかし、その質と量において、グリーンの毒は他をはるかに凌駕しているように思える。

グリーンの毒は悪意に満ちている。三島由紀夫の文学に悪意を見てとって称揚したのは磯田光一だったが、グリーンに比べれば子供だましというところだろう。『ブライトン・ロック』（一九三八）の十七歳の少年・ピンキーと、『午後の曳航』の十四歳の少年・登の違いである。登は理屈で法をからかうが、ピンキーはその存在において神をからかっている。義父を毒殺する登の悪意は頭脳の、それも作者の頭脳の所産にすぎないが、ピンキーの悪意はそうではない。理屈ではない。頭脳が悪を考え出したのではなく、逆に悪が頭脳を支配しているのだ。悪が頭脳を支配し光り輝く。光り輝く悪を描いて、グリーンの右に出るものはいない。

グリーンの代表作といえば、たいてい『権力と栄光』（一九四〇）、『事件の核心』（一九四八）、『情事の終り』（一九五一）の三作が挙げられるが、グリーンがもっともグリーンらしいのは『ブライトン・ロック』においてである。グリーンの小説は文体と展開においてしばしば映画を思わせるが、『ブライトン・ロック』はその手法がT・S・エリオットを突き抜けてエズラ・パウンドのイマジズムまで遡《さかのぼ》りうることを示している。

イマジズムは日本の俳句に強い影響を受けた。俳句と写真はその「激しい不動の状態」において似通っていると述べたのはロラン・バルトだが、グリーンの小説はときに写真の連続に思える。バルトは、写真は思考させるが映画は思考させないと述べているが、そんなことはない。ほんもののサスペンスは思考そのものである。とはいえ、グリーンが思わせる映画はむしろスチール写真であり、その写真のなかで輝きはじめる強烈な個性だ。

ブライトンはロンドンに近いイギリス第一の海浜行楽地、日本でいえばさしずめ熱海である。また、ブライトン・ロックは棒状のキャンディー、日本でいえば金太郎飴のようなものだ。ヘイルは、小説のなかでは暗示されているだけだが、この金太郎飴を口中深く押しこまれて殺されるのである。すなわち『ブライトン・ロック』をそのまま強引に日本の文脈に移せば『熱海金太郎飴殺人事件』。表題がすでに痛烈な皮肉になっている。二十世紀最大の神学的主題を具現するのは、金太郎飴で人を殺す十七歳の少年なのだ。

グリーンは一九〇四年に生まれ、一九九一年に死んだ。生前、高く評価されなかったわけではない。ときにはドストエフスキーに並べられることさえあった。だが、映画『第三の男』の世界的な成功がその評価に待ったをかけた。幸か不幸か、グリーンの登場はイギリスの映画産業の勃興と時を同じくしていたのである。『第三の男』だけではない。グリーンの小説のほとんどは映画化され、莫大な興行収益をもたらした。『ブライトン・ロック』もむろん映画化されている。大衆的な成功は純文学にはありえないことだった。いや、あってはならないことだった。そこでグリーンは大衆小説作家と見なされた。そう見なされて当然だった。グリーンの小説はとにかく面白かったからである。スリルとサスペンスに満ちていて、読み始めるとやめるわけにはいかなかった。

だが、考えてみれば、文学も思想も、もしもそれが本格的なものであれば、スリルとサスペンスに満ちているほかない。典型的な例はニーチェである。『道徳の系譜』も『善悪の彼岸』も、スリルとサスペンスに満ちている。良心の起源は金の貸し借りにすぎないと嘯《うそぶ》くとき、ニーチェは疑いなく人類に対する悪意に満ちている。フロイトにしてもそうだ。『文化への不満』も『モーセと一神教』も人類に対する悪意に満ちている。悪意は夥《おびただ》しい問いと疑いを人に孕《はら》ませて自転してゆく。スリルとサスペンスなしに、人間という不気味な存在に触れることはできない。それは、人間という事態の核心に触れるための、十分条件ではないにしても、必要条件なのだ。

＊

ニーチェの悪意もフロイトの悪意も、突きつめてしまえば単純なものだ。神も悪魔も存在しない、人間はその寂寥《せきりょう》に耐えなければならないという、たったそれだけのことを述べているにすぎない。それが恐ろしいのは、しかし、人間には神や悪魔が必要だからである。人間には、おそらくは他の動物と違って、何か決定的に欠けているものがあって、その空虚を埋めるように言語が生じ、神と悪魔が生じたのだ。生じたのはそれが必要とされたからである。だが、いまやこの瘡蓋《かさぶた》のような神や悪魔を剝ぎ取るべき時が来たのだ。ニーチェもフロイトもそう述べているにすぎない。要するに、人間の条件ともいうべき空虚を直視するように強いているにすぎない。深淵に向かって人の背を押しつづけているのである。ニーチェもフロイトも、いってみれば、人類をひとりだちさせるために必死の悪意を装っているのだ。

だが、グリーンは違う。グリーンは神を無罪放免しようとはしない。この作家は、あくまでも神に責任を取らせようとするのである。この世の広大な無意味の責任を取らせようとする。しかもその神の位置に、強引に、読者を坐らせようとするのだ。あたかも、これでもかというように強引に——それこそがグリーンにおけるサスペンスの意味にほかならない。読者は作者によって、強引に、神の困惑を味わせられるのである。『ブライトン・ロック』でいえば、悪の化身ともいうべきピンキーに限りなく恋着させられる。事実、殉教者のように光り輝いているのは疑いなく悪の化身のほう——「なにか飢えの状態を思わせる激しい顔つき、一種不自然ないやらしい傲慢さ《プライド》」——なのだ。むろん、逃げ道は用意されているように見える。ピンキーはローズと同じほどに貧しかった、愛に飢えていた、同情すべき余地は大いにある、というように。だが、その同情を拒絶するのがピンキーという存在にほかならないのである。いや、ローズでさえもが拒絶するのだ。ピンキーの死後、ローズは告解場に入って司祭にいう、神を裏切ることとこそが神に従うことだったのではないか、と。

ここにあるのは、いってしまえば、駄々っ子の論理である。神はここではほとんど母に等しい。不安を感じた幼児が繰り返し母の愛を試そうとするのとまったく同じように、グリーンは神の愛を試そうとする。さらにいえば読者の愛を試そうとする。

そこにグリーン自身の幼児期の痕跡を見出すことはたやすい。母に安息を見出すことができなかった心的外傷を見出すことはたやすい。だが、それ以上にたやすいのは、読者がそこに自分自身の幼児期の痕跡を見出すことである。グリーンの小説が多くの読者を獲得してきたということはそういうことだ。あたかもそれが人間の条件であるかのように、人は誰も、母の愛を十分には受けていなかったのである。十分とはどれほどのことか誰も知らない以上、回想された幼児期において、愛はつねに不足している。

たぶんそれがサスペンスの最終的な意味なのだ。「いないいないばあ」という遊びが母の不在に耐える遊び――不在と戯れることによって不在を支配しようとする遊び――であることを見出したのはフロイトだが、それこそが原初のサスペンスなのだ。

幼児期のサスペンスは、成人して後、より鮮烈なサスペンスとなって反復する。世にサスペンスがもてはやされる理由だが、グリーンほど原初のサスペンス、すなわちサスペンスの根源を感じさせる小説家はまれだ。母の不在に耐える遊びがここではそのまま神の不在に耐える遊び、すなわち進んで悪に身をゆだねること――それ以外に神をおびきよせる方法はない――に変容するのであり、神の存在はただそうすることによってしか立証されないのである。これこそがピンキーの、つまりはグリーンの、魅力の核心なのだ。

たとえば『第三の男』で鮮烈なのは、映画であれ小説であれ、ロロではなくハリーのほうである。「イタリアの圧政はルネサンスを生み、スイスの平和は鳩時計を生んだ」という名台詞は、グリーンではなく、映画でハリーを演じたオーソン・ウェルズに帰せられるが、グリーンの心にすでに潜んでいたからこそ所を得たのである。プラーター公園の大観覧車の頂上からあたかも爆撃機のパイロットのように下界を眺めるハリーの冷酷な眼に意味を与えるのは、神、すなわち母にほかならない。ハリーはそうすることによって、神の不在、母の不在をなじっているのだ。だからこそ観客を、読者を惹きつけるのである。

グリーンはスティヴンスンの遠縁（母親のまた従兄弟）にあたるが、スティヴンスンが『ジキルとハイド』を書いたとすれば、グリーンは『ジキルとハイド』をそのまま生きたといっていい。グリーンにとっては、ジキルとハイドを生きること、昼の顔と夜の顔をもつこと、すなわち二重スパイになることは、神の不在をなじること、つまり神に飢えること、神をことほぐことにほかならなかった。グリーンは小説のなかにおいてそれを実践しただけではない、小説を書くことがそのまま、神に向かって痛烈な皮肉を弄することにほかならなかったのである。

*

神の不在をなじることによって神の存在を確証するという逆説、すなわち反カトリックであることによってカトリックであるという逆説が、グリーンの人と作品を貫徹している。そう述べた以上、ここで『ブライトン・ロック』の訳者である丸谷才一について触れないわけにはゆかない。

丸谷才一が『ブライトン・ロック』を『不良少年』の表題のもとに訳出するのはいまから半世紀前、一九五二年のことだが、同時に、初めての小説『エホバの顔を避けて』に着手している。脱稿するのは五九年。七年を費やしたことになるが、同じ五二年から五九年にかけてほぼ毎年のようにグリーンをめぐる評論、エッセイを発表している。いずれも文体論としても方法論としても卓越しているが、しかしある意味では『エホバの顔を避けて』のほうこそが本格的なグリーン論になっているのだ。小説の主題が、神の不在をなじることによって神の存在を確証するという逆説そのものだからである。

『エホバの顔を避けて』は、旧約聖書のヨナ書に取材した小説である。ヨナ書は、エホバにニネベで布教するように命じられた予言者ヨナの物語であり、命にそむいて逃れる前半と、命に従ってニネベで布教する後半に分かれる。

小説はヨナ書の後半に重点をおき、神の怒りによってニネベはあと四十日で滅びると叫ぶヨナ、ヨナを助けるアシドド、アシドドのかつての妻でいまは娼婦をしているラメテの三人の物語として展開してゆく。アシドドがヨナを助けるのは、予言を利用してクーデタを起こそうとしているからである。ラメテはヨナを愛している。物語はヨナが予言した滅びの日にクライマックスを迎えるが、王をはじめとする全市民が恐怖に戦《おのの》きながら広場に集まったにもかかわらず、破滅は訪れない。日没と同時に一気に緊張が解けた群衆は王の行為を皮切りに乱交状態に陥る。陥ることによってアシドドの企んだクーデタは回避されるが、ラメテはアシドドとヨナを憎む市民の礫《つぶて》に当たって殺されてしまう。

その翌日、ヨナの前に姿を現わしたアシドドの台詞《せりふ》を引く。

「ああ、ばかばかしいねえ、ヨナ。予言のはずれることが予言の的中だなんて。革命を未然に防ぐことが国を亡ぼすことだなんて。顔は仮面で、憎しみは愛で、衰弱は力で、つまり結局、顔も憎しみも衰弱も、仮面も愛も力も存在せず、世界はからつぽで無だなんて。この阿呆らしさを言ひ表すためには、「審判」とか「エホバの怒り」とか、そんな重々しい響きの言葉を使ふしかないくらゐだ、と君は思はないかい？」

破滅が起こらなかったのはすでに十分に破滅しているからだ。アシドドはそう述べているのである。そう述べた後に自殺する。

ヨナ書においては、ニネベを亡ぼさない神に対してヨナが不平をいいたてるのだが、『エホバの顔を避けて』においては、アシドドが逆にそこに神の悪意を見出して、そのようなものとしての神の存在を信じるというのである。

評論やエッセイにおいて丸谷才一が論じているのは、グリーンにおけるノヴェルとエンターテインメントの関係であり、文体であり、ジェイムズやコンラッドやエリオットらとの影響関係だが、小説において展開されているのは疑いもなくグリーンの主題そのものなのである。素材も方法もおよそかけはなれているが、関心の急所はまったく同じだ。表面的にはおよそ異質だが、ヨナとアシドドがピンキーの同類であることは疑いない。

丸谷才一におけるグリーンの影響を云々しているのではない。これは影響などというものではない。応答である。丸谷才一はグリーン的主題に対して答えているのだ。アシドドだけではない。ラメテもまたより直截に答えている。磔によって殺される前に、ラメテはヨナに愛を告白していう。

「あなたはもうエホバを信じてゐない。エホバを憎んでゐるだけ。エホバはもうあなたを追はない。」

まるでグリーンに向かってじかに語りかけているようだ。むろん、ヨナも負けてはいない。あたかもグリーンに代わって抗弁するように心中ひそかに思う。

「追はれてゐないことによつて、実はこの上なく残酷に追はれてゐるといふ、明快でしかも極度にもつれた論理の綾、それをラメテに理解させることは可能だらうか?」

アシドドのいう逆説と基本的に同じだが、しかしその論理の綾を前にしてさえ、ラメテの直截な言葉は少しも強さを失わない。グリーンはただ神を憎んでいるだけではないか。むろん、憎しみによってつながるほかにどのようなつながり方があるか、と嘯くこともできるだろう。だが、丸谷才一によって描かれたこのグリーンとの架空の応答は、グリーン的主題がそのまま精神分析の主題であることを露わに示している。要するにそれは原初的な愛と憎しみの問題なのだ。

グリーンは、一九二一年、十六歳のときに、学校におけるイジメと、おそらくは同級生――むろん同性である――との愛情問題のこじれから自殺を企て、ロンドンの精神分析家のもとに半年間、預けられている。国際精神分析学協会が結成されたのは一九一〇年。つまりグリーンは、精神分析が国際舞台に登場してわずか十年後にはその圏内に入っていたのだ。グリーンが生まれたのはフロイトがその理論を確立した頃であり、成人したのはメラニー・クラインが仕事をしはじめた頃であり、文壇に登場したのはジャック・ラカンが学位論文を発表した頃なのである。グリーンは映画とともに育っただけではない。精神分析ともその成長の時を同じくしていたのである。

方法と主題は手をたずさえて登場する。

精神分析の治療とカトリックの告解は似ているとよくいわれる。だが、似ているのはそんな枝葉末節ではない。精神分析の核心にはカトリックの原罪に対応するものが潜んでいるのである。人間の本能は壊れているという考え方がそうであり、そのために原初に父を殺したという考え方がそうだ。原罪は反復する。グリーンが犯罪に固執する理由だが、この作家は精神分析と同じ流儀で人間存在の核心に迫ろうとしているのである。

グレアム・グリーンがほんとうに面白くなるのはこれからなのだ。

ハヤカワ epi 文庫は、すぐれた文芸の発信源（epicentre）です。

訳者略歴　1925年生，東京大学文学部英文学科卒
作家・英米文学翻訳家
訳書『ユリシーズ』ジョイス
　　『負けた者がみな貰う』グリーン
　　『ボートの三人男』ジェローム他多数

〈グレアム・グリーン・セレクション〉

ブライトン・ロック

〈epi 32〉

二〇〇六年六月三十日　発行
二〇一八年七月十五日　二刷

（定価はカバーに表示してあります）

著者　グレアム・グリーン
訳者　丸《まる》谷《や》才《さい》一《いち》
発行者　早川浩
発行所　株式会社　早川書房

郵便番号一〇一 - 〇〇四六
東京都千代田区神田多町二ノ二
電話　〇三-三二五二-三一一一（大代表）
振替　〇〇一六〇 - 三 - 四七七九九
http://www.hayakawa-online.co.jp

乱丁・落丁本は小社制作部宛お送り下さい。
送料小社負担にてお取りかえいたします。

印刷・信毎書籍印刷株式会社　製本・株式会社明光社
Printed and bound in Japan
ISBN978-4-15-120032-8 C0197

本書は活字が大きく読みやすい〈トールサイズ〉です。